赵焰文集卷三:
长篇小说精编 彼岸

时代出版传媒股份有限公司
安徽文艺出版社

赵　焰◎著

BI'AN

赵焰文集卷三：长篇小说精编

赵　焰◎著

彼岸

时代出版传媒股份有限公司
安徽文艺出版社

图书在版编目（CIP）数据

彼岸/赵焰著. —合肥：安徽文艺出版社,2019.5
（赵焰文集.卷三.长篇小说精编）
ISBN 978-7-5396-5391-4

Ⅰ.①彼… Ⅱ.①赵… Ⅲ.①长篇小说－中国－当代 Ⅳ.①I247.5

中国版本图书馆CIP数据核字(2018)第281891号

出 版 人：朱寒冬
责任编辑：张妍妍　　　　　　　装帧设计：张诚鑫

出版发行：时代出版传媒股份有限公司　www.press-mart.com
　　　　　安徽文艺出版社　www.awpub.com
地　　址：合肥市翡翠路1118号　邮政编码：230071
营 销 部：(0551)63533889
印　　制：安徽新华印刷股份有限公司　(0551)65859551

开本：880×1230　1/32　印张：12.125　字数：280千字
版次：2019年5月第1版　2019年5月第1次印刷
定价：49.00元(精装)

(如发现印装质量问题，影响阅读，请与出版社联系调换)

版权所有，侵权必究

总　序

　　一直以为自己是一个性情浮躁之人,定力较弱,喜新厌旧。自己的写作也是,虽然笔耕不辍,不过文字却五花八门、难成系统,既涉及徽州,也涉及晚清、民国历史;有散文、传记,也有长篇小说、中短篇小说、中国文化随笔什么的。文字全是信马由缰,兴趣所致,写得快活和欢乐,却没想到如何深入,更不考虑流芳人间什么的。回头看自己的写作之路,就像一只笨手笨脚的狗熊一路掰着玉米,掰了就咬,咬了就扔,散了一地。

　　写作幸运之事,是难逃时代的烙印:文明古国数十年,相当于西方历史数百年——我们的少年,尚在农耕时代;青年时代,千年未遇的社会转型光怪陆离;中年之后,电子信息时代五光十色……童年时,我们只有小人书相伴;中年后,手机在手,应有尽有。少年时,我们赤着脚在田埂上滚着铁环;中年后,我们在高速公路上开起了汽车。少年时,喜爱的姑娘浓眉大眼大圆脸;中年后,美人变成了小脸尖下巴……世界变化如此之快,除了惊奇、欣喜,就是无所适从。

人生一世,各种酸甜苦辣麻缠身。写作呢,就是一个人挤出来的茶歇,泡上一杯好茶,呷上一口,放空自己,不去想一些烦心事。现在看来,这样的活法,使我的内心丰富而坚强,虽然不能"治国、平天下",却可以"正心、诚意、修身、齐家"。我经常戏言:哪里是勤奋,只是做不了大事,也是把别人打牌喝酒的时间,拿去在纸上胡涂乱抹罢了。这话一半是戏谑,一半也是大实话。世界如此精彩,风光各有人在,有得就有失,有失就有得。不是谁都有机会成为弄潮儿的,做不了传奇,做一个时代的观察者和记录者,或者做一个历史深海的潜水员,都是一件很好的事情。

一路前行中,也有好心人给我掌声,也为我喝彩——写徽州,有人说我是"坐天观井":坐中国文化的井,去观徽州文化的天;写晚清,有人说我将历史写作和新闻写作结合得恰到好处;写小说,有人说我是虚实结合,以人性的视角去觉察历史人物的内心……这都是高看我了。对这些话,我都听在耳里,记在心里,视为鼓励。我也不知道哪对哪,只是兴之所至,耽于梦幻罢了。写作人都是蜘蛛,吐了一辈子丝,网住的,只是自己;也是蚕,吐出的丝,是为自己筑一厢情愿的化蝶之梦。对于写作,常识告诉我,目的是为了自己的内心,不是发财,也不是成名,而是写出真正的好文字;要说真话,必须说实话——花言巧语不是写作,自欺欺人不是写作,装腔作势不是写作。真话不一定是真理,不过假话一定不是真理。在这个世界上,说真话和说实话并不容易,很多人不知道什么是真话,很多人不敢说真话。怎么办?借助于文字,直达心灵。灵魂深处的声音,肯定是真话。

自青年时代开始写作,写写停停,停停写写,不知不觉地,就到了知天命之年,不知不觉,也写了三十多本书了。庆幸的是,我的书一直有人在读,即使是十几年前写的书,还有不少人在读在转。想起张潮的一句话:少年读书,如隙中窥月;中年读书,如庭中望月;老年读书,如台上玩月。其实写作也一样:少年写作,充满期望;中年写作,惯性使然;老年写作,不得不写,因为已无事可做。的确是这样,天下没有不散的筵席,可以对话的人会越来越少。写作,是对自己的低语,也是对世界的呓语。

写作没有让我升官发财,却让我学到了很多,得到了很多,也明白了很多。我明白最基本的道理是"我思故我在",明白最高妙的境界是"无"。通过写作,我不再惧怕无聊,也不再惧怕"无"。我这样说,并不玄虚,是大实话,也是心里话。

感谢安徽文艺出版社,将我一路掰下的"玉米棒子"收集起来,出成文集。文集如家,能让流浪的文字和书籍,像游子般回归。不管它们是流浪狗、流浪猫也好,还是不记得路的鸽子、断了线的风筝也好,家都会善待它们,让它们排排坐、分果果,靠在大院的墙上晒太阳。晒着晒着,就成了葳蕤蓬勃的太阳花了。改一句张爱玲的话:人生,其实是一袭华美的锦袍,绣满太阳花,也爬了一些虱子。当人生的秋天来临的时候,晒着太阳,展示锦袍,也捉着虱子，应有一种阿Q般的美好。人活一世，本质上都得敝帚自珍，充满自怜和自恋的乐观主义精神，否则哪里活得下去呢？虽然文字和所有东西一样，终究是落花流水，不过能心存想念、心存安慰，又何尝不是一件美好的事情呢？

文集又如大门关上的声音，让人心存忐忑，仿佛身后有追兵，一路嗷嗷叫着举着刀剑砍来。面对此状，我更得如狗熊一样奔跑，得拼命向前，拼命跑到自己的最高点，然后像西西弗斯一样摔下来。

感谢缘分，感谢相关助缘之人，为我半生的写作，作一个总结和了断。这是一部秋天奏鸣曲，畅达之中，有平静的惬意和欢喜。

是为序。

2019年4月

本卷序

缘　起

《无常》与《彼岸》两部长篇小说,时间跨度都很长,一直在陆陆续续地写,也陆陆续续地改。一部分内容,也曾经发过。这两部小说,像是我栽下的两株树,我看着它们长大,它们看着我变老。树能不能长高长大不重要,重要是过程,与树木一同成长的过程。

小说有无数种写法,我写小说,一定要写那种几十年后,还想看,还能看,看了还说好的东西。那些为功利而写,为人情而写的东西,我是不会动笔的。人的时间本来就少,写一堆自己都不想写的东西,无疑浪费生命。发发呆也比写那些东西好啊!我想写人性的根本、世界的根本,想捕捉到生活的光影。我写作,是因为我有想写的东西。我从不奢望从写作中得到什么。

长篇小说与人一起成长的感觉真好。好像影子,伴你而生。也许到了一定程度,二者互为影子。生命和作品之间,彼此衬托,都不是红花,也不是绿叶;都是红花,也都是绿叶。

两部长篇小说的情节,我就不复述了。想说的话,都在小说中了。人物也好,情节也好,都有一种朴素、深沉甚至优雅的姿态,也有相关的内心理解。故事也好,人物也好,都是有深厚意蕴的。

这两部小说,若是能让几颗流浪的心灵憩息,给三两个破碎的旅人加持,那是我最欣慰的。

黄　山

两部长篇小说的背景,都在黄山。《无常》的故事,体现了黄山的侠、禅、真、美。《彼岸》则有着专属性,是串起来的黄山记忆。我为什么一直钟情黄山?那是因为我一直视黄山为神,它也如巨大无朋的莲花,开放在天宇之上。我第一次去黄山,才五六岁,从温泉那上山,蹒跚才几步,就走不动了,父亲无奈,只好将我背在身上,一直背至玉屏楼。我在父亲背上看着黄山,黄山真美啊!我嗅着黄山松针的清香味,听着身边山谷溪流的哗哗声,感觉就像音符飞翔在五线谱里。

我一直以为,我身心灵之后的点亮和通透,跟早期去黄山的经历有关。黄山的霞光,贯通了我身体中的黑暗隧道,打开了我对美好事物孜孜追求的愿望。黄山于我,是一种昭示,是生命不可多得的垂怜。

我后来去黄山并不多。每一次去,都很激动,也小心翼翼。我写黄山,其实是还债。我一厢情愿地认为,黄山跟我,应该有某种私密的暗合和默契。天知地知,山知我知。天地人间,存有如此因果,感觉真是美妙。

小 镇

一个人的特质,跟他的童年成长经历有关。我的身上,应该有江南小镇的气息吧?细腻、聪颖、天真、调皮、反叛、桀骜……特质是先天的,改变和夯实,靠的是后天的努力。

就生活而言,人最适宜的生长地,就是江南小镇了吧?小镇,与天地自然,与人情世故,都异常接近,如鱼游在水中,充满情趣,畅达温暖。人在这样的地方长大,最具人的灵性。如此禀性,最适合文学。每一个小镇孩子,都有很好的文学感觉。

小镇,让人尽享生活。生于小镇,就是上苍赐予你丰富生活的机会,让你充分体味人世的喜怒哀乐。我了解到的世相,了解到的人间的欢乐、烦恼以及种种琐屑,还有丰富而美妙的人生经验,绝大部分都是通过对小镇人与事的观察而得到的。

小镇还是多彩的。季节多彩,生活多彩,人心也多彩。墨分五色,色彩,也不是单一的概念化——西瓜的红、蜜桃的红,与西红柿的红,都是不一样的红。外部的事物,映照于心,温度不同,色彩便不同。色彩,其实是人心的反馈,人心温润,色彩自然温润;人心黯淡,色彩自然黯淡。希望也好,未来也好,其实是幽深的井,渴望阳光的赤橙红绿青蓝紫。

色彩,是缘起缘落;万物,都是缘起缘落。

少　女

少女,露着藕一般白嫩的胳膊,在河边浣衣,是夏日一景。世上最美好的东西,就是含苞欲放的少女吧?少女是花的蓓蕾,是正在绽放的梦幻。少女,不同于女人,是美,而不是性;她是超越性别的,融合了男人、孩童和女人的美。

少女,如新竹。竹子在笋脱去衣壳的时候,是最美好的吧?青翠、碧绿、清亮,迎风摇曳。很难找到适合的词语,去形容她们。少女之美,干净明亮,有着神性,让人自惭形秽。

我少年的时候,人世黯淡,可却有风景之美、少女之美。我是从少女的身上,看到了超出现实的美好。美于我,是一种观照,让我觉醒,疏导了我身上的凡俗之气,让我意识到有天然的气息可采集。我后来知道,很多能量,必须有一种明确的念想,才能采撷得到。

少女,天生具有美感与慧心,如早春茶树的芽尖。这种美感和慧心,除了天意垂怜,还需觉醒的自知,承接天命,悉心凝聚,才能酝酿培育醇明馥郁的芳香。

少女,如蓓蕾般绽放,可花朵不能自知,也难以自救,终究是美梦一场。大观园中,一度春色满园,有那么多冰清玉洁之人。可是红尘袭来,霜冻过后,都是残枝败叶的悲凉。花朵绚丽,终于枯萎,如此故事,周而复始,可是写起来,还是让人笔头铅重。

少女,依然美好和纯净,其他一切,皆可忽略。

般　若

人,其实有先验成分,只是很难印证罢了。这种生而知之,不是智慧,而是般若。般若跟智慧,是有区别的:般若,带有先天性;智慧,是后天开发的。般若,是连接虚空的;智慧,侧重于入世。般若,清亮且善良;智慧,功利而阴鸷。

般若忽有忽无。人,最大的幸运,就是带有般若性,若隐若现,若浅若深。生命的过程中,拥有般若,是一种造化。

般若,经常躲藏于文字中。有般若的文字,有一种异乎寻常的会意。你不知道,却会懂得。

文字的般若性,一直是我追求的。般若性,往往表现为平和、口语化、哲思化。没有口语化,没有哲思化,没有平和的气息,很难有般若性。

般若,背后仍是空寂。作品有般若性,是以有限连接无限;没有般若性,文字只是文字,背后没有虚空,也没有蓝天白云、清风明月。

记　忆

　　记忆，一定是曾经的真实吗？我想不是。时光流逝，过去、现在、未来经常混淆，经验和体验难以为证。提笔写字的人是有福的，可以将记忆和未来掺杂在一起，让有限成为无限，让一切成为可能。纸上的故事，在这个世界上可能发生过，也可能没有发生过。人写作，其实是以冥想发现了它，将它牵引进这个世界，以文字赋予它生命。

　　写作，不是盖房子，盖房子的比喻太机械。我喜欢的比喻是：随风潜入夜，润物细无声。写作就是捕捉时间之风。灵魂之所以成为灵魂，是因为自由地迁回于彼岸和此岸之间，像无形的渡船，将彼此的秘密，捎来捎去。我喜欢这样的感觉，一直想在空灵和现实之间，做一个摆渡人。

　　记忆，就是河流中的波光激滟。用记忆打造的梦幻，是超越时空的，可以称之为月亮河。

　　摆渡于此岸与彼岸的过程，是创造，也是自观。它解决了内心的诸多困惑和疑问，平息了波澜和冲突。一个时常在时空之中飘来浮去的人，自己是自己的上帝。

　　小说中的人物，因缘而起，被笔墨赋予生命。每一次纸页的翻动，都让他们活过来，演绎既定的故事，进行重新讲述。生命不仅仅是活着，它以各种各样的方式存在，以文字存在的方式与现实存在的方式,存在着错位。以文字存在的世界,终究为心灵直接吸收,会活在一个不老的时空里。

……读小说吧,一切都在里面了。凡文字,都很难隐藏自己,呈现的都是真谛。风来竹面,雁过留声。凡风起时,故事便如花一般开放,也如绿植一样疯长;凡风落时,该迷顿的迷顿,该凋零的凋零。随缘的文字,隙缝中会有清香拂面,如黄山风起时的松针之香,也如夏日荷塘的莲花之香。味道即记忆,也是不朽。

小说,如果能将作者导入永恒的空寂,也是一种造化吧?如是我闻,这世界的一切,都是从空寂中来而复往的一个个故事,如萤火虫,一直或隐或现,也一直飘来飞去。

2019 年 4 月

一直生活过的世界,也是我们谁都从未理解过的世界。

——[意大利]卡尔维诺

目录 MU LU

总　序 / 001
本卷序 / 005

主要人物 / 001

楔　子 / 001
第一章 / 010
第二章 / 030
第三章 / 045
第四章 / 063
第五章 / 089
第六章 / 115
第七章 / 136
第八章 / 169
第九章 / 193
第十章 / 213
第十一章 / 243
第十二章 / 269
第十三章 / 296

第十四章 / 318

尾　声 / 338

附　录　深度谛视个人与历史记忆的生命般若 / 王春林 343
　　　　——关于赵焰长篇小说《彼岸》

后　记 / 346

主要人物

他：二十世纪七十年代的小镇少年，也是后来的"我"。

小玉：二十世纪七十年代的小镇青年，在黄山打劫时惨死。

小芙：小玉的女友，李玉茹的女儿。

大头：李玉茹的儿子。

李玉茹：S县群艺馆干部，新中国成立初期上海支边学生。

黄源：黄山游击队总指挥。

汪丽文：黄源之妻，黄山游击队副总指挥。

洪春花：女游击队员，小玉的外婆。

王麻子：黄山游击队一中队队长，小玉的外公。

周老五：黄山游击队交通员。

汪家传：曾为黄山游击队医生，民间高人，小玉的武功师父。

本小说纯属虚构，请勿对号入座。

楔　子

　　有一种情感轻轻撩拨我,像羽毛轻拂,又似音乐缠绕。这种感觉,似乎是从很多年前的那一天开始的:它如雾霭般自然升腾,轻舞飞扬,由轻微变得强烈,由陌生变得熟悉,然后始终缠绕萦回。当我每天由忙碌走向空闲,凝眸面对什么时,它便如轻烟一样氤氲而起,游丝般飘出聚拢,与我面对面相望,又杳无声息地消失。有一段时间,我曾不由自主地被这种情丝牵扯着,莫名其妙地失望,莫名其妙地悲哀,莫名其妙地忧愁,甚至莫名其妙地陷入一种长久的孤独之中。

　　这是一种复杂的情感。后来我才知道,这样的轻烟,升腾于我的内心之中,却终究是来自彼岸,一个似乎就在身边,却无法涉足的虚空。那种不确定的、或有或无的、如音乐般的情愫,都是彼岸的温度和光线。它们一直不确定,却让人心驰神往。很多时候,我们被这样的信息悄悄召唤,于无声处听惊雷。我后来明白了,人与彼岸的关系,就是人与未知世界的关系,就是与时光的关系,还有错综复杂的机缘,捉摸不定的可能性。此岸与彼岸,出入自如,循环扭转——这个世界的一切,包括曾经的情感,曾经的岁月,不是消失,而是躲藏,躲藏在彼岸一个你看不见的地方。

现在,我已是中年人了。中年最明显的标志就是,万事万物入胸中,却有着难以言表的况味!辛弃疾有词云:"欲说还休。欲说还休。却道天凉好个秋。"对于这个世界,这些曾经的跋涉者和经历者,该怎样表达呢?一切都有是难言。中年对于时间的感觉,也近于机械和迟钝——如果之前的时光,还像是一条漫漫的山道,行走时还会注意两边的风景,那么,中年之后,只剩下在跑道中麻木地转圈。人生的结果,越来越清晰地呈现在面前,显示出无意义。我甚至能预见我死亡的地点和场景——在这座城市比较好的病房里,我心若止水,万般无奈,连告别的气力和心情都没有。人类只是终结于不同的方式,可是方向和归宿,却是一致的。终点即起点。如果真是那样,摆渡于河流之上,又有什么意义呢?一切都是无解。或者,根本没有意义,只是时间安排的一场游戏?

回忆像水下的影像,朦胧而含蓄。那些曾经发生过的事情,就像是从水底生发的泡泡,急迫地想浮出水面,可刚浮出水面,却梦幻破灭。我们这个年纪的人,对于过去的回忆,在很大程度上,都是粗糙而雷同的:阳光灿烂的日子,小镇或乡野的自由,苦中作乐的生活,含苞羞涩的情欲,囫囵吞枣的读书……那种乏味而单调的日子,之所以现在看起来尤为珍贵,是因为它们不仅仅是个体的记忆,它们还属于我们整个一代人。想想我们这一代人也真幸福,我们这四十多年的光阴,天翻地覆。可是时光飞逝了之后,记忆不堪重负,能打上烙印的,多是青少年时代,而在此之后的很多东西,却了无痕迹,一点印象都没有了。

难得的闲暇,我一直尝试用一种独特的方式,去规划我的记忆,触摸我的童年,我称之为数字化的方式。在我看来,这个世界的数字,是隐藏着很多秘密的,它们能将世界上所有的东西,都分门别类在数字里面。数字,就是这个世界的宝藏,也是打开这个世界的钥匙。我的方式是:一、我伸出我的手臂,竖起我的食指,我的指尖有一丝颤动,有些凉意。二、我的手臂往前移动,然后,指尖平伸,我的目光顺着指尖能看到前方的树梢。三、我的指尖在树梢上转动,我能看到树梢上有一只精灵般的鸟……当我数到"十"的时候,就像按下放映机的按钮,那些曾经经历,或者未曾经历的时光,会在我的面前展示——

往昔的时光出现了:一条汤汤的河流,横亘在我们的面前。水面有雾霭,有水鸟的啁啾。这样的阳光,这样的气息,这样的场景,分明是二十世纪七十年代中期的夏天。想一想,那时我只有十来岁,无忧无虑,沉浸在一片温和的宁馨之中。我生活在一个南方小镇,那种有着小桥流水人家的南方小镇。我无所事事,也无心思,我的全部生活,就是和小伙伴们吆喝着在一起玩耍,下河游泳、捉鱼,或者去偷别人院里的桃子、杏子和石榴……那些桃树、李树、杏树、樱桃树,慢慢地浮现在眼前了。天空格外地蓝,风格外地明媚,空气中浸淫着酸酸的味道……我回到了童年,回到了彼岸。童真,是一种心情,也是一种格局。我想起了很多事情,那些曾经发生的,如河面上浮现的水花般的各种事情,包括各种美丽的错误和恶作剧,想起来都令人忍俊不禁,让人回味不已。

……二十世纪九十年代的某一天,我回到那个生我养我的钟灵毓秀的县城。只是一段时间不见,这座小城似乎彻底地变了,跟之前我离开的那个寂静、破旧的小城相比,当时的县城兵荒马乱。到处都是嘈杂的声音:高音喇叭声,电视声,录音机声,叫卖声,汽车、三轮车、摩托车的马达声,还有机器的轰鸣声,几乎已将这座小城掀翻了似的。粗陋的垃圾建筑拔地而起,把黛瓦白墙的老屋子挤得歪歪扭扭,感觉就像是将北方的乡镇剪贴、复制过来一样。那个濒水的古朴小镇,以及安谧聪颖的灵魂,到底是去哪了?

第二天一早,我心情忐忑地去看望小玉的外婆。小玉死去大约已二十年了吧?而他的外婆也有九十多岁了吧?相邻的老屋早已被拆除,门前的月潭早已不在,原址上矗起了几幢高层的居民楼。这个邻近老县城中心的地带,应是被高价卖给开发商了。据说开发这一带时,小玉外婆死活不愿搬出老宅子,县里也没有办法,毕竟小玉外婆是离退休老干部,也是县里著名的"革命母亲",只好将周围拆除了事,只留下这一幢孤零零的老屋。原先月潭边上的青石板路早没了,只留下很窄的一条土路通向老屋。走在杂草丛生的土路上,我的心情如墙脚毛茸茸的苔藓一样阴湿。这一幢老屋,早已墙垣破败,岌岌可危,仿佛只要用力一推,就可以轰然倒塌似的。呆立半响后,我终于下定决心推开厚实破败的大门。没有人,也没有声音。天井里长满了葳蕤的野草,从天井的上空,洒下来一片阳光,照着天井里的野草和苔藓,泛着别样的绿色,绿得鲜艳,绿得深不可测。如此绿色,该是属于岁月的脱胎换骨吧——经过时间和岁月浸淫,仍有着蓬勃生命力的东西,都应是绿色的,比如水,比如霉斑,比如植物,比如眼前的苔斑。

在我进退两难的时候,有一只猫悄无声息地走过来,站在我对面,怔怔地看着我,就像看着一个星外来客似的。不,不止一只猫,好像我的身前身后,到处都有猫,它们或躲在窗棂上,或藏于柱子后,齐刷刷用神秘的目光打量我,面部充满疑问。一、二、三……我略微地数了数,好像有一二十只猫,甚至还不止,还有猫喵喵叫着不断向我集中。它们看着我,眼神里尽是不屑,有时轻描淡写地在我脚边游走,仿佛不是对我的不屑,而是对人类的不屑。置身于一个猫的王国,我手足无措,就像一下子面对诸多拥过来的幽灵。

一个老人佝偻着身子,从厢房里悄无声息地走出来,步履极轻,柔和神秘,在漆黑的老屋子中,就像一只老猫。我吓了一跳,怔怔地看着她。不错,她就是小玉的外婆洪春花,此刻,她的眼神空蒙,脸部毫无表情,像枯败的梧桐树叶般焦黄。她似乎就没有看我,也不关心我的存在,而是佝偻着身子,径直走到天井边的八仙椅上坐下。好一会,她才将目光抬起来,呆滞而木讷地面对我,就像看着一个到访的外星人一样。我理解她目光木讷背后的期盼,一个老人独居于此,哪怕弄出点动静,对她来说,也是一小片阳光。寂寞是让人害怕的,它比陌生人可怕和讨厌得多,它总是和虚无在一起,告诉你人生的短暂和促狭。它就是死亡的前兆,最让老人害怕。

我迟疑了一会,问:"小玉外婆,您认识我吗?"我注意到,当我发小玉这个音节时,她的全身如电击似的一阵战栗。我知道那是残留在她身上的刺,我触碰到它了,刺深入地扎了她一下,那种尖利让她一凛,于麻木中再次感到痛楚。

"小玉——"老太太嗫嚅着,原先呆滞的眼神,现出一抹亮色,像星光落入沉寂的死水,"这么多年了,还是第一次有人跟我谈起小玉。小玉——真是个傻孩子,这孩子自小就傻得很,他爸妈去世后,他就一直跟着我,是我带着他长大的。夏天的时候那么热,他却想着要钓鱼给我吃。我说我不想吃,虽然我也很想吃鱼,可我不指望你这个小孩子去钓鱼呀!可他不听,仍要去琴溪河钓鱼,晒得像小泥鳅似的。天气又热,早晨出去晚上回来,鱼都变味了……还有,你们以前都要去和尚头生产队参加劳动吧,一个暑假下来,起早摸黑,帮助生产队搞'双抢',结束的时候,生产队啥也不给,就给每个学生发一个新草帽,里面盛着六个大桃子。就这六个桃子,小玉也舍不得,一个也不肯吃,也要带回来跟我一块吃。

"……这些猫,也是我替小玉养的。以前,小玉最喜欢猫了,说猫聪明,有个性,不像狗,笨笨的,啥也不懂,就看主人的眼色行事,主人叫干什么它就干什么。他要养猫,我不喜欢,没让他养。现在,我养了这么多猫,也算是替他养。

"小玉还是个书呆子,最喜欢看书了,没事时总见他捧着本书读,《水浒》《三国》什么的,读了一遍又一遍,读完了再跟我讲。

真像他外公,他外公就喜欢读书。打仗的时候,口袋里还放一本书。那时游击队里最有文化的人,就是他外公了。小玉跟他外公真像,长得像,喜欢读书也像。小玉生前最喜欢我讲他外公的事情,问他外公怎么打仗的,怎么死的,都问过一百遍了……"

老人显然已沈耽于一个人的回忆之中了,她唠唠叨叨断断续续地叙述着,也不管我是否在听。从她的言语中,我已明显感觉到一个老年人对于时空的错位,此岸已然消失,彼岸慢慢延伸到她的眼前。这时候她一辈子所经历的所有事情,就像乱七八糟的积木一样堆积在她面前,她已经没有能力将它们理得井井有条了,她只能随意抽出眼前的枯枝败叶,激发残留的一些记忆。在普通人看来不成问题的时空,对于他们来说,已成为最大的问题。这就是暮年,整体上呈昏暗色调的苍茫的最后时光。

我就这样有一搭无一搭地跟小玉外婆聊着天。有时候无语,有时候沉思,我一直试图将那些支离破碎的时间残片拼凑起来,拼成一张完整的记忆图,可是我发现难度太大,过去的记忆和真实,就像被打乱的魔方一样,无法还原。或者说,根本不是我的能力可以还原的。聊到后来,彼此的言语都像枯萎的花朵一样,纷纷凛落下来。双方都沉默着,不再说话,对于时间和记忆,深表困惑和失望。

小玉的外婆忽然想起了什么,她挣扎着站起身来,示意我等一下,然后挂起拐杖,佝偻着腰,像一个有着岁月的树根一样移动着身体,消失在厢房的黑暗之中。好像过了好久,她又像幽灵一样飘过来,双手捧着厚厚的一沓纸:

"这是小玉留下的……我看不太懂他在写什么，我也是将死之人，很快，就能和小玉见面了，这个也用不着了……你留下吧。"

我打开一看，是一沓手稿，很明显，是小玉写的。我的心一凛，开始小心翼翼地翻动它们。稿纸已泛黄，笔迹也已变得模糊，内容是我熟悉的黄山游击队的故事。从写作手法上来说，像是小说，也像是一篇有关皖南游击斗争的历史和地方故事的笔记。多年前我经常听小玉给我们讲述黄山游击队的故事，也知道小玉在写东西，写一篇有关他自己，以及他外公外婆的小说，应该就是它了。小玉是执着的，他应该是想借助文字，寻求与逝去的父亲母亲，与这一片土地的某种紧密联系，就像春天野地里的藤蔓，固执地伸出触角，在野地上探索追溯着某种气息。

文字的最上方，写着两个遒劲而清秀的大字：清明。这应该是这篇东西的标题，生硬而坚决。以如此词语而命名，应该是对曾经的岁月的祭奠。以文字来寄托某种情感，表达哀思和怀念，虽说是一厢情愿，不过却是一件美好的事情。我粗略地翻了一下，手稿的文字，远不像当年他讲述的那样生动，带着某种学生腔，这也难怪，现在重温那个时代生产的文字产品，都打上了时代的烙印，如"八大样板戏"一样虚假和干涩，是再正常不过的了。不过我固执地认为，这一篇东西，还是有价值的。最起码它真实地记录了艰苦的历程，也记录了当年的荣光。任何怀念和回溯，都具有祭奠的意义，小玉的文字，也是如此。我更感兴趣的是：当小玉竭力回望那一片苍茫的世界时，他想缅怀什么呢？

一切都像是黄山氤氲而起的云雾，在山谷，在林间，在河湖沟壑……与雾霭同时而起的,还有生生不息的时光,袅娜弥漫,如梦如幻。如果没有记忆,现实还有什么意义呢?或者说,时间会更令人恐惧。就如同世界没有爱,还会有意义吗?所有的人都只是行尸走肉,时间会变成坚硬的石头。记忆,是激活时间的密码,是时光的浓缩,是人性的反射,更是上苍最好的馈赠。记忆就是连接,因为人类有记忆,世界一下子活过来,变得有意义了。

记忆就是渡船,它使得此岸和彼岸之间,有了联结。

这是一个简单的记忆,也是一个复杂的故事;是一段寻常的时光,却是一个非常的事件;是曾经的真相,也是永远的疑问;是昙花一现的情感,也是永恒的怀念……这个事件发生于那一年的黄山——一轮皓月,碧空如洗,莲花峰顶布满清辉。一九七六年的夏天,一个雨后初晴的傍晚。一对二,三个人在峰顶殊死搏斗。这应该是在黄山发生的最具惊险意义的真实故事。

死去的是英俊绝伦的小玉吗?

第 一 章

一

从某种程度上来说,人对故乡的依恋是表面的。故乡,只是表象,深埋其下的,是对童年和彼岸的缅怀。这两种感觉,彼此混同,人很难将之区分开来。对于我来说,童年也好,故乡也好,都在一条宽大河流的对岸。在河面上,笼罩着烟波浩渺的薄雾。至于记忆,会给人窒息般的重压,有时候一想起那些遥远依稀的往事,我的身体就有一种情不自禁坠入黑洞的茫然,仿佛置身茫茫的水面,让人感到恐惧和慌乱,一种无法触及真相的恐惧和慌乱。

我出生和生长的地方是一个小县城,钟灵毓秀的皖南小山城。小城位于群山的环抱之中,像心脏一样坐落在山脉与河流之中。县城最突出的标志,是城中矗立的明代文峰塔,立于县城的鳌峰上,在县城的东西南北,都能看到它的身影。早年在文峰塔旁边,还有一株数百年的大香樟树,树枝遒劲,树叶茂盛,绿荫如盖。树干也极其粗大,有一次,我们十几个小伙伴手拉手,才算是将树干围了一个圈。树如此粗硕,自然具有神灵意味。在文峰塔、大香樟树,以及不远处的文庙上,栖息着成千上万只白色的鹭鸶,它们盘旋在空中,如白云缥缈,一会儿飞到这边,一会儿飞到那边,在塔与文庙之间,制造了一个诗意的空中走廊。鹭鸶群起群落,使得小镇宛若仙境,人们就像生活在蓬莱仙岛上似的。当然,这是外人的看法,对于小镇的人来说,这样的景象从来就显得很正常,他们一直习惯了鹭鸶的叫声,感觉不到什么诗意,甚至经常埋怨高空中落下的细雨般的鸟屎。只有当这一切失去时,他们才会感到不习惯,才会想起曾经的诗意来。

这样的景象,也应去了彼岸了。

离宝塔不远,就是穿城而过的琴溪河了。琴溪河从南向北流,贯穿整个县城。这是一条清澈的河流,从桥上往下看,一直可以看到数米深水底下的沙子、石头和水草。在县城这一段,每隔数百米,就建有一座桥,共建有三座桥,分别被称为城南桥、城中桥和城北桥。当然,这是当地百姓的习惯说法,其实它们是有大名的,分别叫镇南桥、翠亭桥以及拱北桥。南面的镇南桥建于明代嘉靖年间,其他两座,都建于清代乾隆年间。这三座桥就那样静静地架在琴溪河上,两岸是大片的水柳。想象这一个情景,你就知道这里的静谧和优美了。

老人们说,拆掉城墙之前,这三座桥对应的,应是东面的三座城门,那时候进出县城,往东面,都得从这三座城门中过。当中最漂亮的,是中东门桥即翠亭桥。可以说,这座中东门桥是S县十景之首"三桥锁翠"中最重要的环节,是县城的点睛之笔。桥的主体,是用好几根一丈多长的青石板并排合成的,两边是木质的栅栏。桥的中间,建有一个古亭。亭子非常漂亮,整体线条流畅,有飞檐横空翘起。老人们说,这一座桥最初是廊桥,整体上是封闭的,可以遮风挡雨。也不知什么时候,桥廊被拆除了,只剩下两旁的栅栏,以及中间的一个亭子。这座城中桥,一直是县城人休闲的中心,炎热夏天的晚上,整座桥,以及桥的两旁都栖息着人:人们都穿着裤衩,手持蒲扇趿着拖鞋聚集在这里纳凉聊天,嘤嘤嗡嗡的,使得这里像是无数蝙蝠的聚集地。男人们抽着烟,光着膀子,抱孩子的女人们则随意撩起衣服奶着婴儿。

在现在的我看来,这一座曾经的小城如此完美,堪称古镇的经典和样板。它像是传统园艺与城镇的完美结合,浓缩了中国传统文化的诸多趣味:布局有山有水,依山而建,二水穿城;文峰塔所在,是中心地带,一塔高矗,文庙相拱,银杏映衬;环绕着塔、庙、树的,是青砖黛瓦白墙的民居和街道,依次铺陈:有恬静的月潭和连排老屋,有最为雄伟的张家祠堂,有花岗石铺就的广场。在鳞次栉比的街道旁散落的,还有巍峨的吕家祠堂、周氏老宅等。这一切,与老街连排的商铺、探出马头墙的蔷薇花、无处不在的粗大的香樟树,以及湿润清透的空气一起,组成了小镇朴素日常的生活气息。小镇,就是《清明上河图》的浓缩版。总而言之,这座只有一万多人的小镇宁静幽远、四季分明:春天碧柳红桃,夏天荷花飘香,秋天桂花满园,冬天蜡梅绽放。它有一种安谧的力量,使得小城人能够心平气和地生活。即使社会再动荡,它仍能像一个孤岛一样,寻找到自身的宁静,隔离出自己的遗世独立。

我这样絮絮叨叨地描述着小城的模样,是任我的回忆信马由缰。在这个世界上,我首先认识,或者说首先扑入我眼帘的,就是这一个美丽的小镇。从某种方面来说,小镇铸就了我最初的禀性,给予我最初的气息,也造就了我观察世界的视角。我很庆幸自己降生于此,有这样的生长环境。现在想起来,小镇所能带给我的,除了丰富的童年、踏实的性格之外,还给了我一种小家碧玉般敏感、细腻的底质。这种接近原点的经历,使得我的生命过程显得越发完整。它没有乡村生活的粗陋和卑微,也少了城市生活的框架和粗糙。在很多时候,小城就像童年本身,是人之初的质地。或者说,这样的生活,就是为童年生活量身定制的。它就像有草有树的灌木林,那种由纤细而产生的细腻和温柔,是其他植物所难以企及的。当然,这丝毫不妨碍它有朝一日吸收充分的养分,脱胎换骨,最终长成一棵参天大树。

……他突然想起了第一次见到小玉的情景。那一天,一切平平淡淡。在操场上,有一拨人在打着弹子。他不在他们当中,只是在一旁独自玩耍。那个时候,他只有十岁左右,别人越是嬉戏得热闹,他越显得孤独。嬉戏的声音在一旁响彻,他却兀自沉浸。他举起一粒绿色的玻璃球,对着太阳专注地眯着眼。太阳进入绿色的玻璃之中,绿莹莹的,一点也无平日的骄奢和威严,它平和而慈祥,散发着随和的暖意。这样的发现,使得他自我陶醉于美的创造,沉浸于一种宁静的氛围之中。

他站在偏僻的角落里顾影自怜。他在用绿色的阳光编织属于自己的幻想,就像油画中的一株向日葵似的。一个大孩子向他走来,他用眼角的余光瞟了一下走过来的脚。那是一双回力牌白球鞋,有点旧,但显得整洁干净。现在,那种回力牌白球鞋早已不知踪影了。而在当时,在那个偏僻的小县城,与一般人穿的黄色的解放鞋、蓝力士鞋相比较,那种回力牌白色运动鞋秀气而轻妙,给他的印象无疑是深刻而难忘的。

很多年后的一天,当我以一种竭力回望的方式构思这篇小说时,我又在某一天的梦中见到了回力白球鞋。我梦见白球鞋一步一步走向我,向我微笑,并且走向我的脚,与之合为一体。从梦中醒来之后,我扭开案上的台灯。恍惚了很长时间,我仍不得其解。我知道白球鞋这一个意象的来历,不过白球鞋走进我的梦中却是第一次。也许梦意味着一种启迪,昭示着这一部小说的意义,以及由此引领的路线?

这是一幅画面,是随岁月变得越来越清晰的图画;也是一段音乐,由情节与情感幻变而成的音乐;或者是光,由彼岸投向此岸的光与影。这种感觉自出现之时,就变得永恒,像画面、音乐和光影一样,快速凝固并深藏在我的记忆当中。当我每每经历一段时间的忙乱,在时间的间歇期短暂停留时,那种亲切的旋律便会浮现在眼前。我会不由自主地被它吸引,跟随记忆的召唤,置身于时光之下，就像一个观众，栖身于观众席，静静地回眸往昔的时光，仿佛电影胶片，再次在眼前播放。主角已不再是我，而是他，一个小男孩。我与他相互凝视，构成了彼此的对应：我可以穿越记忆的河流看到他，能看到他的背影，却看不到他面孔的真切；而他呢，也可以在想象中，在灵魂的深处意识到一个将来的我，如同意识到一点光亮，像目睹对岸的星星之火，或者感知未来冥冥的昭示。此时的他在彼岸，我与他隔水相望。不过我没有因为距离觉得疏远和陌生，相反却感到格外亲切，活着的和死去的也不因时间而谬之千里。这个世界的确存在平行宇宙概念的，逝去的一切，不是远去，只是消失，它可能就隐藏在你身边。只要你愿意，你完全可能利用意识的力量让它们聚在一起。这是另一种真实，与现实的时空观相同的真实。

死去的，是英俊绝伦的小玉吗？

生命和死亡，就这样在我的童年时期与我迎面相撞。这样的撞击，对于我来说，似乎早了一些，在尚未体验到芬芳之前，给予我的，过多的却是苦涩。它扑面而来，让我猝不及防，让我过早产生对这个世界的质疑，也让我有一种莫名的伤感洇化荡漾。现在回想起来，这种无名而生的忧伤，不单单属于个人，其实是人类整体的忧伤，是渺小的人类面对无垠宇宙的无奈和悲凉。过去与未来，不管它属于漫漫长夜，还是隐匿于身边的隙缝，对于此岸的人来说，都像星辰闪烁，给人以某种昭示和启迪。

二

　　每一个人都有某种人生意义的醒世,他的醒世,似乎是在五岁时那个春雷震荡的上午。

　　醒世的涵义,是混沌初开,有了记忆,也有了自我。名字的赋予,是人生的出发点,当灵魂跟一个名字捆绑在一起,"我"便产生了。自我,并不是跟人的出生同步,它似乎是娇嫩的身体发育到一定阶段的产物,或者因一种外力进入,身体遵从某种神秘的信息,服从于神秘力量。人的醒世,如光照耀混沌天地,一切有了亮色,有了记忆。

　　从某种程度上说,心灵就像一面镜子。醒世之前,它一直尘封着,上面落满灰尘。光照射进来,如抹布一样拭净了尘埃,它开始有影像出现,反射着世界的林林总总。时间就像一条看不见的河流,浸淫着万事万物。在时间的河流里,我们可以称之为生命;不在时间的河流里,我们称之为混沌。或者,我们将其称为此岸,或者彼岸。记忆消逝,意味着从此岸遁逃到彼岸,生命重归混沌,光消失,归于黑暗。可是它只是逃遁,是转化,不是消失,它的逃遁,就像一滴水消失在大海里,像一缕空气消失在空气中。

　　那样的醒世,也已是到彼岸了吧——是在河的那边。他记得那是公社的院落里。说是院落,其实也只是四排平房围成的院子,最里面的平房是老房子,里面放着很多条凳子,有一些方桌子。现在想来,那大概是食堂,有时候兼做开大会的礼堂。礼堂的拐角,有一个小门,穿过小门,通过一条长满一人多高的芦苇的小路,可以一直走到河边。院落里长满了狗尾巴草和野辣椒。这就是他最初的记忆,随之,场景出现了——突然下雨了,暴雨噼噼啪啪地打在他的周围,屋顶上也有清脆的雨声,先是掀起一层灰,然后激起朦胧的水雾。他有点慌不择路,从一大堆狗尾巴草丛中跌跌撞撞地跑过,好几只不太美丽的黄蝴蝶惊慌失措地跟在他后面。他跑到离他最近的那间平房的屋檐下,这时已看不到对面,母亲早已没有了踪影,想必进了屋子。他靠在屋檐边的木柱上喘粗气,看着雨密不透气地落下来。他就一直在那看着,什么也不想。突然,他听见身边屋子传来一个女人声嘶力竭的哀号,他不知怎么回事,赶忙走过去。窗户并没有关紧,他很好奇地踮起脚尖,透过缝隙,好奇地向里面看去,只见两个穿白大褂的人正忙碌着,白大褂很脏,上面沾满了污秽。正对着他视线的地方,放着一张床,同样污秽的床单上,躺着一个女人,下身赤裸着,肚皮挺得老高。叫声就是那个女人发出的,她如生病的老猫一样扭动着身躯,不断地发出哀鸣,有血水不时从她两腿之间流出,地上小山般堆满了沾染血水的草纸。他的内心害怕又好奇,看得心惊肉跳,血往头上直涌,双脚不由自主地颤抖,松软得差点跪下来。女人一直在号啕不止,穿白大褂的人不耐烦了,一个右眼下面长有一颗很大的痣的白大褂从口袋里摸出一根香烟,用火点着,深吸一口,没有好气地说:

"叫,叫个鬼。快活的时候就不叫了。"

这句话果然有用。躺在床上的女人声音果然小下去了不少。

另一个白大褂的脸上青白了一下,低下头去,像是没有听见似的。这是一个非常年轻的女子,脸色红润,很好看。黑痣白大褂见病人不作声了,得意地笑笑,冲着那女子继续说:

"你们女人真是倒霉,快活了还有后遗症,不像我们男人,省事,顺心。"

说着,他把烟头往地下一掷,又冲着床上的女病人说:"用劲,再用点劲,把干那事的劲全用上来。"

床上的女人又无休无止地号啕起来。声音被暴风雨压制着,显得有气无力。他回过头来看看雨,又忍不住看看屋子里的事,只感到莫名的紧张,像是即将诞生一个新的世界似的。终于,他听到那个女人凄厉地长叫一声,让人毛骨悚然,又异常陌生,就像是从远古传来的一声响雷。与此同时,一声闷雷在不远处的老槐树上炸响。硕大的血块从女人两腿之间汹涌而出,一声号角般嘹亮的啼哭传进他的耳朵里。

"生了!生了!"那个女医生惊喜地叫喊起来,然后拨拉着婴儿的身体,告诉女子说,"是个男孩,是个男孩!"

躺在床上的女子发出一阵嘶哑的笑声,可能是很长时间没有笑过了,像牵扯着什么东西,带不动,留下一连串的惨音。他后来想起来,觉得那像猫头鹰在夜晚竹林里的叫声。

那天晚上,生病的父亲早早地睡了,他跟随母亲去一个村落的贫农夜校上课。从他们家到要去的村里,大约有五里路。母亲背着他,打着手电筒走在羊肠小道上。电筒微弱的灯光里,不时有一些青蛙蹦跳,或者蹿过一条四脚蛇什么的。他仍想着白天令

人心惊胆战的一幕,生命的诞生,就是一个微不足道的血块吗?血块是如何产生的呢?后来他忍不住了,就问母亲:

"妈,你是怎么生我的呢?我生下来,是怎么个样子呢?"

黑暗中的母亲有点心不在焉:

"怎么问这个问题呢?不是告诉过你,你是从我胳肢窝里出来的吗?你一爬出来,就白白净净,只是比现在小一点。"

他知道母亲在说谎,这个古老的谎言,多年来一直欺骗着人们。他的脑子里充塞了那个生小孩的血淋淋的场景。他一点也不知道是怎么回事,情不自禁地问:

"我下午看见有人生小孩了,不是从胳肢窝里出来的,是从两腿之间出来的。"

母亲一下子止住脚步,怔怔地站在黑暗之中,什么话也没说。四周死一般地寂静,青蛙的叫声似乎也没有了,萤火虫也慌乱地四散逃走。母亲把他从后背上放下来,用手电筒照照他的脸,认真地看了看他,停了一会,然后移开。他分明感觉到她的眼神充满惊恐和狐疑,紧接着,他的脑门上重重地挨了一巴掌,他听见母亲厉声说:

"你看了什么乱七八糟的事情啦?不该看的别看,不该问的别问!"

他吓得哇的一声哭了出来,惊得身边灌木丛里的几只不知名的夜鸟扑簌簌地飞走了。

三

从那一天起,他发现母亲常常用一种怪异的目光打量他。他能从目光中,本能地知道母亲的哀怨和疑问,此外,还有很多凭直觉读不懂的内容。他常常因为母亲怪异的凝视感到惶恐,仿佛他知晓了这个世界的秘密,或者窃取了什么东西似的。他变得沉默少语了,痴痴冥想,眼前经常性不自觉地出现一些幻象。他似乎觉得幻象是有意思的,可又分明看不真切背后的影子。

他那时会经常走出家门,穿过老街,走到琴溪河的岸边。每次来到清澈的琴溪河旁,沐浴着河边清凉的风,或者脱去鞋子直接蹚入河水之中,他就会感到心情愉快,会把很多事情忘得一干二净。母亲说人是猴子变的,他一直抱有疑问。他想问的是,那猴子是什么变的呢?他觉得猴子肯定是鱼变的,不仅仅是猴子,这世界上所有的生物都是鱼变的,都曾经是鱼,生活在水里,只是后来慢慢地爬上岸,变成了各种各样的动物。要不人为什么对水如此情深谊厚,对水有着一种天然的亲切感呢?

他是真心地喜欢这一条河流。他小小的脚,有时候会脱离思想和要求,会情不自禁地向着河边走。有时在浅浅的河水里翻石头逮石头下的小鱼,有时站在河边打水漂,或者,干脆脱得光光的在水里扎猛子。他好像轻而易举地就学会了游泳,一段时间之后,他就能像小鱼一样,在水里起起伏伏。但他从不敢往河中间去,大部分时间,只是在河边的浅水处玩水,有时游得累了,就坐在水中的大石块上看一些小伙子在水中自由自在地搏击。那些年轻人的水性相当好,他们可以一个猛子扎到桥墩下面,有时可以从涵洞或石缝中捉出一条鳝鱼来。那鳝鱼在他们手中挣扎、翻腾,往往会引来一片欢呼声。有时连石拱桥上都站满了兴高采烈的人。

有时候,他还学着一些大小孩,在河滩上仔细观看,一不小心,还真能找到一些宝贝。小镇毕竟是有历史的,河里真的藏匿了不少宝贝。有一次他从沙里捞出半截玉镯来。还有一次,他看见身边一个大小孩,在河滩上低头走着,忽然捡起一块金黄色的貌似金砖的东西,上面还刻有字。小孩知道自己是拾得宝了,激动得满脸通红,用手紧攥着,在那大喊大叫。他刚想冲过去看,那个小孩鞋也没穿就飞奔回家了。后来才知道,那小孩还真是扒了一块小小的金砖。

有一天晚上,母亲仍去农村小队的夜校上课,父亲仍早早地睡觉了,无所事事的他,控制不住自己的脚步,又踱向河边。这是一个月明之夜,月亮凄惨惨地挂在天空上,泛着白光。当他走到城中桥边上时,天上下起了毛毛细雨,河边连一个浣衣的女人都没有。他在河边的大石头上坐着,凝视着泛着潋滟月光的河水,平静的河面上,好像有一只飞蝇贴着水面飞行,带起一星细微的涟漪。突然,水面溅出一串水花,一条大鱼猛地一扑舐走了它,动作之敏捷,有如老鹰扑食一般。

"有大鱼!"他的身边响起兴奋的声音。他转过头去,一个健壮的身影已脱去衣服,飞快地跳进水里,掀起一大片水花。他没有看清那人的脸,只感到心往下一沉。四周变得越来越静寂,先前的猫头鹰也停止了鸣叫。他揪着心,一动不动地看着水面,不知过了多长时间,那个小伙子一直没有浮出水面。他开始感到害怕,仿佛眼前的河水会慢慢涨上来,将要把自己淹没。

他不知那个影子是人是鬼,怎么会说消失就消失了呢!他回头看看大石头后面,那个人的衣服还在,破旧的背心在月光下泛着惨白的光芒。都说水鬼会在月光下纳凉,刚才那个影子,会不会是水鬼呢?这么想着,他有点慌乱,忙不迭地站起身来,跌跌撞撞地往家跑,一边跑,一边看着天上的月亮。月亮一步不落地跟着他。道路两旁的木槿花,不时打在他的面颊上,花粉四溅,诱惑得他直想打喷嚏。一直到家门口的巷子边,他这才定下心来,蹒蹒跚跚地往家走。

母亲已经睡着。依旧病中的父亲,在黑暗中睁着双眼,看见他进来,轻轻地咳嗽一声。他知道父亲是要告诉他自己没有睡着。父亲是从什么时候生病的呢?好像自从醒世后,就看见父亲病恹恹的。后来,父亲一直被批斗,家里放着各式各样的大纸牌,上面写着乌漆麻黑的大字,还堆有好几顶白纸糊的高帽,上面同样写着乱七八糟的字。蜗居一样的小家中,永远散发着劣质墨水的腥臭味,以及各种各样的中药味,有的浓烈,有的淡雅,有的新鲜,有的陈旧,有的吞吞吐吐,有的肆无忌惮……它们就像很多细线一样,乱七八糟地纠缠在一起,把整个空气都弄得紧张和神经兮兮的。这时候他们家的钟响了,是报夜半的钟声。他悚然一惊,不由自主地吸吸鼻子,钟声中明显有股河水的腥味。

第二天中午,终于有消息传来,河边生产队最帅的小伙子和平死了,尸体浮在城南桥的桥墩旁。认识和平的人都说,这小伙子死得真蹊跷,水性那么好,怎么会淹死呢?衣服还叠得好好的放在石头上。人们的猜测是撞着水鬼了,水鬼就喜欢在大月亮的夜晚,蹲伏在大石头上晒月光。那么强壮的一个小伙子,一天要挣好几个工分的……人们的惋惜慢慢地聚拢,又慢慢地散去,就像月光投影在水里,一阵风吹过,就碎了。

他急急地赶到河边生产队。远远地,他看见和平的尸体被安放在一棵古楝树下,全身上下只穿一条短裤,双目紧闭,面孔呈现出青菜的绿色,肚皮像死鱼一样肿胀,鼓起像一座坟墓似的。他的嘴角不时渗出一丝丝脏水,像蛆虫一般爬出来。和平的母亲在一旁的人群中号啕大哭,边哭边唱,把她心中的悲哀和感慨,都编成押韵上口的词调述说出来。和平的父亲,一个精瘦黝黑的中年人,则像一只被激怒了的猴子一样,在河滩上口吐白沫破口大骂,他骂的是水鬼,骂得也格外难听。旁边那个女子,大约是和平的未婚妻,哭得不时瘫倒在一帮妇女的胳膊上,有几次,她甚至挣脱了众人的手,赤着脚扑向不远处的河流。人们死死地拽住了她,不断地重复着劝慰的话语,有不少搀扶着的小姑大嫂们也潸然泪下。

晚饭之后,他又独自来到那里。苦楝树下,已没有人影,和平的尸体已经被运走,旁边的河面,也显得格外寂静。他待了一会,又顺着石拱桥往回走。桥孔中悬挂的常青藤在夕阳和晚风中摇曳,从石拱桥上看下去,河流异常神秘,幽深无比,连水流的声音,也比平时轻了很多。水底之下,真会有水鬼吗?

四

别人常对他母亲说,你这个儿子,要是个女孩就好了。的确是这样,打小起,他就长着一头弯曲秀美的头发,鼻子小巧而坚挺,嘴唇薄薄的,带着倔强。他还有纤长的四肢,以及雪白的皮肤,这些,都让他像是女孩吧。曾有人对他颇具艺术气质的父亲说,你这个儿子有一种超凡脱俗的感觉。这位叔叔咬着舌尖说,这样的孩子不多见。他当时在场,一个孩子,对于相关的评价,肯定是在意的。他出生以后,母亲曾重重地叹了口气,一副失魂落魄的样子。母亲曾抱怨他不是女孩,后来还把他当作女孩来抚养。他至今也弄不清,为什么母亲毕生钟爱女孩,还对男孩抱有天生的敌意,这似乎是人之常情所无法诠释的。他有一本影集,那上面的前半部,记载着一个漂漂亮亮的小丫头的成长过程。母亲无事时就翻看这本影集,有时候边看边叹息,他在一旁难过极了。有一段时间,母亲突然给他穿起了花衣裳,用橡皮筋给他扎起了羊角辫,长长的,高高的,仿佛一直能翘到天上去。他穿着女孩的衣服,跟母亲走在一起,有时候会引来一番注视:呀,这个小姑娘好漂亮啊!每当这个时候,他就显得手足无措,也不知道是该高兴还是生气。后来,他终于感觉到沮丧和失落,一点也不想做漂亮的小姑娘,只觉得这样的打扮让他别扭极了。

现在想来,他的孤独和伶仃,跟打小的生长环境很有关系。

父亲和母亲,从严格意义上来说,跟很多父母一样,并没有长大,也不成熟,只是到了谈婚论嫁、生儿育女的年龄罢了。思想的重压,阴郁的情绪,使得他不同于一般孩子,他在很多时候表现出过分的清醒,以及与年龄不相符的冷静和心不在焉。"这孩子有点与众不同呢!像个小大人似的。"邻居总是指指点点议论他。他木然以对,以为是自己不能给大人带来欢乐的缘故。他知道那些大人,都喜欢以逗小孩为乐,而那些小孩身上的确有东西讨大人欢心。可是他没有,他的身上没有一种东西,供大人们欢乐。他不喜欢也不愿意。

童年的他,精神上也是很饥渴的。他所生活的时代,以及小镇的背景,使得他很少从书中去获取营养。他所能读到的书,就是一些蹩脚的民间故事,以及道听途说的乡野斗争故事。他拥有一些破破烂烂的连环画,最好看的,是一本早已翻烂的《动物寓言故事》。对于他来说,这个世界的很多道理,都是那些猴子、老虎、大象、狮子等告诉他的。动物给予他的,永远比那时候人教的多得多。那时候的书,永远跟各式各样的漂流记联系在一起,从甲这里漂流到乙,从乙那里流浪到丙,直至有流浪天涯海角的可能。

没有书读的时候怎么办呢?他已习惯于冥冥沉思,玩味自己的思想。比如抬头瞅见天上繁星点点,会想起地上对应的一个个动物:老虎对着北斗星,狮子对着北极星,等等,他就喜欢这样,将风马牛不相及的东西硬拽在一起。思想真是一个宝藏,有时你觉得脑筋是一片空白,可转而会发现里面充塞许多莫名其妙杂乱无章的东西。它们在属于你的宇宙里悲伤、痛苦、欢乐、高兴、啼笑皆非,欲罢不能……人玩味自己的思想,就像花朵玩味着蝴蝶,小猫玩味着自己的尾巴一样。每个存于世的事物,都自带对付无聊的本领,感受生活的有滋有味。

他还喜欢努力证明自己的男孩气概。对于别人,这似乎是一件多余的事情,但对他来说,却是必不可少的。很多凝视他的目光,都情不自禁地带着一种欣赏弱者的成分,或者有由于忌妒而显出的嘲讽,或者故作漫不经心。这种感觉,都让他很不舒服,以为是一种别样的轻视。童年的他需要怜爱,不过拒绝接受任何成分的轻蔑,他想努力证明自己的分量——如果每个人都是一个星球的话,他不想做卫星,只想做独立的行星,有自己的轨迹。在这世界上,他想要的是独立运转,而不是围绕着别人运转。

……那一双回力牌白球鞋走到他跟前,静止不动。他听见一种类似仲春暖暖阳光的声音,亲切,随意,自然,充满磁性:"小朋友,那颗弹子借给我,我赢了还你,好吗?"他抬起头,怦然心动,他看到一张似乎异常熟悉而亲切的脸。这张脸既柔美又刚毅,无可挑剔。更重要的是,这张脸的轮廓的每一处凸凹,每一条直线与曲线,都令他沉醉和痴迷,仿佛与记忆深处的某种希望相连。他后来知道,所谓一见钟情,就是现实的影子,与记忆中的影子相吻合了。记忆中,真的存在一个没有经验的影子吗?他是矢志不渝相信的。他似乎早有预感,一直等待着一个人,会用如此亲切的态度和口吻跟他说话。他等着这一天,仿佛等待了上百年——于是他毫不迟疑地将手中的绿玻璃弹子递过去。

他怔怔地蹲在一边,看着那个穿回力牌白球鞋的大男孩在打弹子。那时西边正有夕阳,余晖映射在那个大男孩的脸上,呈现出一种立体的金黄。他突然觉得应该在某一张画上,看到过这样的画面。可是在哪看过的呢?好像从未有过。那个大男孩,一举一动都是那样优美和协调,仿佛带有音乐般的节奏和旋律。他看得呆了,突然地就内心悸动起来,心音轻如拨弦,像有指尖在上面划了一下。

后来,每当夕阳西下,日落的光华洒得满天遍地,或者他呆坐在一隅,或者凝神想着什么时,他的心里总会莫名其妙地悸动一下,大男孩小玉的形象就悄然出现,在夕阳西逝的光华中微笑。这样的颤音,竟联结着某种影像,这是让他一直感到奇怪的。所有的一切有些超现实,可是现实是什么呢?它与未来和过去的分界在哪里呢?这样的悸动经历,一直延续到他二十八岁结婚一周年的时候。那个下午,他坐在靠近琴溪河边上的石阶上,猛然想起小玉。奇怪的是,这一次他的心没有再悸动,只是觉得心境平和,似身边迎风婆娑的古柳。

那个男孩把一捧弹子给那个孩子,说:"小弟弟,这一捧弹子给你吧,反正是赢的,拿着吧,拿着。"他怯生生低着头,脸有点泛红,眼睫低垂,一双赤裸的脚在地上羞赧地移动。他讷讷无语,忽然对大男孩的手产生了兴趣,那一双手手指修长有力,指甲修剪洁净,呈现出有力而浪漫的气质。更让人感到奇怪的是,打了那么长时间的弹子,他的手竟然没有污垢,如此干净,不落纤尘。他又怔怔地跌入自己思维的井了。大男孩看着他,充满怜爱地笑了。他有点不好意思,有一种温暖的感觉如毛毛虫一样,从心壁上茸茸地向上爬。他感到嗓子发干,然后就是发涩,他想说话,说谢谢之类的,却什么也说不出来。大男孩笑着说:"没事,拿着吧,别像个小姑娘。"

他终于伸出手,觉得手掌上响起一连串音乐声,是玻璃弹子互相撞击的声音,那样好听,比他听过的所有音乐都好听,他甚至看到撞击而产生的五颜六色的光芒。慢慢地,他的手心变得潮湿发痒,一个个玻璃球在手掌里越来越不安分,滑溜溜如一条条小鱼,鱼儿啜着他,仿佛想挣脱他的手掌沿着手臂的动脉向上游弋。那个矫健而修长的背影慢慢变得遥远。他有点想哭。

他又开始怔怔了,泪花在眼眶里晶莹,眼前的一切,就是所有的世界。他目送着大男孩慢慢走远的背影,心里一片空白。那群打弹子的孩子围上来,看着他,眼里充满羡慕和疑问。有人终于憋不住了,问:"小玉是你什么人?他干吗帮你打?他打得多好啊,百发百中!不,那叫百步穿杨……"

"他叫小玉?"他脱口而出,口吻异常急切。"什么?你不知道?"他们脸上现出了诧异和不满。"小玉呀,你都不知道!他是镇上最会打架的啊!会武术的。三四个小伙子都不是他对手,他还会开汽车呢……他呀,没有什么不会的!"

他一气儿不落地听着,心里云破日出,面上神采飞扬。小玉这个名字,像美丽的蝴蝶一样,扑向了他的心壁,烙下了刻骨铭心的记忆。后来他想,一切都是缘分,之所以遇上小玉,不是他拥有超出一般男孩的能力和品质,而是时间、地点、说不上的气息,在起着作用。当然,彼此的气质、音容、笑貌、举止,也起到了黏合作用。他们如此契合,彼此渴望,像两粒水珠一样急切地聚成一体。所有的理性判断,以及试图贴上的词语,都显得太轻飘太苍白。写出与分辨出来的,跟本来从来就是两码事。

总而言之,有一种依稀的影子使他感到亲切和爱怜,就像本能地感受到太阳的温暖以及月亮的柔和一样。他永远说不出它是什么。不过那年那月那时,确实真切地唤醒了他的情愫。

第 二 章

一

小玉死去的第三天,尸体被运回县城。人们交头接耳奔走相告,以各种心态和表情传递这一消息。这一池平静的春水,最喜欢各种各样的小风来吹皱。我后来知道,人的内心也是一池春水,也需要一些风来安抚和扰乱。人性的边缘地带,潜伏着忧伤,也潜伏着快乐。消息的快速传递,让小镇所有的年轻人都蜂拥至小玉的家门口,他们壅塞在紧闭的大门外,像包裹着老屋子的一层层布带。我也在这样的人群中,抬头看着屋顶上高高的马头墙,想象有一股轻烟从天井的上方袅娜地升出来。那应该是小玉的魂魄吧?淡如蓝天上的云丝。那时候天空如洗,蓝得像大海一样纯净,炽热的太阳直直地射下来,可下面的人浑然不觉。

一直到夜幕降临,眼看着无法等待那扇大门开启,围观的人饥渴难耐,不得不散去了。我仍是蹲伏在那儿,像一个泥人一样。后来,大门开了,一个黑影站在我面前,是小玉的外婆,县里的"革命母亲"。她看着我,示意我进屋去。我挪动着酸痛的脚进了屋子,一抬头,一口硕大的棺材横亘在厅堂中,从天井上方射进的夕阳余晖,映照在棺木的一角上,更显得幽暗和沉寂。我后来听说,小玉被运回来时,脸已是血肉模糊,脑袋后面有一条三寸长的裂口,白的红的交织在一起,不堪入目。外婆一声不吭,仔仔细细地拭去了小玉脖子、脸、头发及全身的血污,把小玉的周身弄干净,又替他换了件干净的衣服,才将其入殓。随后,外婆整个瘫倒在棺材边,泪水像瀑布一样涌出。

小玉外婆边上,还站着一个人,一个清癯的、瘦小的年轻人。他一直默默地帮外婆忙这忙那,轻手轻脚得像一个幽灵似的。我后来知道,这个人叫吴小平,是黄源曾经的救命恩人吴大根的儿子,当时是县委办的副主任。我听小玉讲过吴大根与黄源的故事,在风雨如晦的年代里,他们之间的故事,称得上是真正的生死之交。

昏暗的灯光下,我和小玉外婆的影子拉得老长。我知道那寿材原先属于小玉外婆,这个被称为"革命母亲"的女游击队员,原名叫洪春花。当时,新来的县革委会主任,为了表示对"革命母亲"的尊敬,也为了平复文峰塔边古香樟树被伐的风波,特地批示要用这香樟木,为"革命母亲"做一口寿材。可是现在,这一口寿材里睡着的是小玉了。命运与人的角斗,从来不屑调动千军万马,有时候轻点手指,改变一下时空,便引得无数悲剧、喜剧、活报剧、荒诞剧了。

寂静像一朵漆黑的花一样,在老屋子里悄悄地绽放开来……尽管在黑暗中想起了很多事,可是想把前前后后细细地厘清,还是异常困难的。我感到喘不过气来,脚步情不自禁地挪动走上了阁楼。楼上的两间厢房仍是敞开着的,左边,曾经是我们的图书室,我已有很长一段时间没来这里了;右边,是小玉的卧室,那一个铁架大床冰冷地躺在那里,隐没在一片黑暗之中。有一股浓重的霉味、带点腥气的青苔味,夹杂着房间里的樟脑味弥漫过来。这一切都与小玉断了联系。曾经回荡在屋子里的音容笑貌去了哪儿呢?隐匿于气味之中,潜伏于壁板的缝隙之中,还是躲避于黑暗之中?

小玉走了,如一缕羽毛或者纸片一样,飘离这个世界。此后我的记忆里,已没有真实的人物,与留存的幻象对照了。记忆失去新的气息,幻象会慢慢萎缩,直至彻底消失。这又是多么无奈而残酷的事呢!

二

小玉的身影在老屋子的墙上不停地晃动着,那是因为小小的白炽灯被风吹拂的缘故。小玉像一个大学讲师似的充满深情和自信地说:"你们随便看随便看,我家这个屋子,新中国成立前是国民党县长许仲昆的。这个许仲昆,当年是黄山游击队的老对手。大军过江后,黄山游击队攻占了县城,许仲昆负隅顽抗被镇压。游击队队长黄源考虑到我外公为革命牺牲贡献大,外婆又有了我妈,就把这一套大房子分给我外婆了。"

小玉继续说:"我对皖南游击队的故事感兴趣,当然是因为我的家庭。我的身上淌着他们的血,怎么会不感兴趣呢?很小的时候,我就经常听到外婆讲死去的外公的故事。外婆没什么文化,不会讲安徒生,也不会讲《格林童话》,更不会讲《一千零一夜》。她只会讲风雨如晦年代的故事,她的经历,她自己的故事,外公王麻子的故事,游击队长黄源的故事,还有其他人的故事。我从没有见过外公,可是外公的形象一直栩栩如生,活在外婆的讲述中——你们知道吗?外公特别勇敢,会武术,像梁山好汉一样精通十八般武艺,四五个人根本近不了身;外公还有很好的国文底子,会背很多古诗,能写一笔好文章,也能写一笔非常好的字……除了外婆之外,黄山游击队的老队员们,会经常提到外公,说我外公就是黄山游击队的张飞和李逵。可是我外婆听了却不高兴,外婆说外公更像是文武双全的赵云或者岳飞。"

小玉笑了笑,继续说:"我觉得黄山游击队的老队员们最可爱了,他们含辛茹苦,将自己这一生献给了皖南的革命斗争,献给了皖南的解放事业。我一定要把他们的斗争故事记录下来,讲给无数小伙伴听,讲给年轻人听。虽然写小说很难,可是我还是想尝试一下。只不过,对于这部我要写的小说,我还没有找到一种合适的表达方式……"

小玉挠挠头,继续说:"我不会表达,也不知怎么完整地说他们的故事。先一个个写吧,写一个,再跟你们说一个。我先讲一个故事,一个具体的故事,是周老五跟我说的。我现在讲给你们听,这个故事是真实的,一点也不掺杂水分,你们听完这个故事,就知道当初黄山游击队是怎么战斗的了。

"周老五跟我说,那时候他在黄山游击队,主要负责情报工作,打听各种各样的情报,落实队长交代的各种各样的事。其实他的名称,就是交通员,也就是耳目和跑腿的,主要是收集情况,也送情报。周老五怎么送情报呢?为了不让人发现,他喜欢把情报藏在花生里。我们县不是产花生吗?周老五喜欢用一根针,从花生头戳进去,把里面的花生仁捣烂,倒出来,再把写在纸上的情报,搓成细长条,塞进去,把这个花生夹在一大把花生里,放进口袋,同时在另外的口袋里,也放一大把花生,碰到有敌人检查,有贪嘴的,就嬉笑着从另一边口袋里摸出一小把花生递过去。坏人们哪会想到花生里有情报呢?拿人的手短,吃人的嘴软,坏人们吃了他的花生,一般就放他走了。

"周老五说,去县城,或者出远门送情报要格外上心。在根据地附近活动,有时候他们会大意些。县里和乡里的反动派,到了天黑,一般都不敢来乡下,怕中游击队的埋伏。他们就不那么小心了,有时候还带着枪……周老五这个人,没文化,粗鲁,从不说把枪插在腰上,喜欢说把枪插在鸡巴上。周老五说,那一天黄昏的时候,我外公带着他一道下山,准备到汕溪去买点东西,吃的用的都需要补充一点。他一听要去汕溪镇,开心极了,他有半个月没有下山了,早就憋坏了,正想出去溜达溜达。我外公跟他商议,买到东西后,准备到镇上找个小店喝点酒。他一听到酒,口水就流出来了,他已有很长时间没喝酒了,黄源也不准他们喝。黄源自己滴酒不沾,也不许他们喝。他就跟我外公把枪插在鸡巴上下山了。到了汕溪入口处,突然有两个黄狗子从草丛里钻出来,'三八'大盖一横,冲着他们就嚷:干什么的?检查,检查!他一下子蒙了,一点思想准备都没有,没想到会遇到国民党的兵,大脑一片空白,顾不得我外公撒开腿就跑,跑得比兔子还快。他听见后面'嗒嗒'一排子弹声,吓得他猫着身子,更加没命地跑,一直跑了四五里地,感觉后面没有声音,这才把脚步放慢下来。回头一看,没人跟着,脚步一软,他就横着躺在地上,呼哧呼哧直喘气,心跳得差一点就蹦出来了。醒悟过来后,他想起我外公,全身冰凉,心想这下完了,我外公肯定被打死了!他心里那个难过啊,不知道怎么样才好,心想这下回去怎么交代呢!关键时候置战友的性命于不顾,同志们不毙了他才怪呢!这时他一睁眼,看见一个人影跑过来了。他一看,跑步的姿势很像我外公,近了以后,仔细一瞅,还真是,就想这狗日的命真大!手里还箍着两杆枪哩!我外公跑到他跟前后,把两杆枪向他脚边一扔,一边气喘吁吁,一边叉着个腰,冲着他大骂:周老五,你这个狗日的跑得比黄鼠狼还快,害得我差点死掉。他结结巴巴地赔着笑脸,一再解释是慌了神了,又问我外公是怎么回事。我外公没好气地说:亏了我他妈的反应快,看你跑了,他们要拉栓射击,我冲上前去,左手把他们的枪往胳肢窝里一夹一撸,右手拔出手枪,一梭子子弹扫过去,也不知打死了没有,夹着枪就没命地跑了。

"周老五的脸臊得通红,赶紧伸出大拇指:王麻子还是你行,你就是花和尚鲁智深黑旋风李逵啊,我周老五差你一命,也算服了你!"

这个故事,源自小玉的讲述,也见于小玉外婆后来交给我的《清明》手稿。相比手稿的生硬、做作和干巴,小玉在讲述中,因为援引了周老五的原话,显得更加生动。现在看来,小玉和我曾经所处的时代,虽然很少买得起糖,也吃不到糖,可在语言文字中,有太多的糖精成分,甜得腻歪。一些形容词,就像五颜六色的彩色小灯泡一样,散发着虚假的光芒;或者像各式各样的红、蓝、黄气球一样,呈现出笨拙的肿胀。它们远不如口语生动形象,甚至像一坨咀嚼了很久的口香糖一样让人望而生厌。

周老五,新编县志上记载:S县人,黄山游击队交通员,1925年生,曾任中国人民解放军副连长、连长;抗美援朝战争中曾任志愿军营长。后回到地方工作。

周老五手脚粗大,五短身材,毛发粗重,貌不惊人。出身贫苦的经历,以及与黄源的过早结缘,使他走上了革命道路。从朝鲜战场归来之后,周老五并未在县里担任一官半职,只是回到了老家。我二十世纪九十年代认识他的时候,他已是一个古稀老人了,最大的爱好,就是纠缠着村里的年轻人,让他们听他唠叨过去的故事。他的故事毫无章法,无头无尾,也难有年轻人愿意倾听。周老五乐此不疲的态度,就像是一个老人竭力搬挪河滩上的大石头,至于要给大家看什么,他自己都不知道。记忆于周老五而言,显然有些隔膜,也有些短路,是真实和虚构之间错位。尤其是黄源和他的战友们一个个逝去之后,周老五的讲述变得更加肆无忌惮,也更加凌乱和混沌了。他经常将时空有意地掉转或者挪位,也不知道他是有意还是无意。并且,在周老五的叙述中,可以明显地听出一种戏谑和玩世不恭的方式,这已不是单纯的语气,似乎更有对世界的理解因素。我不知道这是否跟经历和思想有关,经过长时间的发酵,任何东西都会变形走样。人的心境也如此,就如同腌菜,在咸水中浸泡很长时间之后,滋味和面貌早跟原来不同了。

这只是个通俗的比喻。

就我个人的感觉而言,很多老游击队员是充满着精气神的,他们富有朝气,富有情怀,一谈起戎马倥偬的岁月,会表现得激情万丈,有睥睨一切的轻蔑,有粗鲁而豪放的热情。他们信心满满,坚韧刚强,自以为有驾驭历史走势的力量。他们自知身上的光环重量,饱含深情,可也色厉内荏,可是他们一点也不怀疑自己曾打碎了一个旧世界,也带来了一个新世界。

小玉曾深情地对我们说,由于耳濡目染,很小的时候,他就产生过为他们写书的愿望。他很想真实地再现这一段历史,厘清外面乱七八糟的传说,告诉人们真实的故事。

小玉说:"这一部《清明》中,有五个主要人物,都是我身边的人,有的死了,有的还活着。有的人死了,可是他的灵魂不死。"小玉动情地说:"当我写作的时候,那些曾经的游击队员们,一一浮现在我眼前,我看不清他们的脸,不知道他们的真实面目,却能真实地感觉到他们的存在,感觉到他们的呼吸。"小玉说,如果有兴趣的话,你可以认为我的小说是《五人传》,基本情况是这样的:

黄源:黄山游击队队长;

汪丽文:黄源之妻,黄山游击队副队长;

周老五:黄山游击队交通员;

王胜利:我外公,绰号叫"王麻子",黄山游击队一中队队长;

洪春花:我外婆,王麻子之妻,黄山游击队队员。

那时候的我们,听着小玉讲述他的打算,情不自禁地用一种无比崇拜的眼光看着小玉,仿佛他就是一尊天神。是啊,不仅仅是他能够写作出一部真实的历史故事,而且,还因为这一段历史是那样美好和崇高,就像巍峨秀美的黄山一样。

三

小玉的记忆,也是同时代县城里孩子的记忆。在那个崇尚英雄的时代,孩子们眉飞色舞相传的,不是岳飞抗金,也不是《林海雪原》,而是曾经发生在家乡土地上的游击队的故事。小玉撰写的那些故事,是我们的集体崇尚,也是我们的集体意识。很多时候,尽管故事的部分主人公们在现实中有着另一番面目,也有一些暗自流传的不同的说法,但对于我们来说,不管是他们人也好,还是故事也好,已足够让我们肃然起敬。他们的名字被经常性地提起,跟一些耳熟能详的故事联系在一起,让人格外崇敬。现在回想起来,那些故事往往时间地点交代得不明白,也不完整,只有支离破碎的篇章,可是,它们仍然让人敬畏。人们敬畏故事,敬畏人,其实是敬畏一个时代。那一个时代,在后来的人看来,仿佛横空出现,奇崛秀美。这一种油然而生的崇敬感,是产生一切神话的心理因素。数千年来,这一片土地上的神话,就是这样来的。死去的人,一旦有了光环,很容易被慢慢放大成为神话,随后像花朵一样,呈现季节性的花开花落。谁让孱弱的人类,需要美丽的花朵呢!

从小学一年级开始,S县的学生,清明节前后,一般会祭扫陶小武烈士墓。陶小武不仅是S县,也是皖南一带的英雄。风和日丽草长莺飞的春天,我们总是带着干粮,背着水壶,迈着整齐的步伐去城郊十多里的地方祭扫陶小武烈士墓。总是文娱委员尖灵灵的嗓子起头,然后我们如一群小鸟一样叽叽喳喳地在春天的田野里鸣叫:

> 我爱北京天安门,天安门上太阳升……
> 朝霞映在阳澄湖上,芦花放,稻谷香,岸柳成行……
> 路边有个螺丝帽,螺丝帽,弟弟上学看见了……

陶小武烈士墓坐落在距县城西边八公里左右的一个小山村边,掩映在一片枫林之中,周围是一片开阔的田野,再往前走,就是巍峨的黄山山脉了。快到烈士墓还有一里路左右的时候,班主任一般会示意歌声停止,然后,队伍变得沉寂下来,步履放得缓慢。枫树的枝头上,崭露出小喙般尖尖的嫩叶,田野里也有大片紫云英绚烂地开放。随后,大队人马慢慢聚拢,拥挤在烈士墓前

默哀伫立,右手握拳宣誓:

> 我们决心继承烈士遗志,把"无产阶级文化大革命"进行到底,把"反修防修"斗争进行到底……陶小武同志,安息吧!

我们祭扫烈士墓之后,还得来到烈士曾经生活过的村庄,参观陶小武烈士的故居,观看墙上的照片、床上的被褥、桌上的笔墨纸砚等烈士遗物。然后,我们来到小武小学的操场上,席地而坐,先按照老师的要求,在十分钟内吃完自带的干粮,然后聆听小武小学校长所作的英雄事迹报告。有时是烈日当空,有时是阴雨蒙蒙。小武小学一任又一任校长用丰富多彩的口头语言一遍又一遍地向我们讲述着陶小武烈士的事迹。印象至深的是第一次聆听的时候,我们这些低年级的孩童一个个被感动得热泪盈眶,在大太阳地里整整晒了三个小时也浑然不觉。不过我也注意到那些高年级的学兄们,似乎远不如我们低年级的认真,他们在私底下交换着带来的干粮,例如一个茶叶蛋换一个面包,一个面饼换一个馒头什么的;有的还毫无顾忌地大嚼大吃带来的干粮,把水壶喝得咕嘟直响。他们怎么能这样!但几年下来之后,高年级的我们,也变得跟那些学兄们相同。我那时候就意识到,没有人可以独立,在很多时候,一代人只不过是上一代人的复制品罢了。

那时我们压根不知道还有一个陶大文,只知道陶小武有个哥哥,是个胆小如鼠的叛徒,现在在台湾。

能够省略的都省略了。

附:小学作文《祭扫陶小武烈士墓》

……在小武小学里,我们倾听了陶小武烈士感人肺腑的事迹报告。陶小武同志被敌人抓住了,敌人给他戴上了数十公斤重的手铐脚镣。在审问时,伪县长恶狠狠地问他:"你的领导人是谁?"陶小武响亮地回答道:"不知道!"伪县长又问:"你的同伙有哪些?都在哪里活动?"陶小武烈士斩钉截铁地说:"不知道!"敌人气急败坏,凶残地把陶小武绑在老虎凳上,把他打得皮开肉绽,甚至用竹签狠狠地钉入陶小武同志的十指。十指连心呀,陶小武同志一连昏厥过去几次。昏过去敌人就用冷水将他浇醒。伪县长凶残地瞪着金鱼眼说:"招不招?不招,让你求生不行求死也不得!"陶小武烈士忍住剧痛,傲然一笑,说:"你们休想从我的嘴里得到什么,为了人民的解放,我这一百斤,豁出去了!"

敌人无计可施了。在一个阴沉沉的早晨,北风呼啸着,陶小武同志大义凛然,英勇就义了。敌人押着他走向刑场。陶小武同志环顾了一下四周,群众失声痛哭。陶小武烈士大声对群众说:"同志们!乡亲们!不要难过,今天我死了,明天,就会有几千万个陶小武站起来!"

陶小武同志轻蔑地看了一眼敌人黑洞洞的枪口,冷笑一声,然后振臂高呼:

"中国共产党万岁!

"毛主席万岁!"

陶小武同志倒下了,年仅十七岁。但他没有死,他永远活在我们心中。

四

在很大程度上,这样的文字,是我们一代人的记忆。二十世纪五六十年代出生的人,早年的时候,都写过这样的作文吧?这样的语言和文字,就是我们成长时穿过的的确良军装、手持的红缨枪,以及口袋里的红宝书。当然,这些都是外在的。就内在而言,那些东西,也成了我们血液中的血清蛋白。单纯就文字而言,它们简单、清晰、扼要,表现最浅显的功能,至于文字之外的东西,暗藏的引导和别有用心,又岂是一般人所能明白的?人们都是这样,先由对文字的盲从,扩散到对很多东西的盲从;可又由于对文字的热爱,开始了拨乱反正。文字让我们清醒,让我们觉悟,让我们得以真实地认识这个世界,与世界建立一种比较和谐的关系,能够开发出某种深入属性,较深刻地明白这个世界的一些道理。通过文字可以拨云见日,清晰地触摸到这个世界的真谛所在。

"如果没有小说看,我们就自己写吧?"小芙扬起她狐媚的小脸颊提议说,"每个人,各人写各人的,写完了,交换着看。就像织布,每人织一块自己喜欢的布,各种颜色的布,然后,将布拼起来,剪剪裁裁,就会成为一件衣服。你们看怎样?"

这是很多年前的一个上午。在横跨琴溪河的那座古老的廊桥之上,他们注视着前方的河水,看着桥左边的老屋,又看看桥右边的老屋。因为身在河流之上,不知道谁可以称为彼岸,也分不清哪个是此岸。桥的背后,是建于明朝的石坝,横亘在河流当中,河流从上面穿行,形成了一个小瀑布,下面是浪花飞溅的旋涡,发出隆隆的跌宕声。

他差点就兴奋地跳起来,虽然他还在上小学,可是,已莫名地喜欢文字了。以他看来,这个世界上的所有秘密,都藏在文字当中。有字的书,是最大的宝藏。写作就像编织,如果能成功地编织出一件漂亮的衣服,穿在身上展示,让人欣赏,的确是一件美妙的事情。不,不仅仅是这样,这样的方式,更像是飞毯,像《一千零一夜》的故事中的阿拉伯飞毯,可以载人飞翔,可以飞到阿里巴巴的山洞、尼罗河红海上空,甚至古埃及。

除了他暗地里怦然心动外,同样感到欢欣鼓舞的,还有小芙的弟弟大头。只见大头忙不迭地点着头,一张兴奋的脸起着红晕,他一直折服于姐姐的奇思妙想,像一只智力低下的喜鹊,在一旁叽叽喳喳地叫着。小玉也很兴奋,先看看大头,也看看他,想从他这里得到肯定。他努力克制住自己的情绪,虽然这是一个不坏的提议,但他对于小芙的任何提议,都有着本能的排斥,他木然地回视着小玉的目光,故作轻描淡写,木然看着不远处的城南桥。

若干年后,我这才明白:小玉、小芙和我,都是属于有情怀有理想的,只是当时的情怀和理想无法释放罢了。我们只能将自己伪装成流里流气、孔武有力的鲁莽少年。按照现在的说法,这叫作二B青年。当然,这种分类简单粗暴,将本来的高下之分,变成简单的归类了。文学青年,属于有情怀有理想的,当然高于普通青年,更高于二 B 青年。小玉,就是一个例子。他一直竭力追寻着什么,也谋求以文字为触角,与这个世界构成着某种联系,探究某种隐秘,这本身就是不俗的举动。

后来我想,我跟小芙的格格不入,完全是因为小玉的缘故。虽然小玉认识小芙,是因为我。可是不知从什么时候起,在我与小芙之间,开始横亘着某种不屑。我一点都不喜欢这个漂亮、骄傲、造作的丫头,不屑于她闲谈之间的故作天真,也不屑于她自以为是的美丽和沉静。在我看来,那种矫揉造作的美丽虽然新鲜而饱满,却十分短暂而虚弱,就像只能开一天的太阳花。我不屑与她为友,而她也不屑向我表示好感。我们两个中的任何一个人,都可以跟小玉关系融洽,无缝无隙。可是每当三个人在一起时,总别别扭扭,就像轴承之中夹入一粒沙子。我和小芙相视为陌路人,不仅无话,目光也从不相对,总是有意无意地忽略,即使偷偷相瞥,也总是乜斜着眼睛,带着明显的不屑。小玉也意识到了,起初总是竭力促成我们和平相待,尽量缓和我们的关系,可是小芙和我都很固执。

这样的状态发展,注定了小玉不得不只能在我们两人中选取一个。这也注定了悲剧不可避免地发生。

第 三 章

一

我相信万事皆有机缘,也相信人来一世的某种使命。现在想来,诸多自己身上的验证,都有着某种宿命和启示的意味。二十世纪九十年代初,因为一次偶然,我失去了进一步深造的机会,悻悻地被分配回了本省的报社工作。刚刚报到,我就立即被派往皖南参加采访一个大学生组织的"重走红色之路"活动,先来到了新四军早年的集合地点岩寺镇,向烈士墓敬献花环,聆听光辉事迹介绍,然后,在当地有关部门的安排下,沿人迹罕至的古道从 S 县走到 N 县。这一条古道全程三十多公里,我们走得非常艰苦:天气异常闷热,夏天的路上有很多蛇,四脚蛇在脚边乱窜,乌梢蛇经常横亘在路中间,不让人过去。幸亏我们每个人都带了一根棍子,每逢两边杂草密布,就先敲几下,虚张声势把蛇赶跑。路途上的危险和劳累,让那些女大学生叫苦不迭。

一天急行军下来,大学生们一个个累得不行。当天晚上,我们栖息在谭家桥镇边的一座山村里。吃晚饭时,天气异常闷热,连呼吸都有点困难。天边异常晦暗,日落的方向,有着奇怪的血色,衬托着天宇更加漆黑,仿佛已成黑色的大海,将要向这世界倾泻下来。我有点害怕,也没多想,吃过饭就上床睡了。将近半夜,一连串的雷声在天空中炸响,大雨滂沱,倾泻而下的暴雨如决堤的海水,有一种奇怪的声音像火车声一样由远而近,房屋在抖动,天空也在快速地旋转。突然,我的头顶上传来了一阵呐喊,还有厮杀声、噼噼啪啪的子弹声以及炮弹的轰鸣声:

杀呀——

冲啊——

哒哒,哒哒——

轰轰!轰轰!

我吓得面无人色,如此山坳之中,怎么会有枪炮的声音呢?我看了看窗外,天空不时亮起闪电,风雨飘摇中,孤树、茅草、田野、河流和山崮泛着白光,像梦境一样栩栩如生,又像梦境一样遥不可及。我感到恍惚,感到恐怖,仿佛置身一个血流成河的战场,目睹一个又一个生灵在我身边倒下。

我再也不敢睡了,爬起身来向外看,乡野地一片寂静,天空上飘浮着大团灰色云朵,一半光亮,一半阴暗,云轴密接,翻腾卷转,意犹未尽。我不知道这声音由何而来,是藏匿在山坳之中,还是藏匿在密林深处,或者就藏匿在风雨雷电之中?

房东也起来了,问我:"听到厮杀的声音了吗?"我说听到了。房东说:"这声音经常是大风大雨时都要出现,怪瘆人的,不过我们听惯了。"他还告诉我,他们村曾经来过一个气象专家,认为这是历史上一场鏖战所留下的印记。在特色的气候环境下,声音可以再现,可以重新释放。

"这儿以前打过仗?"我问。

"打过。最有可能的,就是谭家桥战役了,那会儿这里陈尸上千,好惨!"房东感叹地说。

我后来回去,查了相关资料,知道谭家桥这里的确打过一仗,那是1934年底,江西的红军苏区为了打破敌人的层层包围,决定让红七军团组成"中国工农红军北上抗日先遣队",率领六千人突围至闽浙赣皖诸省发展游击战。经过谭家桥时,跟围追堵截的敌人打了一仗,红军损失了官兵三百多人,师长寻淮洲在战斗中身负重伤,在向泾县转移途中牺牲。

黄山脚下发生的这一场战争,成了中国工农红军光辉历程中的一段小小的插曲,后来的很多书籍上都没有提及,有的只是一笔带过。

后任黄山游击队队长的黄源,就是在那一场战斗中身负重伤,失散后留在了皖南。自那时起,他的生命轨迹与黄山脚下的这片土地,发生了交集,也留下了佳话无数。

二

嫉妒,其实是有源头的——是天性就有,还是后天养成的?

小的时候,白天里他扎着蝴蝶结,在乡野里无忧无虑地游玩,晚上,便在煤油灯下听卧病在床的父亲说小斑狗的故事:小斑狗和老虎,小斑狗与大象,小斑狗与人……他一直想不明白,父亲肚子里的这些故事,从哪里来的。长大后他才知道,那些所谓的小斑狗,学名叫鬣狗,是非洲大草原上的豺狗。可是父亲从没有去过非洲啊,也从未读过相关的书籍。那么——相关的故事,都应该是父亲编的——父亲真是一个天才!也许他病恹恹地躺在床上,整天想的,都是小斑狗的故事。完全可能,小斑狗就是他的梦境,就是他的梦想,甚至欲望的翅膀。

可是每一次当他听到眉飞色舞、欲罢不能的时候,母亲总在旁边用一种极其扫兴的语调说,算了算了,快八点了,老虎就要下山了。每当这个时候,父亲就会佯作看一看床边的钟,随后露出失望的表情说:"八点了,老虎要下山了,快睡吧快睡,老虎不吃睡着的小孩。"

父亲和母亲配合得天衣无缝,他便有些怏怏然,也开始愤愤不平。他无端地希望父亲和母亲因为一点鸡毛蒜皮的事情争吵,由此产生裂痕,变为冤家对头。之后,他经常会如愿以偿。当父母亲为一桩小事争得口干舌燥时,害怕的同时,他会油然产生一种新奇而陌生的快感,如一片羽毛轻飘着落在心头。不过接下来的场景,经常不可控——病体恹恹的父亲,哪里争得过伶牙俐齿的母亲呢,气喘吁吁地先动了手,母亲大怒,冲上前去,将床连同父亲一起掀翻。父亲匍匐在地上,一边喘气一边咳嗽,像一片在风雨中飘摇的纸人……

他时常用一种冷冷的口吻问母亲:"妈妈你为什么不再生个妹妹？我不想变成女孩子。"母亲冷冷地看着他说:"你看你爸那样子,怎么可能有妹妹呢？"他诧异不解,问:"这跟爸爸有关系吗？"母亲苦笑着说:"等你长大了,就懂了。"他还是想不通。既然母亲不答应,那就自己想法——他经常想象身边有个姐姐,也有个妹妹。姐姐是月下的仙女,妹妹是园圃中的花仙子……慢慢地,他真有这样的本领,只要凝神屏息,那些富有生命灵气的景象和人物,便会呈现在眼前。后来,他看到了皮影戏,觉得好神奇。他觉得自己就是一个皮影戏大师,也可以操纵想象中的人物,控制他们的行动,控制他们的话语,甚至控制他们的思想。

他觉得自己,就是一个皇帝,不,不只是皇帝,更像是上帝。有好几次,他就这样沉浸其中,自说自话,有时候甚至不知不觉地笑出声来。笑出声之后,惊醒的却是自己。他这才发现,自己所迷恋的,并不是现实,而是一种想象。

无可奈何的是悻悻然的他。一种露珠上的恋情,紧紧地,与童年的他相融在一起,在阳光下,反射着纯洁而晶莹的光辉。

很多时候,他还有着对自己的爱怜。他时常面对镜子,细致入微地观察自己。这种观察,明显地带有自我欣赏,也带着回忆和挑剔的成分。他希望自己漂亮起来,鼻梁再高一点,眼睛再隽秀一点,线条再流畅一些。他从各种角度观察和品味自己的容貌。他喜欢照镜子,无论是在房间里,还是在外面,有时候经过商店的橱窗,他也不忘驻足匆匆一瞥。他甚至用两面镜子对照去观察他的背面,观察自己的后脑壳是否完美,头发是不是恰到好处。

每次他看自己的背面和侧面,他都有一种看到熟悉的陌生人的感觉。而一旦别人走近,他便用一切手段来遮掩自己,故作镇静,装着检查自己的牙齿或者别的部位,或者龇牙咧嘴地做着鬼脸。他欣赏自己,但他却不希望别人看出他的自我欣赏,仿佛这是一种深深的耻辱似的。这是一种迷恋,一种青春期的游离和散乱。它客观存在于人生的某一个阶段,像花苞的气味一样自然而然,无可非议。而他每次在去见小玉之前,总是感到心慌意乱。这种慌乱,像是与生俱有,从见到小玉那一日起,又突然深化,成为一种情结,如螺丝帽一样紧紧地拧在他身上。他不停地打扮自己,用最新最漂亮的衣物装饰自己,虽然他几乎没有什么值得炫耀的衣物。有时他走出门,又转回身子,去瞧瞧镜子,看看有什么忽略的地方。他不希望带着任何缺陷去见小玉,因为在他心目中,小玉也是完美无缺的。

生命的早期,人最好的朋友,就是他自己了吧?童年时期,人都有对自己的格外关注,这也难怪,外部的世界恐怖而陌生,自己才是世界的全部……直到后来,他才明白,人与世界,是慢慢达成认识,也是慢慢达成和解的。其实哪是和解呢?自以为和解了,其实不是和解,而是无奈。世界从不跟你和解,也从不跟你握手言欢。对于人来说,世界如此迟钝,不是任何问题,都一一对应着答案的;也并不是所有结果,都一一对应着某种原因的。

三

小玉死去的十几年后,也就是1990年左右,有一天我在跟S

县公安局的一个学长聚会,话题突然转到了小玉。他说他还记得小玉,说小玉死后,他是参加搜查了小玉的住处的。他感慨地说,人,真的很复杂啊,比如说小玉——我真的是没想到小玉竟然是这样一个杀人犯——哪有一个抢劫杀人犯如此爱书呢?我们去搜查他的屋子,发现他的房间里堆满了书,大约有几千册,不是世界名著,就是革命斗争故事。真是奇怪啊!一个喜欢读世界名著和革命斗争故事的人,怎么会成为杀人犯呢?他还说,这个小伙子真是优秀,他一直有记笔记的习惯,搜查时,曾在一个纯黑色的、古董一样的牛皮行李箱里,发现好几本笔记本,有的是他摘录的名人名言青春寄语;还有两本,是他的日记。没想到这个小伙子真是与众不同,每天坚持记日记,很多年都不断。有时候,他甚至用英语来写日记。如此优秀的年轻人,怎么会走上这一条道路的呢?真是让人想不通。

我极想知道小玉那几本日记的下落。我知道小玉英语水平很不错,中学毕业后,他坚持自学了很多年英语,如果他能活到恢复高考那一年,肯定会成为某一个重点大学外语系的学生,毕业后甚至可能成为外交官或者翻译。我很想了解他在日记中,对我有什么样的看法,为什么那一次玩耍,要替我赢弹子。我自信与他之间,冥冥中存在一种东西,姑且称之为感应吧。也许他会在日记上,用英语写上这样一段话:

The little boy was at the corner of the wall, lost in thought. He seemed lonely and elegant, suddenly a warm feeling which I never had before flew over my heart, and it made me go over without hesitation and do something for him……(那个男孩独自一人在墙角专注入神,伶俜而清雅。不知怎的,我心里油然生出一种从未有过的暖意,它驱使我毫不迟疑地走过去,要为他做点什么……)

捧着玻璃弹子的男孩,在羡慕与嫉妒的目光中走出人群。他竭力捂住自己的口袋,不让口袋中的弹子发出撞击的声响。他感觉到口袋里的每一个弹子,都是有生命的,就像一个个金牛虫一样,在口袋里蠕动翻滚。他兴奋异常,不仅仅因为他一下子得到这么多弹子,而是他得到了别人的尊重,像一个大人一样,得到了另一个人的尊重。他一直渴望这样的尊重,不喜欢别人把他当作一个孩子。在他看来,人与人之间的郑重其事,是最幸福的事情,大人们之所以幸福,就是可以平等而客气地相处。而孩子之间,很少有那种郑重其事的事情。

回到家之后,他忍不住现出孩童本性,翻箱倒柜地在寻找什么。母亲问:"你在找什么?找什么!"他没回答。在小男孩看来,欢乐的东西一定是私密的,就像藏在口袋里的一只小鸟,不能示人,一示人,随时都可以飞走。大人们哪能明白呢,他们只会剥夺走孩子的快乐,或者嘲笑他们的私密。母亲会永远用瞧不上的口吻对他说:"你呀你,永远是个小孩子,真不知道哪天该懂事!"随后,会当他面故意叹一口气。这一口气,会泄掉他至少半个月的自信。他认为自己不是小孩子,起码他的这种感情就不是,他知道自己的感情不是轻率的。后来,他终于翻出个精美的铁匣子,那上面印着蝴蝶和蜜蜂,翩翩起舞。母亲在一旁偷偷打量他,没有干预。他知道母亲在观察他,故意装作什么都不知道,他把玻璃弹子倒在清水里洗干净,用手帕一颗颗擦干,放进盒子里。那神情太专注,专注得让别人的行动也变得谨慎。他数了数,一共二十粒。

二十岁是小玉死去的年龄。

之后的一段时间里,小男孩被一种奇怪的感觉驱使着。确切地说,他非常想见到小玉。这种感觉驱使他的情绪变得烦躁,变得郁郁寡欢。它驱使着他走出家门,在一切小玉可能出现的地方,漫无边际地去寻觅那个亲切的身影。他也曾经自我疑问,否认导致他行动的是一种变态或者无聊。也许在他的这种感觉中,有一些美好而高尚的东西隐匿着,那是一种在成人之中消失的,散发着一种清鲜气息的东西。这种东西来自何处,这本身就是一个谜。后来,在上东门桥,他终于看到那个熟悉的身影了——他看见小玉骑着一辆凤凰轻便车,像一阵风一样从不远处穿行。那时有凤凰轻便车的人不多。而后,骑轻便自行车的小玉停在离他不远处,没有瞧见他,也没有下车,只是用左脚轻轻撑着地,在跟一个熟人说话。他觉得那姿势潇洒极了,几乎无可比拟。十几年后,已由他变成的我于灯下写小说,想起小玉,我的脑海里会清晰地浮出小玉坐在车座上,修长的双腿轻轻抖动的姿势。那姿势如梦如幻如云,又如此亲切。那就是小玉在彼岸最标志性的姿态。

他旁敲侧击地了解到,小玉在农机厂工作,从县城南边的上东门桥过去不远。于是他便揣测着小玉上下班的时间,在下班的时候等候着熟悉的身影。直到现在我也弄不清,他的这种奇异怪诞痴迷乃至虔诚的举动缘于一种什么动机。是一种崇拜,是一种爱,还是其他什么？这样的方式,应该等同于现在年轻人的追星吧？那种身体中的原动力不可阻挡。有时为了看一眼倏然而过的小玉,他竟在路边呆呆地等上几十分钟甚至个把小时。表面是静默等待,内心是急切惶恐,由渴望变成急切,由急切变为激动,由激动变为失望,再由失望变为重新急切。只要那个熟悉的身影一出现,他就会感觉到体内升温放光,身心立即充盈如一段汁液上涌的鲜活树枝,成为蓬勃热诚的生命之殊遇。如此循环往复,不仅仅是为了看一个人,更是为了满足自己的渴望的释放。这是一种奇怪的心理过程。

再次见到小玉,是因为露天电影《侦察兵》。那时的新电影都是先到乡野里,大约是把最新最美的东西送到农村吧。电影放映的消息,总是由一些人提前泄露出来,得到消息的人,就像闷吃了一大块红烧肉一样眉飞色舞。那天下午,提前得到消息的他早早地就扛着一条长凳,带着当作晚饭的饼子和水,走了五里路到新乐大队的打谷场上占位子。黄昏来临之时,电影公司的放映员如期到来,他们开始忙碌起来,架设机位,拉线,安装高音喇叭。他一边吃着干粮,一边得意扬扬地瞅着他们。每次放电影的日子,似乎就是全县人民的节日。慢慢地,夜幕降临了,从四面八方拥来的人越来越多,外三层里三层围得水泄不通。终于,他旁边的放映机开始吱吱地放出响声,电影开始了,银幕上王心刚骑着骏马飞奔,主题歌响起,人群中一片欢腾。他专心地盯着银幕看,内心充满着幸福感,不过他的余光突然瞥见一个熟悉的身影猫着身子向这边快步走来,高高的个子,步履极其矫健,他忽然就听到了自己的心跳声——啊,原来是小玉!他听到有音乐似的声音轻轻飘来,他的全身因为激动而有些战栗。他的面孔涨得通红,不过在黑夜中谁也没有察觉。"小家伙,是你吗?"他认出了他,微笑着向他说话:"我坐在你那里行吗?——实在是没地方去,你坐在我腿上,让我坐凳子上好吗?"他点点头,立即站了起来。小玉灵活地钻进来,在他的位子上坐下了。他却有些迟疑,忸怩地站在一边。小玉一把拽着他,让他坐在自己的腿上。

秀气而纤弱的小男孩就这样看着电影。因为兴奋而局促不安,他的身体僵硬如弓,像一只紧张无比的小松鼠一样。他先是感到身体在悄悄战栗,如秋天吹落树叶的风,从体内向体外冉冉散发;然后,他的体内升腾起一股红潮,一股强有力的、原始的、扩散的红潮。他感到面孔变得通红,身体也变得通红,仿佛周身被裹在一件由火焰织成的华美的袍子里面,连自己的思维也融合与小玉接触的每一处,再也无法物归原主。原先津津有味的电影一下变得苍白而乏味。不过他愿意就这样坐下去,直至坐成一尊雕像。

电影散场的时候,小玉摸着他的头说:"好看吗?"他点点头。小玉又说:"谢谢了,以后你上我那儿玩吧。"他故作老练地点点头。小玉很认真地告诉了他地址。他记下了"月潭"这两个字。

他知道那个地方,也曾经去过那里,令他欣喜的是,那里离群艺馆不远。小玉走后,他半晌没回过神来,一切恍然在梦里,让他不敢确信曾经发生的事情。他再三地提醒自己,这不是一个梦,而是确切的真实,一个让人欣喜的真实。

四

现在想来,父亲的死,对于他的影响巨大——那一个夏天,异常炎热,热得天空中都很少见到飞翔的鸟,偶尔有一两只叫天子掠过,翅膀沉重,姿势呆滞,仿佛能听到它们的大喘气。那个夏天,他整天泡在城中桥下面的河水中,因为曾近距离地接触到死亡,他一点也不觉得害怕,甚至对死亡抱有着强烈的好奇心。其他孩子,显然没有从死亡的阴影中摆脱,他们不敢再到这一块河里游泳,有时见他怡然自得地在水里浮泳,还嫉妒地向他投掷石子和土块。他也不理会,有时石子土块来得密了,他会游到河中间去,或者游到桥墩旁边,待在阴凉的桥洞底下。在桥墩下面,他能感受到一股清凉的风穿行而过,这里异常安谧,仿佛外部世界与自己不相干似的。有时候他会扶着桥墩上的石孔,兴奋地大叫。桥洞下是有回音的,能在寂静的桥墩下传得很远:

"噢——呵——喂——哟——"

母亲很快地就阻止了他的行为。先是厉声地呵斥他,用她上课时的竹鞭狠狠地打他。对于疼痛,他已慢慢摸索出经验了,他觉得自己只要不惧怕它,不想它,就不会觉得有多疼痛。他从不

叫痛,他的木然有时候会让母亲害怕。有时候母亲打得乏了,看他不哭,自己倒哭起来,边哭边数落:

"我真是遭报应啊!一个右派还不够,又生了这样一个孽种!"

父亲在一旁听着,只能叹着气,眼光中有一种凄楚的眼神。

有一天中午,母亲发着大火,把他从城中桥下面拽回家,冲着床上的父亲大发一通火后去学校了。父亲想安慰他,可是没说半句,就剧烈地咳嗽着,咳得死去活来。他湿漉漉地站在那里,看着床上的父亲,觉得恐惧和伤感。这个面色苍白的男人,就是创造他生命的人吗?要是没有他,自己便不存在。可是——要是自己不存在的话,还会有这个世界吗?

他这么想着,便有些释然。父亲尝试着坐起来,拉了拉他的手,示意他去换衣服。即使在如此炎热的夏天里,父亲的手仍然冰凉,就像是从井水里捞上来的一段枯枝。父亲说话时透着的气息也很凉,同样像是夏日古井中弥漫上来的水汽。

父亲叹了口气,说:"镜子,告诉我,你整日在想些什么呢?"

他摇摇头。确实,他也不知道自己在想些什么。

父亲叹了口气,说:"爸爸也是,整天躺在床上,苦思冥想,可也不知道想些什么。"

他怔怔地看着父亲,默不作声。

父亲又说:"孩子,爸爸是活不长的了。我其他的都不担心,就是担心你。我咽不下这口气呀,怕你妈妈以后找人,谁愿意要你呢……"

父亲突然哭了,先是抽泣,然后是号啕大哭,瘦弱的肩膀一耸一耸的,一边哭一边咳嗽。父亲咳的时候,胸腔里仿佛有一头凶猛的小兽在撕扯,他有点害怕了。

父亲不再说话了,仰面倒在床上,喘着粗气,脸色苍白。他看了看父亲,想了想,决定去找母亲,把这一切都告诉她。

他沿着开满木槿花的小路向小学急急走去,几只苍蝇在他面前飞舞,他挥舞着手臂,可一直赶不走它们。有几拨放学的小学生看见他,对他起着哄,骂他。他根本不予理睬,只顾昂起头颅往前走。眼前的那个破旧老宅,就是学校了,大门紧闭,后院却有一个半人高的洞口,他想了想,便低身从洞口钻进了学校。

学校里鸦雀无声,应该是放学了。他悄悄地向教室里望去,只见母亲赤身裸体地躺在破旧的地板上,身上压着一个同样赤身裸体的人。他们纠缠得异常紧密,不时发出怪异的叫喊。他看得心惊胆战,心跳莫名其妙加速,热血在快速流动。那一个男人,是城郊大队的会计。他害怕极了,本能地选择跑开,咚咚的脚步声一定惊醒了他们。他从那个小洞钻出,一口气跑回家,气喘吁吁地对父亲说:

"不好了,不好了,妈妈跟那个会计打起来了!"

父亲有些惊愕。他慌慌张张地说:"他们把衣服脱得光光的……滚在一起打架呢!"

父亲的嘴角明显地抽搐了,脸上露出凄苦的微笑。他看了害怕,抬脚要走,急急地说:"我去叫人……去帮忙,帮……妈妈……揍那个死会计。"

"站住!"父亲突然扯着嗓门叫起来。他惊呆了,从没有听过父亲如此大声说话。父亲一把拽住他的后衣领,将他扯到床边,又大口大口地喘气。他吓死了,刚想问为什么不让去叫人,只听啪的一声,父亲的手掌重重地打在他面颊上,他感到眼冒金花。他没想到病猫一样的父亲竟有如此大的力气。他的脑袋嗡嗡直响。

父亲眼眶里有两行泪水流下来。他感到害怕,呆呆地看着那两行眼泪像断了线的玻璃珠一样,扑簌簌地落下。

他听见父亲说:"孩子,你不懂,那不是打架。"

父亲又说:"你妈心里也苦,都是我连累了她。"

父亲的情绪稍稍平稳了一些,把他叫到床边,拉着他的手,说:"待会你妈回来,不要说我打你,也不要说你去学校了。"

他点点头,不知道怎么办才好。父亲又看看他,叹了口气,说:"等你长大了,就知道了。"

父亲拭去眼泪,自言自语地说:"我是该走了,真是该走了,该走了……"

父亲挣扎着下床用毛巾洗了洗脸。他也洗了脸。母亲回来以后,父亲和他平静得像什么也没发生似的。母亲开始生火、做饭、烧菜。房间里弥漫着一股浓重的烟味。父亲在这浓重的烟味中不时发出几声轻微的咳嗽声。他注意到,父亲的嘴角有一丝奇怪的微笑。

晚上,他躺在床上,一直没有睡着。他又开始胡思乱想,包括上次在医院所见到的惨烈的一幕,包括和平的死,母亲与会计赤裸地绞在一起……这些都像电影胶片似的一幕一幕在脑海里放映。那个时候,他尚不知道自己的思考已触及了世界上的根本。世界的本质,就是他想的生、老、病、死,再加上性和时间。这些,一直让人们思考,却一直无法被破译。

天气渐渐转凉了,又慢慢变冷了。父亲的咳嗽一天比一天厉害了。他仍旧无所事事,像一个幽灵在琴溪河边转悠着,有时候踱步到母亲的小学,看母亲吃力地讲着课,唾沫星子直飞。他对母亲所说的内容不感兴趣,稍感兴趣的,只是母亲手中的那本字典。母亲经常讲着讲着,会停下来,翻一翻那本厚厚的字典,随后又接着讲。他对那本厚厚的字典充满了好奇,如果有一个东西,能教人说话,又能教人识字,那该是多么神奇的宝贝呢!

那天晚上,母亲大约是累了,在里间早早地睡了。他悄悄从她的包里,将字典摸出,躺在床上,在煤油灯下认真地翻阅着。他几乎一字不识,却读得津津有味。字典上的所有一切,对他而言,都充满着神秘。有时候,他情不自禁地发出声来,咿呀乱念一气。躺在床上的父亲怔怔地看着他,说:

"你喜欢读书,真不错,人生一世,不读书的话,很多事都不会明白。"

他没有理会父亲,仍饶有兴致地翻看着字典。

父亲抖抖索索地从床褥下摸出一个圆圆的东西,交给他。他一看,是一面镜子,一面古老的铜镜,只有手掌大小,正面泛着黄黄的光晕,影影绰绰能照出他的身影,反面则镌刻着凹凸不平的文字。他看着父亲,不明白他的意思。父亲又是一阵剧烈地咳

嗽,有点上气不接下气地说:

"孩子,知道为什么给你取名镜子吗?"

他看着父亲,满肚子都是不解。

"就是因为有这一面镜子——"父亲说,"这铜镜是爷爷留给我的,也是爷爷的爷爷留下的。很长时间了。……现在,我把它给你。"

他接过铜镜,仔细地端详摩挲着。父亲没再说什么了,又叹一口气,躺了下来。这时候夜已很深了,不过却有着异象——透过玻璃窗,可以看见窗外是一片白光,如同白昼一样透亮。

后来,他沉沉地睡去了。夜半时分,他影影绰绰地觉得父亲挣扎着起床了,先是在他床边站立了一下,用手撩了撩他的头发。他感觉到了,实在醒不过来。随后,父亲又蹒跚着回到了床上。

第二天早晨,他睁开眼,阳光穿过窗棂射在不远处父亲的床上。他看父亲的头颅已垂在床的边沿,脸色苍白,一动不动。父亲的眼角,明显有泪的痕迹。他有点害怕,情不自禁地哭了起来。母亲听到他的哭声,从里屋出来,看见父亲,怔了一怔,呆呆地坐在床沿上。他嗅到父亲的身上散发着一种奇异的味道,有点异香,也有点腥臭。后来他知道,香和臭其实是很难分割的,它们就是一个东西。

过了好一会,母亲把门打开,坐在门槛上号啕大哭起来,邻居们闻声赶了过来。他吓坏了,也放声大哭。可是他的心里,一点也感觉不到悲伤,只是觉得落寞和害怕。正在此时,天空里突然响起了炸雷,乌云密布,大雨倾盆。这一场风雨让母亲惊慌失措,也使他对于死亡有了某种象征性的感悟。

父亲被众多乡邻抬上山安葬完毕之后的那个晚上,满天都是明亮的星星。精疲力竭的他跟母亲坐在屋前的空地上,没有风,旁边大柳树上的纺织娘叫得让人心烦。他悄悄地将铜镜拿了出来,倒放在膝盖上,想让那一片星空落在铜镜上。可是铜镜上什么也没有,只是一片泛着黄色的黑。他突然明白,原来黑色并不是一种颜色,而是一种容纳。有很多东西,都隐藏在那一片黑色后面。他听母亲在一旁幽幽地说:

"孩子,后天我们就要搬家了,去城里,离开这。你不会反对吧?"

他默不作声,不知道该说些什么。

"县城比这儿大多了,也好玩多了。什么东西都有,还有电影看,有演出看……学校也好多了,你可以在城里上学了。我也不必当代课教师了,你爸爸的群艺馆已答应给我安排一份工作,说干得好,就可以转正……"

他抬起头来,怔怔地看着她。母亲的面容掩映在一片黑色之中,看不真切。她的声音也与旁边大柳树上纺织娘的聒噪融为一体,很难分清彼此。他一点也不明白她在说些什么,他弄不懂她,就像她弄不懂他一样。

第 四 章

一

二十世纪九十年代初,在省城一家报社工作的我接受了一项任务,去帮助采访整理皖南革命故事。这样的工作,与我的兴趣和爱好还算吻合,也使得小玉当年给我们一直灌输的革命斗争故事变得亲切生动起来。那一年春天,我来到了老家 S 县,找到了当年曾在大牛山落草的周老五,由他带路,攀登上了黄山游击队的大本营大牛山。周老五已经近七十岁了,不过仍精神矍铄,身体强健。我没有提及小时候曾跟小玉见过他一面,就是提了,他也不会记得了。我不想把话题转移到小玉身上,对于我来说,这不单单是一个人,而是一个大话题,是一个深不可测的身心灵话题。我不喜欢以浅尝辄止的方式,轻易地涉足如此的语境之中。

那一天,春光明媚。从大牛山脚下往上看,只见大牛山开满了大片大片的映山红。我还是第一次看到如此高大的映山红树,一株一株有碗口粗。花也丰富多彩、五颜六色,有红的,有玫瑰红的,有黄色的,甚至有白色的和绿色的,真像是从天上一不小心将调色板打翻,泼出来的颜色似的。山野中随处可见数百年的松树和柞树,枝干遒劲粗大,体现着地老天荒。

从山脚下到山顶,难见现成的路,我们只能在大片原始森林中摸索着小路穿行。周老五嘱咐我们把袖口、裤管扎紧,防止毒蛇和山蚂蟥的袭击,然后,和另一个向导手持柴刀走在前面,一路砍去挡在前面的荆棘和茅草。就这样,我们穿行在密密匝匝的参天古树、手臂粗细的藤蔓,以及半人多高的蕨叶和茅草中。有好几次,我们差点遭到毒蛇袭击——有好几次,我都差点碰到小竹叶青蛇吐出的蛇芯子!三个多小时后,我们的眼前豁然开朗,眼前就是大牛山的主峰黄石崖,它不再是茅草密林,而是一片光秃秃的石头山,就像黄山的山峰一样!大牛山成为黄山游击队的中心,是有着得天独厚条件的——这一座山,分为两部分,下面是密密匝匝的原始森林,极难进入;至于顶峰,除了从石头的罅缝里生长出几株松树之外,其余地方则难见草木,只有赭色的石头点缀着平坦的空地。从山下根本看不到山顶,根本不知道海拔上千米的云端,还有一个如此适宜人居的地方。

站在大牛山的峰顶上,头上是湛蓝的苍穹,云彩仿佛触手可及。环顾四周,群山匍匐,不远处,分明可见同样高耸入云的黄山。站在山巅之上,周老五显得很兴奋,他说,从二十世纪七十年代重上一次峰巅之后,就一直没再上来了,算一算,有十五年了。

周老五告诉我们,当年黄源王麻子他们为什么会选择这里做根据地呢?一是因为这里山高,是黄山山脉中仅次于莲花峰、天都峰的又一高峰;二是这里处于皖南几个县的交界处,每逢有事,那些国民党老爷就互相推诿。非得要几个县的武装联合起来,才能进行"围剿",否则,这个县的行动队来"围剿",我们就跑到那个县去;那个县的行动队来"围剿",我们就跑到这个县去。再一个,山顶上还有几个洞,可以住人。

说话间,我们已来到狮子洞口。与其说是个洞,还不如说这是一个由巨石撑起的遮风挡雨的处所。洞口是一张着大口的狮子嘴,宽有近十米,深处也达七八米,宽敞的内部,能容纳三十人休息。山顶上除了狮子洞,百米之内,还有着风洞、水洞和火洞,各有特点:风洞冬暖夏凉;水洞里有山泉汩汩涌出,解决了山顶上的水源问题;火洞里特别暖和,冬天待在里面一点也不冷。当年,黄源和汪丽文冬天住在火洞里,其他时间住在风洞里。至于其他的游击队员,基本上住在狮子洞里。只是适合人居也是相对的,从总体上来说,洞穴仍旧黑暗、潮湿、狭窄,四壁随处可见厚厚的青苔,罅缝里有泉水不断渗出,还有无数蝙蝠潜藏其中,春天甚至还有毒蛇和蜥蜴爬行……从总体上来说,在这里生活和战斗,需要坚强的毅力和信心。

令人匪夷所思的是,正是在这座山顶上,黄源、汪丽文、王麻子、周老五率领着数十位游击队员,坚持了近十年的游击战争。高山之巅,还呱呱坠地了两个革命的后代——就是黄源和汪丽文所生的皖生和南生。

那一天我心生感动,禁不住低下头努力想寻觅什么,仔细地看着每一个角落,竭力想从这不平凡的洞穴里,发现点值得纪念的东西,哪怕一个子弹头,或者当年残留的破棉絮。可是我什么也没有找到,连一点蛛丝马迹也没有看到。山头的风很大,刚穿过岩石和树林,能听到呼啸的声音,我突然想,那些曾经在这高耸入云山顶上发生的事情,那些曾经的历史,极有可能被这山顶上的大风给吹散了。如果说历史是什么,那就是大风吹过后的痕迹。

当天晚上,我跟周老五住在山巅之上的火洞里。在洞口,我们生起了篝火,火洞果然很暖和,在夜里也不觉得寒冷和潮湿。我们就着向导带来的当地米酒,一边喝着,一边聊着当年的故事。周老五说:"你读过《水浒》吧?这一本书,不仅是最好的小说,也是中国数千年社会的写照。"

他继续说:"中国五千年的历史,就是改朝换代的历史,每一朝每一代,都是一次水泊梁山,都是一次一百〇八将的复活。"

他又说:"不仅是每朝每代,每一个单位,每一个团体,都是一个水泊梁山。"

我问:"怎么说?"

周老五得意地说:"你看啊,咱们的黄山游击队,黄源就是宋江;王麻子呢,是李逵、鲁智深;我呢,搞情报的,搞交通的,算是'神行太保'戴宗。然后……"他说出一大堆名字,一个个对应着梁山泊的人物。

周老五又说:"这是往小里说,往大里说,比如说明朝吧,朱洪武就是宋江;刘伯温,就是小诸葛,就是吴用;徐达呢,是卢俊义;常遇春呢,是霹雳火秦明……"

周老五说得兴起,我点着头,觉得他说得还真有点在理,也没打断他,由着他趁着酒劲继续往下说。周老五说:"一个队伍的头,太重要了。梁山泊要不是宋江,造反不会成功;黄山游击队呢,要是没有黄源,也不行……"

我说:"那是因为宋江仁义啊,跟晁盖一样,靠仁义立信天下,天下人自然服从。"

周老五诡异地一笑,说:"宋江跟晁盖是有区别的,晁盖是老实人,仁义、讲义气、一诺千金;宋江虽然仁义和讲义气,不过也很狡猾,他可不是妇人之仁,他能把梁山那一帮土匪强盗收拾得服服帖帖。光靠忠义,没有智慧是不行的。宋江把扈三娘嫁给王矮虎,就是一种智慧——我来问你:宋江为什么要把扈三娘那个大美人嫁给矮脚虎王英?"

我想了想,说:"那是因为宋江喜欢矮脚虎,矮脚虎忠诚啊!"

周老五哈哈一笑,说:"去!就知道你是个书生,这个道理都不懂!那是因为宋江喜欢扈三娘!"

我不服气,说:"怎么可能!宋江怎么会喜欢扈三娘?要是喜欢,干吗不自己娶了?"

周老五哈哈一笑,说:"你们是小孩子,当然不明白。你说梁山泊最缺什么?"

"缺什么?缺粮草,缺刀枪棍棒箭矢吧?"我想了一想,试探着答。

"就说你们小孩子不懂嘛。"周老五说,"最缺的,是女人!你想想,梁山好汉落草时,家破人亡,谁带着家属啊,都是光棍一个。梁山好汉那么多,一百〇八个,加上还有很多喽啰士兵什么的,上十万人,没有几个女人。这事该怎么办——所以嘛,宋江就把扈三娘嫁给了王矮虎。"

"那又怎么了?"我瞪着眼睛,一脸茫然。

周老五有点气急败坏,用手指关节敲了敲我的前额,说:"你这个小毛娃子,是真不懂,还是假不懂啊!"

我一下哑住了。我是真不懂。可我装作明白似的点点头。沉默了一下,我抛出了一个在心里憋了很久的问题:"革命胜利了,新中国成立了,干吗汪家传选择离开?什么官也不当,真想悬壶济世啊?"

周老五想了想,说:"也没有什么其他想法,汪家传是个读书人,原本是想落草自由点,黄源来了之后,规矩太多,觉得不太适合。他早就想离开了。"

我问:"县里没有阻拦他?"

周老五说:"也婉劝过,县里想让汪家传担任人民医院院长。可是汪家传执意不肯,县里只好算了。汪家传要当医生,也是好事。黄源对他也不错,毕竟原先游击队里有很多麻烦都是他解决的,像汪丽文生孩子,包括小玉外婆生孩子什么的,都是汪家传帮的忙。"

我想了想,换了一个话题问:"那个时候,你们真的很开心?"

周老五笑着说:"当然开心啦!黄源说我们不是一支队伍在

战斗,在北方,还有上百万呢！我们不是小打小闹,是要建立一个新中国。"

我们一直聊到凌晨时分。天上的半月投下了苍白的光芒,照着山顶的松树、栗子树的树干闪烁发亮。不知从哪儿来的微风,从山顶上穿行而过,贴着山势,引起一阵窸窣声响,一直滑到山下。头顶之上,浩渺无垠的星辰闪亮,离我们如此接近,仿佛伸手就可以感觉到它们的光热和旨意。星空之上,隐藏着一种无与伦比的力量,繁衍、滋生、成形、永恒不灭,如星光一样悄悄地向这世界渗透,随意飘荡于每一处天籁。我忽然想,我们所在的太阳系,在苍茫的宇宙当中,只能算是一粒沙子吧？至于地球,更像是风中的微尘。至于人类,数千年来积聚而成的一点可怜的文明与思想,夹杂着邪恶和争斗,就更如微不足道的风,或者风中携着的一点风吹草动。

我分明确切地感觉到头顶上的星空在旋转,它们的旋转,又带动着这个世界旋转。有流星拖曳着美丽的尾巴,划出一道轻妙的弧线从我眼前掠过,一颗,然后又是一颗。那是人世间的生命吗？旧时的说法,地上有多少生命,天上就有多少颗星星。生命的能量,如果与星辰相对应,也是一种诗意的想象啊！

后来,我的脑袋变得昏沉,变得湿重,眼前一片空蒙；身体仿佛腾空而起,变得透明,升腾为一缕轻烟,或者化为一阵风。我的呼吸也近乎停止,我仿佛觉得自己跟星辰一起旋转,遵守同一条永恒不变的轨迹；甚至有真理与自己灵魂深处最隐秘的存在达成默契。我蜜蜂般大小的灵魂沐浴在纯净的光芒之中,我听到了灵魂的细语，如同风中的呢喃……在这种状态下写作，我不需要也不可能去粉饰或者遮掩什么。

二

他开始变得恍惚不安，一种来自身体的冲动促使他要去找小玉。他知道小玉家的地址，知道那个月潭，与县委一墙之隔，穿过县委边的小巷子，见到一片水面，诗意地栖息在那里。在水面上，有绿色的浮萍，大蚊子一般的水虱不时划过水面；水底之下，偶尔会有红色的鲤鱼穿行……月潭，月潭，月潭……在看电影之后的那几天里，他已将这两个字嚼得几近于齑粉。月潭，已不是单纯的一片水面，或者一个地点，而是如月亮一样悬挂在天宇之上。他知道小玉家确切的位置了——月潭的对岸，有一幢老屋，诗意地栖居在岸边，在门边，还有一个用整齐的石料架构起来的水井，与月潭成为一体。这一幢居于水边的老式徽州建筑，精致、典雅、安静、神秘，厚实的木门严严实实地封闭着，上面有两个铁环，就像是一幅精美的画。他曾经来过这里，对于这幢老房子印象犹深，没想到，它就是小玉住的地方。他感到奇怪极了，他想，是的，小玉就应该住在那里。

小男孩一步一步走向老屋，他咬着牙，心房像小纸盒里装了个蚂蚱。这一幢破旧的老式徽派建筑，因为小玉的居住，伟岸得像一幢宫殿一样。他想，终于能进到这一幢屋子里，终于能感受到小玉的气息了。沿着石板路过来的时候，他的身形倒映在水里,那么小,那么单薄,抖抖瑟瑟,就像水潭边游着的黑色小蝌蚪一样。他一直鼓足勇气,显得雄赳赳气昂昂的,甚至下意识地把脚步落得稍重一点。他走到那幢紧闭大门的屋子前,两扇紧闭的大门,像一张严肃的面孔一样对着他。让他情不自禁地想起学校工宣队长那张方方正正的黑脸,那张脸总是让人束手无策。他抬起头看了看,上面有门牌,写着"月潭路19号"。他知道,这就是他要找的地方了。

他举起手,想叩击铁环。刚接触到铁环,他的手分明顿住了,一种胆怯像闪电一样袭击了他,他的全身变得僵硬而麻木。与此同时,他感到背后有一股力量,用力拽着他的衣领,要把他往后拉。他想扭头往回跑,跑得无影无踪;但他又努力坚持着,希望脚底生出根来,深深地扎在地上。他又想,要是小玉打开房门该多好!瞧见他在外面,小玉一定会露出很亲切的笑。请进!小玉还做了极洒脱的姿势,像外国电影的主人公。这只是想象,门仍闭着,像难越过的墙壁,现在,他终于要面对这最后的阻碍了。

他站在门口,一动不动,呆了好久。后来,他终于痛下决心,拉住门环,砰砰砰,连敲三声。

铁环敲击门锁的清脆声,像清冷的子弹声,在寂静的水塘边炸响。那些在潭边上的柳条鱼都受到了惊吓,纷纷沉潜于浮萍之下,窥视着声音的出处。几只嬉戏的红蜻蜓,先是倏地一下飞到半空,随后,栖身于潭中的小荷上,专注地注视着他的举动。潭中有一条大鱼也被惊醒了,不耐烦地翻了个身,激起了一大片水花。没想到,世界如此安谧,又如此相连,他有点害怕了,感到浑身泛

彼岸 | 071

起了红潮,又痒又热。他静候了一下,里面没有动静,没有人问询,也没有脚步声。他急了,在外面大声呼喊着"小玉哥哥",声音孱弱而犹豫,仍没有激起动静。他不知道下一步该怎么办了,只好怔怔地站在那儿。也不知过了多久,有吱呀一声响,门开了,小玉站在他面前。小玉看见他,一笑,意味深长地说:"小家伙是你呀?我昨晚夜班,现在正睡觉呢!也不要紧,准备起来了——你进来吧。"他迟疑着,迈开了步子,他不喜欢小玉称他为小家伙,内心有很坚硬的抵触。他看着半敞的大门,里面黑洞洞的,充满着神秘,像是另外一个世界。

他迟疑着是否进去,忐忑而拘谨地打量着这幢老屋,这跟他见过的徽州老屋没有太大的区别,熟悉的结构,熟悉的味道,熟悉的光影。不过因为小玉的缘故,这屋子显得尤为神秘。这是一幢老式的徽派民居,正对大门的,是一个长方形的天井,底部铺有青石条,四周也由青石条围成。天井的那边,是房屋的正厅,正厅上有张八仙桌,两把太师椅。它们的后面,是一只柞木高腿的长条几,东面摆放着一尺多高的粉彩陶瓷瓶,西面摆着一面嵌在方形木框里的圆镜,徽州的民俗中,有瓶有镜,意味着"平静"。条几的正上方,贴着毛主席画像,两边一副对联:四海翻腾云水怒,五洲震荡风雷激。厅堂里没有其他人,什么声音都没有,阳光从天井上方射下来,照射得石阶缝隙里的青苔散发着绿色的光晕。小玉带着他,顺着门边向右拐,从侧面上了楼梯。楼梯很窄也很陡,他不得不扶着两旁的把手,一级一级向上挪动,然后,就来到阁楼上了。左厢房是锁着的,右厢房应该是小玉的房间了:房间不大,十二个平方米左右,布置得非常整齐,墙壁用白纸糊了一下,迥异于屋外那个昏暗的世界;墙壁上挂着一把加重气枪,还有一把小提琴。厢房的边上,就是天井的屋檐,有燕子不停地呢喃着,飞来飞去,从天井上看过去,感觉到离天边的云彩很近。

哟,这么多书呀! 小玉的房间里,堆满了书。除了书之外,还有一张古老的大床,虽然古旧破损油漆剥落,不过仍可以看出它的富贵厚重。古床的壁板上,还镂空雕刻着各种各样的戏文图,有《水淹七军》《岳母刺字》什么的;床楣很宽,上面也密密地雕刻着传统吉祥图案:麒麟、松柏、童子、狮子、牡丹、佛手、桃子、梅花等等,五彩颜色,间或描金,都是很吉祥喜庆的。紧挨着床边放置的,是一张楠木的,看起来异常结实的书桌,上面堆有很多书。床边的墙角,还放置着一只纯黑色的牛皮行李箱,很旧,看起来却有温润的光泽,也有张绷的弹性,款式和品质也异常精美,钉头像星星一样闪烁,一看就价值不菲。

小玉指着箱子说:"当年外公和外婆去南京找组织取电台,就是用这个皮箱装回来的。你知道取电台的故事吗? 我的外公和外婆到了南京后,装作一对资本家夫妇,把电台放进箱子里带回了皖南山区。从此之后,在偏僻的皖南,就能直接听到党中央的声音了⋯⋯"小玉一谈起外公外婆,就有溢于言表的兴奋。他喜欢小玉的屋子,小小的,充满神秘和温暖。窄小简陋的屋子里,充溢着小玉的气味、声息、热量、言语、欲望和情感。这一切如此饱足,像热浪一样四处回旋,包裹、缠绕、填充、融化、渗透。他喜欢这些,喜欢一切与小玉有关的东西。

……谈心。谈心总是很好的。小玉喜欢坐在书桌前的藤椅上,让他坐在床上,然后笑眯眯地看着他,亲切无比。小玉总是滔滔不绝,像是山泉涌出。他听得入迷,感觉到小玉说出来的每一个字,都没有在脑海里停留,直接地就飞入了记忆深处。稍后,他会将小玉所说的,一个字一个字地反刍,细细回想。这泉水连带起另一股泉水,让他内心变得滔滔不绝,这是一种整体上的对应联结。如此亲近的沟通,真带有汩汩作响的成分,贯穿过躯体和内心,洁净而跃动。

小玉告诉他,自己五岁的时候,父母亲就出车祸去世了——父母亲去黑龙江出差,在佳木斯参观苏联人办的农场,汽车行进到公路与铁轨交际的地方,突然抛锚了,火车嘶鸣着开过来。小玉说他曾经有预感,在此前的梦中出现这样的场景,他哭着从梦中惊醒,告知外婆,外婆没在意,只是笑着安慰他。果然几天后,父母的死讯传来。他知道佳木斯,那是小说《林海雪原》发生的地方,冬日里白雪皑皑,冰冻三尺。小玉说,在安葬了父母亲之后,他就搬过来跟外婆住了,外婆原先是县纺织厂的书记,上班时候很累,腰又不好。小时候他每晚都给外婆捶腰,后来大了,外婆不让他捶,让他有时间去看书。小玉说,高中毕业时他的学习成绩在班上是名列前茅的,可有什么用呢?都要上山下乡。外婆虽然舍不得他离开,不过为了大局,还是送他去农村了。小玉说他下放的地方叫毛岬岭,离县城六十公里,不通车。那里一个工分只有一角八分钱。真苦呀!小玉打趣说:"毛岬岭有个风俗,家家门口放个接大小便的土瓮,很大,像个大酒坛。男女老少都坐在上面拉屎撒尿,见到人来,也不忌讳。我们第一次进村的时候,看见乡亲光着屁股坐在瓮上拉屎,还一个劲儿冲我们嚷:欢迎欢迎,欢迎知识青年插队落户。大姑娘也毫无羞涩,也是坐在瓮上光着屁股冲我们热情地笑,把我们吓得低着头根本不敢看。"

小玉说,乡下生活是艰苦的,比艰苦生活更可怕的,还有陌生的环境。落户第一天,一个贫下中农来访,讲了一个故事,把自己吓得半死——那里的山道上,经常横卧一种双头蛇,两边都长着头,可以自如地向两个方向走,走得还很快。有时候蛇看见人来,会直挺挺地站立起来,要跟人比高。人如果比不过它,就会马上死去。小玉听得,脸都白了。当地人轻松一笑,说:"没关系,只要口袋里揣着一个石子,等蛇站起来,悄悄地把石子掷向天空,大叫一声:我比你高!蛇就会软瘫着死去。"小玉听信了,有一段时间天天在口袋里装着石子……在毛岬岭待了两年后,因为外婆身边没有人,县"五七办公室"给了指标,把小玉招进了县轻机厂。

小玉说,不过想想,那两年的插队经历的确锻炼人,起码,打了十几次架吧,一开始,打起架来胆子小,不敢出手。后来,胆子大了,架也会打了,不仅跟本地知青打,还跟外地知青打,跟当地农民也打。有时候用砖头、石头,有时候用匕首和菜刀……在这方面,自己算是有天赋的,会打架,从没打过败仗。就因为架打得多,毛岬岭的当地人,巴不得自己走。小玉说,农村插队的生活,让自己学会了怎样做人。做人,老老实实不行,不能只晓得忍让,有时还要以怨报怨,甚至以狠制人。

起初,一直聆听的他,只会局促不安地坐在凳子上,像一个蹩脚的听众。内心里,他喜欢小玉这种毫不隐讳的表达方式,也喜欢听小玉的声音——小玉的声音不是传递过来的,而是如天女散花一样从半空中飘过来。这是一种美好的感觉,飘过来的,不只是声音,还有和风细雨夹杂的花瓣。对于他来说,这种声音真诚而渊博,就像是人生的方向。听着这样的声音,想着若干年后,他能变成小玉的模样,感觉真是美好的。

小玉告诉他,自己最喜欢的事情,就是读书了。书是一个好东西,人类社会那么多年,要论好的东西,都隐藏在书中。这个世界上曾经活过很多人,绝大多数人都无影无踪了,只有很少一部分人在书中延续着他们的生命。为什么能延续?因为有价值。小玉指着床头边竹书架上的书说:"你看这些书,大都是别人送的,只要别人给我书,我就帮别人做事,甚至帮别人打架!"

"帮别人打架?"他不解地问。

"是啊!你看这本《牛虻》,就是有人要我帮忙,帮他揍一个痞子。我没有什么要求,就要他送我这本书。还有这本《三国演义》,也是……为了这本书,我差点挨了那个痞子一刀……不过我觉得挺值,有好书看多开心啊!"小玉笑了,他的笑如孩子一样单纯,像是在水中投了个石子似的,整个水面,都心花怒放了。

他变得沉默。打架动刀该多危险啊!他知道小玉在县城里很有名气,打了很多架,却不知道他打架有很多是为了读书。小玉显得很兴奋,继续侃侃而谈,小玉说他要多读书,以后要写东西,当个作家,当一个中国的海明威。小玉想了想又说,当作家最好先上大学,要是凭考试成绩他应该能考上,可是现在不行,现在读大学不用考试,只要走后门。小玉做了个拎酒瓶的动作,然后学着外国电影的人物摊开手耸了耸肩。

往后的日子里,他有事没事便往月潭那儿跑。他和小玉变得无话不谈,话题自然延伸,从县城里混混的帮派,《水浒》中林冲与卢俊义哪个本领高强,一直谈到了世界的神秘性,谈到时间。小玉说,存在就是被感知,要是哪一天无法感受,自己不存在了,世界也不存在了。时间其实并不是像人们所想象的那样,是直线的,是通向一个无穷的黑洞的。时间应是呈曲线和螺旋式上升的,有着独特的运转轨迹。有时候,人们会感觉到一些事件,好像是曾经在某个时候经历过似的,那是时间的错位,是事件在另一个时间中发生过。世界上所有秘密,都是有时间的秘密,是时间,制造了人类的悲欢离合。如果有一天,人们清楚地明白了时间的秘密,那么,人类就真正成为世界的主人了。在此之前,人们还谈不上是主人,只能说是时间的奴隶,在时间的河流上沉沉浮浮。

这场关于时间的谈话让他记忆犹新。对话时,他们已走出房间漫步在城郊的新马路上。这条公路是新修的,很少有车辆通过,两旁长满了青翠碧绿的乌桕树,安谧而静雅。小孩子哪会散步呢,跟小玉走在一起,他得努力跟随小玉的步伐,调整自己的节奏。这样的感觉,就像后来初学交际舞时的笨拙。那一天晚风习习,清凉可人。小玉兴致很高,思维敏捷,很随便地说出了这些至理,让他有石破天惊之感。

那一次谈话,让他明白了很多东西,人与人真是不一样的,看似一层纸,又隔万重山。人在这世界上,除了现实追求之外,还有精神属性的自我提升。世界太渺茫了,人太渺小了,只有精神属性的提升,才能让人变得坚定和强大起来。不过,接下来的问题是:为什么具有很强精神属性的小玉,却以那样的方式完成自己的人生结局呢?人的精神属性,也左右不了人的命运吗?

夜幕落下,小城一片黑暗,小玉要送他,走在石板路上,能听到小玉清脆的皮鞋声。他们没有再说话,不过他仍能感到有一股强烈的信息汩汩而来。语言毕竟是苍白的,到了一定层次,已不必依赖它。情感也是。如果情感足以真实和充沛,不用言语,也能完成水乳交融。就像人与动物的交流,需要语言吗?什么都不需要。一个眼神就能明白了。过度的言语,反而会成为一种累赘。

后来,小玉若有所思地看着他,看得他都有点慌乱了。小玉笑着对他说:"知道我为什么会跟你玩吗?"他摇摇头,不知道怎么回答才好。是啊,小玉那样一个优秀英俊的男子,怎么想起来跟他这个小屁孩交朋友呢?何况他又是如此瘦弱、呆滞、敏感而自卑。小玉说:"你知道吗?你有别人没有的东西,就是灵性。"他听后很震惊,像全身遭受到电击一样。他不知道怎样回答,不知道该点头还是摇头。他感觉到小玉用手抚摸了他的头顶,轻声说:"以后再聊,你先回家吧!"他有点恍惚,呆呆地点点头,被摸过的头顶上,有烈日当空的灼热感。

三

我后来想,小玉所说的灵性,到底指的是什么呢?是一点就通的聪慧,还是超乎寻常的气质?或者是指一般人不具备的特质,抑或是多种优良品质的集纳?就小玉来说,他是如何定义这一个词的?我后来知道,其实这一个词,并不来自小玉的感悟,而是来自汪家传——那是汪家传的话语。应该是汪家传说小玉的吧?有时候,一个词语,就像一面窗户一样,开在墙上,会让原先黑乎乎的房间,有光亮透进来。

词语,从总体上来说,是模糊的,是似是而非的,就像是黑暗中的花朵,只能嗅到暗香,却不知花的模样。在很多时候,这样的话语没有确指,也很难确指,它只是粗略地指点某种方向。它就像一个点,确指到某个地方;也像一条路,让你意识到道路的延伸。很明显,灵性属于个性,也属于个体,如果真的有灵性的话,它的来源属于什么?应是灯火阑珊处吧?是一种天意,也是一种馈赠……我后来认为,这个世界的确是有灵性的,它存在于人、动物、植物、山峦、河流等一些事物当中。它是人与人、物与物、山与山,水与水不尽相同的很重要的原因。总而言之,它是一种可以察觉,却不可深究的一种东西。它像是上苍的垂青,也像是上苍的依附。这样的垂青和依附,大到属于某一个地方、某一片密林、某一条河流,或者一座山峦什么的;小到化身为音乐的一个符号、衣袂的蕾丝边,或者一个漫不经心的笑靥。

一如黄山的那种鬼斧神工的灵性,应该是属于上天的。灵性赋予它奇松怪石、瀑布云海、飞霞温泉。上天的垂青,让这片地方灵性十足,独一无二。一个人与一个地方一样,所具有的灵性,应该跟他生长的环境有关。环境对于人的影响——那种悄然的潜伏和渗透——应该是人获取灵性的一个重要途径。

那个时候的小镇无疑是富有灵性的。我后来一直在想,如果当初的古镇,能原汁原貌地保留到现今,在二十世纪八九十年代,没有用大量垃圾建筑胡乱填充的话,那么,我们曾经生长于斯的古镇,可能是世界上最漂亮的古镇了。那种中世纪的幽雅和安静,钟灵毓秀的内质,如果它保存到现今,真可以说是天堂小镇。当然,这个世界没有完美之事,身处此岸的人们,很难隔岸观察到彼岸的灯火;更谈不上以彼岸的回眸,来观察此岸的世界。一路走来,绝大多数人都是无明的,没有回望的智慧,不懂得珍惜上苍的礼物,却在自私自利中损毁一派自然和天真。

自我懂事之时起,小镇就经历着巨变。在我的印象里,张家大祠堂是最先遭殃的,这个坐落在县城中心的伟岸、宏大的建筑,在某一个阳光灿烂的日子里,在经历了一场爆竹雨的洗礼之后,开始遭遇劫难。那一段时间,小小的县城终日弥漫在灰尘之中,祠堂屋顶上数丈长的大梁接二连三地轰然倒下,各式精美的木雕、砖雕和石雕遭到了毁灭,硕大的屋梁被劈成了干柴,雕刻了花纹的石头与砖头,有的被拿走建筑新房,有的被盗作为围墙和猪栏。瓦砾和碎石铺了一地,巨大的拴马石被拉走,高高矗立的旗杆被拉倒,放生池被填,池中的石拱桥被拆得支离破碎……

同样让人们兴奋的,还有在天井的青石板下,竟然挖掘出了整整一瓮子银圆!周边的所有人都来了,蜂拥而上,将银圆抢得一干二净。县公安局介入了,贴出布告,斥责着阶级敌人破坏,让那些人交出银圆。县委更是成立了调查小组,彻查到底是谁埋的银圆,以防止坏分子变天。那一段时间,大喇叭天天播放着"千万不要忘记阶级斗争"的口号,提醒小城的人们,阶级敌人亡我之心不死,他们埋藏着银圆,也可能埋藏着变天账。随后的日子,一切都变得不了了之,抢银圆的和埋银圆的,都没有查到,变天账也没有找到。在这一切重归风平浪静的时候,原址上立起了一个奇丑无比的电影院:灰色的外墙,偷工减料的结构,空荡荡的内部横七竖八地放着大方凳,从远处看,就像是偌大的骨灰盒一样横亘在县城的中间。

一切尚未结束,张家祠堂的毁灭,只是开了个头,就像是核武器爆炸,随后向四周波及:建于清朝的县衙被拆了;建于民国的县中心小学也被拆了;随后又是建于明朝的吕家祠堂、周家祠堂……

我清楚地记得,那是1974年9月1日,是镇上中小学校开学的日子。S县城小山坡文峰塔旁边巨大的樟树被砍伐了——这一株樟树,自明代起就在那儿了,枝繁叶茂,树干粗硕,得十多个人才能围得过来。在此之前,没有任何消息表明县政府在打这棵古老樟树的主意。这一天,十来个解放军出现在文峰塔周围,一个个扛着硕大的、磨得锃亮的斧头。先赶来的,是住在附近的孩子,

彼岸 | 081

有一队解放军列队要砍树,他们当然好奇。然后,是镇上的老人,自打小起,就在大树下玩耍。最后赶过来的,是小镇的壮年人,不知道发生了什么,为什么要砍这株树。四面八方赶过来的人慢慢聚集,不敢靠近,也不敢表示意见,只是脸上现出不解和困惑,也有一些幸灾乐祸和麻木不仁的表情。

古树上栖息的白鹭们被这意外的声音惊醒了,它们茫然无措地盘旋在天空中,看着树下那么多的人群聚集,不知道人们在做什么。一段时间后,它们分明感觉到古树在颤动,意识到其中的凶险。这些白鹭先是聚集在文峰塔的顶端,叽叽喳喳地叫个不停,像是协商相关对策。然后,它们开始行动了,排成一个个分队,从塔尖上俯冲下来,对着挥舞着斧头的战士喷洒着它们的粪便。可怜的士兵顿时陷入"枪林弹雨"中,浑身沾满白色腥臭的鸟屎。不过士兵们坚持不退却,一方面挥舞着手中的斧头,抵挡着那些白鹭们的进攻,另一方面,坚持着抡起斧头砍树。

这一场人与鸟之间的战争持续了一上午,无数鹭鸟从四面八方赶来,竟有旌尘蔽天的感觉。嘈杂的鸟鸣声,惊醒了县城的宁静,很多人惊异于如此骚动,以为有大事发生,都情不自禁地聚拢在文峰塔附近。人们目睹着这一切,就像目睹孙悟空大闹天宫一样,更多的是兴奋,而不是沮丧。"文革"之后,人们已习惯于打碎旧世界,迎接新世界。是啊,身处前无古人、后无来者的新世界,又有什么不可以毁掉呢?古书古画可以烧,古建筑可以拆"掉……"虽然从没有迎来新世界,可是在毁灭中,人们品尝到一种恶意的快感。

正午过后,他看到小玉的外婆洪春花赶过来。老人很激动,激烈地跟负责砍树的军人争辩着什么,她的手指着天上飞舞的鸟,也指着摇摇欲坠的树。白鹭们的鸣叫更凄惨了,县城上空到处都是白鹭,一边飞翔,一边嘶鸣,惊心动魄。年轻的军人在她的训斥下,有一阵放下了手中的斧头,坐在地上休息了。过了一会,一个穿中山装的矮胖子,带着一帮人急急地走了过来,对着小玉外婆解释什么。旁边的人介绍说,那个矮胖子是县革委会章主任。又过了一会,小玉也来了,他挤入人群,激动地向洪春花说着什么。洪春花看起来极不情愿地离开了。坐在坡地上的十多个战士开始复工,他们拎着斧头,继续来到大树底下。每一声撞击,都仿佛砍在我们的心上,空气中除了白鹭的粪便味,还能清晰地嗅到樟树干发出的味道。

下午五点,那株曾经让十多人合围不过来的古樟树发出了战栗声,那是死亡到来时无力的呻吟。一个战士爬上了歪倒的树干,在树干的上方绑上一根粗大的绳索,然后,将绳索丢下来。待他落地之后,五六人在稍偏向树枝的方向用力拉。树干在拉力的作用下,先是不停颤动,发出吱吱呀呀的巨大声响,开始倾斜倒下,速度越来越快,在触及地面那一刹那,发出一声巨大的轰鸣,一大片灰尘升腾而起,像水中激起的巨浪。

成百上千只白鹭,在坚持不懈地攻击了一整天之后,意识到自己的失败,几乎同时发出苍凉的哀鸣,随后,向四面八方飞去,一下子消失得无影无踪。原本嘈杂的天空,突然变得死一般沉寂,也变得空荡荡的,连一根羽毛的影子都没有,文峰塔顶,也是死寂一片。人们这才意识到,没有了古樟和那些白鹭后,文峰塔竟然是这样难看,就像老和尚的秃头,或者像悬挂在天上的一片硕大的死鱼干。原先那么有灵性的地方,一下子死了,就像绿洲在刹那间,变成了一片沙漠。

让人感到更奇怪的是,此后的三五年中,S县县城再也见不到一个白鹭,连过路的白鹭都没有。也许是人们的作孽,让白鹭们心灰意冷,这不仅是它们的伤心地,还是它们的绝望之地,一个绝望到一点也不想回眸的地方。

此后的十多天里,县城里一直弥漫着樟树的味道,那不是香味,而是一股忧伤的味道。味道如此浓郁,以至于县城的大街小巷,都变得浓香扑鼻,经久不散。有时候味道稍稍地淡了一会,可一阵风吹来,又开始激荡,会像海潮一样一波一波地涌来。小镇的居民,经常在这样的味道中沉沉睡去,梦见巨大的樟树,等一觉醒来,都有一种面对大海的迷茫。后来他知道,其实香味和臭味是不可分的,就像那樟树的味道一样,既是香,也是臭;你可以说是香,也可以说是臭。这不仅仅是指樟树的特质,也可以说是一切味道的特质。那味道扩散着,弥漫着,让小镇无形中有一些改变。

在这样的味道中,不知怎的,他总预感到会有一些不同凡响的事情发生。他知道一些事物的毁灭,意味着另一些事情的发生,世界不断在毁灭,又不断在新生。只是历经这一次毁灭,不知新生的是什么。在内心深处,他总渴望有一些事情发生,激起骚动和喧哗。只有在这样的反常中,才能证明自己的不同凡响,证明自己对于这个世界有所意义。

接下来的时间,年轻力壮的军人们继续战斗在文峰塔边,他们昼夜行动,拉来电线,点上灯,又搬来了电锯。在电锯整日整夜震耳欲聋的撕咬声中,粗大的樟树变成了一节一节的圆木,又变了一块块木板,它们堆积在文峰塔边,堆成一座高高的小山。随后,有建筑队进驻,在塔的边上开始挖地基造房子。一年之后,有两排宿舍矗立,一排是县委宿舍,一排是县政府宿舍。两幢宿舍的用材,都来自这株古老的樟树。由于小玉的外婆死活不肯离开月潭边的老屋搬入新居,县政府只好用这株樟树的木板专门为她定制了一副寿材,算是对"老革命"识大体支持工作的补偿。

一切都是阴差阳错。最终睡进这一副棺材的,不是"革命母亲"洪春花,而是她的孙子,作为一个抢劫犯的小玉。如果从一开始就将这一切联系起来的话,那么,这似乎是命中注定,更带有宿命的意义。它就像是命运的有意安排,是命运的诅咒,也是命运别出心裁的回馈,带有某种神秘的旨意。

四

小玉问:"你们去过岩寺吗?"小芙和大头摇摇头。那时候一道幽暗的光线正穿过破旧的窗棂,仿佛古代的残骸,落在小玉的脸上。他佯装漫不经心地回答说:"我去过。"他的一个亲戚中学毕业后插队落户,之后招工进了岩寺机械厂。有一年国庆,他跟母亲去岩寺看望舅舅。因为上班走不掉,亲戚特意请一个漂亮的女同事带着母亲和他游玩了岩寺著名的老街,之后又攀登上七层的文峰塔。相比较而言,那塔比 S 县的塔伟岸多了,楼梯在塔的里面,只有第一层是砖头,上面的全是木板架构,许多木板都腐烂不堪地露出洞来了。母亲说心脏受不了,不敢上去。他大着胆子跟着阿姨在里面绕来绕去,转得头晕目眩,终于登上了最高一层。从塔顶俯瞰小城,充满着一览众山小的惬意。

小玉并不想听他打开话匣子讲岩寺的故事,继续说:"你知道吗?岩寺很小,也名不见经传,却是新四军聚集的地方。1938 年,国民政府成立新四军时,就是在这里集合的。当时,黄源已在大牛山招降了王麻子,听到探子的通报,异常兴奋,便跟王麻子商量,要去岩寺找组织,争取得到更大的支持。王麻子听了这个消息,自然非常高兴,特意关照洪春花为黄源做了面饼、鸡蛋和水,让黄源用锅灰抹黑了脸,沿着黄山脚下的徽宁古道,翻山越岭二十多里,经许村到了岩寺。

"黄源到达岩寺后,一看,好家伙,这里有十几万军队啊。当时岩寺一带,是抗战的大后方,很多国民党军队,都在这里休整。有唐式遵的川军,有李品仙的皖军,还有很多其他军队。衣服都穿得差不多,黄源根本就分不清。黄源想了一想,没有急于打探新四军在哪,而是以上海学生的名义,参加了当地的战地服务团,想先了解相关情况。一段时间后,黄源总算搞清楚相关情况了——新四军部及直属总队驻岩寺镇,军长叶挺、副军长项英住在岩寺的金家大屋,军部机要科设在洪桥东头屋子里,军部其他的直属机关均设在岩寺及岩寺周围;一支队驻潜口,司令是陈毅;

二支队驻琶圹,司令是张鼎丞;三支队驻西溪南,司令是张云逸。时机成熟后,黄源特地选择一个雨天,撑着一把大大的纸伞遮住面孔,独自来到了新四军军部所在地的岩寺的金家大屋,要求面见新四军负责人。

"黄源得到允许,迈入新四军马主任的屋子后,再也抑制不住自己的情绪,哇哇地大哭起来。主任一下愣了:这个小伙子怎么回事?黄源一边哭,一边汇报了自己的情况,说自己是北上先遣支队幸存下来的红军,现在大牛山落草,要求组织允许自己归队。马主任没有当场表态,只是让黄源暂回战地服务团,过几天会派人跟他联系。过了几天,黄源果然接到通知,马主任要找他谈话。让黄源感到意外的是,马主任传达了上级领导的意见,决定赋予他新的使命:暂不归队,派他组织黄山游击队,坚持地方斗争,全力配合新四军北上。有关方面对于黄源的明确要求是:尽量不要暴露身份,以积蓄力量为主,争取扩大队伍,随时接受上级给予的指示和命令。

"那一次,马主任还特地委派汪丽文作为黄源的助手。汪丽文是岩寺附近的呈坎村人,南京晓庄学校毕业,是教育家陶行知的学生。因为有亲戚在上海从商,汪丽文在师范学习期间去上海度假时,加入了地下党组织,被发展成中共党员。黄源去新四军有关部门要求归队时,正好汪丽文回老家探亲,得知新四军是共产党的部队,也来到部队找组织。两个人的命运就这样联系在一起了。马主任还特地送给了他们一个特别的礼物——一块被单大小的军用油布。游击战争期间,油布是金不换的宝贝——它是特制的防雨布,由结实的棉布浸透桐油之后干燥处理而成,可以做雨具,可以铺垫在身下,可以覆盖在被子上,还可以搭盖成帐篷。马主任的意思很明显是让他们在皖南扎下根来。

"几天之后,黄源带着汪丽文回到了 S 县,这一次,他们顺路先来到了吴大根家。吴大根远远看见一对男女走过来,男的挑着担子,女的提着包裹,像是大老远来走亲戚的人。待走近,吴大根一看,呀,男的不就是黄源嘛!只见他穿一件旧得泛灰的藏青色偏襟棉袍,着一件棉裤,裤脚口用布带子扎了起来,头上戴一顶毡制礼帽;女的不认识,穿一身偏襟的蓝土布棉袄,褪色的黑土布大腰棉裤,一条麻色的土染方巾,头发也包在头巾里。吴大根和老婆很高兴,也没多问,当晚就让他们歇息下来,端来好吃好喝的。在吴大根家过了几天悠闲的生活之后,黄源带着汪丽文重上了大牛山。"

"黄源参加新四军的事情,怎么跟《皖南火焰》上写的不一样?"他问。

"不一样吗?我所说的,是我外婆告诉我的。"

小玉接着说:"到了大牛山后,王麻子听黄源说已联系上了新四军,还带了两支短枪和数百发子弹过来,非常高兴。正好山寨里刚打了一头野猪,当晚就办了野猪宴欢迎黄源归队,也欢迎汪丽文加入。跟组织接上头后,黄源和王麻子的游击队得到了进一步壮大。"

第 五 章

一

一进大门,就可以看到群艺馆的院落里那棵枝繁叶茂的老树——它是一棵桂花树,孤单、神秘,树枝遒劲。我后来听人说,这一棵桂花树已有四百多年了,种植于明朝末年。那时候这一块地方,是张家书院,紧挨着张家祠堂,是张姓后生们读书的地方。祠堂被拆掉改成电影院前,书院就已成了群艺馆。当年的书院,不只是这一棵树,还有很多,可是在建群艺馆时,都砍掉了,只留下这一棵老树兀然耸立,昭示着某种古老的记忆。

在我们眼中,这一株桂花树如此孤独而落寞,仿佛有岁月的老人,也像老屋子的柱子一样,默不作声坚守在那里。有时候风吹过来,桂花树都懒得颤动一下,像是钢筋水泥制作的假树,也如死去了一般。在它的周围,有一大片青苔,是因为太凄清吧,才会长出那些青苔吧。有大片青苔围护,树就更让人敬而远之了。奇怪的是,来来往往的人,包括群艺馆的工作人员,很少去关注这一株树,很少走到它跟前,甚至根本就看不见它。这应该跟树生长的位置有关吧,它是在一个死角上;也应跟人们的心境有关,那个时代的人,哪里有闲心去关注一棵默默无闻的树呢!仿佛历史都是从现在开始的。

只有无所事事的孩子,才会走近这株树,感受它的存在。当然,这一棵硕大茂盛的桂花树遭到冷遇的原因还在于:它似乎从未开过花。上了年纪的人都说,自从书院被拆建起了群艺馆之后,这一株桂花树,就从未开过花。老人们都说,在此之前,这一棵树是曾经开过花的,每到八月,跟其他的桂花树一起,开得芳香满园。为什么之后它一直没有开过花呢?老一辈子的人解释不了,给出的答案是:也许是因为上了年纪的缘故吧。

父亲死后,算是组织对母亲的照顾吧,母亲调离了城郊小学,在父亲曾经工作的群艺馆担任保管员。这是一份很闲的差事,职责是保管和整理相关服装道具什么的。那时候的群艺馆,每年都要进行文艺调演,以及送演出下乡之类。公社、大队的基层文艺队伍进县城,县里的文艺团体下基层,双方像走马灯似的轮转。这个时候,他也到了上小学的年纪了——每天,他都要先走上小镇的古街,走过中东门桥,穿过一个窄窄的古巷,然后,就到了卫东学校。从家到学校,虽然不足一公里,却涵盖了大半个县城。县里最重要的地标,几乎都在这一条路上:文庙、张家祠堂、大众食堂、照相馆、药店、花圈店、杂货铺……自小时候起,他就喜欢将书包搭在背上,晃晃悠悠地在小街上随意溜达。小街的早晨就是菜市,从凌晨起,附近卖菜的农民就蹲坐在沿街两旁,兜售着刚从地里摘下的新鲜蔬菜:辣椒、西红柿、茄子、黄瓜、山芋藤……季节不一样,卖的东西会不一样:春天,满大街都是卖野笋和蕨菜的;夏天则是卖西瓜和桃子;秋天之后,满街又都是卖甘蔗的……不仅季节不同卖的东西不同,天气不一样,卖的东西也不一样——每当雨后天晴,就有人挑着箩筐卖各式各样的松菇。那松菇真鲜,跟肉片一起余汤,会鲜得让人把舌头都吃进去。冬天的时候,街上到处都是卖葛根的——从泥地里挖出的葛根先用水洗一下,再放进大铁锅用水煮,通常要煮好几个小时才能熟。煮过的葛根用竹筐挑到街上后,现切现卖,可以按斤称,也切成堆搭配着卖,有两分一堆的,有三分一堆的,也有五分一堆的。那时的学生们,最喜欢收集点牙膏皮、橘子皮之类的拿到废品收购站去卖,卖个三五分钱,都给了街上卖葛根的人。

……清晨的小街是拥挤的,早睡早起的小镇人,每到清晨都喜欢上街转转,窄窄的街道经常被人流壅塞。这使得每天早晨上学的学生,在小街上穿行,就像鲫鱼在水草中游走一样。他喜欢这样的感觉,看新鲜的各式蔬菜,也看各式各样陈旧与新鲜、从泥土中长出来的人。他熟悉了两旁店面内外的所有人,熟悉他们的面孔、职业、性格和经历,也熟悉他们的表情和眼神,对于各人的情况和隐私,都能说出个八九不离十。小镇就是这样,一切都是熟知,也是彼此相熟。别人成为自己的故事,自己也成为别人的故事。只要不会迟到,他每天都要拐进糖烟酒店,在那里稍稍逗留一下,他喜欢闻那种交杂着烟、酒、糕点的味道,喜欢看柜台里烟和酒的价格:茅台酒八元钱一瓶,大前门烟二角八一包,飞马烟二角九一包……每一次,他总是装着漫不经心地从糖酒店的这个门进去,深深地吸上几大口,然后从另一个门出来。有时候,闲着无聊的他还会从门口盛盐的大缸里,拾掇一颗小小的盐粒放入口中,慢慢地吮吸着。盐先是咸,其后是苦,最后会让他蹙眉疾首地啐掉。这样的举动,一方面是因为饥饿,另一方面,则是出于无聊,无聊地寻觅一切刺激的事情,或者是由无聊产生的下意识。每天,他们走在这条街上,像无聊的土狗一样,寻觅着一切新鲜的事情,努力不放过一切生动的细节。他们喜欢一切风吹草动,任何无聊的事件,都会如盐一样,让单调的日子多出一点滋味。

位居小街中心的派出所,也是他上学时最愿意逗留的地方。派出所的门口,有一口古老的水井。传说明朝末年,有猎人在县城后面的山上追逐梅花鹿,结果追啊追啊,鹿无处可逃,钻入城门,一头栽进水井里,也难怪这水井的水格外甘甜。有时候实在无聊,他会把头深深地探进水井,感受到水井里冒出来的丝丝凉气。派出所大门经常虚掩,经常会有人把小偷扭送到派出所来,这个时候,后面会跟随长长的看热闹的队伍。那个时候,人们最热衷的一件事,就是抓小偷了。每当发现小偷,一声呐喊,人们会一拥而上,把小偷死死地压在地上,随后像拖着一条死狗一样拖进派出所。随后,当事人留下,人群退出,派出所大门轰然关上,里面很快传来小偷惨烈的叫唤。他们最喜欢看的,就是这样的场面了,有几次,他飞也似的冲上前,从门缝向里面看,只见小偷被五花大绑地捆在院子中间的苦楝树上，由白公安、黑公安以及刘狗子轮流用皮带、棍子教训。派出所两名公安，是县城人最熟稔的人了，那个高大魁梧、长得白白胖胖、喜欢偏着头的警察是所长，人们称他为白公安；另一个则姓张，又黑又瘦，高得跟竹竿一样，人们叫他黑公安。至于另外一个人，就是居住在派出所旁边的刘狗子——刘狗子小时候得过脑膜炎，长得孔武有力结实无比，一见到人，就会伸出他的粗胳膊秀自己的肌肉。刘狗子一开始帮派出所干活是纯属喜欢看热闹，自愿帮派出所扫地抹桌子挑水烧水。派出所看刘狗子工作积极卖力，也就留他下来帮忙，给他开出的工资是七毛钱一天。不过刘狗子从不嫌钱少，一直尽心尽职。他们的印象就是：夏天的刘狗子喜欢打着赤膊，左手臂上扎一块红布，上面印着"执勤"两字。刘狗子极喜欢这份工作，经常看到他单枪匹马揪着小偷的领口往派出所里拽。那时候刘狗子给人们的感觉，就像一只抓到老鼠的猫一样，一边嘴中咬着老鼠，一边低低地咆哮着，以争取主人的赞扬。每每走到派出所门口，他都警惕地多往里瞅几眼。派出所的风吹草动，是卫东学校私下里最热衷的话题。

小街走到一大半的时候，就得向东一拐，走上那座诗意的城中桥。城中桥与城北桥、城南桥不一样，后者是皖南普遍的石拱桥，城中桥则是一座石质木拱廊桥，结构独特而清新：底座是立于河中的五座桥墩，桥墩迎迓着水的一方是尖的，分割着由南向北的水流。桥墩是由浅灰色的大石块砌成的，如今长满了青苔，在逐渐洇上来的一块块斑驳处，挂满了长长的青藤。桥墩与桥墩之间,平铺着两丈多长的大块青石板,雕琢精巧,清幽光滑。桥底下,河水清澈平静,不时有旋涡在桥墩周围恋恋地发出呢喃声。桥的中间,是一座优美的亭子,柱、梁、檩皆以卯榫结构连接,青瓦铺顶,四角上扬,斜脊高高掠起,在空中画出清逸的线条,上面立有各种各样的祥兽。亭子的四檐也很讲究,上面雕花描绣,屋顶上也印着绘画。据老辈子人说,中东门桥的桥面是用红漆木质做的廊杆,旁边是木质的栏椅,也叫"美人靠",可以方便人们憩息,只是后来风吹雨打慢慢破损了。让小镇人记忆深刻的是1942年,日本鬼子的飞机在桥旁边投下两颗炸弹,没有将桥炸毁,却将廊桥的木栏和顶上的青瓦掀去了不少。虽经后来几次小规模维修复原了,但廊桥的整体韵味耗损了不少。这一座独特风格的老桥,加上旁边两座石拱桥,与周围蔓延的山峦、溪流、房屋、古树一起辉映,呈现出一种浑然一体的雅致和灵气。

下得桥来,是一条窄窄的古巷,散发着元气饱满的俗世生活:两边住户的屋门都是敞开的,从屋外一直可以看到天井上方的厅堂。冬天吃饭之时,各家子围着八仙桌吃得一团和气,桌子下面,猫、狗、鸡其乐融融。天热的时候,人们多端着盛着饭菜的碗,坐在门前的石凳和小竹椅上,一边吃,一边东拉西扯。有更不甘寂寞的,索性会走个数十米,走到城中桥的回廊上去吃饭。这个时候,可以看出的是,吃饭,对于市井民生来说,那不单单是吃饭,而是生活的展示和延伸。当然,古巷上也是有一些趣事的。有一段时间,只要踏上那条窄窄的青石板小道,他总是显得心猿意马——在巷子中间的老屋子里,有一个玉雕厂,说是厂,其实只是一个很小的作坊。作坊里安装着砂轮磨具,有三五个工人天天打磨着玉器。玉器的原料,据说都是从新疆拉过来的。作坊的窗户低低的,终日面对着我们经过的小巷。也不知从什么时候开始,就在窗棂之下,出现了一对年轻男女,男的十七八岁,个头不高,看起来灵活聪明;女的十五六岁,小巧、朴实、秀气,脸颊上有两枚明显的"农村红"。他们就像鸟笼里的一对画眉一样,或者像并蒂长在一起的木槿花。

那时候不仅是他,卫东学校的很多学生,凡有关爱情的启蒙教育,似乎都来自对那一对男女的观察:大约是师徒吧,那个女子显然是刚从乡下来的,行为拘谨,眼神飘忽;男的,就显得老练多了,像一个街油子一样显得见多识广。起先,他们是不太说话的,有时候男的跟女的传授一些技术,坐在一条凳子上,也是分得很开,腰挺得笔直。后来,就有一些变化了,他们不再是正襟危坐,而是随意摆动着身体,有些部位已经明显地紧挨在一起了。他们的表情和笑容越来越默契,以至于他那一段时间从门前路过,每天都能感受到不一样的信息。

终于,他们开始手把手地共同打磨某件玉器了,有时候双方用沾满泥水的手嬉笑着互相指指点点……又后来,他们开始打情骂俏,坐在一起吃饭,你帮我夹菜,我帮你夹菜……有一天,他中午放学回家,竟看见那一对男女坐在阴暗的拐角处,手上摸索着试探,两张嘴哆嗦着接起吻来……他看得一激灵,就像看到一对鹭鸶纠缠在一起。他终于明白,男人与女人的缠绵,也是如此,就如同平日里看到的动物一样,或者如那时在乡间看到的皮影戏,最后的结局总是男女影子合二为一,然后灯光暗了下去……他觉得身体内有一种东西被撩拨到了,某些东西开了个口,有热气丝丝地向外冒。

这一对情人之间的关系,不仅给他发现了,也给来来往往的每一个学生发现了。每每学生们人多势众路过玉器厂时,便会在外面恶作剧地起哄,大叫一声"谈恋爱"或者嚷一个更下流的词语,做几个下流的手势,便如受了惊的鹅鸭般一哄而散,一边跑一边回头看是否有人追上来。这样的行为,后来的他明白,纯属对于爱情的嫉妒和消费。那时候的他们,只是稍稍地知道男女之间有秘密,不过对这一个秘密,一直难以明白。他们只是在本能中,充满着好奇、想象与龌龊的心理。奇怪的是,这一对恋人对于外面的粗言鄙语,并不显得感冒,有时候是充耳不闻,有时候竟表现出某种得意和甜蜜。他后来知道,可能正是他们无聊的撩拨,更加速了爱情之花的生长。

等到再开学时,经过这一条路时,又有了很大变化——这一对男女,应该在一起生活了,开始明目张胆地在一起吃饭了,彼此之间,会意的甜蜜少了,更有淡然的默契和惯性。每次放学经过时,都可以见到他们一个人捧着一碗米饭,中间放着一个盛菜的碗,彼此的话语少了很多,笑容也鲜见了。不久,女子怀孕了,腆着个大肚子,经常靠在窗边发愣;男的,也很少在机器旁工作……再后来,女人有一段时间未露面,等到露面时,身边多了一个肉乎乎的小孩……我后来想,所有的男女之事,都应该是这样吧?由最初的怦然心动,到怯生生地试探,彼此的你侬我侬,表面人伦关系背后,是肉体的性爱。然后,一切冷却正常,生活变得丰富又寡淡,夹杂着争吵、厌倦,最后成为难以分舍却彼此敌视的亲人……这样的方式,表面是情感的蔓延和波折,其实贯穿于内部的,是生殖和传承之道,是延续后代的必然规律,是人道也是天道。在很多时候,爱情只是美丽的表象,起决定作用的,其实是上帝早已设计好的生物和人性本能。

……一直到现在,我仍旧是怀念着那一对单纯而美好的"璧人"。我从不知道他们的姓名,也不知道他们的身世,以致无法去打听他们具体的生活。很多年后,有一次我回老家,曾试探地问一个家住玉雕厂附近的人,那个玉雕厂现在怎么样了。他告诉我,早就不在了,那个以砯石为原料的工艺品,哪里会有市场呢?至于那些职工,都应作鸟兽散了吧?

二

1934年冬天的一个晚上,S县鹊岭乡刘村村民吴大根提着马灯走着夜路,赶往二里之外的另一个村庄去打麻将。这是皖南山区百姓上千年的传统了,农闲的冬天,村民们喜欢坐在火桶上打麻将,来打发寂寞的时光。冬天的夜晚雾霭缥缈,刚离开家门口数百米远,吴大根就听到了不远处传来隐隐约约的呻吟声。吴大根一阵发怵,寒毛都一根根地竖起来,他壮着胆子睁大眼睛在附近找寻,终于发现离他不到十米的蒿草丛中,有一个年轻人,满身是血,奄奄一息。吴大根急忙走上前,把这个年轻人背回家中。

吴大根和新婚宴尔的妻子用剪刀剪开了他血迹斑斑的衣服,当黄源彻底暴露在昏暗的油灯之下时,吴大根娇小温柔的老婆臊得满面通红:那个小伙子裆被子弹击穿,下身少了一只睾丸,鲜血和泥土混杂在一起。

这个受伤的年轻人就是黄源。红军在谭家桥遭遇伏击之时,黄源的身份是红军的连长。在此之前,他曾是上海中共锄奸团的一员,又曾是上海同济大学数学系的一名在校学生。谭家桥战役中,黄源好不容易脱离了包围圈,可是,却被谭家桥乡的一帮乡丁给抓住了。那一帮乡丁,对黄源严刑拷打,想让他交代红军的有关情况。黄源死活不说,几次都被酷刑折磨得昏死过去。到了夜里,黄源瞅到一个空隙,见看守他的行动队员睡着了,悄悄解开缚在身上的绳索,把哨兵打昏,提了缴来的步枪和两个手榴弹,翻墙跑了出来。谭家桥行动队很快就发现了,跟在后面追,边追边开枪,一颗子弹击中了黄源的裆部。黄源也顾不得了,一路飞奔,一口气跑到鹊岭乡附近,看到后面没有人影了,忙躲进树林,大口大口地喘着粗气,这才感觉到裆部在流血。黄源从衣服上撕下块布,勉强把伤口包扎了下,又想了想,把步枪和两颗手榴弹藏在深深的茅草丛中,在旁边的树上,做了记号。这时候,黄源感到又饿又冷,想到附近的田地里,找点萝卜和山芋什么的吃一下,没想到才走没几百米,就昏倒在路旁。

吴大根和老婆把黄源安顿在床上躺下后,立即去镇上找到中医许天佑,不由分说拉着他来到了刘村。许天佑先是吩咐吴大根老婆烧了许多开水,然后,把黄源的双腿分开,用绳索绑在床档上,又让吴大根夫妇按住他的身体。一切准备完毕,许天佑用剃头刀划开黄源裆部的脓肿处,挤出了一大盆脓血。黄源痛得牙齿咬得咯咯响,大汗淋漓,在床上不停地挣扎。手术终于成功了,黄源也痛得晕过去了。此后,在吴大根一家精心的照料下,黄源的伤势一天天好转起来。

从那天起,黄源就一直待在高高的鹊岭深处,在吴大根家养伤度日。他收敛了所有的英气和豪迈,也隐藏了革命浪漫主义的情怀,像一个真正的长工一样生活在皖南的青山绿水之中。刘家老屋是典型的徽派建筑,除了偌大的正屋之外,还有几间边屋,有宽敞的阁楼,阁楼上有夹层,还有通向后山的小门。若有情况,阁楼上的人可以从边上的小楼梯下来,打开后院小门直接上后山。黄源每天的工作就是上山拓荒砍柴,打猪草养猪,打鱼草养鱼;或者起早在院子里做豆腐——前一天晚上将黄豆泡好,用石磨磨成豆浆,煮沸,将豆皮从煮沸的铁锅里挑起阴干,再点卤做豆腐,由吴大根老婆挑到镇上去卖,日子过得平静而惬意。

在这个过程当中,红军北上到达了延安,开辟了陕甘宁边区。毛泽东获得了对中国共产党以及中国工农红军的领导权。之后,西安事变爆发,中国各方面的势力不得不坐下来谈判,商谈组成抗日统一战线。再后来,七七事变爆发,日本鬼子全面进攻华北。对于外部形势的风云变幻,身居一隅的黄源略有所闻,不过这时候的他不可能思考着国家的命运,更多的,是对自己前景和处境的担忧。好在吴大根夫妻对黄源的表现相当满意,对黄源照顾得也相当周到,对于黄源的身世和来历,他们从不多问一个字,也懒得在外部打听究竟。每逢外出,黄源总是先用一把锅灰在脸上抹一下,有时候遇到周围的乡亲,老远地就避开。黄源最喜欢的事,就是牵着几头牛来到附近的山坡上放养。山坡上青草茂盛,野菊花怒放盛开,蜜蜂和蝴蝶随风起舞。黄源总是枕着胳膊在草地上假寐,思考着一些事情,任牛逍遥自在地大吃大嚼。左右邻居都以为吴大根家来了一个小哑巴长工。因为吴大根家相对富庶,家里田亩比较多,家里有茶园、姜园、油茶园和碾坊等,短工不断,家里经常有陌生人走动,附近的村民也习惯了。在民风纯正的乡野,谁也不愿意多打听一个字。

有关黄源受伤的具体部位,诸多相关的皖南革命斗争资料中都没有涉及,应该是无人知晓。这一点,也是我后来跟吴大根的儿子吴小平成为莫逆之交后才知道。我当时深感震惊,也为当时潜伏的不易感动。当然,这样的细节,属于英雄们极端的隐私范畴,一般人都不会知晓,知晓的人也不会轻易说出。

不过显而易见的是,生理上的缺失,并没有影响黄源的意志,也没有影响传宗接代。在皖南的革命斗争的历程中,汪丽文共为黄源生了两个男孩,一个叫皖生,一个叫南生。

值得一提的是,黄源在吴大根家养好伤之后,曾在一个月黑风高的夜里,单枪匹马袭击谭家桥乡公所,杀死了乡长王福寿,不仅为自己报了一箭之仇,也为数百名死去的红军报了仇。让黄源刻骨铭心的是,红军当年遭到国民党伏击后,那些乡公所的地头蛇为虎作伥,帮着国民党军队,大肆屠杀红军战士。有很多被打散了的红军,都遭到他们的杀掠。谭家桥乡的乡长王福寿,更是领着一帮人,心狠手辣地活埋了十余名红军战士。每每想到这一帮家伙,黄源的牙齿都咬得直响。

《皖南火焰》一书写道:黄源在单枪匹马袭击谭家桥乡公所之前,曾专门化了装去侦察了一次。摸清的情况是,谭家桥乡公所行动队共有十个人左右,有一支短枪、五条步枪,行动队队长由乡长王福寿兼任。黄源思考了很长时间,决定选择端午节这一天动手。十来天过后,就是端午节了,这一天,天上下起了大暴雨,黄源翻山越岭来到了谭家桥,先埋伏在乡公所附近的山上。接近半夜,雨停止了,黄源从藏身的山上出发,直插桥头的乡公所。当天晚上,由于暴风骤雨,气温突降,又加上是端午节,谭家桥乡行动队的队员们放松了警惕,聚餐时喝了不少酒,连哨兵也喝醉了,把放哨的事忘得一干二净。真是天助我也!黄源顺利地溜进了乡公所,只见行动队员们横七竖八地躺在宿舍里,早已睡得像死猪一样。黄源冲了进去,往中间一站,把两颗手榴弹举过头顶,大喊一声:缴枪不杀!那些乡丁们从梦中突然惊醒过来,看见一个人举着手榴弹,高高地站立在那里,就像托塔天王一般,顿时就吓得魂飞魄散冷汗淋漓,一个个如泥塑一般。一名乡丁好半天才恍过神来,身子一抖,一头钻进厨房的灶洞,没想到屁股却挤不进去,像个鸵鸟一样顾头不顾尾。黄源一边举着手榴弹,一边示意其他的乡丁,把这个人拽出来,捆绑起来。那些人吓得直哆嗦,各自捆绑得严严实实。这一次行动不到十分钟就结束了,一枪未发,缴手枪一支、步枪五支、子弹三百多发、手榴弹二十多枚。只是没逮到乡长兼行动队队长王福寿,原来,这个家伙回隔壁的西环村自己家过端午节去了。

黄源立即命令乡队副带路,提着手枪,奔向西环村捉拿王福寿。到了西环村后,黄源一脚踹开王福寿家大门,直冲王福寿的厢房,他老婆吓得大叫一声,当时就瘫倒了。黄源用驳壳枪抵住王福寿的脑门,大声地说:"我代表被你杀害的红军,要你的小命。"说完,一扣扳机,王福寿一命呜呼!

《皖南火焰》一书中说,黄源单枪匹马袭击谭家桥,杀死罪大恶极的乡长王福寿,让当地老百姓兴奋不已,当地百姓还自发编了一首歌谣,很快在游击队和当地百姓中传了开来:

谭家桥一战啊,打得真漂亮!杀了王福寿,缴了十支枪。黄源如李逵啊,杀得敌人心胆寒,心胆寒。孤胆英雄是真本事啊!英雄美名到处传,到处传。

三

他吃力地捧着一沓书,来到月潭边小玉家的老屋。这一叠书中,有《哈克贝利·费恩历险记》《战争与和平》《保卫延安》什么的,还有一本《勃朗宁夫人十四行诗》。小玉的眼睛放出光来,甚至专注地看了看他,眼神里尽是褒扬。小玉忙不迭地抱走那些书,把他撇在一边,贪婪地翻阅那些书籍,就像一只猫,来到了一堆鱼之中,扒扒这个,又翻翻那个,兴奋得无从下口。那神情令人兴奋和嫉妒,让他相当满足。他呆呆地站在一边,尽情欣赏小玉的每个动作,每个细节。他感到十分满足,因为快乐是他带来的,仿佛他驾驭了一辆雪橇车,给孩子们送来了五颜六色的圣诞礼物。他一边想着一边分解和品味着小玉的快乐,他现在明白,其实快乐也是可以分解的,它不单单是一个整体,也是可以分步骤分节拍的。惟妙惟肖,与他一路上猜测和预想的神情和姿势几乎一模一样。

过了好久,小玉才像一只吃饱了的猫一样,从那一堆食物中抬起头来,他翻着那本《勃朗宁夫人十四行诗》问:"勃朗宁夫人,包括莎士比亚,为什么写的诗都是十四行呢?为什么不是十三行、十五行、十六行?"

这个问题难倒了他。他也不知道勃朗宁夫人、莎士比亚的诗为什么会是十四行,而且长短一致,形状像一个巧克力方块。他吞吞吐吐地说:"可能是一种体例吧,西方诗歌最好的最古老的体例,就像我们的七律七绝之类的。也可能,西方人觉得十四这个数字最好吧?"

小玉若有所思地点了点头,他似乎也想到了,又埋下头,继续像一只贪婪的猫,专心致志地品尝着鱼的味道。

灵光一现,他吐出一个想法,像淤积在心中已很久似的:"我们建一个图书室吧——你出地方,我出书,你家地方大,干吗不建一个图书室?"小玉听见了他的话,抬起头,眼中放出光:"好呀,那是最好的事情了!这阁楼上有两间房间,我卧室对面的西厢房正好空着,就把它作为我们的图书室。我也有一些书,也放在里面。"

能得到小玉的赞同,他开心极了,抑制不住自己的兴奋,说:"好呀,我再去搞一些书来,做一个大大的图书室。我要把好书都集中在这里,然后,在这里安安静静地看书……"他们都兴奋无比,为有这样的想法而欣喜,也为逼仄的环境中,即将拥有自己的空间而憧憬。小玉取出笔墨,又铺开一张白纸,提笔想了想,落下了三个大字:爱书斋。待墨汁稍干,他们把它直接张贴在对面厢房的门檐上。然后,他们开始忙碌起来,收拾和打扫对面的厢房,把书一一码在书架上。做这一切时,他们兴奋极了,一点也不顾自己笼罩在灰尘的舞蹈之中。他看着小玉兴奋的神情,心里特别想说一句话:小玉别去打架,有时间就在一起看书吧,更不要为书跟别人打架。只是这些话语,一直卡在喉管里,没有说出来。那些字词,却像装满开水的水瓶塞一样,不停地向上拱动。

他开始付诸行动了——成人的时候他常常津津乐道于"偷书"的趣事。窃书不为偷,孔乙己捂着盛茴香豆的碗ποδ。群艺馆里有个图书室,"文革"之后,在烧掉了一大批书籍之后,图书室被锁上不对外开放了,只是在图书室的外面,重新隔了一间,作为大众阅览室,放着一些《人民画报》《解放军画报》《人民前线》之类的杂志,也放些《金光大道》《艳阳天》之类的革命书籍,以对付饥渴的读者。图书室的管理员,叫俞美芹,家庭出身不好,胆小如鼠,重压之下,她像看护砒霜一样,看护着那些老图书。他试图接近俞美芹,每天帮助俞美芹夹报纸,打扫卫生,整理图书,嫩嫩鲜鲜地喊她阿姨。他别无他求,唯一的目的,就是为了讨好俞美芹,能从她那里借一点书看。可是他很快败下阵来,虽然她一直指挥着他做这做那,像童话中的老妖婆一样,乐此不疲地占有着他的辛勤,可是对于他的要求,却佯装糊涂,王顾左右而言他。日子久了,他失去了耐心,感到气馁,不得不直白地表达:"俞老师,借几本书给我吧,我想看书。"他自信恳切的语气,能融化冰霜,可是俞美芹却不为所动,坚定不移地说:"那些书,小孩子是不能看的。封资修。看了会变坏的。我要对你负责!"

直到长大成人后,他仍然对俞美芹怀着一种难以抹去的敌意和厌恶——他知道她不是个坏人,也不是那种特别阴险、政治敏锐性很强的人,但是她严重地挫伤了他的自尊心,让他变得不敢相信自己。她回绝他的要求,与其是坚持原则,不如说是一种悭吝的习惯。当俞美芹1978年年底恋恋不舍地交出钥匙,光荣退休回家时,他愉快地放了长长一串鞭炮,噼噼啪啪的。群艺馆的人都说吵死了吵死了,谁无事放爆竹啊,烦人!而他掩盖不住窃喜,那一天他像一只不知疲惫的画眉,从清晨唱到了子夜,将他毕生所学到的甚至零零散散的歌曲唱得一干二净。一直到半夜时分,他才含笑睡着。

他终于下定决心——他没有别的办法,或者说他别无选择。他瞟准了时间、地点和机会。夏日中午的群艺馆,一般会关上大门,防止外来人吵闹午休。群艺馆夜猫子很多,一般中午都要睡一觉。他揣着一把小刀,战战兢兢地爬上图书室外高高的窗台。那是一幢带点苏联风格的平房,窗户没有铁栅栏,只有玻璃。他贴在窗台之上,竹竿似的细腿像站在刑场上一样抖抖索索,他的心紧张得几乎要从胸腔里蹦出来,连眼泪都要流出来了,他为自己的软弱和胆怯感到羞愧。其实,所做的事情并不困难,那就是让自己镇静,把薄刀片插入嵌玻璃的窗户里,先下掉木框,再下掉玻璃,手伸进去拔开插销,打开窗户,然后像一条蛇一样溜进去。

慌慌张张的小男孩准备翻过窗户,他先抬起一只脚,跨过窗棂,然后,准备抬起另一只脚。他的心跳得厉害,胸中仿佛有一个巨大的活塞在飞速地上上下下。脚也沉得像两根笨重的木头一般,他的喉咙发干,身子竟瑟瑟发抖,有一种来自内心深处的恐慌从喉咙里犹犹豫豫地爬出,像煤气一样汇集,慢慢聚成一个火球,仿佛随时可以点燃爆炸。他觉得自己没用极了,还想做大将军呢,这么点小事都经不起。在窄窄的窗户上抖抖瑟瑟摸索了好长时间,他终于翻下窗户,置身于黑暗的图书室当中,一股混合着霉旧、灰尘及潮湿的气味灌入他的鼻腔。眼前一片沉寂,虽跟外面只一墙之隔,却像是两个世界似的。他感受着这样的隔离,慢慢明白这还是灰尘和黑暗积压的缘故,灰尘和黑暗,黯淡了这间房间里的色彩,让所有的物品都呈现出神秘的成分。连那些书,也显得与众不同。

自己就像一只猴子,溜进了太上老君的炼丹炉。他这样想着,既兴奋又紧张。他有点癫狂,贪婪地吮吸着库房的味道,这味道让他眩晕不已。他环顾四周,哇,这么多书呀!不仅仅书架上堆得满满,正中间的还有很多书和资料,以及演出的服装道具等,乱七八糟地堆成一座高高的小山。在门背后,一大堆红缨枪的旁边,还有一把日本军刀,一把真正的鬼子军刀。从刀鞘抽出来时,刀刃泛着寒光。怎么还有一把刀？哦，这应该是《红灯记》中鸠山的军刀。恐惧被惊异和喜悦所代替，他拿起刀，手舞足蹈地胡乱挥舞了一下。后来他不得不静下心来，放下刀，急切地扑向书堆，像一只扑向鱼堆的小猫。

四

这一回轮到小芙说故事了。小芙亭亭地站在那里，普通话带点上海口音，像电台中的播音员一样坚韧清亮。她说，我要讲的这个故事发生在两千七百多年以前。那时候，中国还没有皇帝，皇帝是从秦始皇开始的，在此之前叫天子。天子叫周幽王，年纪不小了，不喜欢管国家大事，也不喜欢处理政务，只喜欢吃喝玩乐，喜欢漂亮的女人。周幽王后宫佳丽无数，但却无人能给他生下一男半女。一天晚上，周幽王看着天上的月亮，忽然想到自己年过半百，却膝下无子，这一大片江山，让谁来继承呢？想着想着，眼泪都流出来了。

周幽王正在伤心呢，一个侍卫匆匆跑来，启奏道："陛下！王宫门前来了一个年纪很大的商人，还带着一个漂亮女人，说要见您。"

"哦！召他们进宫。"

侍卫遵命，把商人和女郎带到周幽王面前。

二人刚一进宫殿，周幽王就觉得眼前一亮，那女郎太漂亮了，仿佛一轮明月，悄悄溜进了宫殿。周幽王努力睁大眼睛，只见那女子身披绣花丝斗篷,着一身绿衣裳,像竹子一般苗条、纤柔、袅娜多姿。周幽王看得呆了,口水都差点流了下来,对那年迈的商人说:

"老先生,这个姑娘你打算献给我吗?——要多少钱?"

商人徐徐地开口了:"陛下,实不相瞒,这姑娘名字叫褒姒,是当今天下的第一美女,是我花了一千两金子,从波斯人贩子手中买过来的。三年来,因为带着这个绝色美女,我到处遭人追杀,九死一生。我现在老了,跑不动了,到了贵国,我想把她献给你。只要您好好地待她,我就放心了。"

周幽王说:"这绝色女子是无价之宝啊,怎么可以不要钱呢!"于是周幽王赐了一座别院给老人,又馈赠几个美女给他,付给他一万金,让他安享晚年。

商人欢天喜地地离去了。

商人走后,周幽王端详着褒姒,越看越喜欢:女子的眼睛像绿宝石,鼻子像美玉,嘴巴像天上的弯月亮……一颦一笑,魅力无穷,动静自若,连一点缺点都找不到。周幽王心里真是说不出来的高兴,忍不住喃喃自语,真是上苍送来的好礼物。他越瞧越爱,觉得王宫里头的美女都加到一块儿也抵不上一个褒姒。自此之后,周幽王五日一大宴三日一小宴,犒劳着群臣,让群臣跟他一起赏美。

这一天,周幽王仍给褒姒安排了山珍海味,褒姒一声不响地品尝着,一句话也没有。周幽王问她话,她也不回答,只是低着头一言不发,那垂下来的睫毛,像珠帘一样浓密。这样一个美人儿,为什么不爱说话呢？周幽王突然想到：咦——褒姒不仅不爱说话，好像还从来没有笑过，是的，的确是从来没听过她的笑声。不过褒姒太美了，周幽王也不忍心生她气，褒姒不说话，周幽王也不着急，只是日日夜夜陪着她。周幽王唤来一群宫女彩娥，让她们唱歌给女郎听，陪她玩耍，逗她说话。宫女彩娥按周幽王的吩咐，在女郎面前又唱又跳，想尽多种花样，甚至连肚皮舞也跳了。在场的人连声惊叹，大笑不止，唯独褒姒视而不见，充耳不闻，缄默不语。

周幽王闷闷不乐了，暗自叹道："真是奇怪，如此标致漂亮的美女，为什么不说不笑呢？多可惜啊！"周幽王并没有灰心丧气，仍执着地喜欢着褒姒，固执得连后宫都懒得进去了。花开花落又一春，一年过去了，褒姒仍未开口，还是不笑，周幽王对她的爱慕之心却未消减，反而更浓厚了。第二年春天，周幽王发布了一道悬赏令："有谁能叫娘娘笑一下的，就赏他一千斤金子！"消息一出，举国沸腾，很多人连金子都没有看到过，听到这个消息，激动得睡不着觉。人们绞尽脑汁想方设法博褒姒一笑，可无论他们采取什么办法，褒姒就是不笑。这"千金一笑"，还真的很难得到。

有一个叫虢石父的大臣想了一个主意，他告诉周幽王："娘娘是见过世面的人，她从西边来，西边的很多事情，肯定见得多了。不过她很少见到周朝的大事，现在天下动静最大的事，就是调度诸侯的兵马了，可以派人在烽火台上点火。各诸侯国一看到都城危急，就会派援兵赶来。陛下你故意装作若无其事的样子，告知平安无事，让他们星夜赶回去。那些人跑得跟狗一样窘迫，听到你的话,会失望无比。如此一个大玩笑,娘娘肯定没见过,肯定会开心死了,她不笑也得笑!"

周幽王这个时候,已是死马当作活马医了,同意了虢石父的建议。周幽王立即命人点着了烽火台,烽火熊熊地在山头燃烧,连绵的火光横亘数百里,远在百里之外的诸侯国惊慌失措,立即调集大队人马从四面八方赶来护驾。黑压压的人马聚集在都城外,乱作一团,有的还激烈地打了起来。城墙上的周幽王看得哈哈大笑,褒姒看了这一场动荡起伏的恶作剧,也开心地笑了。周幽王心中一块巨石落入胸腔,顿时觉得自己是天下最幸福的男人。

褒姒怔怔地看着周幽王,像有什么话要说。过了好一会,她抬起头,丹唇轻启,面带微笑,用夜莺一样柔和的声音说:"英勇圣明的陛下!告诉你吧,万能之神安拉已答应你的要求,使我怀有了身孕。现在十月怀胎已快满,就要分娩了,只是腹中胎儿是男是女尚不知晓。说实话,要不是因为和你一起而有了身孕,我是无论如何也不会笑的。"

周幽王见女郎突然开口说话,顿时觉得整个宫殿都充满明丽的光辉。他惊喜若狂地吻着她的两手,无限快慰,说道:"赞美上苍,他终于让我双喜临门了。一喜是你开口说话,二喜是你将为我生儿育女。"于是他欢天喜地奔向朝廷,在宝座上发号施令,命宰相取出十万金,广施救济,帮助孤寡老弱,以感谢神的赐福。

宰相诚惶诚恐,赶快奉命行事。

……

平心而论,小芙这一个故事讲得非常精彩。故事的前半部,出自于成语"千金一笑",可后半部呢,完全是她的即兴创作,故事的结局已发生了极大变化。他不得不承认,小芙的故事中有很多异域的成分,将原先单一的故事,变成了《一千零一夜》似的浪漫和神秘。在这一点上,小芙甚至比她母亲李玉茹更具表现力。她讲得非常投入,仿佛故事的主人公不是他人,而是自己,又仿佛可以操控时间和地点,能带着听众摇身一变,一起进行某种神秘的转换。以至于听故事的过程中,大家根本感觉不到当下,迷失所有的时间和地点,幽幽地沉浸一种虚幻的氛围之中。

那一个老屋,就在县城月潭边的小玉家的住地,很快就成了他们聚集的一个据点。每当小玉工休或者不上班的时候,小芙、大头以及他总会聚集在那里,看书,讲故事,乱七八糟地神侃。那时候的精神生活是如此匮乏,只能借助空乏的语言,来探究知识,展示可怜的想象力,间或有零星的感悟。我后来想,那时候的年轻人就像蜘蛛一样,得借助于口中吐出的唾液,来达到联系四周的目的,或者辨别虚假中少有的真实。他们用自己的本能和纯真,努力地编织着一张网,一张独立于这个世界的小小的网。在网中,留存着依稀的梦。

在此之前,小玉轻描淡写地跟他说:"给你介绍一个朋友吧,也是你们群艺馆的。"他没有想到是大头和小芙,轻松地答应道:"好呀!"他有点漫不经心,以为是小玉那样的大朋友。可是当他在小玉的阁楼上,看到了小芙和大头时,他明白了小玉的轻描淡写完全是一种姿态,有时候越是郑重其事,就会越努力轻描淡写。

后来他为此问过小玉,小玉王顾左右而言他,没有给予解答。他当时就有点预感,觉察到小玉和小芙,可能会发生一些事。可是他没有想到会发生那些事。当然,他承认小芙的确很好看,那种好看,不是小镇上女子的漂亮,而是漂亮中有一种别样。她穿一件淡蓝薄布缝制的衣衫,式样简洁,细细手工盘扣,领口缝着丝线。脖子上挂一根红丝线,上面拴着一块白玉一枚白色狗牙。如此打扮,既怪异,又新颖。小芙似乎很少笑,看起来冷若冰霜,不过笑起来很秀美,像展示着某种宝物。他承认如果不是小玉的话,他也会喜欢她。

"你是怎么认识小玉的呢?"小芙好像对小玉的一切都感兴趣,在"爱书斋"看书的时候,小芙突然问他。他想了想,没有告诉她看电影,以及操场上打弹子的事。他觉得自己应该跟小玉之间有秘密,这一个秘密,只能二人独享。记忆就是这样,唯有私密,才能凝成琥珀。小芙却用抑制不住的兴奋告诉他,她与小玉的认识,仿佛天造地设——夏天的时候,小芙带着大头来到了S县,那也是她第一次来S县,对一切都很陌生,对一切也很好奇。母亲翻出了一件自己当年的花裙子,给她改了改,让她穿上。穿上花裙子的小芙像蝴蝶一样漂亮。她和大头上了街,却挨了不少"纸弹"。县城里的孩子,每个人都揣着铁丝和皮筋做的弹弓,用"纸弹"专门瞄准那些穿得漂漂亮亮的女孩子。他听得暗自发笑。因为这当中,就可能有自己,他的身上,也是经常带着弹弓的。新来乍到的小芙哪里会知道这些呢?她牵着大头,刚出群艺馆的大门,就中了枪,然后,他们走在街上,仿佛一直行进在枪林弹雨之中。一群当地的孩子像苍蝇和蚊子一样跟着他们,走到哪里,他们就跟在哪里;小芙拉着大头跑,他们也跟着跑,一边跑一边起哄;小芙和大头停下来,他们也停下来,一边射着纸弹,一边嬉皮笑脸。她的小腿青一块紫一块的都快被弹肿了,大头也中了不少枪,哇哇地哭起来。后来,小芙实在疼得忍不住了,就站在马路上抱着大头哭。正好这个时候,小玉刚好骑着他那辆凤凰牌自行车从那里经过。小芙说,她看见自行车上的小玉,就像看见英俊的骑士骑在马上一样。她听见小玉冲着那些坏孩子大吼一声,那些坏孩子吓傻了,一个个作鸟兽散。然后,她就看见了小玉看了她一眼,眼中充满着怜爱,又递过来一条干干净净的手帕,让他们擦去眼泪。小芙说她来县城半个月了,从没有看见过县城里还有如此干净清秀的小伙子。他们就认识了。小芙说小玉一直把他们送回了家,让大头坐在他的自行车后座上,他推着车,跟她一路走一路聊天。到了家门口后,小玉特地关照说:"以后夏天出来,千万别穿裙子,这个地方的孩子,不喜欢女孩穿裙子的。"

"为什么?"她问小玉,"为什么不喜欢女孩子穿花裙子呢?女孩子穿得漂漂亮亮不好吗?"她说小玉没有回答这个问题,只是嗫嚅着不知怎么回答,大约他也不知道吧。小玉只是表现得非常羞赧,就像那些坏小子是他放养的似的。他听着小芙的述说,心里竟有些失落,他把这个小玉的故事跟自己的故事相比,比较了一番后,怎么也比较不出东西来。后来他想:那些打弹弓的坏小子应该是一种妒忌吧?对于美,人们都会有一种妒忌的。那帮人显然是想以他们带有恶意的行动,来表示一种友爱;是示好的方式,

彼岸 | 113

只是以扭曲的方式表达罢了。而这个时代,本来就是扭曲着对待万事万物的。确实,在这个世界上发生的一切,都能佐证这样的观点。只要是得不到的,或者不懂的,就会憎恨它,甚至毁坏它。那些尚没有成人的坏小子们,只是将那个时代的邪恶释放出罢了。

当然,因为这一点,他与小芙有了共同语言,在他眼中,小玉就是游侠,英俊的游侠,是小城青春、力量以及正义的象征。或者,还不仅仅是这些,更具有一种美的力量,仿佛来自自然和时间的缝隙,氤氲地冒着暖意,就像火车头的蒸汽机一般。那种力量巨大无比,会拉着你跑,让你无法左右,渴望着融入其中。有很多次当他单独跟大头在一起时,这样的感觉无比强烈,很想把自己的内心冲动告诉大头,让大头分享秘密,但他总是欲言又止。他害怕这样的表态,更害怕表达的内容。这样的神秘同时携有巨大的恐惧。他完全不明白这巨大的恐惧下一步会是什么,但他清楚地知道这种变化已经在他身上来临。他说不好这一切,觉得很难表达,他似乎有满腹的东西要倾诉,但嘴唇一动就不知道要说什么了。他发现大头几乎跟他一样,几次用充满渴望的目光看着他,不过嘴唇却翕合抖动着,什么音节都没有发出。在此之后,那种存在于他们之间的无忧无虑以及彼此相通似乎变味了,他们会突然之间变得心事重重,或者大为沮丧,或者怔怔地注视某一个东西发呆。一切都变得阻滞了。他不知道是怎么回事。

第 六 章

一

那时他就隐约感觉到,小玉对皖南革命斗争故事如此熟稔和钟情,源于一颗激越的心。有对光荣和梦想的憧憬,有对生命的迷茫和执着,更有叛逆和自由的成分。小玉说:"按照皖南革命斗争故事支离破碎的说法,黄源在皖南的革命生涯中,除了副手杨玉林、朱宏明、汪丽文外,身边最为倚重的有两人:一是一中队队长王麻子,另一人,则是交通员周老五。这两个人,就像是黄源的哼哈二将,就像李世民身边的尉迟敬德和秦叔宝,或者宋江身边的李逵和燕青。他们一武一文,一张一弛,一勇敢一机灵,为黄山游击队立下了汗马功劳。"小玉自豪地说:"王麻子就是我外公,周老五则是吴大根的妻舅,都是最早追随黄源组建游击队的骨干。有关资料证明,黄山游击队很多重要的行动,王麻子基本上都参与其中。至于周老五,除了履行交通员的职责,为游击队指挥中心搞来补给、药品等,还承担着收集情报、判断形势、出谋划策的任务。"

"不过这'两大金刚',运气都不太好!"小玉叹了口气说,"我外公在中华人民共和国成立前夕光荣牺牲;周老五呢,虽然聪明、灵活、勇敢,坚持到了中华人民共和国成立,不过却在抗美援朝时犯了错误,被打发回了老家……唉,真是一对难兄难弟!"小玉继续说,"周老五从朝鲜回来后,一直待在家里。我外婆带了两瓶酒去他家看望,安慰了他一番,毕竟,都是老战友了,更何况,周老五的错误属于人民内部矛盾性质。不过,因为在朝鲜战争中遭受到了美军重炮的轰击,周老五的耳朵好像不是太灵光,对他说话得大声喊叫。一段时间后,周老五大约将朝鲜的事忘得一干二净,又开始出门乱窜,到处找酒喝了,他这人就是闲不住。"小玉又说,"周老五常来外婆家,来了就在那吃饭,外婆对他也好,经常送他一些烟酒。对外婆,周老五也很尊敬,毕竟我外公王麻子资历比他老,级别也比他高。周老五打游击时最服气的,就是我外公了,当然,黄源除外,黄源是游击队的最高领导,大家都很怕他。"

小玉说:"外公也有大名,最早,叫王冬天,没有人叫;后来又改成王胜利,还是没人叫。战友们都喜欢叫他王麻子。叫他王麻子,可能是脸上有些麻子的缘故。我外公听了,也不生气。其实,我外公相貌还是挺周正的,浓眉大眼国字脸,看起来很精神,脸上的麻子也不多,只有几粒。别人叫着叫着,就把他原来的名字忘了。我外公出身贫寒,参加革命之前,也就是认识黄源之前,曾组织了一支二十来人的部队,在大牛山安营扎寨,打家劫舍,神出鬼没,在黄山脚下一带非常有名。当时黄山一带,有两支土匪,一支,是朱老五的部队,就是当年放火烧了屯溪老街的那一支;还有一支,就是我外公王麻子的部队。有一次国民党从芜湖调来一个连,配合本县自卫队,对驻扎在大牛山的外公部队实行围剿。连长姓马,下车伊始,心想几个小蟊贼还不好对付,首先开始了铺天盖地的'心理战',命令在大牛山附近大小道路口贴满了布告,布告的内容大致如此:

"凡有人捉拿到土匪王麻子者,赏大洋两千,水牛十头;打死上交人头者,赏大洋一千。

"外公知晓附近很多村镇贴了这个布告后,哈哈大笑说:'兵来将挡,水来土掩,没想到我的人头还值这么多钱。他悬赏我的人头,我不能悬赏他的人头?'立即口述了一张布告,让山寨中唯一识字的汪家传记下来,又用毛笔抄了很多份。几天后,气温骤降,天气奇冷,外公带着三个人下了山。傍晚时分,他们潜入了S县县城,在县城靠河边一家饭馆里歇下来,吩咐老板烧了两个火锅,四个人一边喝着酒,一边等待着夜幕的降临。那一晚上没有月亮,伸手不见五指,半夜时分,偌大的县城寂静无比,大街小巷根本不见人影。王麻子带着三个人,将带来的布告贴遍了县城里的大街小巷,有的就直接贴在大户人家的门上。凌晨之时,王麻子带着一帮人来到S县国民党党部侧门,将最后一张布告贴在黑漆漆的门上。这时候东方已稍稍破晓,附近有狗吠得很厉害,不过我外公并不急于离开,他站在大门口,像欣赏一幅中堂画一样欣赏着布告。王麻子想了想,似乎觉得少了点什么,便让人在暗处等候,自己又消失在朦胧的夜色中。过了一会,王麻子拎着一个人来了,那人是县城里一个开粮店的大户,平日里卖东西克斤扣两,名声一直不好。王麻子用一块破布堵住他的嘴,将他轻轻巧巧地挟在腋下,那人浑身上下哆嗦,宛若一只凶猛老猫爪下的小耗子。

"外公左手抠住那人的鼻孔,右手拔出匕首,轻轻地在僵直的喉管上一抹,立即,一注殷红的鲜血像喷泉一样溅在布告上。那人哼都没哼就死了,王麻子将手中的尸体一推,带着这一张布告来到县党部门口,将布告贴在大门上。这时候天已发白,淋淋的血在晨光中泛出冷艳的红色,让人心惊胆战。手下人忙不迭地催促着外公赶快走。外公仍不急,又眯着眼睛退后几步,仔仔细细地欣赏着效果,然后开怀笑了。

"天亮之后,人们在县党部门口发现了土匪王麻子的布告,一时间围观者人山人海。人们逐字念着布告,心里有无限的畅快。

"有捉拿到国民党马连长者,赏豆腐干两块,稻草两捆;打死上交人头者,一块豆腐干,一根稻草——不给。"

"我外公王麻子了不起吧?"小玉得意地问。
"当然!"我们一起说。

"还有更了不起的事情呢!"小玉说,"你们知道不,黄山游击队所做的最有影响的一件事,就是除掉了国民党的少将孙铎。这一个孙铎,是不得了的一个人物,是皖南事变的重要策划者之一,是国民党南京政府皖南特派员、国防部少将,还曾是蒋介石的贴身参谋。这一个罪大恶极、本领高强的家伙,就是我外公亲手击毙的。"他将手中的《皖南火焰》一书翻开给我们看,说:"这上面写着呢——"他念道:"这一则由王仁秋讲述、李玉英整理的革命斗争故事,说的就是我外公和周老五做的事。

"那是1941年的9月,皖南事变发生后不久,国民党的少将高参、皖南事变的策划者之一孙铎,来到S县。国民党县长专门派了十几个人,护送孙铎来到了孙铎的老家孙村。黄山游击队得知消息后,决定出击,打击一下国民党反动派的气焰。这一个孙铎,在皖南事变前,亲自来皖南考察伏击线路,为国民党高层提供了很多情报。事变发生后,又亲自组织对新四军突围人员的搜捕,手上沾满共产党新四军的血。黄山游击队队长,当即将任务交给了一中队队长王胜利、交通员周老五,限定他们三天之内除掉孙铎。

"王胜利与周老五想,此行目标主要是孙铎,擒贼先擒王,不宜调动大队人马,容易暴露目标。两人悄悄地离开了游击队,连夜赶到孙村附近的三节桥联络点汪金福家隐蔽下来。到了汪金福家后,他们让汪金福带着媳妇以探亲为名去孙村,摸清孙铎的活动规律。汪金福经过一天的侦察和打探后,当晚赶回了家,向王胜利和周老五汇报了孙铎的行动规律:孙铎一般白天进村巡视,布置特务们收集游击队员的蛛丝马迹,拷问可疑的村民,晚上在程姓人家吃饱喝足之后,要到村口处,与当地一个颇有姿色的小寡妇在一起过夜。

"王胜利和周老五商量一番后,决定在孙铎从小寡妇家离开之后动手。从小寡妇家,到孙村祠堂,有近二里地,四周没有房屋,少有人至,可以在路途中进行伏击。当天晚上,王胜利和周老五都没有合眼,想起第二天一早的行动,兴奋得一点也睡不着。凌晨时分,两个人早早地起来了,王胜利扮作农民,在路中间的水田里装作摸螺蛳,周老五则化装成一个放牛的,手执细竹竿,以寻找丢失的水牛为名,在小路上游动。

"太阳刚刚出山,孙铎就从寡妇家出发了,向村中的祠堂里走去。王胜利远远地看见孙铎走来,弯着个腰在水田里摸来摸去。孙铎看着他,饶有兴趣地大喊一声:'喂,你在田里干什么?'王胜利沉着地用当地土语回答道:'捡螺蛳喂小鸭。'孙铎听到后,瞄了一眼,继续大摇大摆往前走。王胜利侧着身子看孙铎走过去之后,穿起草鞋跟了上去。孙铎走了一会,迎头碰见周老五急匆匆而来,正想发问,周老五大喝一声:'举起手来!'一只手拔出驳壳枪。孙铎见势不妙,回头想跑,一转身,见到王胜利端着驳壳枪冲过来。孙铎急了,正准备掏枪抵抗。王麻子大声喝道:'孙阎王,你的末日到了!'连发两枪,孙铎应声毙命。"

小玉富有激情地朗读之时,小芙、大头与他都听得入神,不由自主地沉浸在昔日的峥嵘岁月中,仿佛能嗅到呛人的硝烟。此种沉迷的方式,是那个年代最令人幸福的。

"王胜利是你外公?"他问。

"是哦。"小玉说,"他最初叫王平,和平的平。估计嫌王平不好听,也没人叫。麻子不好听,黄源就给他另取了一个名字,叫王胜利。身处艰苦卓绝的环境之中,最向往的,就是胜利了。只可惜,我外公基本上没有用过王胜利这个名字。快胜利的时候,我外公就死了,大名一直没用上。"

"你外公是怎么死的?"他问。

"给流弹打死的。真是可惜,仗都打完了,都打扫战场了。结果给流弹打死了。"小玉沮丧地说。

"谁打的?"他们三人异口同声地问。

"不知道。"小玉回答说。

……那个时候,我们都不知道,这一篇王麻子刺杀孙铎的故事,漏掉了一个重要人物陶大文,也没交代王麻子死去的真相。

二

他无法将小玉跟王麻子联系起来。那一个早年的草寇,后来勇敢、粗鲁、狡黠的游击队员,怎么会有一个如此清秀、温和、理性的外孙呢？在他看来，小玉似乎跟那个曾经的大学生黄源更为相像。小玉给我的印象，就像玉石一样闪亮和温润，他清洁、修长、聪明、稳重，又不失矫健和活力。他有一辆漂亮的凤凰牌自行车，车一直被擦得锃亮，一尘不染，小玉骑着它，就像骑着一匹骏马似的，让人忍不住想起《三国演义》里骑着赤兔马的吕布。小玉喜欢穿着那种大白力球鞋，潇洒而挺拔。县城的年轻人都说小玉会武术和摔跤，会打架，三五个人都近不了他的身。在我们的眼中，小玉的一切如此完美，不仅身体和相貌，还有的，就是他天生具有一种魅力：既亲切奇妙，又有一定难以猜解的深度和渊博，还不乏幽默和风趣。他想，《三国演义》中说"与周公瑾交，若饮醇醪，不觉自醉"，就是这样的感觉吧。反正，与小玉相处这么长时间，他从不觉得乏味，仿佛小玉的每一个毛孔中，都散发着新鲜智慧的东西。

"我来讲个笑话吧——你们知道尼克松吗？"在"爱书斋"看书看得累了，小玉放下书本，轻松地问道，脸上带一丝狡黠。他也放下书，想了想，摇摇头。小芙看着他，有些不屑地笑了笑，说："知道。不就是美国总统吗？大鼻子。前几年来中国的。"

"对，就是他，前几年来过中国，周总理请他吃饭的。"小玉说。

"你们知道周总理请他吃饭的详情吗？我刚刚听说，笑死我了。这个美国总统狂傲得很，不过总理一顿饭就征服了他。"小玉接着说。

那时候的知识人士，对清癯干练的总理异常崇敬，总理俊朗、优雅、亲民，连带点残疾的手臂也显得风度翩翩。人们已习惯于喊他"总理",连姓也省略了,在这里,"总理"已不是职务,而是成为专属,是一个人名。

小玉说:"尼克松来中国后,总理请他吃'百鸟朝凤',就是上百只鸭的舌头做的菜,外国人哪吃过这个呢?觉得好吃,吃得差点把自己的舌头都吞进去了。尼克松吃得很饱,肚子实在装不下了,就想着去厕所。服务员指着厕所的方向带他去了。尼克松进了厕所后,一屁股坐在抽水马桶上。中国厕所的抽水马桶先进啊,比美国先进得多,是受光和热控制的。尼克松一坐上去,抽水马桶立即就启动了,从下面伸出一根管子,软软的,慢慢地移过来,插进尼克松的肛门里,一下子把他准备排的屎吸得干干净净。然后,有细微的温水喷出来,对着尼克松的肛门冲洗,尼克松感到舒服啊,情不自禁地闭着眼享受这一切。冲了一会后,又有机械手把热毛巾传过来,在尼克松肛门上轻轻按摩。然后,又有暖风和香水喷过来……

"尼克松尽情享受了一番中国自动化马桶的服务之后,好奇极了。美国人都是那样啊,有很强的好奇心。尼克松就想,这个马桶真好,我来琢磨下是怎么回事,看如此先进的抽水马桶是怎么造出来的,让美国的厂家也能生产这样的马桶。于是尼克松便把头伸到马桶里,想看个究竟。哪知道头一伸进去后,马桶立刻启动了,香气立即把尼克松熏得晕乎乎的,一根管子慢慢地伸到尼克松的嘴里,把他刚刚吃的'百鸟朝凤'之类的吸得一干二净;然后,有毛刷伸过来对着尼克松的嘴巴慢慢刷起来,之后,又是水柱,又是毛巾,又是香水……"

他们听着小玉说的故事,全都哈哈大笑、前仰后合。那时候生活的笑点极低,纯朴而简单的生活,造就了简单的乐趣、简单的快意以及简单的思想。人们对待任何事情,都有着初生牛犊的鲜活和冲动,或者全身投入的肯定或否定,就像浅水中的小鱼一般。当然,身处其中,是认识不到自己的简单和浅薄的,无处不在的自大充斥着整个社会。笑了一阵子后,他突然意识到什么,拼命地忍住不笑。这是他迄今为止听到的最可笑的故事,但他还是想克制自己的浅薄。他不想跟小芙一起笑,她越是笑得厉害,他越是不想笑出声来。

"我也讲一个故事吧——"他故意装作很从容地说,"这一个故事,是我从街上敲铁皮的丁师傅那里听来的。丁师傅是 H 县人,祖上曾出了好几个二品以上的大官。丁师傅说他家以前曾收藏很多明代大才子唐伯虎的画,一幅画要值很多银子,后来家境破败,慢慢地少了,仅有的几张也在'文革'时被收走烧了。丁师傅说唐伯虎是有名的风流才子,年轻的时候,偶尔见到一个大户人家有一个又漂亮又聪明的丫鬟,叫秋香。唐伯虎就生了相思病,怎么办?唐伯虎就扮成一个书生,应聘到这个大户人家去当私塾先生,这样就有机会接触那个丫鬟了。唐伯虎曾经写过一首诗,非常有名,叫《桃花庵歌》:桃花坞里桃花庵,桃花庵下桃花仙。桃花仙人种桃树,又摘桃花换酒钱。酒醒只在花前坐,酒醉还来花下眠。半醉半醒日复日,花落花开年复年……

"唐伯虎喜欢桃花,画得一手好桃花,只要没钱了,就画几朵桃花,拿到市场上去卖。唐伯虎还讨了好几房漂亮的小老婆,日子过得有滋有味。可是有一段时间,唐伯虎陷入了烦恼中——有一个富翁,想出大价买他的画,不要桃花,要他画的寿桃。唐伯虎桃花画得好,可怎么也画不好大桃子,画来画去,觉得都不好,就在画室里画了撕,撕了画,还是觉得不好。有一天晚上,唐伯虎闷闷不乐地从画室走到小老婆秋香的屋子里,秋香看唐伯虎来了,很高兴,先陪着唐伯虎喝茶,又伺候着唐伯虎洗漱。唐伯虎心事重重,一直懒得说话。秋香服侍好唐伯虎后,自己便在一边收拾洗漱。唐伯虎看见秋香用浴盆在洗屁股,心念一动,拿着张宣纸快步走向前,往秋香的屁股上一贴,随后快步走到隔壁画室,把门一关。秋香愣住了,怔怔地站在那里,不明白到底怎么回事。过了一会,画室门开了,唐伯虎喜笑颜开地走出来,双手捧着宣纸,宣纸上有个红红的大桃子栩栩如生。唐伯虎大声嚷道:秋香你快看,这个大桃子漂亮吧?原来,唐伯虎是用笔蘸着朱砂,就着屁股在宣纸上落下的水渍,寥寥几笔,便勾勒出一个大桃子出来……"

故事说完了,他忍不住自己的得意,肆意而轻松地笑了起来。他感觉自己的笑声有点无耻,也带有发泄和狡黠的意味,更意味着欲望和成熟。这样的故事,只有大人能够说得出,而他竟然不动声色地表达出来了。一个人,如果能不动声色地将风雅和淫逸结合得天衣无缝,便是一种成熟和智慧,他尤其欣赏这样的自然而然。无论怎样说,腼腆、羞涩和犹豫,都是他所不喜欢的……不得不承认,尽管一厢情愿,但他还是有很好的直觉和领悟的,以他的观察:小玉的笑,是自信的,是松弛的;大头的笑,带有某种尴尬和羞赧,带有不自信和不明白;小芙的笑,则有些特别——她似乎没有真正地笑,只是浓密的睫毛松弛了,眼睛眯起来,可是她的眼神,却一直集中,射出来一束清冷的光。这样的感觉,让他不由自主地打了个寒噤,随即心虚了起来——她终究不同于一般的少女,不同于小镇上那种简单和质朴的小镇姑娘,她就像是活过一次似的,是从另一个时代悄然降落这个世界的。她的身上,明显有着时光烙印,有着属于自己的独立,某种骨子里的优越和古典,以及甚嚣尘上的冷静和现代。他后来知道,这样的与生俱来,是不属于这个时代的,也是不属于我们这个庸常小镇的。

……那种目光,也就是小玉与小芙互视的那种目光,让人惴惴,使他如坐针毡。它们就像阴阳的交织,只要一碰上,就紧紧地连接在一起,触须与触须相接,纹理与纹理相连,没有隙缝地成为一体或一线。至于他,他一点也不喜欢与小芙视线相对,他一直有意无意地躲避她的目光。她似乎也是这样,有意无意地漠视他,不正眼跟他对视。有时候他鼓足勇气,让自己的目光变得坚定,故意直视着她。可是她从不迎接,而是以漫不经心的态度轻轻地卸去了,让他很有点恼羞成怒。

目光,是一个人最根本的东西。它直接反映的是内心,很真实,很难掩饰,也很难改变。有时候他追溯这样的不得其解,会情不自禁地陷入了自己的迷宫之中。尽管小玉对他依旧很好,不过他知道由于小芙的缘故,这当中的热温比以前要淡得多。他们之间有了距离,那是因为有小芙横亘在中间。不过他仍然喜欢隔空凝视,喜欢怔怔地看着小玉的一举一动,欣赏他的一言一行。很多时候,他自己都控制不住自己的目光,目不转睛地追随着小玉的身影,不偏不离。小玉也觉察到了,有时他变得有点局促,羞赧不安,甚至有点恼怒。不过他仍旧一如既往。终于有一天,小玉避开他的目光,问:"你为什么要拿书给我看,而且一次送这么多,从哪儿来的呢?"

他立刻变得不自然起来,只好支支吾吾,不肯正面加以回答。他自己也不知道是怎么解释的,看着小玉宽慰的笑容,他变得更加慌乱了。他想:小玉的需要,就是他该做的。一切天经地义,他愿意尽自己所有的努力,去满足小玉的愿望。他不知道自己是怎样说的,只知道自己心里是怎么想的。他想说的无非是,小玉你应该懂得我。

三

要深入地了解黄山游击队的故事,小玉的外婆,被称为"革命母亲"的洪春花,无疑是我突破的一个重点。在与众多老游击队员的谈话中,我曾有意无意把话题往洪春花身上引。老游击队员们都说,虽然洪春花长得很漂亮,不过文化程度不高,也不爱说话,至于其他的,人们似乎不太了解了。在嫁给王麻子之后,洪春花更是变得心事重重、不苟言笑。有人认为这是洪春花负担过重,又带着孩子的缘故;也有人认为王麻子和洪春花相处较少,洪春花又要带孩子又要干革命,压力是很大的。不过老游击队员们公认,洪春花是游击队中的一枝花,漂亮,坚强,能吃苦,韧劲十足。在失去丈夫,又失去了女儿女婿之后,她依然肤色红润举止端庄,像一朵山桃花或者杏花一样绽放。艰苦的蹉跎岁月,在她身上一直难觅踪影。这真是一个了不起的女人,当年的戎马倥偬,以及这么多年来独自一人面对生活,使得她的气质和性格变得坚硬,也难得见到忧伤。她似乎从不善于表达,在谈论往昔的岁月时,她从来都是轻描淡写,言语简洁,有时候甚至微笑不语。

二十世纪九十年代初,在周老五家,我看到厅堂的照片框里,悬挂有一张周老五等人参加国庆一周年庆典的照片。那是一张很难得的长条照片,密密麻麻的人群中,有黄源、汪丽文、洪春花、周老五等身影,在他们中间,还有一个十多岁的女孩子,清清秀秀的。我指着那张照片问周老五:"这是谁?"周老五过来瞅了瞅,说:"那就是洪春花的女儿呀!"我怦然心动,我从未看过小玉的母亲的模样,从那女孩清清秀秀的眉眼中,还真能看到小玉的影子和轮廓。周老五在一旁详细地介绍了这张照片的由来:1950年新中国成立一周年之前,皖南区委接到了中央办公厅的文件,为了表彰皖南区委以及游击队坚持革命斗争以及配合大军过江所做出的贡献,中央决定分配八个天安门观礼台的名额给皖南老区的人民。时任皖南区委组织部长的黄源,接到这一份文件之后,很是犯难:名额太少,应该当选的代表太多,实在是难以分配。经多次研究,皖南区委决定由黄源、汪丽文带队,选出周老五、洪春花等八名代表参加盛典。代表当中,周老五是作为秘密斗争最具代表性的地下交通员入选的;洪春花的入选,有双重意味:一是代表坚持武装斗争的皖南妇女,另一方面,她还是革命烈士王麻子的家属。

各地代表赶到芜湖集中之后,黄源大吃一惊——这一支队伍,也太不成体统了。那些代表们,有的穿着从地主家分来的缎衣,有的借的别人的新衣服,虽然质地很好,不过却不太般配,总像别人的衣裳。周老五就穿一袭带寿字暗纹的绸缎马褂,晃晃悠悠的,像是国民党宪兵队的暗探;洪春花呢,穿一件不知是从哪借来的绿色旗袍,下面着一双高跟皮鞋,走起路来跌跌撞撞,下车时差点跌倒。如此不伦不类,让黄源看得又好气又好笑。黄源赶紧打电话给军区,让军区火速送十几套军装来。军区仓库也没多余的服装,只能找部分战士捐出了一些衣服。代表们以中年人为多,小战士的衣服一上身,便全绷在身上。没办法,黄源只好直接给中央办公厅打电话,把情况跟他们反映。对方的回答是,对这事已考虑过,只要将代表们的身高腰围等尺寸报过来,会为他们定制。这样,黄源等人的心才落了下来。

到了北京后,代表们果然领到了专门定制的合适的衣服和鞋子,男的换上中山装,女的换上列宁装,一个个变得格外精神起来。可是新问题又让黄源犯难——这些来自基层的代表当中,有很多,像周老五等,都是有名的大烟鬼,不仅烟瘾很大,而且喜欢随时随地抽烟,并且随地乱吐痰。于是,黄源又召集会议,要求代表们开会时,上天安门城楼时,一定不能抽烟;至于吐痰,在驻地和开会地点,也要严格控制。黄源还给每个代表发了两条手帕,提醒有痰在喉咙里的话,就直接吐在手帕上。到了国庆庆典那一天,来自皖南的代表登上了天安门,见到了国家领导人,一个个无比激动,哪里想得到吐痰呢!周老五说,等到了驻地,大家才想到,怎么将近七八个小时的时间,一口痰都没有吐,连嗓子也不痒了,真是怪事!大家都说,可能是因为毛主席的缘故吧,毛主席是真命天子,气场强大,往我们身边一站,我们的毛病全没有了!

我呵呵笑着问:"真是那么回事?"

周老五说:"都这么说,不过在北京时真是,还真不咳嗽了,可是一回到家,毛病就来了。我在想,大约是我们皖南山区湿气重的原因吧。"

我问:"你们没在北京多玩玩?没去中南海看看?"

周老五回答:"哪能呢!本来大典结束后,大家都准备在北京看看,首都嘛,来一趟不容易。那时在我们山里人心中,北京到处都是金光灿灿的,也是鲜活无比的。结果到北京一看,我们全晕了,怎么到处都是灰不溜秋的?比咱们皖南差远了,老百姓吃的喝的也差。这个京城,也就是名气大,一点也不实惠。心里也不怎么想玩了,加上纪律也严,出门严格受限制,干脆就懒得出门了。另外就是伙食不习惯,整天都是馒头稀饭,总是觉得吃不太饱。虽然有大鱼大肉,不过烧得也不好吃,不入味。那一段时间算是事多心烦吧,黄源跟汪丽文也大吵了一架。黄源一气之下,丢下咱们先回芜湖了。大家一看黄源生气跑了,哪有心思玩啊,只好都回家了。"

我问:"黄源和汪丽文吵什么呢?"

周老五说:"哪有什么呢,汪丽文是一看到洪春花就气不顺!这么多年了,还没消停。就像狗见到猫似的。"

我问:"为什么啊?"

周老五呷了一口酒,慢悠悠地说:"哪知道呢,女人与女人之间的事情,讲不清楚。"

我说:"他们不都是老革命了吗,这一点觉悟也没有?在京城啊,影响多不好啊!"

周老五的酒劲上来了,说:"是啊!不就是忍不住,汪丽文那个脾气,真是的!洪春花不就是带着女儿去北京了嘛,结果给汪丽文看到了,跟黄源又吵又闹。"

我问:"干吗看着洪春花的女儿就跟黄源闹啊?"

周老五没好气地说:"你是真不懂还是假不懂,洪春花的女儿,也就是小玉的妈,长得活脱脱就是黄源的翻版,那不是一般的像,那是真像!"

我有点明白了。

周老五看我不作声了,赶忙嘀咕一句:"你千万别乱写啊,有些事情,真是不能乱写的,会查找责任的。要出了事,我可担不起。"

那一天,我们就这样口无遮拦地乱侃了一通,都有一种信马由缰的畅快。晚上,我在镇上的小饭店请了周老五喝酒吃饭。周老五很开心,又跟我说了很多当年的事情。晚饭后,我们摇摇晃晃地回到他的家,在院落里的乌桕树下纳凉。白天聊得太多了,我俩的嗓子都变得沙哑了,都不想再说话了,只是入神地凝视不远处连绵起伏的群山,看黑夜像巨大的黑毡子一样慢慢降临。那种与世隔绝的满足,是非得死心塌地居于这大山中的人才有的。夜晚的一切都显得肃穆、坦荡、美好,充满生机和秩序。远处村庄里的灯火忽明忽灭,和天上的繁星呼应,成为彼此的背景;山涧里流水淙淙,风吹过稻田秧苗起伏,狗吠、鸡啼、蛙鸣、昆虫的啼叫,风掠过树梢的簌簌声,山中不明动物的哀号,以及各式各样的声音,组成了天然的大地奏鸣曲。除了声音,天地万物在完美中展示它们的秩序和韵律,都是人类无法真正触及,以及无法真正感觉到的。在这样的背景下,此岸与彼岸界限模糊,虚空和实在界限模糊,伟大与渺小界限模糊,痛苦和欢愉无法分辨……天地浑然一体,笼罩于人们的头顶上,此岸与彼岸都呈现于宇宙的星图之中,只是人们无法领略而已。

四

小芙不知道,小玉的那一场"英雄救美"还曾引起了一系列的喧哗与骚动——在小玉"见义勇为"赶走了那一支袭击小芙的弹弓队伍后,弹弓队的领头人曹小华,委屈地将此事告诉了他的哥哥曹家发。曹家发在 S 县城也是有名的狠角色,他在酒厂上班,每天的工作,就是将空坛子装满酒,然后摆到地窖里去。他长得矮矮壮壮,像秤砣一样结实有力,弯起胳膊,双臂上的肌肉便像松鼠一样窜来窜去。曹家发听说了小玉的言行后暴怒不已,认为小玉此举是敲山震虎,是对自己的挑战。曹家发当即让曹小华给小玉送了一张纸条约架,上面没有写其他的内容,只是注明时间地点。那时的约架分文打和武打,文打是徒手肉搏,武打就是随便抄家伙。很明显,曹家发是不服这口气,他想挑战小玉的权威,想为曹小华报一箭之仇。

这一场以一敌三的战斗发生在城北桥边的河滩上。离桥不远,有一片茂盛的草地,旁边是一片硕大的柳树林,附近的村民,经常在此散放着水牛和黄牛。角斗时,已接近黄昏,树林和草地附近几乎没有别人。除了当事人小玉、曹家发及两个手下之外,只有曹小华,以及正在河滩钓鱼的电影院检票人沙德宝。曹家发还有一个绰号叫座山雕,因为他长着一个座山雕似的鹰钩鼻,也如座山雕一样凶狠和阴鸷。他那两个形影不离的喽啰,很多人都不知道他们的真名,分别把他们叫作刁德一和王连举。这三个人,都是样板戏中的反面人物。那时的小城混混,都热衷于把自己装扮成反面人物,因为反派人物更风光更有魅力。这样的考虑,当然出于青少年的逆反心理。

小玉在看过曹小华递交的曹家发的约战书后,只是淡淡一笑,对曹小华说:"还是文打吧,都是街上的人,何必大动干戈呢!"那一场一对三的比试之后,在不远处目睹的钓鱼人老沙感叹地说:"原以为曹家发力气大,像一头小牯牛一样,可没想到小玉身手真好,曹家发根本近不了他的身。相比较起来,刁德一、王连举他们,更不值一提,也难怪他们不是小玉的对手。"

根据老沙的描述,当时的情况是这样的:双方在沙滩上见面之后,座山雕正告小玉不要欺负曹小华。小玉微微一笑说:"我从来不欺负弱者,我只欺负欺负弱者的人。"座山雕气急败坏,撸起袖子就冲上来了。小玉又一笑,说:"你们一起上吧,只要将我打倒,即算你们赢了。"曹家发异常恼火,说:"这可是你说的,不要说我们以多欺少。"

角斗开始,座山雕、刁德一和王连举从三个方向逼近小玉。小玉借着河滩上的柳树作掩护,并没有抢先攻击。老沙后来自作聪明地说:"小玉的闪转腾挪,不是一般的步子,是'八卦步'。'八卦步'厉害啊,与诸葛亮的'八卦阵'是同理,纵横交错,分为四正四隅八个方位,与《周易》八卦图中的卦象相似。走起来,只能看到人影,根本近不了身。座山雕他们,哪里见过这个!"

老沙说:"小玉带着三个人转了几圈后,几个人早就头晕目眩。小玉先对着曹家发虚晃一招,装着要攻击,曹家发急忙后退,小玉一个转身,弓步纵身一跃,一个重重的直拳先将刁德一击倒在沙滩上爬不起来。随后,小玉且战且退,把曹家发和王连举往河边引。曹家发和王连举追到河边,小玉背对琴溪河突然停下来,转过身来做出攻击的架势。曹家发示意王连举从右边上,自己从左边对小玉进行包围。王连举张牙舞爪地扑了上去,小玉一个腾挪,一闪身拽住王连举的手臂,顺势一推,就把王连举送到河里去了。河里恰好有一群麻鸭游出来,天降大活人,鸭子们一时间惊个半死,嘎嘎叫着在水面上扑腾腾四下逃窜。曹家发恼羞成怒,拼命地冲上来,想抱住小玉。他知道自己重心低有蛮力,想抱住小玉摔跤。小玉像一条鲶鱼一样,一滑,就从他手边滑过,顺势一侧身,抓住曹家发的手,将他手腕一拧。这是一个标准的擒拿动作,拿中的,正好是曹家发的死穴,曹家发要挣脱的话,就得冒断手的危险。曹家发痛得龇牙咧嘴地怪叫,无奈何之下,只有乖乖求饶。不远处的曹小华看见曹家发们彻底完败,早就撒开蹄子落荒而逃了。"

这一场发生在琴溪河边上的角斗,小玉一直没说。他们一直怀疑老沙对于小玉以一敌三的情景描述,有明显夸张的成分。它带有古典小说的传奇意味,就像当时悄悄流行的《七侠五义》以及后来的新武侠小说。老沙对于这一场战斗的描述,还带有八路军打鬼子的色彩,他甚至会给人造成一种错觉,这样的打架方式也太诗意了,就像一场舞蹈比赛。此事想想也正常,老沙当年,也是群艺馆的演员,最擅长的,就是数来宝和山东快板,有夸张的能力。老沙也喜欢来群艺馆图书室借书,经常是一边在书架上转悠,一边抱怨没有好看的书,随后,就喜欢待在阅览室里聊天。虽然老沙的描述明显有夸张的成分,不过结果似乎验证了某种真实——这一次角斗之后,曹家发他们还真没有再找小玉麻烦了。有人看见曹家发、刁德一、王连举三人,还专门在古街上的大众食堂炒了几个菜,从酒厂拎了一坛酒,又从粮烟酒专卖店买了凤凰烟专门请小玉。凤凰烟和茅台酒在当时都是极品,茅台酒要八元一瓶,凤凰烟的价格则是六角八分。小玉也没推托,只身就去了。

后来有人说,那一场"鸿门宴"也颇为壮观:小玉酒量奇大,曹家发等三人打架打不过他,喝酒也喝不过他,三个人醉得一塌糊涂。最后只剩下小玉一人独自清醒,跟曹家发们聊着当年黄山游击队打鬼子斗汉奸的故事。三个人被黄源、王麻子、周老五的故事感动得一塌糊涂,一个个痛哭流涕自己的生不逢时,恨不得立即回到旧日的时光里,手执梭镖和大刀,蜂拥着跟在小玉后面打土豪分田地。

第 七 章

一

他最喜欢那小铜镜了,那一面父亲留下来的、背面布满绿色斑点的铜镜。他喜欢将它携带在身上,一有闲暇,便将它掏出来,细细地摩挲和观察。镜子的反面,是他看不懂的图纹,点缀着绿色的铜锈,在他看来,那些,都是斑驳的时光密码,有很多秘密隐藏其中。镜子的正面,可以看到自己:褐黄色的头发,苍白的面孔,星星点点的雀斑,呆滞的表情以及不羁的眼神……影像让他感到亲切,也感到安全。他喜欢看万事万物在古铜镜中呈现的影像。在他看来,这世界的疏离、陌生和间隔,是由于清晰和冷静造成的。古镜泛出来的柔和的光线,消除世界的尖锐和陌生,使得世界趋于相同,带有返璞归真的美感,真是世界罕有。在镜子中,人是没有灵魂的,只是单纯的影像。镜子是一种投射,那么,现实中的人物呢,会不会也是一种投射?既然镜子的影像是不真实的,那么外部世界呢,会不会存在着同样的问题,也存在不真实呢?

有时候他会痴痴地想:这面镜子,是照过很多面孔的,那些曾经在镜中出现的影像,现在去了哪里呢?记忆不应只是人才有的,万事万物都应有自己的记忆的。凡是发生过的,就可以被时光收藏起来。这一面镜子曾经的主人是谁呢?肯定有林黛玉那样的女孩,如果时空流转,镜子里曾经的影像会复活的话,该多有意思啊!

他注意到母亲经常用一种怪异的目光看着自己,然后偷偷叹息,甚至无声地啜泣。有一次他掏出镜子时,母亲看到了,很惊异地问道:

"这镜子是爸爸给你的?"

他点点头。

母亲伸出手来,说:

"给我!"

他死死地将镜子护在胸口,坚决地摇了摇头。母亲柔声说:"给我,你小家伙要镜子干吗呢?"

"是爸爸给我的,我谁也不给!"

母亲似乎有点生气,走过来,要抢他的镜子。他死死地抱紧胳膊,坚决不让她抢。她便用手使劲地掰他的手。眼看要坚持不住了,他猛地张开嘴,用力咬过去。

"哎呀!"母亲松开手,本能地一巴掌打在他头上。他哭了出

来,大声嚷道:

"不给,就是不给。爸爸会经常出现在镜子里,跟我说话!"

母亲愣住了,她没想到他会说出这样的话来,一下子不知道如何是好。她没有继续行动,只是用柔和的语气对他说:

"我是怕单位上的人说闲话,你爸原来在群艺馆,就是文物管理员……按理说,这些都应该交给公家的。"

他怔怔地看着她,说:"爸爸说是爷爷留给他的——"

"喊——"母亲说,"他就会睁着眼睛讲瞎话,临死还要编故事。"

他不作声了。

母亲长吁了一口气,自己找台阶下:"好吧好吧,你想留着就留着吧。不要弄丢了。这个镜子,很贵的。"

过了一会,母亲又柔声跟他商议:

"明天是周日,中午有个叔叔要来我们家吃饭,你不会反对吧?"

他摇摇头。

第二天中午,果然有一个男人来到家中。矮胖子骑的是绿色的邮政自行车,穿一身难看的邮政制服。下了自行车后,他发现那个男人头发梳得精光,矮胖矮胖,风纪扣扣得紧紧,像一个邮筒似的进了家门,一见到他,就龇开大牙直笑,一嘴的大黄牙把他吓了一跳。他不知道怎样应付,也不理他,走到书架前找了一本书埋头读起来。他感觉"邮筒"走到自己身边,他装作不知道,用余光瞅着那个人的脚尖,期望它尽快从面前消失。"邮筒"一直没有

要走的意思,迟疑着从口袋里摸出一把糖果递给他,说:

"这是大白兔奶糖,很好吃的。你吃吧,是从三线厂上海佬那里搞来的。"

"邮筒"又说:"三个大白兔就能泡一杯牛奶,喝起来很香很香的,要泡一杯吗?"

他摇摇头,愣愣地看着那个"邮筒"。"邮筒"的右眼下面有一颗很大的黑痣,凸出来,上面长满了细细的黑毛。他就那样默默地看着他,心里也不知道想什么。"邮筒"感觉到目光的异样,有点不自在,讪笑着收回糖果,到里屋去了。

母亲的午餐烧得十分丰盛,有干豇豆烧肉、红烧鲫鱼、炒花生米等,还有从街上买来的松菇,加了点鲜肉氽汤。母亲很高兴,特地开了一瓶酒,给那个男人倒了一大杯,自己也倒了一小杯,两个人边喝边聊,谈得异常投机。"邮筒"吃得津津有味,不时说一些邮政局的逸事:有一次电话线坏了,他带着一个傻子徒弟扛着梯子去修。到了那个地方,他把梯子架上墙壁去房顶检修,让徒弟在下面看着梯子。过了一会,等他准备下来时,傻子徒弟早就扛着梯子跑了,原来是下班时间到了……母亲听着他的话,咯咯地笑着,满眼都是温柔和崇拜。"邮筒"得意极了,不停端着杯子一饮而尽。他在一旁细细地聆听着,一点也笑不起来,也没有胃口,嗓子眼里像是有什么东西哽住一样。母亲呵斥了他两句,让他快吃饭,他只装着听不见,只是用筷子心不在焉地夹着米饭,后来干脆放下饭碗走了出去。在身后,他听见那男人煞有介事地对母亲说:

彼岸 | 139

"这孩子也有点问题吧,怎么跟我那徒弟一样?"

他听见母亲重重地叹了口气。"邮筒"也轻轻地叹了口气。

无所事事,他走出了家门,来到了群艺馆的后院里逮蟋蟀。群艺馆的后院是一片很大的荒草地,堆积了很多旧日的青砖瓦砾,也有一些祠堂拆毁时的石马与石础,散乱地丢在那里,除了一棵盘根错节的老柏树外,到处都长满了野菊花、蒲公英、苍耳子之类。有一次,他还在乱石堆里发现了一对死得不明不白的猫头鹰。它们躺在那儿,羸弱而瘦小,像一个谜一样。更让他觉得奇怪的是:当他过了几天再去那个地方时,两只麻黄色的尸体竟然不翼而飞。真不知道是怎么回事。

荒芜的空地里,最活跃的就是蟋蟀了。他经常来这里逮蟋蟀,以啼鸣声音的强弱,来判断它们的战斗力。传说蟋蟀中的上品是在坟墓里生长的,以死人的骨骼为食料,会让身体精壮,撕咬起来格外凶猛。可是这样的蟋蟀,他一直没有看到过。好在后院的蟋蟀也不错,因为地方僻静、阴湿,人迹罕至,蟋蟀的个大、体壮、好斗。逮蟋蟀很有趣,也有一些风险——有时候翻开瓦砾或砖头,会看见赤色的火焰蛇、蜈蚣、百脚虫以及癞蛤蟆什么的。据说它们都是蟋蟀的好朋友,喜欢跟蟋蟀一起玩耍。每当看到这些东西,他就会大叫一声,弃蟋蟀狂奔而去。

他在后院柏枝树下仔细辨别蟋蟀的叫声时,一个年龄稍小、长着一个硕大脑袋的男孩慢慢踱过来,他的腿脚似乎有些不便,走路一瘸一拐的。之前,他从未在群艺馆大院看到过这个大头。他突然有点不高兴,不想让这个小大头干扰自己捉蟋蟀,便从地上拾起几粒柏树果子,掷过去,有一粒正巧打在小大头的脑袋上。小大头气极了,冲着他叽里呱啦地乱叫,从地上拾起柏树果子,也向他掷过来。他顺手在脚边抹了一把苍耳子,冲到前面,又掷过去,又打中了那个小大头,有一些趴在他的头上衣帽上。那个小大头气急败坏,也向他掷过来一把苍耳子。就这样,双方打起仗来。他的攻势很猛,掷出去的苍耳子接二连三准确地落在小大头的身上和头上。小大头变得惊慌失措,一边将手笨拙地捂住脑袋,一边哇哇大叫。他这才知道,这个小孩是个结巴。

一个异常漂亮的女孩不知道从哪冲出,也加入了战斗,她帮助大头,用柏树果子和苍耳子不断地掷向他,小大头屁颠屁颠地跟在她后面运输"弹药"。他也不示弱,从树上采来一把把的果子,冒着"枪林弹雨"进行反击。一直打到双方的脚边铺满了柏树果子,又累得气喘吁吁时,女孩大喊一声:"不打了不打了,我们停战吧!"

他这才知道,这姐弟俩是群艺馆的舞蹈教员李玉茹的女儿小芙和儿子大头,是从上海过来的。李玉茹的母亲过世后,他们再待在亲戚家里,也有所不便。李玉茹回到S县安顿下来后,就把他们接到身边。小芙真好看啊!他从未在小县城看到过这么漂亮的女孩,就像是从画中和电影上走下来的一样:她扎着两根辫子,五官精致,冷若冰霜,似乎走到哪里,哪里都带有她的光芒。也不知怎的,他一直不敢直视她,总是抖抖索索回避她的眼神。后来他知道,那样的举动,并不是害怕她,而是对美的怯懦。人对于美的敏感力,与生俱来,属于本能。天然的美,自带光环,让人敬畏。美丽,不仅让人企望,还会让人莫名的忧伤。

母亲跟"邮筒"的来往,变得更火热了——"邮筒"经常来他们家,每次来,都会给他捎一点小小的礼物,例如话梅什么的。他知道这都是伎俩,因为"邮筒"从不愿单独跟他在一起,一有时间,就跟母亲关上里屋的门,把门闩得紧紧,好在他根本就不想回那个家。

很快,到了放暑假的日子了,刚刚放假,母亲便将他送到了H县的外婆家,一切都迫不及待,他知道是因为"邮筒"。当然,他也乐意去外婆家,在外婆家,可以肆无忌惮地睡懒觉,可以在城边的山上打鸟,可以在新安江里游泳。在H县,他度过了一段愉快的日子。暑期结束的时候,他又回到了S县,一进县群艺馆大院,就觉得一股芬芳扑面而来,院落的中央,出现了一个直径两米左右的花圃,种了很多凤仙花、丁香花、喇叭花、太阳花之类的,灿烂地开着,使得院落里充满了生动的气息,尤其是喇叭花,顺着藤子一直爬到屋顶,在屋顶上也开放起来。他甚至能听到风中轻微飘荡的细细的喇叭声。

大头悄悄地来到了他身边,偏着头问他:

"这……这些花好看吗?"

"……好看。"他回答。

"是……妈妈、姐姐跟我一起种的。"大头黑黑的眸子炯炯发光,很得意地说。

大头继续说:"妈妈和姐姐说,这些花……好养,先种着。过一段时间再撒点鸡粪进去,等土肥一些了,再……种一些更好看的,像菊花、牡丹什么的……你喜欢花吗?"

"喜欢。"他问。

大头显得很兴奋:"小芙……姐姐说,花……还会说话呢!等到花开之后,可以跟她说话,她……还能替你变出很多东西,就跟田螺姑娘一样。"

他点点头。他当然听过那个民间故事,那一个故事,像冬天里的一壶热茶一样,让人温暖。此刻小花园里的花,也有同样的意义。他看着眼前五颜六色的花,感觉心中有些沉睡的东西在慢慢萌动。这个世界,为什么会有花朵般美好的东西呢?它传递希望,也传递温暖,还能给人启迪!他突然觉得大头的声音也变得好听多了,不再沙哑结巴,就像是风铃一样脆亮,是一种响亮的金属音。眼前的花朵如此美艳,绿色更绿,红色更红,姹紫嫣红,变得比先前更好看了……他感到心慌意乱,一刹那间,不知道该怎么回答。

慢慢地,他跟大头成了好朋友。大头真是苦孩子——自小就是结巴,之后,又先后得过小儿麻痹症和脑膜炎,来这世界的十来年,上天真是把所有的苦难都给他了。不过上帝永远是公平的,大头虽然讷于言表,却相当聪明,记忆力尤其好,读书过目不忘。当然,我后来明白,最难得的,是大头有一颗纯朴的心灵,性格中有一种难得的本真。

"大头大头,下雨不愁",大头比比画画地告诉他,自懂事时开始,就有无数人对他说这一句话。大头说他的头一点也不大,相反,它上部圆圆的,下部尖尖的,像玉米粒一样微不足道。大头说这样的名字就像一个瓜皮帽,瓜皮帽扣在他头上,引起诡笑的,却是他人。跟大头一样,他一点也不知道大头跟下雨有什么关系,是指的头大可以当伞吗?民间谚语就是这样充满着混乱,让人不知所云,莫名其妙。世上莫名其妙东西还有很多,比如很多人的婚姻,一个人与一个人之间的关系,看似自然而然,其实充满着混乱。他当然知道大人们为孩子取名的用心,取一个很低贱普通的名字是为了好养,为了不引人注目。人要长大,身边的凶险太多,被人注意到,就是一种危险。问题是,李玉茹为什么不给小芙取一个庸俗的名字呢?

有一天,他和大头来到城中桥上,顺着琴溪河流水的方向,坐在桥中心的木栏上,把脚伸出木栏,低头看脚下的流水。那时候正是黄昏时分,远处的斜阳映照着他们,似乎一直照进他们的身体,把他们的内部也幻变成了金黄色。风幽幽地吹着,在桥墩的尖端,一只红蜻蜓咬着草秆一动不动,红色的肚腹像指针一样指向他们。那一刹那,他们俩都感到神清气爽,竟然说起了一个深刻无比的话题。

是大头先开的口,他像是突然想起什么,结结巴巴地问他:"你……你知道吗?人都是分前世、现世和来世的。"

他点点头,仿佛胸有成竹,早就听说过似的。

"妈妈说我此生就是来受难的,因为我的前世,造了很多罪孽。"大头说。

"为什么?"

"你看我……受了多少苦啊!"大头突然有些沮丧。

他好像很懂事地安慰大头："也许这一辈子经历了,下一辈子就好了。"

大头开心地咧了一下嘴,说:"要是……下一辈子投胎,你……会变成什么?"

他有点莫名其妙:"什么?"

大头继续说:"你……不知道吗?人死之后,投什么胎,是自己的事。你想变成人,就会变成人;想变成猪就变成猪。"

他没有答话。

大头又说:"如果……到了鬼门关时,让你……自己选,你……你会选哪个?"

他从没想过这个问题。他想,这一辈子的人生才开始呢——不过比较来说,他似乎更想做一只豹子,一直生活在山林里,自由自在,无拘无束……不过,他似乎没有拿定主意。

大头在一旁喃喃自语:"如果……可以选择的话,我……想做一只鸟——做鸟多好啊,有翅膀,能够自由自在地在天空中飞。"

大头突然呵呵地笑起来,一边笑,一边站起来,突然翻过桥的木栅栏,跳到了下方的桥墩上。然后,他又轻手轻脚地走向桥墩的边缘。原本停在草尖上的红蜻蜓,见大头来,吓了一跳,盘旋着飞走了。他在上面看着大头的举动,吓坏了,急得哇哇大叫。大头回过头来,冲着他笑笑,一屁股坐在尖尖的桥墩上,他的双脚落在半空中,脚下是湍急的水流。大头坐了一会,双臂张开,就像自己的手臂已变成了翅膀似的。他从桥上往下看,大头瘦瘦小小的身躯在桥墩的尖端,就像一只翠鸟立在那里似的。

二

关于爱情,那个时候的他,实在是什么都不懂。这一个名词,在那个时代,一直带有某种神秘,也带有某种禁忌。在他看来,男人与女人的组合,就像魔方的转动一样,既带有某种偶然性,也是命中注定的机缘。爱情,应该与内心深埋的记忆有关——为什么会一见钟情?因为相关记忆的复苏和觉醒。人与人,是带有很强宿命性的。它不完全是现世的选择,而是一种命运的安排。它的选择,是一种非理性,不是买卖,也不是掂量。电光石火的爱情,是一种无意识,也是命中注定和难以言说。

……很小的时候,我曾在诸多有关皖南革命斗争的书籍和文章中,读到了黄山游击队领导人黄源与汪丽文的爱情故事。这一类故事的来源,通常由某个亲历者讲述,由党史办工作人员记录,随后,又经过群艺馆文化站等一批业余作者整理拔高,加入众多的形容词,以及绘声绘色的表达。等到成书之时,相关的故事,就变得更美好了。在一本名为《皖南火焰》的革命斗争故事集中,就有一篇较为翔实地记述了黄源和汪丽文的相识相爱过程,将他们最初的爱情地点定为徽州岩寺——1938年,流落在黄山脚下的红军战士黄源为找组织来到了岩寺,汪丽文则是由南京回老家探亲,他们为新四军火热的革命热情所感染,几乎同时加入了新四军战地服务团后,各自成为新四军战地服务团的男女队的队长。由于经常在一起组织活动,在"八月桂花遍地开"的歌声中,黄源和汪丽文相识又相爱:汪丽文钟情黄源的英俊沉稳,黄源则迷恋汪丽文的漂亮能干。四目相对,双方都不约而同地从对方的眼神里找到了灵魂的影子。

《皖南火焰》书中以细腻多情的笔法写道:新四军驻扎在徽州岩寺期间,战地服务团经常在一起互相拉歌,排练节目,演唱歌曲,为新四军加油打气。男生队的领队是黄源,他洪亮的声音、洒脱的指挥手势让汪丽文一见倾心;女生队的领队是汪丽文,她甜美婉转的歌声,飒爽的身姿让黄源动情。有时候唱着唱着,他们会彼此深情地注视着对方,眼神交集在一起,碰出了火花。有一次,汪丽文的军装掉了一颗扣子,扣子不知道落哪了,因为正在训练新队员,汪丽文没顾得上,敞开衣领就去工作了。没想到这一个小的细节,给细心的黄源发现了。休息的时候,汪丽文正和一名新来的战友聊天。黄源走过去,什么话也没说,递过来一个羊皮荷包。汪丽文一惊,心想:荷包,什么意思?只见黄源严肃地对她说:"这里有针线,汪丽文同志,请你把衣服扣子缝好吧,军风军纪是军人的灵魂!"一番言语,让汪丽文很感动也很失落,感动的是,黄源一个大男人竟然对她的衣着外表如此关心;失落的是,黄源此举竟完全是为了工作。汪丽文接过针线包后,面露难色:"谢谢队长!掉下的扣子找不到了,我没有多余的扣子可以缝上去啊!"黄源亲切地说:"没事,针线包里有扣子,你挑一个合适的就是。"

汪丽文仔细端详着手中这个带有黄源体温的针线包,这个针线包还真是个艺术品,用羊皮手工缝制,针脚极其精致。汪丽文不由自主想到:这可能是哪位女子送给黄队长的定情物吧?心里竟有一点酸酸的感触。打开针线包后,但见里面有三层:一层是黑白红三色线,三个整齐的线把子像三个小兵人;一层里有一个食指粗细的小筒子,像是牛骨制成,可以从中间旋开,里面有大小针三根;还有一层里是各种各样的扣子,都用一根粗线穿起来了。针线包布置得如此整齐,足见主人心细如发。汪丽文找到了自己需要的扣子,缝好之后,转身要将羊皮针线包物归原主。可是,身边的黄源早不见了。汪丽文只好将针线包放在自己的挎包中。

几天后,黄源和汪丽文又见面了。汪丽文一见黄源,便从挎包中掏出针线包要还黄源,黄源赶紧走上前,用一只手按住她的手,另一只手的手指按住自己的嘴唇,轻轻地"嘘"了一声,这是示意汪丽文要保密。不过那只按挎包的手,正好按在了汪丽文的手背上,两只手触摸在一起,双方都一惊,心也快速地跳动起来。汪丽文后来才知道,这一只针线包,是黄源离开家的时候,他妈妈特意给他缝制的。自此之后,这只针线包汪丽文一直带在身边,一直到大牛山突围中丢失。不久,汪丽文回赠了黄源一把国光口琴。这是一把二十四孔的复音口琴,音色很好,能吹出三个八度的音阶,也能吹奏复杂的乐曲。这把琴是汪丽文在南京读书的时候,满十八岁那天,父母送给她的生日礼物,也是她身边唯一一件从家里带出的珍贵物件……

《皖南火焰》上的这一篇故事,缠绵、深情、虚假,充满着男欢女爱的矫揉造作,就如同后来那些雷人的电视剧的场面。我怀疑作者在写这一篇故事时,曾受到了电影《刘三姐》的启发。书中黄源与汪丽文的爱情故事,就如同刘三姐与阿牛哥因斗歌产生爱情的翻版!在《皖南火焰》一书中,黄源就是阿牛哥,汪丽文就是刘三姐。这样的爱情故事,已在无数话本和戏曲中存在多年,比如《天仙配》《柳毅传书》等,后来又成为无数革命爱情的翻版和圭臬。中国式的爱情如此贫乏和套路化,实在是让人徒叹奈何!

黄源与汪丽文真实的爱情,到底起源于何时何地?他们之间,到底有怎么样的故事?我曾就这个事情咨询过周老五,周老五不屑地说:"书上写的哪有真话啊,都是瞎编!黄源和汪丽文在一起,是组织上定的!组织上派汪丽文跟着黄源来大牛山,不就是这个意思?不然干吗要派个女的跟着黄源来?汪丽文在接受任务之前,根本就不认识黄源,哪会有什么爱情故事啊?那些酸不拉叽的故事,都是文人们瞎编的!还有,汪丽文哪会唱歌呢,她根本就五音不全,是个左嗓子,一唱歌就跑调;也不识谱,哪会吹什么口琴啊?更不可能成为战地服务团女生部的队长了!倒是黄源还差不多。不过黄源是去找组织的,哪有心思去战地服务团唱歌跳舞呢?"

周老五又说:"要说真话的话,汪丽文一点也配不上黄源!黄源多聪明啊,人又长得帅,哪像汪丽文,又黑又矮,貌不惊人。不过那时候女干部少啊,一般规规矩矩家庭的女子,都是胆小怕事,哪肯嫁到游击队呢?据说当年新四军派汪丽文到地方工作,汪丽文一开始不愿意,后来一见到黄源,马上就答应了——她肯定是看中黄源了……"

我曾经用同样的问题问过小玉外婆。外婆先是一言不发,随后苦笑着说:"那时的游击支队,就他俩有文化,属于知识分子,组织上让他们在一起,领导我们,他们还能不在一起?"

三

小芙,跟她母亲李玉茹一样,皮肤雪白,是典型喝长江水长大的。在皖南一带,你很难看到有人有如此肤色。当地人一般有着菜色的面孔、褐色的皮肤,身材精瘦,这归结于当地矿物含量很重的水质。小芙不仅皮肤白,还有着冷艳的面庞、精灵般的轮廓,以及谜一般的气质。尤其是她的眼神,有一团淡淡的哀愁,隐藏着超于同龄人的坚毅和果敢。从总体上来说,她就像是一个"冰美人",身体的外部,仿佛罩着一层无形的玻璃,让人感受不到她的温度。我后来明白,这样的特质,归结于她的家庭,她母亲的遭遇,以及她自己成长的经历。小芙长得很漂亮,这点他不得不承认,这应该归功于李玉茹。李玉茹也很漂亮,是S县曾经有名的美人。他听母亲说,走在二十世纪五六十年代的县城大街上,李玉茹曾经是最引人注目的一个美人,那时她穿着双排扣的列宁装,头发盘成髻,脖颈长而直,皮肤细而白,走在小县城中,就像是童话里走出来的公主。县城的人,哪见过这样的风情呢,尤其是那些游击队员出身、文化水平不高的年轻"老干部",一个个对李玉茹心怀爱慕。用周老五的话说,县里的领导干部,每当提起李玉茹,一个个"口水直流"。谈及李玉茹,母亲颇有点幸灾乐祸地说,不过人真是变化大啊,当年那样一个漂亮的女子,一番折腾之后,也变得不堪入目了。女人啊,真是不经老啊!

他第一次见到李玉茹是在县政府的食堂里。有一次母亲下班迟,便带着他去县政府的食堂吃饭。食堂是一个旧祠堂改造的,里面放着几张八仙桌和长条凳。刚进门,就看见一个清秀的中年女子独自地坐在食堂的餐桌上静静地吃饭。这个女子很独特,跟县城诸多女子不一样的味道:短头发,额头前修着整齐的刘海,皮肤很白,穿得整整洁洁干干净净的。她吃饭的方式也跟别人不一样,夹筷子时跷着兰花指,咀嚼时,双唇一直是抿着的,悄然没有声响。她看见母亲,站起来,热情地打了一个招呼。母亲冲着她勉强笑了笑。她看了看我,热情地问母亲:"这是你儿子啊?长这么秀气,像个漂亮的小姑娘。"他有点不好意思,扭过头不敢看她。母亲让他坐在李玉茹桌边的凳子上,转身排队买饭菜去了。这时候她已吃完了,一边整理餐具,一边亲切地问他:"多大啦?"当听到他的回答说是十二岁时,她应道:"我儿子大头十岁,跟你差不多大。"

随后,他就在群艺馆的大院看到她,知道她刚从外地调回S县,还是回到了群艺馆,就住在他家对面的那一幢平房里,大门与他家侧面相对。慢慢地,他们开始熟稔了,他喊她李阿姨,她不喊他镜子,而是喊他"小豆芽",那是因为他四肢细长白净,有一个小小尖尖的脑袋。从母亲跟其他人的聊天中,他了解到了她的身世——自二十世纪五十年代初期起,她就在群艺馆工作了。来S县之前,她是上海一个教会大学的学生,还曾是学校的校花和才女。上海解放后,李玉茹积极要求进步,在学校里参加了一系列

彼岸 | 151

进步活动。到了毕业这一年，大约是因为教会学校的缘故，毕业生都被要求离开上海，去支持山区人民的建设。就这样，李玉茹来到了Ｓ县，先是被分配到一个乡村中学当教师，然后，调到了群艺馆负责音乐舞蹈的组织工作。在接连拒绝了几个"老游击队员"的求婚后，李玉茹曾因"思想意识"问题被县里主要领导点名，在群艺馆的内部会议中遭到几次批评。1957年，李玉茹理所当然地被打成了"右派"，发配到长江北岸的劳改农场。当李玉茹拎着两包行李被人押解着在县胜利台操场上了军用卡车时，围观的男人一个个颇感失落，而女人们心生快意。男人们的失落，是因为县城里再也无法看到只有在画报里出现的漂亮的女人了，而对女人来说，一个"狐狸精"的离开，意味着她们多了一份安全和自信。

在农场期间，李玉茹学会了割稻、插秧、莳草，种植茄子、辣椒、番茄、韭菜等各种各样的蔬菜，她还学会了养猪、接生猪崽等。在农场里，她认识了另外一个"右派"杜子明，这个人曾经是新华社记者，也是个诗人。被放逐的男女们，极容易在夕阳西下的芦苇丛中让内心变得柔软，又极容易在寒冷的冬日渴望着别人的温度。李玉茹就更是如此，这个弱小的上海女子就像三伏天的知了一样渴望着别人的甘露，更何况杜子明还是一个诗人，一个会在黄昏时分满怀深情地吟读着普希金诗的人。那样的情景，肯定是令人怦然心动的时刻。于是，李玉茹和杜子明自然而然地产生了感情，又很快在农场里结了婚。一段时间之后，经过劳动改造，两人摘掉了"右派"帽子，李玉茹便跟丈夫去了江淮之间的一个县城，把工作关系也转到那里，在那里生活下来，生了两个孩子。孩子出生后,两人夫妻关系一直不太好,双方不是争就是吵,有时候还打架。于是双方不断地离婚、复婚、再离婚,都有过好多次,以致现在人们也不知他们是复了还是离了。

母亲愤愤不平地说:"李玉茹这一次回来,据说是真离了,跟那男人一刀两断了。男人啊,都不是个好东西,总是想吃着碗里,占着锅里,贪心不足。李玉茹多漂亮啊,这么漂亮的女人,男人还不满足,真不知道男人是怎样想的。听说那个男人跟一个广播员好上了,因为那广播员更年轻……"

有一种女人是不老的,或者说,不愿不屑不会长大,永远似孩子般的天真和浪漫。李玉茹就是如此,她似乎内里清空,不仅外形停滞生长,性格上,也有着少女的不事心机,甚至仍有着少女时代的轻盈、单纯和简单。她不太会做家务,也不太喜欢做家务,每天吃得最多的,就是山芋稀饭。她喜欢在稀饭里加一勺子糖,边和边吃;有时候她还喜欢将从上海那边带来的奶糖放在稀饭里,让它们融化后再吃。对这她也吃得津津有味,好像乐此不疲。她的气质和容貌,不同于小城任何一个女人,有与周围格格不入的超现实感,仿佛山区的池塘里,蹿出一尾不同于草鱼、鲫鱼、鲢鱼等的异种鱼类,带有金鱼般仪态万千的落落大方。她喜欢童话,那么大的人了,最喜欢读的,还是各种各样的童话书:《安徒生童话》《格林童话》《一千零一夜》《没头脑和不高兴》。她不仅喜欢读,还喜欢讲,她喜欢从街上买上点桃子李子之类的水果,召集院落里的孩子去她家,被众星捧月似的围坐着,绘声绘色地讲《一千零一夜》里的故事。有一段时间,馆里的孩子们,都沉湎于阿拉伯世界的梦幻,沈耽于山鲁佐德为拯救无辜女子所讲述的故事。

"小豆芽,吃过了吗?就等着你呢!"

傍晚时,李玉茹有时会走到他家门口,全然不顾母亲的不悦,径直在外招呼。

"就来了!"他答应一声,便撒开蹄子跑了过去,有时候丢下手中的笔和作业,有时候丢下手中正在洗的碗筷。与生动传神的故事相比,现实中的一切都不重要。在孩子的感觉里,她的那个小小的、干净整齐的屋子,充满着《一千零一夜》的神秘,恍惚中就像阿里巴巴的山洞,布满着神秘的宝藏。她讲故事的语调也那样动听,就像山鲁佐德本人似的。他经常恍惚地把她想象成美丽的故事精灵,来自古老的阿拉伯世界。他后来知道,所有一切能启迪人梦想的故事,都可以看作是一种召唤。因有召唤,灵魂才会觉醒,像树苗一样从土地中长出,直至开花结果。他后来一直庆幸有如此早年的启蒙,就像一段优美的音乐,引导他走上了一条布满花朵和植物的林径小道。

李玉茹在讲《一千零一夜》的同时,也谈到自己的身世。她说,原先他们在上海生活得很优越,她父亲在一家报馆工作,母亲在一家教会学校教音乐。青少年之时,她的生活一直很优渥。上海解放那一年,她大学快毕业了,大军进城,她跟着学校里一帮男同学去苏州桥那儿迎接,就在苏州桥头那儿唱啊跳啊,就像迎接下凡天使一样。她的身体里也仿佛充了气一样,变得肿胀亢奋。可是,慢慢地,她觉得家里变得越来越窘迫了,饭桌上的菜越来越差,也越来越少。

那一年冬天,上海尤其冷,外婆跟她生活在一起,经常咳嗽,腰也不行,佝偻着成了一个"丁"字。有一天她从外面回家,外婆说饭已做好了,开水也烧好了,让她自个儿吃,又说自己很疲倦,要在床上躺一会。她没有多想,自己从碗橱里拿出饭菜独自吃起来。那一段时间,学校早就不上课了,老师们已跑的跑,走的走,学校基本也散了,一些学生消失了,另一些同学被遣送到遥远的山区。吃过饭后,她就在炉子旁就着暖气,看她的书。也不知过了多久,外面已漆黑一团了。她来到房间,看外婆还睡在那,就脱掉衣服,依旧和以前一样,钻进外婆的大棉被里面,睡在她身旁。凌晨,待她醒过来,外婆仍是没有动。她觉得有点奇怪,平时稍动一动,外婆都会醒的,而且,会在半知觉的状态下,给她盖被子。她觉得有点不好,外婆会不会死了?念头一转,立即有巨大的恐惧和孤独,如黑影一样笼罩着她。她不知道如何是好。要是这个世界上没有外婆的话,她该怎么接着往下走呢?她侧过身来,叫了声外婆,外婆没有作声。她更紧张了,用手摸了摸外婆,果然身体冰凉,不过皮肤还是软软的。她的心里开始有各种各样的想法,互相之间,又不断进行否定。她想:人的灵魂,会像鸟一样栖息在树枝上,是不能打扰的,若是惊醒,它会飞走的。也许再睡一阵子,外婆肯定会还魂来,还会活过来。她又努力凝神屏息,接着往下睡。不过怎么也睡不着,她也不敢起来,只好静静地躺在那里,不敢动。她就这样一直躺到下午,全身像爬满了蚂蚁一样难受,可是外婆还是一动不动。她终于忍不住了,坐了起来。这时候她又看看外婆,还是没有活过来。黑夜又来了,她又饥又饿,终于忍不住,哇的一声大哭了出来。

李玉茹跟我讲这一切的时候,抽着烟,喝着浓茶,流着泪,那烟是二角九分一包的"飞马",烟丝散发一股呛人的味道。李玉茹说她是在农场学会抽烟的,身边的每一个人都抽,不管是犯人还是劳教,她也就抽了。烟瘾也越来越大,抽得多,就不讲究了,什么烟都抽,包括九分钱一包的"丰收"牌。还觉得那烟抽起来过瘾,像有小烟囱从胸腔中穿过似的!再回群艺馆,她想戒,可戒不掉,只能尽量少抽一些。她叙述的时候很专心,眼光深沉,心思沉潜在一个遥远的地方。我知道她其实需要一个倾诉,在当时,几乎没有人对她的经历感兴趣,她也不敢这样表达。

"算啦,不说这些伤心事啦,"李玉茹掐灭了烟头说,"我给你们唱段越剧吧,《红楼梦》中的《黛玉葬花》,好听——"

她清清嗓子,站起来,拉开架子,很认真地唱起来:

绕绿堤,拂柳丝,穿过花径,听何处哀怨笛风送声声。人说道大观园四季如春,我眼中却只是一座愁城。看风过处落红成阵,牡丹谢芍药怕海棠惊。杨柳带愁桃花含恨,这花朵儿与人一般受逼凌。我一寸芳心谁共鸣,七条琴弦谁知音,我只会惺惺惜惺怜同病,不教你陷落污泥遭践踏。且收拾起桃李魂,自筑香坟埋落英。

花落花飞飞满天,红消香断有谁怜,一年三百六十天,风刀霜剑严相逼。明媚鲜妍能几时,一朝漂泊难寻觅……

那个时候,还是"文革"后期,虽然没有了大规模的动乱,却有一些小规模的批斗活动,以示对阶级敌人宣战。各个单位,都有一些"四类分子",逢到相关活动,会命令他们戴上牌子,到指定的地方去接受群众的批斗和监督。李玉茹虽然摘掉"右派"分子的帽子,不过还是属于被改造对象。县文化战线,同为反面典型的,还有一个从南京师范学院艺术系下放到S县群艺馆的副教授老顾。每当革委会通知李玉茹和老顾参加批判活动时,李玉茹就会一声不吭走回家,从门后面取出用马粪纸糊就的批斗牌,换一身最破最脏的衣服。李玉茹把批斗牌挂在胸前,一边走着,一边潸然泪下,批斗牌上用墨汁写了几个大字:右派分子李玉茹。

母亲在对待李玉茹时,经常是刀子嘴豆腐心。有时候批斗一整天后,李玉茹拖着脚步回到家。母亲便喊她来我家,把饭菜从碗橱里端出来热给她吃。李玉茹经常一边吃着饭,一边哭诉,抱怨"右派"帽子都摘掉了,为什么批斗还是没完没了。李玉茹说到激动之时,经常泣不成声,哽咽着说自己上辈子造什么孽,竟然遭此报应。母亲便很耐心地安慰她。有一次她们聊天,母亲好像突然想起什么似的问她:

"你这个上海的娇小姐,怎么会来到咱们这个山区呢?"

李玉茹说:"唉,我哪里知道啊!我在圣约翰大学毕业那一年,上海刚刚解放,新成立的市政府发出号召,说正在建设的全国各地更需要上海知识青年的支持,号召我们到艰苦的地方去。我一直是积极要求进步的,便报名了,于是就把我分到这了。"

母亲问:"那你干吗要来S县呢?没亲没戚的,干吗就来这个小县城呢?"

李玉茹幽幽地说:"也没有其他原因,当时圣约翰大学报名的人都分在皖南。大队人马先坐轮船到了芜湖,组长说皖南有那么多县,让女生先选吧。我看黑板上有 S 县的名称,就选了 S 县。说起来也有点原因——新中国成立前夕,我曾交了一个大我好多岁的男朋友,在一家外资银行工作,也是别人介绍的。他人很稳重,非常有才华,见多识广,文章和书法都写得好。他和我一样,尤其喜欢唐诗宋词,还喜欢陀思妥耶夫斯基等俄罗斯作家,我们很谈得来。他常带我去逛霞飞路、南京路,去逛书店、咖啡馆、看电影什么的。不过我俩一直没谈婚论嫁,因为当时我还在上学,他说想等我毕业了再正式向我求婚。我这个男朋友,就是 S 县人,他常常跟我说起老家的事情,说他们那儿到处都是小桥流水,到处都是园林水口,非常美。我很向往,想让他带我回去看看。他总是说等等,说兵荒马乱太不方便,他自己,就有很多年没回老家了。后来,解放军占领了上海,我的男朋友不告而别,也不知去哪了。我伤心绝望,一下子精神错乱,不吃也不喝,把家里人吓坏了,就把我送到外婆那里,让她看着我,怕我想不开。一直到很长一段时间才慢慢地平复下来,不过我对 S 县一直刻骨铭心。所以让我选择时,我就选择了 S 县。"

母亲问:"你曾经的男朋友叫什么名?"

李玉茹说:"季炳余。"

母亲说:"哦,没听说过。"

李玉茹像是想起什么似的,说:"他好像还有一个名字,之前在 S 县时用过，不过他从来没说。只是有一次跟他去看电影，在霞飞路上撞见一个老乡，突然喊他这个名字，他本能地应了一声。后来他向我解释，说当年在老家读书时，曾用过这个名字的。"

母亲问："叫什么？"

李玉茹说："陶——大文，对，是叫陶大文。"

四

春天悄无声息地来了，阳光和煦，先是河边的柳枝上出现了茸茸的鹅黄色，接着，杨树、枸杞、古楝、槠树、乌桕等都纷纷抽出芬芳的嫩叶，光秃秃的椿树，更是炸开一个个胀裂的新芽。野草也像小镇的往事一样，从古老的青石板里固执地露出头来。寒鸦、麻雀和野鸽子也感受到春天的气息，开始叽叽咕咕地说话，在老屋檐下欢乐地筑巢。跟苍蝇蚊子一起感受到春天气息的，还有在冬天里安安静静的疯子们，或在油菜地里追逐蝴蝶，或一丝不挂地在街头乱窜，引得派出所和专政大队的人在大街小巷围追堵截。

同样感受到春天气息的，还有那些四只脚的畜生们。上学的路上，他经常看见两只狗死死地纠缠在一起，或低低地呻吟，或发出瘆人的嘶鸣。连猪也不老实了，越来越多地逃离栅栏，经常跑到大街上撒欢。有时候一只猪看见另一只猪，会突然直立起来，像人一样连走几步，随后像老虎一样连滚带爬扑上去。无聊的小镇人是那样的喜欢猪狗打架，他们会围成一个圈，一边笑着指指点点,一边找棍子和石头对它们进行袭击。那些狗和猪,会用一双失神的眼睛盯着你,尖厉地叫着,依旧不舍不分,这也使得那些肇事者越发兴奋。

春天的气息就这样在人们体内快速升温,各式各样的笑声哗啦哗啦像流水一样从南门流到北门:有大笑、微笑、细笑、尖笑、淫笑、奸笑、傻笑、干笑、湿笑和皮笑肉不笑等等,林子大了什么鸟都有,人多了什么笑声都会有。奇怪的还有猫,秋冬季节还安分守己高冷脱俗的猫,只要夜晚来临,一个个下贱得像夜晚游荡的老鼠一样,发出丧魂落魄的哀鸣。除了猫与狗,在这个春天,他还发觉了很多平日里的动物娴静温柔的另一面:两只松鼠在一起的时候,发出的声音,就像人说话;小鸟扇动着翅膀紧紧拥抱;连蜥蜴也是成双成对地跑开,在尾巴上打了一个结。他还在草丛中看到了螳螂,它们在一起的模样是最奇怪的了,竟像两个人一样,幸福地合上眼睑,仿佛沉醉于远古的快乐。这世上到底有什么样的快乐,能让它们如此沉醉呢?

这一个春天,小镇还发生了一件事,原先半导体修理部的大龄青年小五子,突然变得神神道道起来,总是神秘地拦住人们的去路,说自己脑袋里有一架电台,能接收到台湾发来的"反攻大陆"的电报。小五子的反常引起了县革委会的警惕,小五子被公安局带走了。有人传他被审讯后,送到南京军区总医院动手术去了,真的检查出脑袋里安装了美国先进的电子设备,每天按时跟小五子对话,小五子每天报告皖南地区解放军的导弹布置情况。不知道最后的结局怎样,反正,小五子彻底地失踪了……总之,在这个春天里,很多事情都有诡异的色彩。当然,对于年少气盛的小镇少年来说,这个季节的来临,远不只是舍外树上的青枝绿叶、花红柳绿、百鸟争鸣什么的,他们更深切的感受是,自这个春天开始,身边的一些东西在悄悄起着变化,一些似乎属于隐秘范畴的东西,像春天的气息一样浮沉,它影响和左右着人们的身体,也影响着人与人的关系,甚至渗透于人们的生活之中。

学校也有一些无形的变化。校园活动,已由前一段时间的"评《水浒》,批宋江",改为农民赛诗台,由卫东学校的卢校长直接讲授。卢校长每周都要领着学生创作各式各样的四绝诗歌。比如"苦不苦,想想红军二万五;累不累,想想革命老前辈",他还给他们大声诵读着一些具有革命浪漫主义情怀的诗句,比如"稻堆草儿圆又圆,社员堆稻上了天。撕片白云揩揩汗,凑上太阳吸袋烟"等等。在卢校长的带领下,卫东学校沉浸在诗的氛围之中,清晨或者黄昏,经常可以看到校园里游走着一个个蹙眉疾首的学生,有的摇头晃脑吟着诗,有的得意扬扬吟着诗。

有一天,卢校长甚至还请来了一个裹着白毛巾、赤着脚的农民走进了他们的教室,用一口本地东乡话朗诵着据说是本地的民歌。不过,对于卢校长的安排,学校的老师私下有些看法。教数学的许老师就说,这哪是 S 县农民的打扮呢,分明是来自陕北的农民,唱的是《山丹丹花开红艳艳》嘛!教语文的章老师说,那个农民朗读的东西,也不是当地民歌,而是出自《中国农民歌谣》第104页。这些,都是发生在他身边的一些逸事。当然,这些都是表面的。他的身边也发生着一些变化,一些同学原先还是纤细瘦弱的,几天不见,就像吹了气似的变得高大粗壮起来,嘴上和身上也起了浓密的绒毛。女生的变化也很诡秘,常常三三两两在一起悄声说着什么,说到关键之时,还会发出小鸟般的咯咯笑声。班上的同学也开始慢慢分化,粗壮的男生们显然不愿意与瘦小男生为伍,目光中有了不屑。他们时常围在一起,肆无忌惮地笑着,谈论着一些他已听不太懂的话语。男生和女生之间,原先那种单纯的眼神和笑容,正变得微妙起来。人们的眼光变得更飘忽不定,它们开始在彼此的身上游走,有对于身体更本能的探求。

有一天放学时,他看见留着乱七八糟长头发的曹小华吹着口哨,晃晃悠悠地带着几个人向他走来。曹小华貌似很洒脱地甩了甩头发,故作绅士地邀请他去琴溪河畔的河滩去玩。虽然他一点也不喜欢曹小华,不过对这个粗鲁的家伙心存畏惧,只好跟着一起来到琴溪河下游的河滩上。曹小华似乎心情很好,一屁股坐在河边的沙滩上,随后示意几个人都坐过来。大家都坐定之后,曹小华脸上挂着神秘的笑,说:"中午我在铁匠铺李打铁那儿听到了一个谜语,我打给你们猜,看你们可能猜得出来。"于是曹小华念道:

离地三尺一条沟,一年到头水长流。
不见人儿来挑水,只见和尚来洗头。

他知道曹小华的谜语不怀好意,可是怎么也猜不出这个谜语。曹小华看着他们几个蹙眉疾首,憋住不笑。等众人都用失望的眼神看着他时,曹小华终于憋不住哈哈大笑起来,曹小华把身边一块大石头使劲地掷进河里,大声说:"是女人那东西啊,你们这群傻瓜!"

几个人一愣,然后明白了,也厚颜无耻地笑起来。他还是没有明白,也没有笑,站起来,想走。

曹小华一把拉住他,说:"别走,别走,我只是跟你开玩笑的,说着好玩的。"

他们开始东扯西拉,议论着学校里某一个男老师与某一个女老师,或者某一个女同学和某一个男同学。然后,话题发散,曹小华突然问他:

"镜子,你……你了解女人吗?"

他有点愣住了,曹小华的问询,有点出乎他意料。他摇摇头。

"想知道女人是怎么回事吗?"曹小华继续问,表情看起来怪怪的,有点凝重,也有点紧张,又分明想消除凝重和紧张,整体表情,显得有些滑稽。

他不知道怎样回答这个问题,只是点点头,心里开始扑通扑通地跳了。

"哈,"曹小华突然显得兴奋起来,像是抑制不住似的站起身来,在河滩上生硬地走了两步,"你们哪有我知道得多啊!"曹小华的眸子,因为兴奋而显得精亮,继续说,"怎么样?有什么问题,就直接问我吧?《十万个为什么》都答不了的,我来答。"

他有点不服气,想了想,问:"为什么……男人站着撒尿而女人蹲着撒尿?"

曹小华一愣,没想到他会问这个问题,想了想,结结巴巴地说:"我……我也不知道为……为什么会这样——"曹小华有点急了,呆呆地走了两步,突然冲着一个喽啰呵斥道:"快点,快点,过来,把裤子脱掉!"

那个同学吓了一跳,四下看了看,没有人,也不知道怎么回事,可怜巴巴地说:"老大,什么事啊?干吗让我脱裤子?"

"别啰唆,快脱!"曹小华不耐烦了。

那个手下没奈何,只好把裤子脱了,曹小华便指着那同学露出的小鸡鸡,像生物老师一样严肃地说:"你看吧,男人……男人有这个凸出的东西,医学书上叫阴……茎,我们这里就叫屌。为什么叫屌呢?因为它在外部,吊在那里,加个'尸'字头,就指的是这个东西;而女人……女人没有,女人就是一个洞,医学上叫阴道,我们叫'穴',其实是一个意思。从字面意思看,已经很清楚了。小便的时候,男人的东西在外面,可以站着撒尿而不会尿到身上,而女人则不行,要是不蹲下的话就会尿到身上去。"

曹小华说话的时候,那几个同学早就忍不住,哧哧直笑。他也忍不住想笑,不过拼命忍住,郑重其事地点点头。他不服气,继续问:"那为什么男人和女人的东西不一样呢?"

曹小华愣住了,但他立即反应过来说:"这事还真搞不清,反正……反正一生下来就不一样。不一样就是不一样呗。"

他没有继续这个问题,反问曹小华:"那你说,为什么男人要跟女人在一起,而不是男人跟男人,女人跟女人在一起?"

曹小华张口结舌,说不出话来,过了一会,支支吾吾地说:"那……那是因为男人跟女人在一起快活,女人跟男人在一起也快活,既然他们都快活,自然就想在一起了。"曹小华似乎觉得自己的回答不错,有点自鸣得意,嘴边挂着笑,腿也不自觉地抖动起来。

他没有作声。说实话,他也不知道这是怎么回事,是上帝的旨意吧?上帝就是这样设计的。政治书上说劳动创造了人,那么男女之事呢,也是劳动创造成的?……这时候,他们面前的水面上有两只水鸟在点水嬉戏,婉转清丽的啼鸣不时传入他们的耳中。很明显,这两只鸟是一公一母,那只公的尤其漂亮,浑身雪白,只是脖子上有一道彩色的圈圈。

脱裤子的同学也看到这一对水鸟了,一边系着裤子,一边也抛出问题给曹小华:"老大,我也问你一个问题——为什么鸟啊,鸡啊,还有其他的动物啊,公的都比母的漂亮,而在人当中,总是女人漂亮呢?"

曹小华面露难色,说:"操,考我啊!——你自己想去,不要问我。"喽啰不满地嘀咕了一句,不再说话。曹小华也沉默了一会,然后,将屁股向他这边挪了挪,俯下身子,用嘴凑近他的耳朵轻声说:

"你……你看过女人的那个吗?"

他一怔,没有想到曹小华会问他这个问题,脑海里突兀地呈现出那个惊雷响彻的下午,在公社卫生所见到的场面。那一幕场景,让他不寒而栗,记忆犹新。他很怕再去回忆当时的场景。他想了想,摇了摇头。

"什么？你没有看过，"曹小华有点不屑地看着他，说："女人……那东西，比男人的好看多了，不像男人的，丑死了。"

他问："你……看过？"

曹小华呵呵一笑，说："当然，看得多呢……我经常看的——"

"啊……吹牛吧？"几个喽啰起着哄。曹小华得意地说："起什么哄！以为我讲假的啊——我家不是住在胜利台边上吗？经常有一些马戏团、杂技团什么的在胜利台演出，平时就住在我家里，我当然看得多啦……"

小伙伴们听得眼神都直了起来。

从曹小华结结巴巴的讲述中，他听明白了曹小华的故事——曹小华家，经常有一些走江湖的杂技团马戏团来住。那些马戏团的男男女女，都在一起生活，有时候连洗澡睡觉都不避嫌，就是随便拉个帘子隔开。男男女女之间的故事也多，有一次淮北的一个杂技团来他家住了一个多月，有一个大胖子团长，给他留下了深刻的印象。胖团长早年很瘦很瘦，在团里的角色，是攀缘十丈竹篙的"猴子"。有一次从竹篙上摔下，摔断了一只脚，等他三个月之后出院，就莫名其妙地疯狂长肉，一直长到二百多斤。胖子其貌不扬，老婆却特别漂亮，也是杂技团的台柱子，身轻如燕，筋斗翻得特别好。大约团长太胖了，年轻漂亮的老婆怎么也不愿意跟他睡觉，跟团里一个男主演好上了。胖子团长没办法，只好睁一只眼闭一只眼，他怕一闹，团里的男女台柱子都会跑掉，一跑掉，树倒猢狲散，杂技团也就垮了。胖子团长怕寂寞，就养了一只蝈蝈，蝈蝈个头很大，叫起来非常好听。胖子团长就用一只透明的香烟盒,将蝈蝈装进去,每天装在兜里,走到哪带到哪。走到哪里,蝈蝈就叫到哪里。老婆跟小伙子偷情,听到有蝈蝈叫声,行事就变得小心一点,大家彼此面子上也过得去。团长就这样跟蝈蝈做伴了,只要一坐下来,就会从口袋里掏出蝈蝈,放在耳朵边上认真听。有时候看见曹小华,就让曹小华坐过来,跟他一起听蝈蝈叫……

曹小华说:"团长也蛮苦的,一个大男人,不敢进房间,经常一个人坐在外面听蝈蝈叫。团长不是不明白,有时候蝈蝈叫着叫着,就把他的眼泪叫下来了。"

曹小华的马戏团故事,让他有一些凄凉感。虽然他很烦曹小华,不过曹小华说的这一个故事,让他排斥的心理变得松软下来。不过,曹小华终究是无心无肺的——当他尚沉浸于曹小华讲述的凄婉故事当中时,这个家伙却一跃而起,然后,几个人竟然在光天化日之下脱去裤子,没心没肺地比着大小。他们一边仔细比画,一边发出淫荡的笑声……

疯玩一阵后,曹小华神秘地把他叫到一边,递给他一个厚厚的练习本,说:"拿着,好好看看,很好看的,像你这样的小鸡啊,看完就打鸣——"然后,诡异地冲着他笑了笑,晃晃悠悠地走了。他诧异地接过那个练习本,打开第一页,上面写有几个字《曼娜回忆录》。他吓了一跳,有点知道是怎么回事了,忙将那册厚本子塞进了书包。

夜深了,等母亲睡了,他从书包里抽出曹小华给他的那个作业本,把台灯压得很低,躺在被子里读起来。万籁俱寂,只有屋顶的野鸽子在睡梦中发出叽叽咕咕的梦呓。那些手抄本上的字,歪歪扭扭得像成群结队的蝎子一样,一连串地爬出来。他刚看几行,就觉得周身像被蝎子蜇了一样,一种从未有过的感觉让他唇干舌燥心跳飞速血脉偾张。那些歪歪扭扭的字句扭动着身体,像乌贼一样对他喷射着毒汁,人类的本能,开始在身体中气流激荡……他的身体变得越来越僵硬,气息越来越急促,仿佛身体内部隐藏的密码被彻底激活,仿佛有魔鬼导引他放弃抵抗,不由自主追随着做动作……后来,他终于喷发了,身体像弓,把最核心的一部分弹射出去了,伴随着巨大的轰鸣声和呼啸声。他吓死了,不由自主地大叫了起来!一瞬间,奇怪的是眼前竟然出现了小玉的幻象!白白净净的,脸上现出鬼魅般的微笑,他不由自主地哆嗦起来……

不知过了多久,他清醒过来,身体疲惫无力。躺在那里,下体湿漉冰凉,他摸了摸,吓得一阵激灵,不知道是怎么回事,只觉羞愧和厌倦。后来,他终于明白过来了,带着凉意沉沉地睡去,梦见自己变成了一只黄麂,在丛林处发疯地奔跑。

第 八 章

一

1976年夏天的一个下午,大雨初晴,天空中突然出现久违的彩虹,横亘在县城背后的西山顶上,让小镇的人惊叹不已。他看了一会,随即回到房间里继续读书。莫名地,他开始感到不安,眼前的铅字变成一只只黑头苍蝇在房间里飞舞。他的脑袋一阵眩晕,听到由远至近一种轻微至极却异常清晰的铃声,如一根细如汗毛的绣花针从耳膜上掠过。突然,房门开了,长头发的曹小华慌慌张张地跑进来,喘着粗气说:

"你听说了吗?小玉死了,带着那个狐狸精小芙,竟跑到黄山去拦路抢劫!真是胆大包天了。没想到碰到了两个会武术的浙江佬,被打死了!你不知道吧,竟是在莲花峰峰顶,那样的一个地方!小玉以为他功夫好,可以轻巧地以一挡二……你说巧吧,没想到撞到的那两个人,原先都是部队的特种兵……真是强中自有强中手,小玉在县里打架的确有两下子,跟外面一比,就不行了!这下碰到高手了,脚也踩到石头缝里,动不了,被人打死了。小芙吓傻了,想从莲花峰上往下跳,被那两个人拽住,送进了公安局。"

曹小华的表达有点语无伦次,不过他还是听懂了。他怔住了,直愣愣地看着曹小华,既吃惊不已,又好像对这一切早有预料似的,胸口在猛烈地窒息一阵后,竟然恢复如初。他不知道是怎么回事,平静,远远大于震惊。他后来明白,在他与小玉之间,一直存在着某种深度的默契,似乎是一个人对另一个人的感应,也有着心理上的自然而然。他当时只是油然涌动着寂寞与倦意,只想沉沉地睡去,仿佛整个世界与己毫无关联。

曹小华有点傻傻地问:"你还好吧?……有人告诉你了?"他摇摇头。曹小华说:"小芙你应该认识的,就是那个白得像妖精似的上海佬,整天穿得花枝招展的。那一次,小玉还为她打抱不平,跟我哥打架……哼!她真是个白骨精,就是她动员小玉去黄山的。她现在被公安局抓起来了,她承认她是主谋,说是为她弟弟大头治病。小玉死得真惨呀,一个念头歪了,毁了一辈子。"

曹小华急匆匆地走了。他呆坐在那里,全身松软,一点力气都没有。然后,他来到琴溪河上的中东门桥。夏天的傍晚,中东门桥两边坐得满满的人,果然有很多人在议论小玉:"革命母亲"的孙子小玉抢劫被人打死了!那么一个英俊的小伙子!可惜了!还有一个姑娘呢!原先县群艺馆李玉茹的女儿,李玉茹就是那个自杀的国民党女特务……她的女儿跟她一样,也是个狐狸精,听说,还是个国民党特务生的呢……就是她,唆使小玉去黄山抢劫的……听说不是为了钱,是为了情报……整个小城的大街小巷都在议论小玉,谈论小芙——小玉死了,小芙被逮捕了……死了死了死了,小玉死了,小芙被公安局逮走了。

夜幕降临之后,他无精打采地回到了家,母亲用一种很奇怪的目光看着他,跟他说饭菜在灶台上的铁锅里,便掩上内室的房门睡觉了。他吃着剩菜剩饭,味同嚼蜡,甚至有呕吐的冲动。突然,他想起了什么,冲到自己的屋子里,一摸枕头下——那一枚古镜已不在了!他怔住了,对着里屋咆哮起来,甚至拼命地捶击房间的门。母亲和"邮筒"蒙了,慌慌张张地披着衣服出来,看见他,嚷道:"你怎么啦?是不是因为小玉的事?……我们都听说了,那也太大胆了!"他摇摇头,哽咽地问镜子的下落。

母亲煞有介事地看了看"邮筒",说:"哦,那个镜子啊,我和你叔叔把它扔了,我是觉得那个镜子有一股妖气,肯定是你爸当初从哪个坟墓里挖出来的,不是自己的东西绝对不能要。你想,自从这个镜子出现之后,就没有发生过一件好事,那哪是好东西呢……我跟你叔叔,下午特意步行到新桥,把它扔到琴溪的龙潭里去了。"

他呆若木鸡,他知道琴溪旁的龙潭,那是琴溪河水冲刷了上万年的无底的深潭。据说深不见底,从洞穴的口,一直能通到地心的中央。也有人说下面有个洞,一直通到长江的底下。他无话可说了,只是不停地哽咽。他心里忐忑不安——那一个镜子,究竟跟这一段时间奇特的风云变幻有没有关系呢?

母亲面色和蔼地对他说:"没事了,那个镜子扔掉了,就没事了,一切都会好起来。"

她一边往内室走一边跟"邮筒"说:"我就觉得不对,这镜子里面有一股妖气……你看过《聊斋》吧,里面有一节《画皮》,好像就是说镜子里面有妖怪呢……"

随后,小玉的尸体被运回了县城,然后,也安葬了。风波慢慢平静了,可是他始终感到失魂落魄,好像行走于阴阳两界的游魂,不属于这个世界,也不属于那个世界。他觉得人们都用一种奇怪的眼神看着他,背后指指戳戳,悄悄说着什么。他总是情不自禁地想起黄山,想起黄山发生的那些事,一种绝望的悲哀,就像黄山的云雾一样,从四面八方升腾聚集,包裹着他,从毛孔中渗入他的身体,在里面淤积成一团乌云。有时候他感觉自己就像一只被弹弓击中的小鸟,正从高空往下陨落,眼前一片黑洞。

也像春天的雪花——雪花从高空落下来的过程,就是慢慢融化为一汪苦水的过程。

二

小玉说:"我那'三脚猫'功夫,其实是跟汪家传学的。汪家传你们不知道吧?我外公王麻子在大牛山落草后,最先来投奔的,就是汪家传。汪家传造反,也是没办法,他父亲是前清秀才,文武全才,还会中医。他们家在徽州府东门一带开了个诊所,名气还挺大的。汪家传从小起就跟父亲学医术,也学武术。后来因为实在不想读古书,就跟着同乡瞒着父亲下新安做生意去了。一开始是在兰溪,在一个老地主家做长工。老地主六十多岁了,刚讨了一个年轻漂亮的女学生做小老婆。汪家传年轻的时候长得很清秀,有文化,老地主年轻的小老婆寂寞啊,无事就找机会勾搭他,经常是让汪家传帮她做这做那。汪家传也是多情的人,双方一来一往,很快搭上了。老地主贼得很,发现了他们的私情后,也不作声,一直派人暗中监视他们,终于有一天将他们当场抓住。在惨遭了一顿毒打之后,汪家传被赶出门,只好又去了金华,在一家布店里当伙计。可是年轻力壮的汪家传还是耐不住寂寞,又跟布店老板的小老婆搞上了。布店老板很快也发现了,设了个圈套捉奸,汪家传光着身子逃到厨房。老板带着一帮人追到厨房,汪家传情急之下,拿着厨房里的杀猪刀,就把布店老板给捅成重伤。一帮捉奸起哄的人吓傻了,汪家传一溜烟地跑了,跑回老家也不敢露面啊,结果辗转了一段时间之后,来到了黄山脚下,白天就躲进山里,晚上再出来活动。有一次在甘棠,他听人说大牛山有土匪王麻子在落草,就找过来了,要求我外公收留他。我外公看他聪明识字,又犯了大事,就收留了他。那时我外公跟汪家传,真是相依为命啊!我外公叫大老板,他叫二老板。我外公是'宋江',他就是'吴用'。'宋江'和'吴用'联手,一下子发展到二十来号人。

"黄源来大牛山,是后来的事了,黄源劝说我外公参加革命投奔共产党,汪家传不太愿意,对我外公说我们只是想做点小生意,就像乘着小舢板捕鱼,只能在塘里河里弄点小鱼小虾,去了江里海里,没那个能耐。我外公没听他的,坚决跟黄源走。汪家传也没说什么,只好听我外公的。因为他懂医术,黄源和我外公就派他做一些治病救人的事,队里出现伤号了,感染上疟疾了,汪家传就开出方子,让人下山抓药,有时候,就自己在山上采药。队上的女人生孩子什么的,也是汪家传打理。汪丽文生皖生南生,我外婆生我妈什么的,全都是汪家传接生的。

"新中国成立后,县委想让汪家传接收县医院,去那里当院长。汪家传死活不干,坚决只当医生,不当院长。他的态度很坚决,大家也没办法,就由着他去了。他的关系一直挂在卫生局,工资也照发。汪家传就在中医院开了个门诊,当了医生。后来,汪家传也不住县里分配给他的宿舍,在离县城不远的地方买了一块地,盖了一个大屋子,独来独往,很少跟当年那一帮打游击的战友联系。不过汪家传一直跟我们家,跟我外婆保持着联系,有时候给外婆一点钱,有时候捎上点火腿、香菇、木耳野味什么的。后来我让他教我武术,他就教我小洪拳、八卦掌什么的,还跟我操演真刀真枪的格斗。"

他好奇地问:"我怎么从来就没听说过这个汪家传呢?"

小玉说:"你当然不可能听说了——汪师父一直很低调,他从不多话,不太跟人接触,也从不说他打游击什么的。有时候我问起来,他说只是帮游击队看看病,帮助疗伤什么的。其他的,也没做什么。"

小玉感叹地说:"要说真本事,汪师父算一个。他不仅拳打得好,十八般武艺样样精通,枪挑一条线,刀砍一大片……那可不是吹的。汪师父教我说,学武术一定不能死板,不能墨守成规,要活学活用。一开始练武术,要练招式,练招式是练什么呢?就是练速度、练反应、练力量、练经验、练基础,等打架时,就要把那些招式全忘掉。我师父还说,打架最大的弱点就是呆板,千万不要把武术当作是死的东西,想着师父教给你的招式什么的,一想到这些,就死定了。"

他有点跃跃欲试,对小玉说:"能让汪师父也教我吗?我也想学武术,跟汪师父学!"听了这话,大头也在一边嚷嚷说:"我也想学,跟汪师父学!"

小玉一笑,说:"好吧好吧,都跟汪师父学,我们都是师兄师弟——哪天,我带你们去见见汪师父!他就住在新桥,离县城不远。"

三天以后的周末,是一个大晴天,春光明媚,桃红柳绿。小玉带着他们去了新桥村。新桥村是一个很小的村落,依山傍水,村口,有一座精致的五孔石桥横跨琴溪。村后,是数百米高的大牛山,村落只有数十户人家,以王氏宗祠为中心,数十幢黛瓦白墙的老房子挤在一起,秀丽而紧凑。沿着水边的石板道,他们穿过了整个村落,一直走到村子的最边缘。这时能看到一幢老屋孤零零地坐落在水边上,旁边是一片竹林和菜地。小玉用手一指,说:"那就是了!"到了屋前,只见门虚掩着,里面没有动静。小玉喊了两声汪师父,没有人应。小玉想了想,说:"应该在河边钓鱼。"于是他们沿着水边的道路继续往前走,石板路很快没有了,只有一条很窄的泥土路,蜿蜒地消失在一片芦苇中。小玉带着他们继续在一人多深的芦苇中穿行,走了约十分钟后,眼前豁然开朗,一大片水面呈现在面前。水边上有一个人,像一尊雕塑一样坐在那里,一动不动,就像是古画中的独钓寒江图。小玉伸出一根手指压在嘴唇上,示意大家不要发出声响。一行人轻手轻脚地向那个人靠近,离他只有十来米时,那个人一提钓竿,一尾半斤多重的鲫鱼悬挂在半空,活蹦乱跳。那个垂钓人大声说:"哈,你们怎么来了?"

小玉也笑了,对着那个人说:"汪师父,我就知道你在河边钓鱼!"

汪家传也一笑,说:"我就知道你们可能要来,准备多钓一点,中午请你们吃鱼。"

他们各自找了地方坐下来,静静地看着汪师父钓鱼。汪家传的确是垂钓高手,一边跟他们轻声搭话,一边留意着水面上的动静,不时扯起长长的鱼竿,只一会工夫,就钓上来五六条,有鲫鱼、鳊鱼,还有一条半斤左右的汪丫鱼。汪家传钓鱼的时候,大头指着他的耳朵,悄声跟小芙说着什么。他顺着目光看过去,只见汪家传的耳朵长得很奇特,像猫耳朵一样薄得透明,连血管都看得一清二楚,并且时不时地跳动。这真是一个异人,不仅耳朵奇怪,眼睛也幽深而沉静,好像能洞察所有的秘密似的。

只一会,小鱼篓已装了二三十条鱼,足有好几斤。汪师父边收竿边对小玉说:"走,上我家吃鱼去。"小玉这才把一行人介绍给汪家传:"师父,这都是我的好朋友,这是小芙,这是镜子,这是大头。"汪家传仔细地看了看他们,脸上漾着微笑。汪家传依次跟他们握了握手,他感觉到汪家传的手瘦小有力,这跟他想象的不一样。

中午,汪家传将钓来的那些鱼,做了个很大的杂鱼锅,先放生姜、大蒜、黄酒爆炒一下,又加水用炭火慢慢地炖。汪家传还炒了一大盘花生米,又煮了一大盘青毛豆。他们大快朵颐。汪家传一个人自斟自饮喝着酒,微笑着看着他们,跟他们说起了钓鱼的学问。汪家传说钓鱼可以分为人钓、魔钓、神钓及佛钓四个境界:人钓呢,只是想钓点鱼打打牙祭;魔钓呢,是懂得钓鱼的技巧,以攫取为目的;至于神钓,看重钓鱼的技能,目的不重要;至于佛钓,不求鱼,也不求钓,只是以钓为手段,修身养性,立地成佛……汪家传的这一番话,让他似懂非懂,他们更感兴趣的,是汪家传所说的一些钓鱼诀窍:选择的地点要背风,时间最好是上午或晚饭的时候,夏钓深水,冬钓浅水,诱饵最好选用红色的蚯蚓……

聊了一会钓鱼,话题又转到黄山游击队上来。他说:"汪师父,跟我们讲讲黄山游击队的故事吧!我们最喜欢听了。"

汪家传笑着说:"还真没什么可说的。那时候我只是个小人物,在队里帮着跑跑龙套,只是帮游击队治治病,送送情报,也没做什么事。实在是没什么可说的。"

他问:"你杀过坏人吗?"

汪家传怔了一下,说:"我只是个医生,也叫卫生员,不直接打仗。"

小玉想岔开话题,伸出手来将他脖子上的小铜镜拽出来,对汪家传说:"镜子有一面小铜镜,可漂亮呢!"

汪家传噢了一声。他解下铜镜,递给汪家传。汪家传仔细地看看正面,又仔细端详着镜子的反面,喃喃地说:"好,这句偈语写得好。"

他感到奇怪。他曾经注意到镜子后面的字,但他从没有认真地研读过,不知道那些乱七八糟的线条是哪几个字,也不明白字的意思。汪家传果然不同凡响,一下子就认出镜子背面的字了。小玉也有了兴趣,走到汪家传身边,用手指着铜镜上的几个字问道:"这是什么字?能解释给我们听吗?"

汪家传又仔细端详了一会,抿了一口酒,指着镜子后面的字念道:"这是篆书,这是正,这是邪,这是合,这是和。加起来就是'正邪合和'几个字。"

"'正邪合和'是什么意思呢?"小玉、小芙和他一起睁大眼睛看着汪家传。只有大头对这一切漠不关心,专心致志地吃着鱼头,就像一只单纯的小猫一样。

"意思是……世界是矛盾的……就是这个世界的任何东西,都有两面,可以说是好坏,也可以说是对立。世界有白天,就有黑夜;有美,就有丑;有对,就有错;有方,就有圆……这就是二元。二元世界,看起来是对立的,其实,是一阴一阳,互为补充,和谐相处……它们都是同一个东西,是一个事物的两个方面。"

他们眨巴着眼睛,似乎听不太明白。

汪家传继续说:"正邪合和,就是说正和邪,美和丑,要尽量融为一体,不要分开,友好相处。"

他们更不明白了。

小玉问:"汪师父,美和丑,怎么会是一个东西呢?"

汪家传轻声一笑,说:"是啊,它们就是一个东西……有很多东西,我不太好说,你要自己悟……等你想明白了,就知道它们其实是一个东西。"

他们陷入了思考,没有冒昧再问了。汪家传将铜镜还给他,问:"这铜镜怎么来的?"

"是我爸给我的。"

"你爸爸现在哪?做什么的?"汪家传饶有兴趣地问道。

他摇了摇头。过去的一切就像一张纸,早已被撕得四分五裂,又丢失得七零八落。记忆又像是个断了线的风筝,手头残存的,只是一根断了的线头。他的声音低下来了,说:"我爸爸原先在群艺馆工作,已死去很多年了……"

"那是他很小的时候……他已记不太清了。"小玉在一边说。

汪家传没有再问了,继续喝着酒。大头抬起头,看了看小芙,再把目光转向汪家传,问:"汪师父,他们都说我姐姐漂亮,前世应是一只漂亮的鸟,他们的说法对吗?"

他们全都笑了起来。汪家传笑了。大头没有笑,而是很认真地问道:"每……每一个人都有前世吗?"

汪家传呷了一口酒,点点头,说:"你们都是有灵性的孩子,灵性,比聪明强多了,是很难得的……有没有前生今世,我也说不好。生命看起来无头无尾,是因为我们没有记忆。我们不知道从哪里来,也不知道往哪里去。我想,应该每一个人都有前世吧,也会有来世。因为生命的能量不息,会转化。就像河流,站在河流

彼岸 | 179

的这边,对岸就是彼岸;如果到了对岸的话,这边就变成彼岸了……"

大头抢着话说:"我……我觉得……也是,我……我觉得前世是可以感觉到的,比如说这世上的人,有的人……看起来像老鼠,长得……贼眉鼠眼的,前世肯定是老鼠变的……有的人……长得像老鹰,有的人长得像狐狸……你们看过外国电影吧,外国牛……多,牛投胎成人的也多,所以外国人长得都像牛一样,因为是牛变的……"

大头结结巴巴的,好不容易把话讲完。他们听得哈哈笑起来,汪家传也笑了。他在一旁看着汪家传,突然觉得汪家传长得极像一只猫头鹰——汪家传的鼻子像鹰,眼睛和面部像猫,他就像猫头鹰一样敏锐和聪明,还像猫头鹰一样神秘,具有夜晚的气质。

他为自己有这样奇怪的想法,莫名地感到兴奋和紧张。

停了一会,他问汪家传:"汪师父,跟别人打架有秘诀吗?"

汪家传一笑,说:"你问小玉,让他来告诉你——打架哪有秘诀啊,如果要说秘诀,就是速度和力量。至于其他,都是虚的。不能说有用,或者没用。"

汪家传继续说:"很多武术,其实都是花拳绣腿,光有招式是不行的,最重要的是速度和力量,再就是反应要快,打架要冷静,要会动脑筋。"汪家传指指自己的头部。

小玉也笑着说:"是啊,打架得快、准、狠才行,如果要说秘诀,这个就是。"

他显得有点失望,在一旁不作声了。汪家传看着他,继续笑着说:"我跟你们一样,年轻时也希望走捷径找秘诀什么的,后来年龄大了,知道这个世界是没有什么捷径秘诀的,所以就省省心了,不再想这些事了。"

他蓦然想起自己在公社卫生所看到的女人生孩子的情景,想起了和平的死与父亲的离去,那么蹊跷,又那么神秘,不由又问:"没有秘诀也没有捷径,这个世界……每个事物都是有答案的吗?"

汪家传想了想,说:"你这个问题提得好——哪有什么答案呢?生是一个谜,死是一个谜,性也是一个谜——为什么万事万物,都有阴阳之分呢?你想,光是男人和女人之间的奥秘,就够你捉摸不透。以人的智力水平,哪里讲得清世界的道理呢?"

见到汪家传的那一个下午,让他难以忘怀。后来,他经常反刍那些问与答,觉得汪家传于人于事于世界的说法相当有道理,而且,在他的回答后面,其实有更多的内容。这世间的一切事情都像是一张薄纸的正反面,两面都写有一些字,无论从哪面看都模模糊糊,都无法看得真切。

三

1985 年,陶大文以美籍华人的身份来过大陆,曾到了黄山脚下的 S 县。陶大文向 S 县有关方面提出要求,能否安排见一见当年在一起浴血奋战的战友。重回故乡,陶大文感慨万千,经常一个人穿行于 S 县的大街小巷,有时候怔怔地坐在琴溪河边上发呆。S 县有关人员介绍说:"当年打游击的同志,王麻子已经去世,黄源去了北京,其他人大都死的死,散的散,只剩下个周老五,在乡野中安度晚年。"陶大文要求见一见周老五,有关方面同意了。政协办公室派了一辆小车,带着陶大文一直开到周老五住的村庄。当来人告诉周老五,有当年的战友陶大文来访时,周老五一下怔住了。政协的人又说了第二遍,周老五突然扭头就走,大声斥责:"让他走,滚他娘的,当年的软骨头,不死在美国,又跑回这里耀武扬威!我可不想见这个龟孙子!"

周老五随手抄起一把扫帚,就在院落里扫起来,扫得地上灰尘飞扬。县里的人以及陪同的乡政府的人都咳嗽着窜到了舍外。周老五砰的一声将门重重地关上,骂声依然不绝于耳。陶大文站在不远处的汽车旁,一脸的尴尬,眼圈里满是晶莹的泪光。良久,老人抑制不住悲哀说:

"唉……我们还是走吧,走吧。"

在此之后,有人见到陶大文在一个淫雨霏霏的清晨,静静地伫立在陶小武烈士的墓前。那时候孩子们还没有上学,小武小学简陋的校舍湮没在一片雾霭之中,四野阒然无声,初夏的鹧鸪在葳蕤的茅草丛中不断地啼鸣。山坳里的雾气氤氲缥缈,雾霭挤满了空间,也逼走了时间,使得世界于笼罩之下有一种不真实的感觉。陶大文瘦弱的身躯,在朦胧的景致中像一棵树一样孤独。好半天,才听到陶大文发出了一声长长的叹息。

那叹息在旷野中显得凄清和绝望。

……我得知陶小武之死的另一种说法是在上了初中以后。有一天我早起去张家广场的大众食堂买油条,排队等候的时候,炸油条的张老头绘声绘色说起了中华人民共和国成立前张家广场杀人的事。张老头对当年的杀头事件如数家珍。他一边不紧不慢地炸着油条,一边向人述说着当年的情景。张老头说:"张家广场从明朝开始就是个杀人的地方,这地方不知杀了多少人。最初,是用刀砍,用那种一米多长的鬼头刀,一二十斤重。犯人带上来之后,先命他跪在地上,低下头,露出颈脖,刽子手站在旁边,一刀下去,颈血一喷,头能滚得老远。有一次杀一对奸夫淫妇,那对奸夫淫妇真狠毒,用一根铁钉从头顶上钉下去,把那妇人的丈夫钉死,别人还看不出来。这案子破了很久都破不出来,后来还是一位来自四川的县太爷本事大,将案子破出来了。其实也不是县太爷本事大,只是他喜欢读小说,读过"三言""二拍",上面有一回写得清清楚楚,县太爷就长了一个心眼,让验尸人注意这一点,果然是那样。那对奸夫淫妇,肯定也是读过这些书的,没想到撞到行家了。奸夫淫妇上刑场的时候,相拥而泣,别提多惨了,女的一口一句"王郎王郎下辈子变鬼都要在一起",男的也是泪流不止。结果刽子手手软了,第一刀下去之后,女子大哭说:"太疼了,你们弄疼我了!"刽子手急了,连砍五刀,刀刀都没有砍中要害,只见着鲜血如喷泉般乱溅一气。男的气得破口大骂,说你们不能把刀磨快一点啊,畜生不如的东西。男的用头直撞地,血流不止。衙门的人慌了神,一拥而上,刀枪棍棒全用上了,这哪里是杀人,杀猪也不这样啊……那是真惨啊!

"用刀是中华人民共和国成立前的事,到了中华人民共和国成立后,就是用枪了。枪毙人不是现场开枪,也不是拉到很远的地方,就是在这祠堂门口,搭一个台子,组织一批群众喊口号,宣布罪状,然后就拉到祠堂边上的巷子里毙了。S县解放后,有一次把县长许仲昆等人拉到祠堂边,开公审大会。一共枪毙了二十多人,有县长许仲昆、县行动队长陈思新、县党部秘书长徐家发等,这些人原来都是威风凛凛的,一上台子,要枪毙了,全都吓得要死。只有那个许仲昆,六十多岁,把头一直昂着,死不低头。小战士让他把头低下,他死扛着不低。结果执行的排长大发脾气,一脚把他踹倒,拔出盒子炮,直接在台上就把他给毙了……台上台下的人一下子都吓傻了!"

张老头接着谈起了陶小武,乱溅着唾沫星子说:"还有更惨的呢——那是民国时候了,杀陶小武,我那时就在场。听说要杀人,全城的人都兴奋啊,连数十里之外的乡下,都有人赶来县城。凌晨四点不到,就有人来张家广场等候了。那天是五月进梅之后少见的艳阳天,六点的时候,人越来越多,好像全县的人都拥来了。九时左右,小教书先生被五花大绑地从文庙方向押来了,大队人马开道,如临大敌。那小教书先生真可怜,长得瘦瘦小小的,好像还没完全发育成熟,那帮人拖着他,像拖着一只鸡一样。小教书先生面色苍白,也不说话,牙关紧咬……

"哎呀,真可怜!"张老头说,"那一次杀人,是我有生以来看到的最惨的,说那小教书先生是共产党,这么老实的小教书先生会是共产党?很多人都不信。那些国民党反动派,真是凶残啊!不

过小教书先生,还是被砍了脑袋。刽子手举刀那一瞬间,小教书先生扯着嗓子大叫:'我哥会找你们报仇的!'

"人群中呀的一声惊叫,说时迟那时快,等小教书先生吐出最后一个'的'字时,他的脑袋已落地了,只见着嘴巴还在动。脖子里的血喷得老高,像倒挂的瀑布一样。真是吓人啊!你知道他哥哥是谁吗?叫陶大文,是个老资格的共产党了,一直是个地下党。国民党抓他的时候,泄露了风声,陶大文就跑了。陶小武没跑掉,也没想跑,他哪里知道哥哥是共产党啊!那些国民党反动派看交不了差,就把陶大文犯的事,全赖在陶小武身上了!陶小武还是个孩子啊,一开始不承认,他们就给他上刑,坐老虎凳什么的。陶小武为了保护哥哥,也为了不遭受更多的折磨,干脆就签字画押承认了。

"陶小武哪是共产党啊,最多,他就是个同情革命的进步青年。可是那些国民党反动派,要他做替死鬼!这一对兄弟,弟弟替哥哥挨了枪子!哥哥呢,叛变革命了,不知道去哪了!"张老头神秘地瞅了瞅四周,吐出了这句话。

听完了张老头的叙述后,我目瞪口呆。那时我还是第一次听说陶大文的名字,我没有想到那一个言之凿凿的故事,竟有着如此出人意料的真相。我感到由衷的沮丧,一个闪烁着光晕的故事,就像一个肥皂泡一样破裂了。从那时起,我开始怀疑我所读到的历史,继而怀疑所有的一切,直至人生的真实性。这是一种极端的不信任,就这样过早地,在我十四岁的时候降临在我的头顶上。从此之后,我开始以疑问的目光看待世界,以自以为是的思维,一知半解地理解世界。我不知道这究竟是好是坏,也许,有好处也有坏处吧。

那一次陶大文回S县,虽然接待隆重热烈,不过因为当时的环境,有关陶大文的生平,尤其是陶大文曾经在S县从事地下工作的那些事,没有人敢向他打探,更没有人向陶大文提及李玉茹曾经生活在S县一事。陶大文在陶小武墓前凭吊的时候,根本没有想到的是,李玉茹的墓就挤在二百米开外的一片乱坟之中。他们之间的重逢,就这样轻而易举地错臂而过了,就像错过了那场可能的姻缘一样。

陶大文悻悻地回到了美国。半年后,陶大文被诊断出晚期肺癌,很快就在美国去世了。曾经发生在黄山脚下的诸多故事,包括一个山区青年投身于革命,游离于革命,又脱离革命的诸多事情和细节,都随着这个人的消失彻底地消失了。不仅如此,有关这个人的所有一切,包括个人编年史和生活轨迹,以及情感和心路历程等,也像是从未缘起似的消失了。它们都消逝在时光的河流之中一去不复回。历史虽然是客观存在的,不过匆忙消失的它们,却难以再现。从哲学的意义上说,难以再现的东西,其实都是虚幻的。风来竹面,雁去无声,毕竟难比雪泥鸿爪啊!

那些"无",与这个世界的"有",究竟是怎样的一种关系呢?

四

那一天读书读累了,小玉抬起头来对他们说:"你们没去过文庙吧？我带你们去看看。"他们开心地笑了。文庙就在宝塔脚下，不过那是县公安局的后院，也是公安局的临时看守所，门口总有公安佩着枪，虎视眈眈地站在那里，一般人是进不去的，尤其是小孩子们，更不让进去。现在有这个机会，怎么能不高兴呢！到了文庙门口后，小玉让他们等下，自己进了岗亭，跟站岗的公安说了些什么。公安听了小玉的陈述后，让他们进去了。

文庙的大门是朱红色的，很重，推启时发出沉闷而怪异的声音，他们故作镇静地跨过高及腿肚的门槛。门内的世界，寂静得让人发慌，仿佛不属于现实世界似的。文庙分为二进，前进较小，在石阶路的两旁分别长有两棵上百年的桂花树；转过壁板，后进是一座很大的庭院，不过气氛幽深阴森。旁边的回廊上，住着几户人家。院落正中，长有一棵巨大的桂树，比第一进的树更大，树枝繁茂。在桂树的旁边，还有十数棵排列整齐的水杉树，直冲云霄。院落中间，是一个放生池，周围是雕花的青石板，里面游弋着几尾红色的鲤鱼。在放生池的那一边，就是高高矗立的正庙了，呈赤红色，因为岁月的侵蚀，不少地方已变得腐烂泛白了。

小玉一本正经地介绍说："文庙建于明嘉靖年间，距今有五百年历史。在封建社会，文庙一直作为县里的科举考场，是考秀才的地方。过去的人想当秀才，就要在这里进行三天的考试。得先在这考试过了，才能当秀才；然后就是考举人，考进士，考上了举人，就能当官了。"

小玉又说："每当月明星稀，公安干警下班之后，看门的大爷总能听到文庙里面有拖铁链子的声音，自晚清科举结束之后，这

彼岸 | 187

里不再举行县试后,就成了关押犯人的地方,这里面,不知死了多少人。"他们听了,吓得一激灵,小芙和大头,抖抖索索地躲在后面,竟不敢进去了。小玉笑了:"没事没事,你们不要怕,我是开玩笑的。"

拾级而上进入文庙之后,但见文庙大堂空空荡荡,有一种浓重的霉味,又似乎不完全是霉味,是一股尘封的历史的味道。文庙的屋顶已开始坍塌,瓦已破碎,有光线从千疮百孔中透下来。屋檐上到处是吱吱喳喳的麻雀,它们的胆子似乎更大,喜欢绕着人群飞来飞去,有时候还一声不响地飞到你面前,扭动着脖子,用一种饶有意味的眼神看着你,仿佛能看穿你全部的贼心思,洞悉你一辈子的人生轨迹。

在阴森肃穆的文庙里,小玉说:"你们知道吗,当年这里也关过游击队的——皖南事变爆发后,S县的国民党联合正规军,出动了所有的武装,把大牛山围了个里外三层密不透风,很明显,他们是对着黄源,以及打散的新四军而来的。他们抓了附近四十多个村民,把他们关进这里,让他们供出黄源和汪丽文的下落。其中,就有吴大根夫妇。当年的警察局,也设在这里。那时候的国民党行动队队长叫江小虎,是一个异常凶残的反动派,他拿起手电筒,扳起被捕人员的下巴,一个一个地照,希望从他们的表情中来判断点蛛丝马迹。可他看到的,只是一张张没表情的脸。江小虎一点情报都得不到,恼羞成怒,吩咐手下把文庙的门窗钉死,也不让人给送吃的。

"门窗一紧闭后,文庙里就变得黑咕隆咚的了。吴大根真勇敢啊！吴大根悄悄地对大家说：'我们穷人都是硬骨头，就是打死，也不能说游击队在哪里，不然的话，就没有人为我们报仇了。'他告诉大家应付审讯的绝招：女人一问就哭，最好是哭晕过去；男人一问就装傻，胡七八嘛地乱说一通。这一招果然奏效，敌人一个一个地提审村民，结果女人哭成一片，动不动白眼一翻晕过去；男人呢，一个个傻不分兮，供出来的人，不是县党部的就是特务队的，气得负责审讯的国民党营长大发雷霆。这些老百姓，都是傻瓜白痴，抓这些人有鸟用啊！

"江小虎更加气急败坏，他把吴大根单独提出来，说：'有人说你家曾经来了一个小结巴，说是游击队的头，有这么回事吗？'吴大根一脸的无辜，说：'我不知道啊，我们家是来了一个小结巴，不过干了一段时间后，没打招呼就走了，我也不知道他去哪了。'江小虎很生气，想撬开吴大根的嘴巴，便对吴大根用刑，先是命部下用皮鞭抽，把烙铁烧得通红烫什么的。吴大根仍旧什么也没说。江小虎气急了，把吴大根的老婆也提出来，吴大根的老婆那时正怀着孕，挺着个大肚子。江小虎威胁说：'吴大根你再不交代，我就对你老婆用刑了。'吴大根说，你一个大男人，对女人耍什么威风，我都不知道，她一个妇道人家，哪里知道什么啊！

"江小虎气急败坏，对着一群执着扁担、打着赤膊的打手们大叫一声'打！'，扁担雨点般地落在吴大根老婆的身上，吴大根婆娘娇嫩的身体，哪里吃得消这样的打击啊。几分钟后，吴大根的老婆被打得皮开肉绽、血肉横飞，头破了好几个口子，鲜血如积水一样渗出来。可是江小虎还不放过她，根本不叫停。又过了一阵，吴大根老婆的膝盖被打破,骨头都露出来,门牙被打掉了,舌头也僵了。她在地上扭来扭去,一边哭着大骂,一边拼命地用手护住肚子,吴大根见到这个情况,也大声哭起来,央求江小虎放过她。江小虎冷笑着看着他们,不发一言。过了一会,吴大根老婆实在没气力了,一动不动晕死过去了。"

小芙眼泪都流了下来,再也听不下去了,连声说:"小玉你不要讲了。这国民党,怎么这么凶残呢?"小玉看了她一眼,说:"国民党反动派,一直就是这样的……敌人问来问去,没有结果,就把无辜的乡亲关了三十多天,说得不到答案就不放人,保释也不行。县党部的那帮坏人叫嚣:有本事黄山游击队来抢人啊!"

"再说外面,黄源和游击队听说吴大根夫妇等人被抓到县里去之后,心急如焚。吴大根夫妇是黄源的救命恩人啊!一般情况下,国民党地方武装抓人关人,坚持不了多久。可一二十天过去了,县里还不放人。黄源便跟汪丽文、王麻子、周老五等人商量,认为国民党真是穷凶极恶,得想想办法。现在春耕时节已到了,田地无人耕种就会荒芜,饿死人县党部虽然不管,但是秋后交不上田租,县党部也不好看,上面会怪罪他们的。黄源决定派人去做一些士绅的工作,让他们出面去保人,理由是不放这些人,田就没人种了,下半年租子也收不上来。黄源通过多方斡旋,有一个在县里很有名望的大士绅江显臣愿意出面做工作。"

"你们知道江显臣吗?"小玉问。我们都摇了摇头。小玉叹了口气,做出一副不屑的样子,又问,"你们知道胡适吗?什么,还是不知道!你们啊——真是孺子不可教也!"小玉说:"胡适可是个不得了的人,他是大文化人,动不动就骂人,谁都敢骂,连蒋介石都对他非常尊敬。这个胡适,是这儿的人,他的夫人江冬秀,也是这儿的人。这个江显臣,就是江冬秀的堂兄。江显臣要出面,县长敢不给他面子?江显臣一听那么多人被抓到县里去,说那怎么行,让人备轿抬着他去了县城,到了县城后,把轿子直接停在县衙门口,叫上县长,让陪着一起到了县党部。县党部的书记听说江显臣来了,忙不迭地出来迎客。江显臣说:'你把这么多壮劳力关在庙首,耽搁了春耕,下半年要饿死人的!老百姓要造起反来,出了事上面肯定要找你们。你们关这些老百姓干什么?他们要是知道,早就说了;不知道的,你屈打成招,也没有用。'

"江显臣继续说,我知道放人的事情你责任重大,我帮你担一半怎么样?我出面给你立个具保的字据,你就有了交代。党部书记一听,正中下怀,其实他也为这事愁着呢,进也不是,退也不是,三四十人多关一天,他就要多出一份伙食,就是喝稀饭,公仓也得出啊!而且,万一出了人命,不说责任,也有很多麻烦。听江显臣这么一说,干脆卖个面子给江显臣,于是让江显臣签字画押,把吴大根夫妇及数十个村民全部释放了。这时正是农历三月底。不过他们还是不甘心,又推行保甲连坐,规定五个家庭组合成一个联保,五个家庭连坐具结,一个家庭犯法,五家都要治罪。"

他急急地问:"吴大根一家,后来怎么样了?"

小玉说:"释放了啊,不过吴大根一家还是遭到了不幸,吴大根的老婆,这时已怀孕八个多月了,哪里经得住这样一番折腾啊,刚到家,肚子就痛起来,要生,却生不下来。吴大根急了,请了好几个医生来救命,结果孩子保住了,老婆却死了。吴大根那个伤心啊,他给儿子取名叫吴小平……你们认识吴小平吗?就是县革委会那个秘书,长得白白的,年纪轻轻的那个。"

"哦——"他们应允着。其实谁也不认识那个叫吴小平的人。

第 九 章

一

1976年,是一个怪异的年份。那一年,发生了那么多的事情,这不仅仅指的大人物的去世以及北方大地震对小镇的影响,还指小镇自身。那一年,小镇天气反常,人也反常,衍生出一系列不寻常的事件——春节刚过,卫东学校的书记因为强奸女学生被关进了监狱。知道内情的相关老师说:"强奸应该是不成立的,书记只是跟那个女学生好上了,虽然年龄相差很大,不过女学生肯定是自愿的。书记复员军人出身,才貌双全,身体强壮,老婆又在隔壁县,出问题是早晚的。他当然见过那个女学生,发育非常成熟,有呼之欲出的大屁股大奶子。这事最终变成狗血结果,是因为女生家长知道孩子怀孕了,做了人流,让女生咬了书记一口。"

这是三月份的事了。到了四月份,卫东学校又出了一件事:

教英语的吴老师将一个农村女生搞怀孕了。不过这事没有闹大，一直私下传播，没有得到证实。有人说身为政协副主席的女副校长做了工作，陪那女生去县医院做了流产，又让英语老师赔了一笔钱。女生的家长没有闹，事情只能不了了之。到了五月，更有一个惊天的大事，县五金公司经理的儿子小强，因为冒充中央领导的儿子进行诈骗诱奸，被外省的公安局抓了起来，还派了十来个公安来到小城，专门抄了他父母的家。这一个小强，天生就是个骗子，打从小起，就谎言不断，难辨真假。自从小起，他就开始行骗，先从左邻右舍开始，骗的东西，先是糖果、小人书，随后骗吃骗喝，最后骗财骗色。当小镇的每一个人都知道小强是一个骗子之时，小强无奈何只好离开小镇，行骗到全国各地千家万户。据说小强为了行骗人，学会全国各地十多种方言，还精通"易容术"，能男扮女装。这一下好了，他骗大了，也把自己骗进监狱了。

夏天到来之后，天气显得格外反常，就像是世界末日似的，小镇遭受到了从未有过的炎热，闷热的空气像奶糊一样黏稠。每到黄昏之时，几乎所有小镇人都来到琴溪河边，有的抬着躺椅，有的抬着凉床，老人们扇着蒲扇，男人们赤着上身，女人们烦躁难耐，不时掀起自己的"娃娃衫"，恨不得把家里所有的东西，都拿到河里洗上一洗。至于孩子们，他们更像是水獭一样，整天伏在水里，伏在水中央的大石头上……那个时代，就是这样简单而实在，看起来干净而纯真，却潜伏着危险。平静的外表之下，未知的一切在慢慢积蓄，邪恶和愚蠢，以蒸气的方式沸腾。

我后来听县中教体育的朱老师说，夏天快要结束的时候，小玉曾经到县中学去找他,借那种训练的手榴弹。小玉在县中学一露面,就引起了县中男生和女生的尖叫。中学生都像黑乌鸦一样,哪里看到过小玉这样玉树临风的社会青年呢?更何况小玉旁边还站着小芙,他们出现在一所中学中,就像一对模特,行走在乡村大道之上。朱老师后来说,他正在操场教学生掷手榴弹,看见小玉和一个漂亮得令人目眩的姑娘向他走过来。朱老师并不认识小芙,说从来没看过那么漂亮的女孩,像一朵芬芳的栀子花,特别是那双眼睛,像两颗晶莹无比的黛玉。朱老师接连用了两个自以为是的比喻之后,语气肯定地说:"我第一眼看到那个女孩时,就知道她不是好人,那是个狐狸精啊!小玉肯定是中了她的蛊,被她蛊住了,要不,这孩子怎么会这么蠢,干出这种事情呢?"

朱老师随即絮絮叨叨地讲述了细节,他说他正在上体育课,在教学生们投弹,刚发出号令"立正"之后,就发现同学们的眼神一个个唰的转移走了。朱老师老大不高兴,正要发火,就看见一男一女两个小青年走过来。男的是小玉,笑盈盈的;女孩不认识,同样也笑眯眯的。小玉喊了他一声朱老师,女子也喊了声朱老师。朱老师刚才的不快立即消失得无影无踪,浑身变得酥麻起来,晕乎乎地问她:"没在县里见过你啊,你是工作了还是在上学?"那女孩莞尔一笑,没有作声。小玉代为回答说:"她不是县中毕业的,家是上海的,准备到三线厂工作呢!还没搞好,在家待着呢。"朱老师应了一声,觉得自己的打探有些唐突,赶忙向面前一大排目不转睛看着他们的学生作介绍:"这是小玉,也是县中毕业的,还是校手榴弹纪录的保持者,现在学校的手榴弹纪录,还是他保持的,没有被打破。"学生们激动地鼓起掌来。朱老师索性说:"小玉你来表演一下怎么样,掷一个吧?"小玉没有推辞,潇洒地拾起一个手榴弹,掂量了一下,先退后,再稍稍一个助跑,手榴弹像一只飞鸟一样,优雅地画了一个弧线,轻巧地落在五十米之外的地方。

操场上响起了热烈掌声。小玉有点不好意思,笨拙地对着学弟学妹们挥挥手,说:"这不算远,好长时间没掷了,掷不远。"人群中一阵笑:"这还不算远啊,再掷,就出院墙了。"这时候下课铃响了,朱老师宣布队伍解散,一边整理着器具,一边问:"小玉,你来有什么事吗?"小玉说:"朱老师,能借个手榴弹给我吗?一个朋友要用。"朱老师说:"行啊,没问题,要几个?"又悄悄问,"这是你的女朋友?"小玉笑着点点头。小芙似乎听到了他们的对话,有点不好意思,低垂着睫毛浅浅地笑了笑。一划而过的笑容妩媚得像一道亮光划过,朱老师后来说,自己突然没来由地想起了天空中掠过的燕子。朱老师愣了下,然后就说:"你随便挑一个吧,随便拿随便拿。"

告别的时候,小玉说他明天到黄山去,前段时间忙着要考大学,太累了,去散散心。小玉半开玩笑地说,他要攀登上莲花峰,到黄山最高峰上去拜观音菩萨,让他能考取大学。说这一句的时候,他笑着看了看那个女孩。朱老师后来说,他哪里知道小玉借手榴弹是做凶器呢,要是知道小玉用手榴弹砸别人脑袋的话,压根不会借给他。朱老师又说:"小玉怎么想起来用训练手榴弹去砸别人脑袋呢?真是亏他能想得出。如果是抢劫的话,完全可以用刀什么的呀!"转念一想,他又说:"也许他是想用手榴弹吓吓人吧,这个东西,真的假的还真是看不出来;或者,想用手榴弹把人打昏,没想到去杀人,这孩子——到底是怎么想的,怎么聪明用到了这个地方呢!"

朱老师最后感叹说:"真是没想到,小玉怎么会走上这条道路。他在学校里时,一直是个很不错的孩子呀!是学生干部,红卫兵副团长,又是老革命的后代。虽然他经常打架,也很会打架,不过从来不欺负弱者,有时候还打抱不平,帮助弱小的学生。这样的人,怎么会成为杀人犯的呢?"

朱老师最后强调说,他早就看出来那个小芙是个狐狸精,她不仅漂亮,还有一种妖气,就跟《封神榜》中的妲己一样,好端端地把纣王给毁了。哪有好姑娘长成那样呢,好姑娘都是端端正正浓眉大眼的,就像电影《春苗》的女主角。哪像小芙长得娇艳柔媚,眼角吊吊的,一看就不是好姑娘。这样的女子是危险的。不能沾不能沾。

朱老师又叹了口气,说:"一切都是命——其实人都挺可怜的,像小玉,喜欢上了那个狐狸精,中了蛊,无可救药,也怪可怜的。那个女孩子,后来听说了,其实也可怜,母亲上吊了,弟弟从宝塔上跳下来,摔成植物人,躺在医院里。我估计这事就是她策划的,她可能是想救她弟弟吧,可再怎么,也不能去抢钱……还把小玉给害了……总之,这就是命吧,躲不过也逃不过……"

朱老师一阵长叹。

彼岸 | 197

二

1958年以后,皖南沉湎于"赶英超美、大炼钢铁、大办食堂、吃饭不要钱"的狂热之中。很快,食堂里能吃的都吃完了,能搬走的也搬走了,人们开始满山遍野找东西吃,先是野果子、青蛙与蛇,然后是榆树皮、山上的茅草根,剥了皮的癞蛤蟆,最后竟吃起了水塘底层的观音土。1959年下半年,皖南开始饿死人了,很多村民开始酝酿逃荒。为了制止面积越来越大的逃荒行动,行署下文,要求各级干部强行阻止人们出村。百姓与干部之间,发生了激烈的冲突,有的地方民兵开了枪,有的地方发生了打死人事件。政府开始安排工作组下乡维持稳定,各县都从机关事业单位中抽调了很多年轻力壮的干部下乡,运送粮食,维护基层稳定。

自二十世纪五十年代中期黄源进京之后,吴大根一家,一直跟他保持着联系。在这一场风波中,吴大根虽曾在当年的血雨腥风中,救助过共产党的高级将领黄源,可由于时局的困顿,也遭受了不少人的迁怒和忌恨,更何况吴大根动辄以自己是黄源的救命恩人自诩,骄傲不屑,更加剧了某些人的心理不平衡。吴大根的出身不好,土改时的成分是富农,有关政策对于特殊人士的保护,也落不到吴大根身上。

忍饥挨饿的吴大根无法,找到生产大队队长申请救济,一开口,就碰到了一个硬邦邦的闭门羹:"找我有什么用,我不也饿肚皮?要有本事的话,你去找黄源吧,他不是当部长吗?你为啥不去北京问他要点吃的,让他给咱村里也放一车皮吃的来吧?"

1960年的除夕之夜,北风呼啸,富农吴大根家的饭桌上,只有几个红薯。吴大根和儿子吴小平相视无言。新年的钟声沉闷地敲响之后,吴大根重重地叹了口气,缓缓地站起身来,背起包裹,拄着竹杖,离开了家门。

那一年的春节雪下得特别大,鹅毛大雪将皖南通往山外的公路全覆盖,一些地方山体塌方,石块和沙土落下将公路阻断了。公路上的积雪,有近一尺深。吴大根就在膝盖般深的雪地里,深一脚浅一脚地走。走了一天一夜,吴大根才到达离大牛山数十公里的邻县。然后,初二、初三过去了,吴大根终于倒在长江北岸的一个水塘边,再也没有起来。那是大年初四。

1974年,初中毕业回乡种田的吴小平去公社植保站买稻种,从橱窗中一张晒得发白的《人民日报》上,看到黄源的名字,知道黄源已复出,并担任了某意识形态部门的领导职务。当天晚上,吴小平辗转反侧,下定决心给黄源写一封信。在这封长长的信中,吴小平详细地叙述了父亲吴大根死在去京路上的经过,谈到了自己目前的状况。吴小平写信,只是一时的情绪冲动,根本没想到黄源会收到,而且还会写回信。一个月之后,正在田里插秧的吴小平,听到了骑自行车的邮递员大喊他的名字,一封北京来的特别信函吸引了整个公社的注意力。这是一封黄源的亲笔信,在信中,黄源追忆了当年他在吴家的生活情况,对吴大根之死表现得很难过。同时还附有一封写给当时地委书记朱景农的信,让吴小平去找他,有要求可以直接向朱书记提。吴小平拿着黄源的亲笔信去了市里,朱景农书记问了吴小平的情况后,立即打电话给地区教育局,让他们安排推荐吴小平同志上大学,说这样对革命有功的农村子弟不推荐,要推荐哪些人呢?在朱景农书记的直接过问下,吴小平顺利地进入省立大学,成为一名工农兵学员。

第二年春天,已成为大学生的吴小平特意去了一趟北京,在北京一个老四合院里,见到了黄源和汪丽文。黄源和汪丽文对吴小平非常热情,特地安排吴小平在家吃饭。想起当年在黄山脚下的经历,黄源感慨万千:"你爸是我们的救命恩人啊!当年,是他冒着生命危险救了我。没有你们一家,也就没有我们一家。"在北京期间,黄源还特地让工作人员陪同吴小平逛了王府井、颐和园、北海公园等地。临行之时,黄源还特地送了吴小平一件军大衣,一个信封,里面装着五百元钱。黄源和汪丽文一再嘱咐吴小平要好好学习,学好本领,为社会主义建设服务。

见到黄源,是吴小平最幸福的记忆。吴小平也因此写了一篇《我见到了黄源将军》一文,在地区报纸上发表,还曾应省立大学团委的要求,给省立大学全校学生作了一场报告。

我工作之后,慢慢跟吴小平熟稔了,我曾问他:"你干吗不经常上北京走走,去黄源家看看?"

吴小平沉默了半晌,吞吞吐吐地说:

"黄源是很好的,对皖南的生活很留恋,每一次都想跟我多聊一聊;不过汪丽文……好像不太喜欢老家来人,说净找黄源的麻烦,都要办事,办这办那,哪办得了啊……他们的孩子,也是不冷不热的……其实也正常,虽然他们小时候在黄山脚下生活过,可是毕竟小,也没有什么感情……反正,人家毕竟是大干部啊,又忙,还是少麻烦他们为好。"

我算是明白了吴小平的一片苦心。

三

气味就是记忆。原先我读普鲁斯特《追忆似水年华》中"小玛得兰蛋糕"一节,明白了味道和回忆的关系,明白味道对记忆的诱导。"小玛得兰"是一种充当茶点的小蛋糕,看上去是用扇贝壳那样的点心模子做成的,四周还有规整的一丝不苟的皱褶。一个冬天的下午,普鲁斯特掰了一小块蛋糕放进茶杯里泡软并且食用,奇迹产生了——"带着点心渣的那一小勺茶碰到我的上腭,顿时让我浑身一颤,我注意到我身上发生了非同小可的变化",然后,记忆之门打开,当年的情景如黑色的河流一样呈现在眼前。普鲁斯特所要做的,就是溯源而上,一直到达河流的发源地。如此感觉,其实是一种共性。气味的确容易诱发联想相关的经历,闻到山芋的香味,会想起童年时的生活,想起吃山芋的日子。不过,以我现在的看法,已更倾向于味道与记忆是一个东西——那些逝去的岁月,曾经真实存在的场景,倏然高飞,并不是消失,而是转变成另外一种形式,比如说空气。各种各样的味道,就是各种各样的场景,它们隐藏于时空之中,就像记忆隐藏于脑海之中。当味道再度飘荡的时候,便会激活记忆,让真实再次出现在你的脑海里。

那一座曾经生活过的小城,也是有味道的:有岁月的老屋子里弥漫的悠然旧味;池塘边荷花与水草交杂的泥腥气;小镇小街上新鲜蔬菜的清香;糖业烟酒店,或者供销社各式什物交杂在一起的甜味和咸味;百货公司布匹的芬芳……味道对应的就是画面,就是记忆,如果嗅着这样的味道,昔日的画面会自然打开,像电影机嗞嗞播放着胶片。暗藏在虚空的一切,都会自然而然地降临。只要味道出现,就会连接,画面便会重现在人们的大脑中。物是人非,不只是人变了,是代表着年代的味道变了。那种直入到腑脏的刻骨铭心,也就不存在了。

每当他嗅到稍有年月的纸质书的味道,就油然想起了当年群艺馆的书库……那种夹杂着霉尘,也带有书以及木质书架的味道的书店,会自动地呈现在他的面前……那天中午,他又爬进书库,去寻找书,小玉喜爱看的书。每一次爬过窗户重新落在地面上,他立即变得紧张而兴奋,那样的感觉,像孙悟空钻进了妖怪的肚子一样。他先是找到了《三家巷》和《苦斗》,又找到了一套十几卷本的《红旗飘飘》,接着,又找到厚厚一本的《星火燎原》。他兴高采烈地想,这下收获太大了,这些,都是小玉所喜欢的,尤其是《三家巷》,那里有小玉一直想看的爱情故事。爱情……爱情是什么呢?就是男女之间,那种说不清道不明的关系。在他看来,男女之间的事情,总像冰山一样,显在外面的,只是一小点,深藏在内部不为人知晓的,才是它的绝大部分。停了一会,他又在一大堆破烂不堪的图书里发现了一本线装的《七侠五义》,中间竟有绘图,非常漂亮。他有些欣喜若狂。他想象得出小玉见到此书的惊喜。嗬,《七侠五义》,太棒了!太棒了!他仿佛看到小玉的眼睛里发现欣喜的光华。他喜欢看他的眼睛射出的喜悦,有时候还带着狡黠。小玉的眼角微微上吊,有着浓密的睫毛以及深褐色孩童般明净的瞳仁。古书上说这样的眼睛是丹凤眼,关羽关云长就是这样的眼睛。他喜欢这样的眼睛,这样的眼睛物以稀为贵,在他身边,从没有这样好看的眼睛。他发现小芙也喜欢注视小玉的眼睛,小芙时常会怔怔地盯着小玉,只要小玉一回头,她便装着漫不经心地哼唱着苏联歌曲。虽然苏联歌曲很好听,可他不喜欢她的嗓音,她的声音太柔弱了,柔弱得像萤火虫放出的光一样。他越来越不喜欢小芙的矫情,也意识到小芙对他的敌意。每次到小玉那去的时候,总见小芙乜斜眼睛,一副故作矜持冷若冰霜的模样。有一次她竟问他:"你喜欢小玉吗?"她的问话明显带着嫉妒和挑战。他不知道怎么回答,没有理睬她就偏过头去,心不在焉地看着天井屋檐,那上面正好有两只画眉在叽叽喳喳地叫着。他想的是,小芙你有什么了不起的,你只不过是一只花枝招展的小画眉罢了,英俊潇洒的小玉,才是一只凤凰呢!

书库里的宝贝真的很多,有一次,在乱七八糟的书堆中,他看到了一本精装本的厚书,深褐色的封面上是看不懂的俄文。他随手将它打开,让他大吃一惊的是,那张花花绿绿的图片,是一张非常清晰的女性生殖器彩色图!立即,他像一张燃烧了的纸一样,变得热血沸腾,心脏快速地轰鸣了一下,身体中的血液开始如火车一样奔驰。他不知道是怎么回事。现在想来,对于尚处于懵懂期的他来说,这样的剧烈反应,实在是身体内的本能,它激活了潜伏于身体之内的记忆。他从没看过这样清晰的女性生殖器图,那样清晰地呈现在那里,让他感到兴奋,感到心惊胆战,就像看到了他不该看到的宇宙的秘密一样。那不是他所能接受的秘密,就像他的眼睛,不能接受着白日焰火的灼人一样。这一本铜版纸印刷的彩绘俄文版厚书,应该是一本翔实的苏联医学院的研究教材,除了那一张大图之外,还有很多幅清楚的女性生殖器图片,也有着俄文说明。一张张图片,就是一张张地图,是这个世界的秘密通道,也是人生的秘密通道。那该是多么奇妙的通道啊,源源不断的人,都是从那一个秘密通道里出来的,继而形成了人类社会,也形成了这个世界。

他不由自主地沈耽其中了,努力压抑活塞般的心跳,也忘却了此行的目的,几乎是全身心地翻阅着这本书,他恨不能逐字逐句读懂那上面的俄文,想知道这本书所有的秘密;也想回归,从那一个生命通道中,回归到生命的本来。生命的本来是什么呢?散发着霉味的书库,就这样点燃着他关于生命和世界的思考。那些带有知识的菌斑,慢慢地通过呼吸,进入他的大脑,在那里栖憩下来,就像精灵栖息在黑森林中……他不敢把这一本书带出来,只是每次翻进书库,他都要先看上一段时间,这一本他压根看不懂文字的书籍,就这样唤起了他的激情,也在某种程度上满足了他的饥渴和欲望,成为他青春期的启蒙读本。

源源不断地,他为小玉拿来很多种让小玉欣喜的书。《第三帝国的兴亡》《屠格涅夫散文选》……让他开心的是,每一次带书过去,都让小玉撇下小芙,把她冷落在一边。在他看来,书籍就是智慧,或者说,文字就是智慧,书还有着摒除妖孽的作用,书就是他夹在小玉和小芙之间的屏风,会拉着小玉的视线不再看她。至于小芙,虽然她很漂亮,但她就是妖,就是《聊斋志异》中的女鬼,不能让小玉更多地接近她。他天真的想法,以及乐此不疲的成就感,让他满怀激情地频繁出入书库,以致离危险越来越近。他在书库的时间待得越来越长,总是在不停地搜寻,兴奋得如同发现一颗又一颗钻石。他是那样贪婪,唯恐因为自己的疏忽,错失众多的好书。有很多次,他都被翻起的灰尘呛得不停地咳嗽,他吓得要死,赶紧捂住自己的嘴巴,把咳嗽拼命地吞咽进自己的嗓子中。

有一天,他实在是疲乏,又情不自禁地翻开那本俄文版的女性生殖教材,书库的门突然打开了。进来的是令人害怕的俞美芹。他暴露于光天化日之下。眼前一片黑暗,身体发抖,灵魂几乎弃他出窍而去。他呆呆地立在那儿,不知所措。俞美芹看看他,也看见他正在翻看的大图,突然惊叫了一声,就像看见一个妖怪似的。声音像闪电一样击中了他,把他击成了一个泥塑。

……那个小男孩羞得无地自容,慌乱不迭地扔下了手中的书,他的脑袋一片空白,继而条件反射似的想到了死。他想,如此难堪的事情终于发生了,身旁的一切,仿佛坠入十八层地狱。他想,也许死亡的到来也是这样吧,像灼人的探照灯射在身前,然后,是偌大的悬浮感,思维漂浮,身体漂浮。他觉得全世界的光线都集中在他的脸上。脸上涨僵如鼓面,全身冰凉如铁。所有的一切都变成了灰色的,幽黑的书库是这样,眼前的俞美芹仿佛也受到了刺激,她不仅尖叫了一声,随后,又接二连三地惊叫起好多声。尖细如此刺耳,像防空洞的警报器似的。俞美芹是想告知什么呢?告知别人他在偷书,或者,告知别人那一幅女人的生殖器大图?这样的秘密,应该每一个大人都懂吧,只是无人提及和说起罢了,一切都是无师自通,像地面之下的潜流。他当时差点没晕过去,只觉得两条腿软得如浸了雨的泥塑一样。他没听清俞美芹在嚷嚷什么,他一个字也没听清。后来他懵懵懂懂跟着俞美芹走。他依稀听到最后一句是俞美芹要带他去见他母亲。

他后来一直后悔的是,没有将那一本《施公案》带出来——当时,他已将《施公案》和一些其他书整理好,捆在一起准备带走。可是他实在疲惫了,又想去看一看那一本医学书,于是酿成了后果。后来他将此事告诉小玉,没有说那本厚厚的医书的事,觉得说不出口,这变成了他一辈子的纠结和耻辱。小玉迫不及待地问:"那本《施公案》没带出来?"他听后,很伤心,眼泪立即如瀑布般涌出。小玉问:"你怎么啦?"他摇摇头,没有说话,只是不停地啜泣。他心里想说,你应该问我后来怎么了,有没有被母亲打了或者骂了。他想说《施公案》固然好,但不应该比我重要。

俞美芹叽里咕噜地对母亲说了一大通,一副大义凛然神圣不可侵犯的样子。他在旁边一声不吭,一副视死如归的样子。母亲也一声不吭。俞美芹说怪不得发现书一册册少了,原来是这样,这事可大可小,因为图书室里的都是毒草,要是传播出去,就是反革命反社会……他在一旁吓坏了。这时候母亲打断了俞美芹的聒噪,母亲冷冷地说:"不就是小孩想看点书嘛,就成反革命了……他爹已死了,这孩子没有管,公安局要逮,就逮去吧!"

俞美芹一下子愣住了,不知道该怎么回答。母亲也不说话。俞美芹无趣,只好把头一扭,说:"我向馆长汇报去,看他怎么处理!"

他吓得要死,怔怔地站在那里,不知道母亲要怎样处罚自己。他面色苍白如纸。母亲对他极严厉,他一直忘不了母亲拿着竹鞭打他时的凶煞样。母亲跟他总好像有一段距离,与生俱有。他真的不知道该如何跟母亲相处,尤其是那个"邮筒"介入了他们的生活之后。

母亲没有说话,像是认真地看了看他,然后叹了口气。这一口气,让他彻底地放松下来,人在叹气时,是不会有暴行的。母亲面无表情地说:"没有书看了?唉,想看书是好事,可是不能去偷啊!你呀……"母亲一副恨铁不成钢的样子,"这样吧,你把先前拿的书,整理整理,都还他们。也写份检讨,送到馆里去,俞美芹要骂你,别跟她争辩,也不要说话。"

他很受感动,感到鼻子发酸,就想着号啕大哭一场。可是全身酸胀无力,连哭的力气都没有了。一颗心落了下去,只想找一个地老天荒的地方,好好地睡上一觉。他没有想到事情会如此简单,从那一天起,他对他母亲的看法便有很大改变,觉得在大是大非的问题上,母亲还是相当有智慧的,表现得立场坚定、坚定不移。可是在处理完事情之后,母亲又显得冷漠而莫测,仍然让人无法亲近。

岁月容易使人缅怀,过去一切荒诞不经的事都变成一种美好的回忆。他在前面已经说过类似的话。这是一种大彻大悟,是由对时光流逝的无可奈何而产生的心理释放。每当公开或半公开谈及这一段趣事时,他总是说,那时他实在空虚得要命,无书可读,于是便赊着胆子去偷"毒草"。正是因为那一段带有冒险性质的行动,他读了很多书,知道了人间与世界的纷纭和复杂,也知道世界的神秘。书真是好东西,书就是智慧,是人类文明的象征……每每谈及此事,他的语气显得轻松、调侃、坚定,妙语连珠,堂而皇之。

几乎没有人知道,这样的经历,隐匿了一个重要因素,那是为了小玉。

四

相关皖南斗争的书籍中,黄山游击队队长黄源,是一个神一般的人物:黄源在谭家桥战役中,英勇负伤,随后,在吴大根家养伤,隐姓埋名。伤势有好转后,黄源在吴大根家做了几年长工。之后,为了报仇,黄源孤身一人,袭击了谭家桥乡公所,击毙了手上沾满红军鲜血的乡长王福寿,缴获了一长一短两支枪。随后,黄源又单枪匹马进入大牛山,经过一番说服,招安了土匪王麻子,使得王麻子光荣地成了一名游击队队员。此前,王麻子一直在大牛山落草,手下有一支十多人的队伍,有时候也杀富济贫,最大的一次行动,曾翻山越岭进入 H 县,抢劫了古城北门的一家古董店。

在掠走了店里值钱的金银玉器及部分古董字画后,放了一把火,将店面点着,又乘乱跑回大牛山。

王麻子的这一次公开抢劫,让当时的国民党皖南行署极度尴尬——数年以前,同样来自黄山一带的朱老五的落草人马,曾经潜入皖南行署所在地屯溪,抢劫了老街上数十号店铺,又放了一把火,将老街烧掉了一半。

黄源招安王麻子的经过,有关书籍是这样表述的:黄源在袭击了谭家桥乡公所后,在黄山一带,藏匿了一阵子。在了解到王麻子的基本情况后,他决定去见王麻子。黄源把长短两支枪藏匿于山下一个树洞里,做好标识,随后空着手向山上走去。在半山腰,黄源遭遇到了王麻子潜伏的哨兵。黄源声明,他是慕名来投奔的,想见王麻子。哨兵带着黄源来到山顶,见到了王麻子。黄源亮出身份,说自己是共产党,曾是红军,准备在皖南发起武装斗争,壮大人马,准备北上抗日。

让黄源感到意外的是,年轻的王麻子并不是一介武夫,对早年的红军的事略有所闻,对于当年抗日先遣队在皖南遭埋伏一事,也有所了解。从态度上,看得出王麻子对共产党颇有好感。黄源一看有戏,便对王麻子晓之以理、动之以情、诱之以惠,也展示了一下自己的枪法。他借来王麻子的驳壳枪,一抬手,将二十米外松树上悬挂的一只松果击落在地,赢得了一片喝彩。经过一番长长的形势教育之后,王麻子心有所动,觉得黄源是一个能成大事的人,自己势单力薄,难以坚持,只有融入革命的大洪流,才能最终成功。于是王麻子留下了黄源,将指挥权交给了他,甘心做革命队伍马前卒。之后,在革命斗争中,王麻子和黄源的手下洪春花产生了爱情,两人在大牛山简陋的山寨里,举行了婚礼。这样的故事,就像革命现代京剧《杜鹃山》活生生的翻版。

对于黄源去大牛山劝说王麻子参加革命的情况,周老五则有着另外的说法。周老五说,他的说法,是当年王麻子私下告诉他的。王麻子当年上大牛山落草,是因为父亲欠了一屁股赌债。讨债人找土匪来要债,两个土匪提着刀闯进他家中。王麻子的老父亲又惊又吓,口吐白沫倒地身亡。土匪仍不依不饶,要砍王麻子的一只手臂去交差。王麻子情急之下,夺过刀子,将两个土匪砍死,没办法了,只好跑到大牛山占山为王,打家劫舍,半年下来,聚集了十来个投奔者,就在黄山附近活动。

周老五说,王麻子那天在大牛山,下面的人通报,说有一男一女,两人一人持长枪,一人持短枪,要见王麻子,问王麻子见不见。王麻子就说:"见!我还怕他们吃了我不成。"于是来人领到,王麻子一看,原来是一个白嫩瘦高的小伙子,柔弱得像个公子哥;还有一个大姑娘,虽然皮肤稍黑一点,不过头发乌黑,脸上红扑扑的,五官秀丽,长得非常漂亮。王麻子问:"你们来干什么,想跟我一起造反?"小伙子回答说,自己是共产党,想让王麻子参加共产党。王麻子就笑了,说:"我干吗要参加共产党,共产党以前还闹过一阵子,现在跑得影子都没了,干吗要跟他们合作?"

小伙子就是黄源,他打开话匣子,滔滔不绝跟王麻子讲起了形势。他说,中国共产党,是劳苦大众的领路人,是为中国人民翻身做主人的党,虽然目前遇到一些困难,不过很快会发展壮大起来。将来的天下，肯定是共产党的。你在这里落草，最多是水泊梁山，混一天是一天，永远也没个头，还真不如跟共产党干。共产党毕竟是国际组织，有世界上最大的国家苏联的支持，总有一天，会解放全中国的。

王麻子说："共产党是不是国际组织，老子不管。老子倒想看看你，有多大本领。"王麻子继续说："如果你答应我两个条件，我就把人马给你，让你做头。"哪知道黄源二话没说，立马答应了。王麻子提出两个条件：一是想跟黄源比试比试摔跤，谁赢了，谁就当头。在武功方面，王麻子一直很自负，不管是小时候，还是落草之后，凡跟人摔跤，还从没遇到过对手，一般两三个人根本近不了他的身。这瘦瘦的书呆子哪行呢？

黄源听了他的第一个提议后，立刻脱掉上衣，来到火洞门前的空地上，就等着王麻子出手。王麻子一看黄源的架势，也脱掉了上衣，走到黄源对面。两个人就像面对面的公鸡一样，眼睛瞪着，想一口吃掉对方。刚过几招，王麻子就后悔了，知道他是会家子，自己是看走眼了。原以为黄源是白面书生，身体也不壮实，讲讲道理可以，出出主意可以，摔跤不行。没想到这个小伙子看起来高挑瘦弱，力气却很大，身体更是灵滑得像泥鳅一样。王麻子根本抱不住他。好不容易贴上来，黄源只轻巧巧地一晃，就摆脱了。王麻子跟他摔了三次，三次被他压在身上。

王麻子后来说："我操，这家伙就是《水浒》上的浪子燕青啊！"周老五帮王麻子分析：黄源是老红军了，去苏区之前，就是中共中央锄奸团的，算是周恩来的直属部队。中共在上海的锄奸团

彼岸 | 211

多厉害啊！都是受过特殊训练的,据说还跟俄国人练过,难怪格斗的功夫好。所以后来王麻子很服气,人家毕竟是大地方来的,我一个小地方的,山中无老虎,猴子称霸王——当然干不过他。

"那第二个条件呢?"周老五问王麻子。

"嘿嘿,"王麻子笑着说,"就是问他要女人——"王麻子说他爬起来后,气喘吁吁地说:"好,我输给你了,服气！不过我还有一个条件,你答应了,我就跟你干。"黄源也拍拍身上的尘土,喘着气问:"你说,什么条件？要比枪法?"

王麻子指着旁边的洪春花问:"这个姑娘,是你老婆吗?"

黄源一怔,本能地反应说:"不是啊！"

王麻子说:"那我要她做老婆！"

黄源一下子有点发怔,现场的洪春花也呆住了,两人面面相觑。

王麻子继续不依不饶:"我喜欢她——你只要把她给我做老婆,我就跟你干！"

半晌,黄源咬着牙说:"好！一言为定！"

洪春花怔了一下,哇的一声哭了出来。

第 十 章

一

1976年夏天,小玉和小芙是乘着县车队何老九的解放牌大卡车去黄山的。每年从春天开始,何老九会帮县蔬菜大队养鸭场把麻鸭运去黄山。后来何老九说,小玉从车队熟人处,打听到他经常开车去黄山,于是来车队找他,说:过两天想带一个朋友去黄山玩,想乘他的车。何老九说,谁不知道小玉啊,县里最帅的小伙,"英雄母亲"的孙子,打架的第一高手。何老九就说:"行,我是解放牌卡车,驾驶室挤一挤,三个人,能坐得下。"

出发那一天,小玉带小芙姗姗来迟,到了约定时间,何老九没见到小玉人影,便无聊地坐在车上翻看小说《金光大道》,看了好一阵子,还是没有人影。何老九发动车子,准备预热上路了,一抬眼,看到小玉和一个女孩急匆匆地赶过来。何老九不认识小芙,也不知道李玉茹,常年在外跑长途,哪知道群艺馆的事情呢?何老九后来说,要是他早一点上路,小玉赶不及,也许就不会发生这样的悲剧了。上车后,小玉跟何老九赔不是,说来迟了,有些事耽误了。何老九也没往心里去。

去黄山的路很不好,路窄,没有铺柏油,还净是盘山公路。翻越近千米的鹊岭时,车如老牛一样行走缓慢,哼哼唧唧地直吐粗气。连后面车厢那些即将被宰杀的鸭子,也显得极不耐烦,一个个把脖子伸出筐外,嘴巴一张一闭乱叫一气。叫声夹杂卡车的喘气声,让人心慌意乱。果然,那女孩开始晕车了,晕得很厉害,几次要求停下呕吐,每次都吐得翻江倒海。车翻过鹊岭之后,因水箱里的水烧得太开了,得歇一阵子才能走。何老九就把车开到黄山茶林场的门前,停下来,打开前盖散热。小玉看车一时走不了,便扶着女孩下了车,跟路边人家要了点水喝。休息一阵之后,女孩的脸上有了些血色,也恢复了点活力。何老九和小玉,也坐在茶林场门口,有一茬无一茬地聊了一会。茶林场属于上海农垦系统,里面全是上海人,进进出出的,说的都是上海话。

小玉递了一支牡丹过滤嘴烟给何老九,自己也抽上一支。何老九也是插队知青回城的,两人算是有了共同的话题,他们议论着哪里的知青打架厉害——小玉说本地知青怕屯溪佬,屯溪佬怕芜湖佬,芜湖佬怕江北佬。江北佬打架喜欢抱团,喜欢持刀拿枪的,一打就是几十人的群架。他们共同的看法是上海佬打架最差,三线厂的那些阿飞,平时穿着个花衬衫流里流气,喜欢挑衅,你只要一硬,用手封住他衣领,便立即软了,或者会撒开腿逃跑。

小玉说他曾空手对付三个持匕首的上海痞子,把他们打得鼻青眼肿哭爹叫娘。

小玉说,那些上海小子,就是穿得干干净净,同时有着一副矜持和臣服表情的人。

谈着谈着,双方就熟了。何老九问小玉去黄山做什么,小玉说,就是带朋友去看看啊,在黄山脚下那么久,连黄山都没去过,挺可惜的。何老九说小玉你艳福不浅啊,在哪找的这么漂亮的女朋友,不是本地人吧。小玉轻描淡写地回答说:"她家是上海的——你这是什么意思,我也不差啊!好像我占了多少巧似的。"何老九也哈哈一笑,说:"那是当然——不过说实话,找女朋友,一定得找漂亮的。"小玉问:"为什么?"何老九狡黠地说:"那还不简单,如果不漂亮,以后会后悔,就会去找其他漂亮女人!"小玉哈哈一笑:"哈,还有这个说法啊!"何老九说:"那是自然,爱美之心,人皆有之。"

后来,何老九说小玉对那女孩真好,一直体恤,嘘寒问暖。何老九说他一点也没想到小玉到黄山去,竟怀有那么大的阴谋。何老九不解地说,这小玉也是的,如果去黄山干这么惊天动地的大事,带着女朋友干吗?

聊了一会后,再去发动卡车,卡车还是发动不起来。何老九只好打开车盖,开始动手修车。小玉看时间有的是,便挽着小芙的手去了不远处的上海知青墓园。那里埋葬着十几个上海知青,是前些年夏天山洪暴发,被洪水冲走的。当时诸多大小报章,都有过大篇幅的报道,说他们是为抢救集体的财产,奋不顾身跳进

彼岸 | 215

洪水里牺牲的。连课本中,都很快收录了他们的光辉事迹。小玉感慨道,这些人真可怜,年纪轻轻地就死在异地他乡了,连婚还没来得及结。

何老九说,一直到天快黑了,车才修好。等到了黄山脚下的汤口时,都快晚上九点了。何老九建议小玉和小芙一起住在汤口粮站附近的旅馆里。小玉坚持着要离开,说去温泉那一带找个招待所,这样明天上山方便些。何老九没有强求,就跟小玉他们告别了。

后来知晓的情况是,小玉和小芙是第二天从温泉那里上山的。当他们踏上蜿蜒的台阶,行走在密林之中时,有一种非常复杂的清香味传来,仔细辨别,有苔藓、松针、树木、野花的味道,也有暴晒的大石壁的味道,甚至有阳光、白云和空气的味道。在黄山如此清新的环境下,它们可以恣意散发自己的本真,如花一样竞相开放,相互交错,相互纠缠,毫不谦让,组成黄山鲜明而独特的味道,跟任何一座山,任何一个地方的味道都不一样。

沿着台阶往上走,两旁是树木和竹林,风吹起时,发出无边无际的摩擦声,沙沙作响;间或有山泉潺潺流过。虽然是初夏,因为黄山气温较低,仍旧有一些映山红刚刚开放,还有一些不知名的小花,鲜艳而纯真地点缀着秀丽的山景,不时激起小芙的惊喜。一路上,小芙不停地跟小玉讲述自己的身世,喋喋不休地提到大头悲惨的命运,提到母亲坎坷的经历。这一家人的命运,的确让人唏嘘慨叹。他们的坎坷,让小玉的内心风起云涌。

在半山寺,他们停下来。那时的半山寺,只有一座简陋的和尚庙,立于石阶上方的开阔地上。庙里的和尚,在路边放了一个茶水摊,卖茶水的,就是半山寺的住持。他们坐了下来,泡了两杯茶,一杯五毛钱。小芙说她从来没喝过那么好喝的茶,茶叶清香馥郁,仿佛能将人的五脏六腑都洗得干干净净。坐在半山寺前,极目远眺,正好可以看到对面青鸾峰上的大字:立马空东海,登高望太平。这几个字,每一个字如磨盘般大小,悬在半空之上,极有气势和风韵。

小玉和小芙一边喝着茶,一边跟半山寺的住持聊着天。那时候的黄山,还是锁在深山人未知,即使是夏天,游客也不太多。他们聊起了"立马空东海,登高望太平"这副对联的来历。住持告诉他们,这一副对联,是当年国民党将军唐式遵主持镌刻的。抗日战争时期,黄山一带,属于国民党第六战区,有大批军队驻防在岩寺一带。唐式遵部本系川军,本人喜欢读书,酷爱书画,风流倜傥,写得一手好字。练军之余,唐式遵经常与当地文化人在一起舞文弄墨,品茗谈艺,有时候还同行来黄山游历。一段时间之后,第六战区长官顾祝同命唐式遵部迁至婺源。唐式遵舍不得离开黄山,便召集手下文武,决定在黄山留一巨幅摩崖石刻,表达抗日决心,鼓舞抗战士气。

很快,有人拟就了"立马空东海,登高望太平"。唐式遵一看,大声叫好,对联既有气势,也一语双关:"东海"指的是日本小国,"太平"则是指离黄山不远的太平县。"立马空东海",大气磅礴地体现了国人藐视日本蕞尔小国,显示了决心抗战到底的大无畏精神;"望太平"则表现了中华民族对于和平的企盼和追求。这副对联,浑然天成,气势非凡。唐式遵召集了好几位当地书法大家,各写了几幅字,最后选中了一幅,落下了自己的款。对联写好后,唐式遵亲率相关人士去黄山实地考察,最后决定,由工兵排带着当地石匠一起,把字刻在半山寺对面的青鸾峰上。经过半年的施工,对联终于镌刻在青鸾峰的石壁上,每个字有六平方米,其中"平"字,长长的一竖,有九米多。

"国民党也抗日吗?"小芙后来记得,小玉当时问了大和尚这样一个问题。大和尚没有正面回答,只是意味深长地说:"国民党也是中国人啊!"

小玉又问:"你怎么知道那么多呢?"

大和尚微微一笑,说:"当年唐副总司令在徽州时,我是他的副官。"

小玉一怔,点点头,沉默了半晌,又问:"你为什么出家呢?"

大和尚微微一笑,说:"尘缘已了,便想出家。我喜爱黄山,想留在这里了。"

小玉哦了一声,想说什么,又咽回去了。过了一会,小玉像是想起了什么,又问:"您是大和尚,我问你,为什么佛教中特别喜欢莲花?"

住持笑了笑,说:"很简单啊,佛以为这个世界是娑婆世界,就是说它是有缺陷的,是不完美的。人要想解脱,只有一条道,就是摆脱六道轮回,跟莲花一样,圆觉觉满,出淤泥而不染。"

小玉长吁一口气,说:"哦,是这样啊。"

小玉想了想,又问:"什么是'禅'?"

住持微微一笑,说:"哦,这个还真是不好说——这样吧,你看这个'禅'字,为什么要在示字旁边加个'单'字呢,就是单独、单身、独自的意思。这么说吧,一个人要想悟出大道,必须独自一人,靠自己,不能靠别人,只有一个人面对自己,心才能静下来。一个人,要学会体会自己的心思,并且从自己的心思中解脱出来。"

小玉听得似懂非懂,他想了想,又问:"那么,什么是'佛'呢?"

和尚想了想,很认真地说:"'佛'就是'不是',从字面上看,他是一个人加一个弗,意思就是'不是人',的确,'佛'就是不是人,他有着人形,却不是人。"

小玉更糊涂了,又问:"为什么佛不是人呢?"

和尚说:"因为他的想法已不同于一般的人了,没有世俗的想法了,内心空明了,也就不是人了。"

小玉又问:"什么是彼岸呢?"

和尚呵呵一笑,说:"这个问题,还真有你的,我想想再回答你。"

他果然在认真地想了,过了一会,和尚说:"这样说吧——彼岸就是'他',此岸就是'我',这样说,你明白?"

小玉困惑地看了看和尚,摇了摇头。

和尚继续说:"当你能够来去自如地离开自己,学会把曾经的'我'看成是'他'的时候,你就已经明白'彼岸'与'此岸'了。"

小玉问:"来去自如地离开自己?"

彼岸 | 219

和尚说:"是的……跟原来的自己不相干。"

和尚又说:"其实哪有'此岸''彼岸'呢,两者其实没有太大区别,只是人心的互相观望,视角不一样罢了。"

小芙后来边哭边说:"小玉就是在半山寺跟和尚一番聊天后,变得神情恍惚的,他本来还好好的,有说有笑了。可是在半山寺后,听了大和尚的一番话语后,变得心不在焉、魂不守舍了。原先,他跟她说,带着一只手榴弹,是举一下,吓唬人把钱拿出来,真要是不给,也就算了。谁想到,小玉怎么就慌了神,抄起手榴弹也不说话,就冲着人砸了下去……事情才变成那样……"

小芙泣不成声,大声嚷道:"这到底是怎么回事呢?"

二

一直到二十世纪九十年代之后,相关历史研究者才发现,1941 年 4 月下旬,"皖南事变"发生后不久,国民党南京政府皖南特派员、国防部少将高参孙铎被杀事件,除了具体的执行人王麻子和周老五之外,还有一个重要人物,就是后来下落不明的地下党员陶大文。这一个孙铎,曾是皖南事变重要的策划者之一,手上沾满了新四军的鲜血。孙铎的被杀,是皖南革命斗争史上一件惊天动地的大事,不仅有力地打击了国民党反动派的气焰,也让国民党方面意识到,新四军的血,不是白流的。这一次行动,也让敌人恼羞成怒,直接导致陶大文的被捕,以及黄山游击队指挥部大牛山的被袭击。

相关资料说明,孙铎系黄埔军校六期毕业,早年曾任蒋介石贴身参谋,之后加入军统,担任过军统处长。此人虎背熊腰,膂力过人,不仅有一手好枪法,更能写得一手好字以及一笔锦绣文章。他的手迹在 S 县孙村至今仍有保存,我曾目睹过一回,潇洒飘逸,力透纸背,当为上乘之作。对于刺杀孙铎,周老五一直心有余悸:"这家伙太厉害了,我们的小命差点栽在他手里,真是老天保佑!"

后来的资料显示,孙铎被刺的经过应是这样的——1941 年 4 月,中共皖南特委成员、在国民党 S 县担任党部秘书的陶大文,派人给驻扎在大牛山的黄源送来一封信。在信中,陶大文提供了一个可靠情报:曾参与皖南事变策划的国民党中央驻皖南特派员孙铎,将回老家省亲,并去歙县岩寺一带看望当地驻军,传达蒋委员长相关指示。接到陶大文的亲笔信后,黄源立即派王麻子和周老五赶到孙村,驻扎下来,打听情况,向他报告。自己也做好准备,随时准备下山秘密锄奸。黄源的想法是,皖南事变后党的武装遭遇了低谷,如果能够刺杀孙铎,不仅能报仇雪恨,也可以提振一些士气,尤其是地方游击队的士气。

孙铎在由芜湖到达 S 县后,先由县长许仲昆陪同,进行了巡查。然后,他向许仲昆县长表达了想去老家孙村看一看的愿望。许仲昆表示,皖南事变结束不久,新四军有很多打散的士兵落在民间,身边都携有武器和枪支,安全难以保证,建议派兵对孙铎回乡重点保护。孙铎一口拒绝,很严肃地说:"我是在委员长身边待过的人,委员长一贯教导我们不要扰民,要轻车简行,低调行事。我这次回家,纯粹是私人探亲,切忌虚张声势。我去趟孙村后,就从那边走山路直插岩寺,也不劳驾你们兴师动众远送了。"许仲昆县长再三提醒他,游击队最近活动频繁,千万要小心。孙铎不屑地说:"那几个毛猴子,能奈我何?"他想了想,指指身边的县党部秘书陶大文说:"要不这样,让陶秘书陪我去,旁边正好有个人说说话。"

在庄严肃穆的孙村祠堂里,孙特派员口若悬河地表达了对皖南事变的看法,他说,现在的中国,应该同心同德抵抗日本鬼子,可是共产党的新四军呢,却一直躲在皖南的大后方不肯上前线,蒋委员长多次敦促,他们一直拖拖拉拉,不执行命令,这明显是违抗军纪,自绝于人民。共产党新四军如果存在异心,不参加抗战,中央军队当然要毫不留情地进行镇压。

在谈到当时的国际国内形势时,孙特派员说:"共产党之所以有那么大的势力,是因为后台是苏联。苏联就想把这个世界搞乱,然后进行领土扩张,慢慢地蚕食中国。作为领导中国革命的国民党,我们有美国人的支持。美国作为世界第一大国,实力要比苏联强大得多。现在,抗日战争前线总体形势比较平稳,国军在很多战场取得了胜利。然而共产党却一直图谋不轨,他们不诚心抗日,却一直想着占地盘,壮大自己的武装。这一次蒋委员长对于新四军的'平叛'非常正确,是对共产党不思抗日的有力打击,也有效地警告了那些不一心一意抗日的各地方武装。"

孙特派员还援引了《西游记》上孙悟空的典故,说一个泼皮猴子大闹天宫又怎么样,道高一尺,魔高一丈,还不是让如来佛一巴掌打下了五行山了吗?孙特派员极富煽动性的演讲,博得了台下雷鸣般的掌声。黄姓家族数百人目不转睛地聆听这位杰出人才的讲演,心潮如江似海。

孙特派员谈兴正浓,趁着酒兴,他勉励孙姓的年轻人在风华正茂的青春时代,多学点知识,多读书,学经济,学洋文,学蒋先生文章。

孙铎在进行声色俱厉演讲的时候,陶大文在台下用一双冰冷的眼睛凝视着他,脸上面无表情。他在想的是,不管黄源那边怎样,这一次,一定要杀了这个刽子手,为那么多死去的新四军战士报仇。

第二天孙特派员早早地就起来了,多年的戎马生活,让他养成了早睡早起的习惯。孙铎先是在村前的空地上打了两趟拳,活动了一下身体,然后,叫起了陶大文,准备从村边的古道一直走到邻县的许村,再赶到郑村,跟驻扎在那里的国民党第六战区副司令长官上官云相见面。此刻在邻县的岩寺郑村一带,驻扎着国民党第六战区的好几个军的部队。陶大文一宿都没睡着,在给黄源送出了情报后,陶大文也不知道黄源那边布置得怎么样了,心中一直感到忐忑不安,直到早晨时才微微闭了一下眼。陶大文见天色还早,想拖延一下时间,便说:"特派员是不是稍等一会,最好跟村中长老们告辞一下。"孙铎把手一挥,说:"走,不告别了,就这样走,在路上搞点吃的就是。"

孙铎和陶大文一前一后悄悄地离开了孙村。山区的早晨有浓浓淡淡的雾霭,孙铎行伍出身,步伐很快,他一边走,一边专注地思考什么,甚至没心思跟身后的陶大文说话。一会儿,就走了十里地左右,这时候雾霭淡了一些,太阳从东面的山尖上探出个脑袋,霞光万丈。两旁一面是山,另一面是农田。这是陶大文和黄源原先商定的埋伏地点。陶大文的心一下跳到嗓子眼。

不远处前面的田里,有个人影,头戴草帽,正在脚下摸着什么。后面好像隐约有个身影,躲躲闪闪的。陶大文心里一凛,知道肯定是黄源他们。孙铎似乎一点也没觉察到,他根本也没有想到,在自己的家乡,竟然有人会向他发难。孙铎停下来,饶有兴趣地看着正在田里摸东西的人,回头问陶大文:"大清早的,这家伙在干什么呢?"陶大文见机,故意离开孙铎,装模作样上前看了看,说:"大概是在收黄鳝笼子吧。"孙铎越发显得兴趣勃勃,对着人影的方向大叫一声:"喂,田里那小子,逮到黄鳝了吗?"

在田里装模作样摸黄鳝的正是周老五,周老五一听孙铎叫他,长满绒毛的心脏突然痉挛起来,他激动得控制不住情绪,怪叫一声:"摸你娘个×!"话音落下的同时,操起驳壳枪一梭子子弹扫过来。与此同时,在孙铎背后影子般追随的王麻子,也朝孙铎开了枪。

孙铎不愧当过蒋介石的贴身参谋,反应奇快,枪响的同时,他一个鹞子翻身侧卧在地,掏出左轮手枪,叭叭开了两枪。两枪一前一后,一枪击落了周老五头上的草帽,另一枪则在王麻子肥肥的裤裆上穿了一个洞。这时候,周老五和王麻子又听到另外一声枪响,枪声比周老五、黄源的枪声要微弱,就像酒瓶开启的声音,是陶大文所佩的勃朗宁的枪声。与此同时,周老五和王麻子将所有的子弹都射向孙铎。

年富力壮的孙铎倒在血泊之中,十几发子弹全击中他的身躯,身上的枪眼向外喷泉般涌着血水,咕咕嘟嘟的,五官因痛楚而扭曲着,异常可怕和丑陋,完全没有几小时前那么潇洒和威严。

周老五和王麻子箭一般地冲上前去,各自冲着孙铎的尸体踢了一脚。周老五和王麻子都比画着说,是自己先将孙铎打死的。两人争得面红耳赤,陶大文在一旁不耐烦地说了一句:

"你们看他的后脑勺,他打你们草帽和裤裆的时候,我扣了一下扳机。"两人不再争了,扳开孙铎的脑袋一看,只见后脑勺部位,有一个小小的弹孔,洞眼口正汩汩地冒着血水。

王麻子周老五面面相觑,一下哑了下来。

三

在小玉和小芙之间,随着春天的到来,也有一些微妙的因素在慢慢生长:有一些东西像柳叶发芽一样蠕动起来,开始探出触须,渴望着连接彼此。他后来想,那该是人类永恒的游戏吧?不嫌重复,也不厌其烦,就像四季和昼夜一样,不断地循环往复下去。有一次县文艺宣传队在胜利台演《红灯记》,开幕之前,饰女主角李铁梅的女演员突发阑尾炎,肚子疼得坚持不了,只好送去医院。负责演出的陈馆长急了,赶忙找到李玉茹,要她充当救火队员,上台去顶一下。李玉茹笑着说:"让我女儿小芙去演吧,她在学校里唱过,比我唱得更好,没问题的!"于是小芙匆匆化装上了场,才唱了几句,台下便响起了雷鸣般的掌声。小玉在台下,就像一个痴情的蒙古少年一样,盯着台上的李铁梅入神,情不自禁地喃喃自语:"这哪是李铁梅呢,分明就像一个白雪公主……"他在一边听着,立即变得沮丧起来:如果小芙是公主,那么,那么谁是王子呢?分明是小玉了。如果小玉是王子,那么他和大头呢,只能是小矮人中的两个?……再说,李铁梅也不是白雪公主啊……他一点也不喜欢这样的比喻,这样的比喻透露出不平等和轻慢,还有对他人的忽略和歧视。

后来他想,在他与小玉之间,只是一种渴望,一种少年时本能的宣泄。那是属于情感的,而不是肉体的。通俗地讲,这不是爱情。爱情,一定要有肉体本能作为基础,即使是在开头时,觉察不到,也必须有这样的基础。有了这样的基础,才有方向,才能发展。而不是戛然而止,只是单纯的情感宣泄和寄托,或者情感的本能漂泊。那样的感觉,就像初秋被风吹起的蒲公英,只是本能地寻找一片落脚的土地罢了。

小玉与小芙的秘密情愫,是什么时候开始生发的呢?对于他来说,这是一个巨大的问题。他想,应该是这个春天吧?世界的万事万物,一旦连接上春天,便会本能地开放。春天催熟了无数的隐秘,就像催开了无数花朵一样。人的情感,其实如木槿花一样,也会开得花粉四溅,怦然有声,只是听不到罢了。所有的因,都是在春天里播种,在夏天或者秋天收获,自然界的一切,包括人类的一切,应该都是这样。抑或,虽然不是季节上的春天,对于个人情感来说,仍有春天的信息,属于播种的因子。小玉和小芙之间,是在什么样的状态下完成这种情感的连接和开放的呢?他努力回忆一些细节,试图发现一些蛛丝马迹。后来终于明白,其实人与人之间,只要愿意,就能连接,哪怕一个眼神,一个表情,也能完成这样的意愿。连接,就像新绿透出,先是露出纤细的一星,随后,探出一点小小的触手,感受沐浴……之后,就是身心的合而为一,大片大片的绿意——那一天春雨潇潇,他正在小玉的老屋里看着书,听见门环的响声。他去开了门,小芙牵着大头走了进来,微笑着向他问着好。她的右手,还拎着一个长长的绿色琴箱。她问他:"小玉在吗?"他点点头。一抬眼,就看见小玉在二楼朝他们微笑,灿烂得好像从天井上空射过来的阳光。

当小芙在老房子里悠扬地拉起《化蝶》的时候,他觉得有一股旋律,在屋子里游魂一般地盘旋游走,连堂前正在筑巢的燕子都停止了飞舞,栖息在老屋的横梁上凝神倾听,屋外沙沙的雨声也悄无声息地融入了这音乐,成为音乐的背景。看得出来,小玉也化去了,变得失魂落魄,手中的茶杯倾斜,茶水倾泻而下也没有感觉到。虽然竭力抵抗,他仍感到自己坚硬的内心一下子变得松软,像阳光中的雪人一样开始融化。那个时代的男孩子,如果是真正热爱生活的,有谁能抵御得了艺术的潜入呢?越是饥渴的人,就越难抵挡美好的东西。那不是诱惑,而是刻骨铭心。当小提琴的旋律丝丝缕缕在老房子明与暗的光影中飞翔的时候,一种奇异的快乐和同样奇异的悲凉开始荡漾。艺术真是一个好东西,快乐中夹杂着悲凉,悲凉中又暗藏着快乐,它让人打开所有的通道。这些,都是与人的本质有关的。就像窗帘打开,阳光一下子洒入屋内一样。小玉的身心融入一片明媚之中,那应该是爱情的阳光和温暖。

小玉问小芙:"你的小提琴拉得那么好,跟谁学的呢?"

小芙幽幽地说:"小时候我妈把我们丢在上海,那时候上课也不正常,正好隔壁有一个邻居,是上海歌舞团的小提琴手。之前,曾在巴黎大学专门学习小提琴。"我看他拉得好,就开始跟他学了。学了五年,运动开始了,老师自杀了,也就没学了。

说到这里,她开始沉默,他也沉默。他看见小玉用一种幽幽的眼神看着小芙,目光纯净,净是爱怜和关切。那样的眼神,让他感到隔膜和心颤,分明满满的是爱意,就像古旧门缝里穿过来的阳光。他受不了那样的目光,也会顺着那样的目光,以一种挑剔的姿态看着那个女孩。不过一瞥见她细细长长的手指,他又不由自主地变得柔软了——一个人的手,怎么能会长成这样的呢?纤细得仿佛象牙玉箸一样瘦骨嶙峋,一折即断;可本身又是那样的灵活,仿佛自身就是活泼的生命,或者有魂魄在里面自由舞蹈。在他幻象中,那首优美无比的曲子,不是从琴中出来的,而是从指头中出来的,是指头本身的节奏和韵律,跟琴一点关系都没有。

琴声如诉,只是开头。将他们进一步连接的,是那架 120 海鸥相机。就是挂在脖子上,可以低头从框子里看到影像的那种相机。一开始,他以为小玉迷上了摄影,后来才知道,其实小玉不是对摄影感兴趣,而是以相机为媒,可以更多地接触小芙,还有,就是相机提供了观察小芙的多种可能性。起先,这样的游戏,发生在小玉所住的阁楼上,小玉喜欢将相机对着小芙,若无其事地操作着。在镜头面前,小芙起先有点不知所措,羞涩地笑着,身体僵硬无所适从。一段时间之后,她开始变得放松,变得应付自如——有时候会对着镜头莞尔一笑,甚至搔首弄姿,努力展示倩影和身姿,也不管小玉是否真的按下快门。

小玉为她拍第一张照片,是就着天井侧方斜射下来的阳光,按下快门。后来,冲洗出来的照片,显示出小芙的脸部、脖子、手臂的光泽,有一种出奇制胜的效果。静物中的少女,如油画一样安谧。在另外一个日子里,小芙换上了一袭亚麻的连衣裙,长发自然而然如瀑布一样流泻在半边;麻棉混纺的质地,柔顺而飘逸,低垂领口处有轻微的蕾丝。这是小玉给小芙拍的第二张照片,同样有着油画的效果。那架看起来敦实愚蠢的120海鸥相机的介入,让他成为失败者,小玉、小芙、120海鸥相机,三个联手,把他划在局外。他不知道是怎么回事,那个时代的一切,就是那样的简单,包括喜悦,以及构成喜悦的条件和前提。

银色的金属和黑色塑料在一起的组合,击败了他。或者说,那个能呈现出人的影像的,能留住人影像的物件,击败了书。在相机面前,小玉移情别恋了,跟先前钟爱的书相处的时间越来越少,似乎更愿意把自己的时间交给那台具有魔法的120海鸥相机,变得越来越勤于往野地跑,喜欢与花、风景与光影在一起。游戏的地点也不断延伸和变化,由阁楼下至天井、厅堂、门口的月潭,直至琴溪河畔、三桥锁翠以及一切风景优美的地方。小玉越来越少地在家待,去了什么地方也不跟他说。每次他带着书,去他家找他的时候,敲半天门环,也不见里面应声。他知道小玉是去拍照了,跟小芙在一起拍照。这种在当时极其文艺的方式,完全地成全了他们,相机让小玉跟小芙在一起有了正当的理由。这样的情况,让人悻悻,并且给人以某种象征和暗示。在他们之间的,唯有相机,时时刻刻,感受他们的温度和笑靥,感觉到他们真实的情感。他真有点嫉妒那架 120 海鸥相机了!

在相机面前,书本无疑是失败者,书与文字,本来就是极度无聊的产物,它难得有生趣,只是以枯燥的思想见长,离生活很远。这是一个尴尬或者痛苦的过程,很多人并不习惯于这样的过程。有着灵魂的书,在某种意义上,真是敌不过美丽的倩影。

以 120 海鸥相机为媒介,在阳光野地里约会,这是暴露于外部的欢愉。那一段时间,小玉和小芙跑遍了县城周边的很多地方,这一点,可以从他们展示的照片中看出,在那些小芙展示着灿烂笑容的照片里,他可以看出他们的拍摄地点:那座漂亮的五孔石拱桥是老桥头,这是距县城五里的地方;登云桥,距城十里路,桥头有一片漂亮的竹林,桥下的水特别清,桥的倒影特别清晰;桃花成林的地方一定是华村了,只有那里,有大片的桃花,从山顶一直迤逦到山脚;而那小桥流水人家,分明是离县城三十里地的马溪头……他想象小玉胸前挂着那个 120 海鸥相机,骑着那辆凤凰牌自行车,车后坐着小芙,欢歌笑语洒了一路。他和她可以借助镜头仔细地观看对方,他和她,都可以充分表现自己的英俊和妩媚……那是他们的三人世界!

120 海鸥相机,就这样成为男女之间的媒介,它天生地具有这样的本性,对于羞涩之中的男女来说,没有比 120 海鸥相机更好地充当这种媒介的功能了。当然,更进一步的是暗房,相比于小小的相机,暗房更像是空间的进一步深入和拓展,这空间既是物理性质的,也是情感性质的,更是人性本身的要求。于人的本性,男女之间的相处,更愿意在一种黑暗和窄小的状态。在黑暗中,他们会更大胆,更放得开,更容易完成质的变化——所有的背景都会退去,包括场景和声音,只有他们,在黑暗的挤压下,变得越来越近,无论是身体还是心灵。这场景不可多得,可以说是天造地设。这一个暗房,就是群艺馆的暗房、洗照片的暗房。小芙带着小玉,找到了群艺馆的摄影师杨老师,要求跟他学摄影。如此漂亮的女孩子提出的要求,杨老师怎么肯拒绝呢?更何况小玉的外婆是"革命母亲",加上小芙本身也是群艺馆的子女。杨老师半真半假地提出唯一要求,就是小芙要配合他,去拍一组写真。小芙当然答应了。杨老师先是认真地教他们操作,后来,便把暗房的钥匙也给了小芙。就这样,小芙就可以明目张胆地带着小玉去暗房冲洗照片了。

每到这个时候,他总是悻悻地坐在院子里。在那一刻,窄小狭隘的暗房沉潜于地球的某一个角落,跟他没有丝毫的关系。暗房有着正当理由,将小玉小芙与他跟大头分开,让那一边点着粉红色小灯的黑暗的空间,成为他们的专属。他想象他们在暗房的时间,粉红色的微弱光线中,人的行为会情不自禁变得凝重。他们调制化学药水,将胶卷拆开,先泡至显影水中,等待;再放至定影水中,再等待;然后,放在清水中冲洗;最后,放在机器上烘干。做这一切时,连说话都会情不自禁地小声,显得温柔而细腻。他们小心翼翼,十分默契,一方面全神贯注,另一方面心猿意马。他们会很清晰地听见彼此的呼吸,感觉到彼此之间的心跳。每一张照片的出现,都会让他们产生期待,他们看着小芙的照片在定影水中慢慢显现,先露出头发,露出衣服,然后,是鼻子、眼睛和嘴巴;最后看到的,是笑容,有了笑容,照片上的人就活了起来,有了生命和美丽。他们一直期待着这一切,像期待一个生命的诞生,因为这是他们两人共同创造的。所有的背景都在黑暗中略去,真实得只剩下他与她;连声音都没有其他的,只有他与她的呼吸。环境如此单纯,单纯得仿佛只剩下本质,连铺张的颜色、气味、物件什么的,都变得没有必要了。

如此富有诗意的黑暗中,什么不会发生呢?影像在黑暗中开成花朵。他们本身,也成为黑暗中的花朵。

那一段时间,少年焦躁极了,他不甘心于自己受到的冷落,力图战胜小芙,越来越频繁地往那间老屋子跑。他固执地喜欢那间老屋,喜欢门前的水塘,喜欢水塘里春天的浮萍、夏天的荷花、秋天的翠鸟,以及冬天水塘展示出的木刻般的倒影。他喜欢那屋子里散发出的静谧气息,喜欢那古旧的色彩沉淀,喜欢井然有序的布置、清雅不俗的风格。在他看来,这一切都是属于他的,是属于徽州本身,而不是外来人的。他习惯它,更愿意将它看为自己的东西,更乐于用一种甚嚣尘上的姿势,观看小芙因陌生而呈现的隔膜、好奇和木讷,或者由于他突然到来而呈现的拘谨、尴尬和嫉妒。他固执地认为,小芙跟所见到的上海人一样,并没有太大的区别,他们矫情而虚假,精明而愚蠢,浮游于生活之上,缺乏生活的热情和能力。当地人对上海佬是不屑一顾的,这当中既有妄自尊大,也有自卑和自惭。客观地说,后者的成分明显居多。让他稍稍感到安慰的是,她似乎也是在乎他的,也把他当作对手,对他保持警惕和敌意,有时候还呈现虚情假意。这种发现,让他尤其兴奋,意味着自己已不是一个小孩,也可以成为一些人的威胁。他尤其满足于这点。他的性格中,不仅仅只有怯懦、多情和敏感,也有好恶斗狠的成分。这种成分,绝对是先天的,不是后来慢慢滋生的。在此之前,它零零散散地呈现在对自然的探寻,对父亲行为的疑问以及跟母亲的对抗等等方面。而现在,它越来越集中地表现在与小芙的关系处理中。

这种对峙,与其是说展示力量,还不如说,是努力地证明。后来他想,当初自己的这种方式,看似别具一格,其实也显普通——它只是证明自己的存在,证明生存的真实、情感的珍贵,以及对美好事物不自觉的攫取。

阳光从天井的上方斜射进来,幽暗的屋子变成了金黄色,空气中弥漫着老房子特有的干燥的腐朽味道。没有人说话的时候,老屋子里的气息,跟它的摆设一样凝重。在很多时候,他喜欢这样的沉闷,喜欢沉闷的空气以及旧时光对于人的挤压。总有一些人会在压力下心慌意乱。比如小芙。她是很难习惯徽式老宅的沉闷的。小芙站起来说:"小玉,我们出去走走吧?憋在这房间里,光线太暗,难受死了。"他故意地说:"有什么出去头?外面不还是那样子,老屋子里多清凉啊……还是这里好。"小玉无奈,只好悻悻地站起来,不知应承谁的话才好。在两种截然不同的观点面前,小玉总是没有办法明确起来。两颗脆如玻璃晶莹如玻璃的心,他不能伤害任何一个。有些事情难有解决办法的,就像天平一样,如果没有人进行武断的校正的话,那么,倾斜的身姿肯定是它的常态。

后来他想,其实他所要的,跟小芙所求的,并不是一回事。也许,小芙所求的,是世俗意义上的白头偕老,而他呢,只要能跟小玉在一起,能不时看到他,就已经足够了。小玉与小芙之间的关系,与其说是爱情,还不如说是游戏,是那个年代所有青春男女之间的快乐游戏,是他们在至简的生活中最快乐的事情。游戏笨拙而简单,却是真情的流露。那一个时代,所有的东西都变得枯竭,只有爱情,以一种纯天然的方式生长,虽受干扰,依然茁壮。相爱,是在那个冰冷的时代里,人们互相取暖的最佳方式,也成为人们最美好的梦。就如寒冷的夜空中,星星们抵御孤独的唯一方式,就是彼此尽可能地发出光亮。

小玉、小芙以及他,不论他们生活的背景、他们的出身、他们的性别,其实都是一类人,他们有着相同的质地、相同的欲望,以及相同的玻璃心。他们只是尴尬地撞上了那个时代,阴差阳错中,酿就了他们的茫然无措,以及悲惨结局。

四

小玉说,在争取到王麻子大牛山的武装归属到革命队伍之后,有一天,一个二十来岁、模样机灵、身材不高却很敦实的小伙子孤身来到黄源和王麻子所在的大牛山脚下,鬼头鬼脑地向当地百姓打听游击队的下落。当小伙子在一个茅坑边解手时,被一拥而上的游击队员捕获。当手下人将小伙子捆绑着带到黄源面前时,黄源下令解去了小伙子手臂上的绳索,又解去蒙在小伙子眼上的黑布。小伙子半睁着眼睛瞅了瞅眼前白面书生般的黄源,不屑一顾地说:"我找你们的头,有事跟他说。"黄源表明了身份,小伙子半信半疑地看了看黄源。他们之间谈话如下:

黄源:"你叫什么名字?"

周老五:"我叫周老五,排行老五。"

黄源:"你找游击队干吗?"

周老五:"我想参加革命。"

黄源:"革命?你知道革命是什么?"

周老五:"知道啊,革命就是造反,就是杀坏人。"

黄源:"你为什么要从家里跑出来?"

周老五:"我老子要给我娶媳妇,那个女的,丑得跟癞蛤蟆一样。我怎么能娶这么丑的媳妇呢?"

黄源又好气又好笑:"嫌媳妇丑,你就跑出来参加革命啊?"

周老五:"……不光是丑,还跟我老子不干不净的,我老子可能是不想要了,就想办法推给我,据说肚子里都有了。"

黄源:"唉,什么乱七八糟的事——你老子是地主?"

周老五:"有百把亩地,算是财主吧。"

黄源面色一沉,说:"恶霸地主我们是要杀的,尤其像你老子这样强占民女作恶多端的地主。杀你老子,你没有意见吧?"

周老五迟疑了一下,然后咬着牙说:"没意见,我老早就想杀

彼岸 | 235

他狗日的了。我娘也是后来讨的,原先是丫鬟,被我老子强占后没办法才跟他的。我老子对我们动不动就打骂,有一次,把我娘几根肋骨都踢断了。我娘和我都恨死他了。这老狗日的,总有一天我会宰了他!"

周老五就是这样加入了黄源的武装。革命,对于周老五这样的人来说,就像一条鱼游进河流一样舒心。黄源交给周老五的第一个任务,是到 S 县找他在警察局当治安科长的舅舅,想办法弄点子弹。周老五跟舅舅很亲,经常去舅舅那里。舅舅对他也好,经常给他点零花钱什么的,也不问用场。这一天,周老五又来到了坐落于文庙的警察局,进了大门后,见舅舅正悠闲地躺在走廊的躺椅上。警察局坐落在县城夫子庙大院内的厢房里,院子里有一棵两百年的银杏树,枝叶繁茂,将院子的大半笼罩在阴凉之中,显得格外幽静安谧。

周老五在舅舅面前站定,叫了一声,正想着怎样开口。面相敦厚的舅舅问:

"老五,又有什么事吗?"

周老五说:"没什么事,不是我找你,是我娘让我找你。"

周老五又说:"舅,娘要我来找你,我家一铜壶给小偷偷去了,娘让找你讨一点子弹壳,打把铜壶烧开水。"

科长:"这段时间没打仗也没训练,哪有子弹壳?等打仗或者打靶后再说吧,到时我替你捡点。"

周老五着急地说:"舅,不行呀,家里的铜壶让小偷偷了,现在只能用铁锅烧水,我大嫌锅里烧出来的水不好喝,天天骂娘,有时还打她哩!"

科长无奈,说:"你那老子,哪是个人啊!"然后想了想,说:"你跟我来吧,我去弹药库领几百发子弹,就说科里要打靶,你把子弹拿回去,用钳子把子弹头拔开,把硝倒掉,去打把铜壶吧。"

机灵的周老五,就这样轻巧地完成了他加入游击队后的第一个任务——一下子弄来了几百发子弹。这事办得如此轻松,说起来几乎让人难以相信。国民党地方官衙管理如此松懈麻痹,可见一斑。从那时起,黄源有点喜欢上了这个机灵的小伙子,让他当上了游击队的交通员。

一个月之后,周老五向黄源请假回了一趟家,用匕首刺死了自己的父亲,将他的耳朵割下,作为标志带回了大牛山。周老五还杀掉了那个丑八怪的媳妇,正巧,那个女子跟他父亲睡在一起,他看着烦,一冲动,干脆把这个骚女人也杀了。

"哇——"他们都吃了一惊,"真是看不出来,周老五如此厉害啊!"

小玉轻松地一笑,说:"谁让他作恶多端呢!周老五自己,就是他父亲强占他妈的结果……战争年代就是这样,杀人很容易啊,比杀只鸡还容易。"小玉想了想,又说,"这都是外婆说的,我从来没有问过周老五。你们也不要问他,想想,他这个人身世苦,心里也苦……"

他们点点头。

小玉继续说:有一年春天,周老五来县城赶庙会,来到了我家,送了外婆一些清明果,外婆留了他在家吃饭,特意炒了个花生

彼岸 | 237

米,又让我去街上打来了一斤酒。周老五喝得高兴啊,话匣子也打开了,话题又涉及了当年的峥嵘岁月。他说:"黄源真是一个神人!真的,是个神人。我第一次见到黄源时,他看起来才二十多岁,白白净净漂漂亮亮像是戏台上的小生似的。我就在想,没搞错吧?这个人就是游击队的队长?我看他不像种田出身,倒像是地主家少爷似的。山里的男人,哪有如此白的皮肤啊,比一般的大姑娘要白得多,还晒不黑!那时候经常三伏天太阳地里急行军,一晒就是一整天。我们全都黑得他妈的像田里的泥鳅、山涧里的娃娃鱼一样,可黄源呢,还是白白净净的,像个公子哥一样。他的精力也好,一天到晚神采奕奕,像打了鸡血似的。那时候真是苦啊,吃了上顿无下顿,有时候我们饿得不行了,身体发软,眼冒金花,可他还是没事,一点也不怕饿,没的吃,他照样精神抖擞,真是奇怪。

"黄源长得像公子哥,眉清目秀的,心却狠得很,军纪要求很严,一点也不含糊。1948年春节,黄山游击队,已发展成为数百人的支队了,支队主力驻扎在新安江畔的岔口,黄源在部队进村之前,先把大家召集在河边的大柳树下约法三章:不许官兵离开驻地,不许骚扰村里百姓,不许调戏妇女,否则一定严惩。大家都听进去了,进了村之后,游击队就住在村里的汪家祠堂里,自己烧饭,自己睡觉,尽管乡亲们热情邀请,谁也不敢到老百姓家喝一口酒,也不敢单独行动乱串门。几天后,军民联欢贺春节,在村口的老戏台演戏,演出的时候,村民们坐在戏台前,战士们在距离村民三米远的河滩上抱着枪席地而坐。可没想到,还真出了一件事,当时一个战士,上台唱越剧,跟他唱对手戏的,是村里一个外出经商的人的老婆。两人在台上一来一往,眉目传情,假戏真做还真好上了。那战士第二天悄悄跑到那个女的家,先是借米借碗什么的,谈着谈着,两人就谈到床上去了,结果被男人家的亲戚瞟上了,也给捉了奸,五花大绑送到部队来。黄源那个气啊,脸变得铁青,立即召集全体队员在河滩上开大会训话,命令将这名犯屌罪的战士拉过河,在对岸的柳树林里给枪毙了。"

"黄源还精明着呢——"周老五心有余悸地说,"有一次我上山去买大米,黄源给了我十块银圆,按道理,十块银圆可以买二十担的,我买了十五担,私下留下几元钱,就把十五担米给黄源送了去。我心想,一个念书的小白脸知道个鸟,我留点钱,也算是备个急,万一有什么事,兜里有钱好办事。黄源当时二话没说,收了米,也没问我钱怎么用的。可没过几天,黄源又把我叫去买东西,这回没再给我钱,只是轻描淡写地说:'上次你还有三块"袁大头"存着吧,就拿那个买吧。'

"我当时吓得一激灵,那时在游击队,贪污军费是要杀头的,以前就曾经毙掉一个。黄源对我算是宽大了,要是严起来,最起码要关几天禁闭。从那以后,只要是黄源晓得的有关钱财物的事情,我是压根也不敢私藏一点。如果是别人要我办的话,嘿嘿,那就难说了,也可能去买包吧烟什么的,也很正常吧。"

小玉说,周老五的话题让他十分感兴趣,于是接着问:"黄源的夫人汪丽文呢,当时游击队员们对她怎么看?"

"汪队长啊,典型的女干部啊,政治水平高,说起话来一套一套的,很能干。黄源有她做伴,算是如虎添翼啊。"

趁着外婆不在的时候,小玉又问:"我外婆洪春花呢?别人对她印象怎样?"

周老五一笑:"你外婆可是游击队绝顶的大美人了,大眼睛,水蛇腰,那眼睛水灵灵的,像两面擦得干干净净的玻璃窗……"

周老五吸了口气,闭眼,作陶醉状,说:"你不知道,那时我们天天打游击,能见到几个女的啊!第一眼见到你外婆,真是惊为天人,世界上还有这么漂亮的女子!这是怎么长的呢!一点缺陷都没有。你看那眼睛鼻子嘴巴,就像画的一样。如果是在皇宫里见到,还说得过去,可在山旯旮里也有这样的美人,真是的。也难怪你外公王麻子会不惜一切代价要娶她。说真的,那个时候我们都不敢正眼看你外婆,什么叫光彩夺目,你外婆才叫光彩夺目。我们只是在背后议论,这个王麻子真是好福气啊!别看他又麻又花,还真是有艳福呢!连黄源都比不上他。有时候我们心情不好,就找着个理由去见见你外婆,你外婆对我们笑一笑,说几句话,我们就什么烦恼都没有了。我们都在私下猜测你外婆莫不是穆桂英再世吧?你外婆虽然不太识字,不过到了游击队后进步很快,很快就能读书写字了,打枪也特别准,还会双手打枪,左右开弓,正在飞的麻雀一抬手就能撂中。我们都佩服极了。"

周老五继续说:"那时我们都嫉妒王麻子啊,凭什么就你得到那么漂亮的媳妇。有一次我们跟王麻子一起喝酒,有人开玩笑说,王麻子打仗要牺牲了才好,这样,我们就有机会了。"

"哈,这样的玩笑也开啊。"小玉笑着说。

"是啊,什么玩笑都开。那时候都是把脑袋别在裤裆里,也不知道哪天就牺牲了,都看破生死了。还有什么忌讳啊!"

周老五狡黠地说:"不过你外婆跟我们一样可惜,吃了没文化的亏。她不识字,也不肯好好学。刚解放那一年,你外婆曾经当过副县长兼妇联主任,当了县长,就得经常作报告啊,你外婆没办法,就让秘书写,秘书就写啊,按照你外婆的要求,一般都不写长,一张纸。稍难一点的,还得在旁边注个音,让你外婆照着念。每次你外婆一上台,就面红耳赤紧张极了,读起来也结结巴巴的。有一次布置的事情多,秘书就写了两张纸,在第一张纸的后面注了一个'接下页',结果你猜怎么着,你外婆也把它大声念出来了——'接下页',结果当时就哄堂大笑起来。你外婆羞得没念完就下台了,觉得太丢人了,就向县委张书记要求辞职,说自己没什么文化,不能当副县长,管不好。结果上级一考虑,就把你外婆调到纺织厂去了,保留副县级待遇,当书记,管那些女纺织工。"

"说什么呢?周老五没事就瞎说!"外婆似乎听见了周老五在议论她,忙不迭地问。

"没说啥,就是夸你年轻的时候漂亮!长得像一朵花似的,一个人,怎么能长那么好呢!"

周老五的恭维让洪春花兴奋异常,她呵呵笑着,一直合不拢嘴。周老五见外婆高兴,又跟我说起一件事:"你外婆生你妈的时候,黄源考虑到安全,派人把她护送到相邻的H县的大山里。王麻子当时走不开,我只好奉命带着她去。那一家,是黄山游击队的交通点。没想到你外婆生下你妈的第二天,不知村里哪个龟孙

彼岸 | 241

子向 H 县的行动队告了密,结果,十来个人带着枪赶来了,要抓我们几个。你外婆见敌人来了,把小鬼往我怀里一塞,让我先走,她左右两把手枪,对着敌人就开火。她的枪法好准,把冲在前面的几个坏蛋全撂倒了。行动队一看火力这样猛,一个个躲在后面不敢过来了。你外婆就把枪往腰上一插,朝我们走的方向飞奔而来,我们就沿着古道往大山里跑啊,等跑到 S 县境内,那帮人见追不上了,只好打道回府了。"

我说:"我外婆好厉害啊,怎么感觉不像是在打仗,是在戏台上唱戏一样,就像是挂帅的穆桂英!"

周老五说:"那当然,你外婆本来就是穆桂英,她就是黄山游击队的穆桂英。"

我激动地说,说得太好了,我要记下来,记下来,写一本书。

外婆在不远处好像听到了些什么,冲着这边喊道:"周老五,你可别乱说啊;小玉,你也别乱写!"

第十一章

一

三个人沉默着,谁也没有说话。空气中尽是沉默,只有光线中的灰尘,在纤巧地跳着舞。后来,小玉看着他,眼神冷冷的,有送客的意思。他故意视而不见,又故作轻松地瞟了瞟窗外,高高屋檐不知名的神兽上,不知什么时候出现了一只翠鸟,正入神地看着他们,好像对屋子里死一般的沉寂感到不解。他开始与它对视——那只鸟,长着绿色的小脑袋,溜溜转动的眼珠乌黑,羽毛五颜六色,在阳光照耀下熠熠闪光。都说只有极聪明极聪明的少女,死后才能变成翠鸟,那么,这只精灵是谁变成的呢?……万籁俱寂,仿佛能听到那只翠鸟扭动脖子的细微声响。终于,小玉站起身来了,无可奈何地摇摇头,走到门边,拉开门,目光冷冷地看着他,这明显是示意他离开了。

他坐在那里,如坐针毡,感到失望极了,伤心极了。起先,他仍然坚持坐在那里,一动不动。很快,他实在支撑不下去了,感到有一股宏大的气流在身体内淤积,慢慢肿胀,身体内的血液流动也更快了。他感到气急败坏,感到愤懑和羞怒,还有什么东西,比这更让他感到被羞辱了的呢!他摇晃了一下,还是站了起来,由于动作有些过猛,他听到自己身体内部有什么东西吧嗒一下碎了。

他低着头,闭着眼走出了房间。他一点也不想看小玉,更不想看小芙,这个房间的一切,他都不想再看了。刚走出,他就觉得木门在后面掩上了,又听见了插插销的声音。他步履蹒跚着挪步走下楼梯,好像随时都会失足从陡峭的楼梯上滚下去。下了楼梯后,他觉得失魂落魄,也不知道该往哪里去。他没立即走出大门,而是在天井边的石头上坐了一会。小玉的外婆不在,大约是出门买菜去了,此时此刻,他特别想扑进外婆的怀中痛哭一场。他想等外婆回来,诉说自己的委屈,也诉说小玉的不公。可是,外婆一直没有回来。他坐在堂前,百无聊赖,便从随身带着的书包里摸出纸和笔,又从书包中将那一枚古铜镜拿了出来放在堂前的八仙桌上,调整好位置以便看清楚镜中自己的面孔。镜中的影像仍是黄黄的,像是铜铸的雕像,充满着岁月的痕迹。他拿起笔画起了自画像,一直耐心地画了很久。过了好一会,当他觉察到纸上的面孔并不像镜中的自己时,内心充满颓唐和沮丧,眼泪不禁溢出眼眶。他抬起头看了看天井上方的天空,碧空如洗,干净湛蓝得让人灵魂出窍。

他想了想,不由自主地站起身来,将铜镜塞进了书包,然后像一只猫一样蹑手蹑足地顺着楼梯上了楼,悄悄接近小玉的卧室。他从门缝向里看,看到小玉和小芙相拥在一起,身体合而为一,嘴唇像河蚌一样纠缠……他们亲吻时,仿佛整个世界都浓缩成一片黑暗。有一种奇怪的声音飘出来,仿佛轻微的铃声响起,那样微弱,又那样清晰。他想:这应是身体中的密语和魔咒吧?仿佛灵魂出窍,聚集成云,五蕴皆空……后来,他们脱去了衣服,他看见小玉赤裸的肩背、腰肢、臀部,漂亮的身体勾勒出坚实而匀称的线条;同样有着优美线条的,还有另一个人,那是小芙。肉体与肉体如此之白,白得仿佛发出灰色的光,像两只放大的蚕一样纠缠在一起。他们一直蠕动着,她伏在白色的棉床单上,满头黑发如流水漫延,如鬼魅一样妖娆,也如鬼魅一样神秘。印染有褪色菊花童子花纹的被面被踢落在地上……在此之前,他一直以为肉体是死的,或者,是离不开头脑的指挥的。眼前的一切,让他否定了自己的看法——原来,人的肉体也像蛇一样,会不自觉地扭动,不自觉地律动,暗合着某种神秘的节奏,不是来自大脑,而是身体内的某种神秘力量,诱引着所有的需索,就像生命的自然流淌,音乐的自然节奏,以及花朵的绽放……

他们就一直那样做下去,纠缠得如此紧密,也如此漫长,彼此之间,像踏上一段没有尽头的路程,走走停停,渐行渐远。走过了漫长的春天,也走过漫长的夏天和秋天,最后在肃杀的冬天消失,遁入生命幽暗的中心,以颤抖完成和谐。然后,是一段漫长的沉寂,沉沉地坠入时间的长夜之中。

后来他想,如果不是内心某种失落和仇恨的话,他也会欣赏这样的线条,为这肉身的美感和生命力着迷,并希望以敏感、细腻、深邃、真诚和天真,去触碰这样的身体,完成一个美丽的梦想。这一对青春的胴体,几近代表人类的完美,仿佛一道光芒从他们之间迸发,渗入最美的图画中。不过那时候他只是单纯地嫉妒,哪里会有如此这般的智慧呢?此时的小男孩,感觉就像一只虚脱的猫一样,面对的,是别人的世界,只能孤单地成为一个旁观者,被黑暗中又腥又涩的气息所迷幻。他像猫一样,咪呜咪呜地叫着,半是愤怒,半是无措,他不知道该怎样面对,也不知道该如何变回自己。他感到恐怖,恐惧于时光中自己的变形。他想变回自己,可浑身使着劲,也无所适从。

终于,那个小男孩哇的一声哭了,像夏日午后闷热天气导致的暴风雨,以及暴风雨之前的闪电。这哭声并不是伤心或仇恨,而是窥视了人类自身的弱点,开发了相应的惊异和恐惧。他一边哭一边跑,一溜烟地跑下去了,摔开大门,哭声回荡在阴森森的屋子里,连老屋都感到战栗,发出一系列莫名其妙的声音。走到老屋外的月潭边,男孩的哭声戛然而止。他回过头来看看那幢老屋,脸上挂着泪痕,发誓永远不再回来。那个男孩在心底刻下了誓言,永远永远不进这间小屋。

幻象与情感,就这样被永远埋葬起来,埋葬在二十世纪的七十年代初。

二

孙铎死后,紧接着便是陶大文的被捕。

陶大文正式被捕是在孙特派员被杀的两天后。直到现今,仍有人对陶大文不跟王麻子、周老五一道去大牛山感到迷惑不解。以常理来推测,陶大文跟随孙铎,就应该对孙铎的安全负责。孙铎一死,陶大文当然脱不了干系。周老五后来说,他当时和王麻子曾力劝陶大文跟他们一道去大牛山,认为陶大文的身份可能暴露,如果再回县城,处境会极危险。陶大文一直坚持不去大牛山,他似乎对黄源没有亲自执行这一次暗杀计划不满。虽然王麻子和周老五一再向他解释,黄源没有来,是因为时间仓促,在了解到孙铎的动向后,孙铎已经来到了孙村。两人来不及向黄源作汇报,只好仓促上阵。一切还算好,孙铎被打死了,血债血还,就是天意了。

陶大文仍然不想上山,坚持要回县城。他说:"没事的。我会应付过去。"不过这样的坚持,显然不符合情理。周老五后来判断说,陶大文应该是地主出身,自小当少爷惯了,吃不了打游击的苦;也可能,陶大文并不是地下党,只是一个同情革命、同情新四军的进步人士。也有人独辟蹊径地分析说,也可能当时周老五和王麻子并没有发出类似的邀请,因为他们明显地对陶大文的傲慢感到不满,可能枪杀孙铎后,没跟陶大文打招呼就立即离开了现场。还有人分析说,陶大文之所以不愿意上山打游击,可能是他不愿意接受黄源的领导。因为无论是从参加革命的时间、文化程度还是资历年龄上说,比起黄源,他都是有过之而无不及的。更何况他并不是接受黄源的指令潜入敌人内部的。

王麻子、周老五、陶大文在确认孙铎死去之后,陶大文让王麻子和周老五割去孙铎的脑袋。王麻子和周老五表示不解。陶大文说,那里面有我的子弹,不割下他的脑袋带走,我会完蛋的。王麻子和周老五这才恍然大悟,掏出匕首将孙铎的脑袋割下,又装进了布袋,匆匆离开了现场。陶大文这才让人火速给县城国民党党部报信。县长许仲昆很快带着数十人的部队赶到了事发现场。陶大文在介绍完情况后,遭到了隔离审查。南京方面赶过来的军统调查队接管了该重大案件的整个调查,他们开始怀疑陶大文,讯问的重点是陶大文的手枪曾打了一发子弹,这一发子弹打哪了。陶大文的回答是射向伏击的蠡贼了。军统工作人员又问,为什么陶大文只开了一枪,按理说,形势那么紧急,应多开几枪才是的。陶大文的回答是,自己的子弹有限,所以尽量节省着不轻易开枪,子弹要用在关键处。军统调查人员又问:按说那些游击队员在枪杀了孙铎之后,会迅速溜之大吉,他们怎么可能从容不迫地割下孙铎的脑袋,然后再潜逃呢?陶大文对此的回答是:可能是游击队想邀功吧,想领悬赏,非得要人头才行。军统人员又问:那游击队在割孙特派员的脑袋时,陶大文为什么不开枪?陶大文的回答是:另一个游击队员在对他射击,火力很猛,他无法还击,只能伏在大石头下面。

军统调查人员对于陶大文的回答半信半疑,因为抓不到确凿证据,只好把陶大文关押起来留作处理。等到陶大文被逮到县警察局看守所之后,他才知道自己犯了一个低级错误——那些经验老到的调查人员根据现场查找到的子弹头很快发现出了问题——孙铎使用的,是一支柯尔特M1917左轮,他一共开了六枪,现场找到了六个子弹头;游击队使用的,是毛瑟M1896手枪即驳壳枪,现场找到了三十个子弹头;而陶大文使用的,是一支勃朗宁M1900老式手枪,现场开了一枪,一直未发现子弹头。虽然孙铎死后头颅被割走,无法断定死因,不过开了一枪的陶大文显然脱不了嫌疑。

上面来的调查人员,在与许仲昆等地方人员商议后,决定对陶大文进行隔离审查,将他关在县警察局的看守所里。警察局搜查了陶大文的家,在查出了《共产党宣言》《母亲》《联共(布)党史》《铁流》等书籍后,这些家伙松了口气,以为找到了替罪羊,将陶大文定为谋杀主谋上报省政府问斩。

不过接下来的事却是——处于调查阶段的陶大文,却在一个月黑风高的夜里,翻过看守所的高墙逃跑了。

关于陶大文逃跑的详细情况,后来一直没有相关资料介绍。不过,当时与陶大文一起逃出看守所的,还有苏浙皖一带有名的江洋大盗"花蝴蝶"。"花蝴蝶"身体健硕眉清目秀,飞檐走壁的本领可谓是登峰造极,他经常于夜深人静之时潜入大户人家,劫取财物。"花蝴蝶"杀富不济贫,遇到漂亮年轻的女人,经常掳走奸淫,十天半月之后,才将女子杀害。苏浙皖一带的大户人家,谈起"花蝴蝶",往往闻风丧胆。苏浙皖一带各县曾经联合行动过多次,每一次总是被他逃脱。"花蝴蝶"的活动范围,几乎不离苏浙皖地区,尤其是喜欢在苏浙皖交界的徽州、宣城、湖州、淳安一带活动。"花蝴蝶"后来招供说,他之所以喜欢这一带,不仅是因为这里民间富庶,而且还山清水秀,风光优美,女人也长得漂亮。他不愿意离开,就像蝴蝶不肯离开花丛一样。

抓获"花蝴蝶"曾经花了九牛二虎之力。这主要是徽州警察局的功劳,徽州警察局买通了一个叫作"小杨花"的妓女作为眼线,让她注意"花蝴蝶"的动向。"花蝴蝶"来到了徽州府一座妓院时,"小杨花"及时地传递出情报。徽州府警察局倾巢出动,当"花蝴蝶"和那个名叫"小杨花"的妓女情意绵绵正是销魂时,警察们踹门进去,把"花蝴蝶"按在"小杨花"的肚皮上。"花蝴蝶"只得束手就擒。警察们刺穿了"花蝴蝶"的脚脖子,用铁丝把他的双脚拧到一起,连夜把他运送到 S 县。因为 S 县的牢房是安全性最好的,它原先是文庙,围墙又高又厚。考虑到"花蝴蝶"与陶大文都是死刑犯,因此将二人关在一起。舍外警察荷枪实弹,如临大敌。

合理的推断,应该是陶大文解开了系在"花蝴蝶"脚脖子上的铁丝,"花蝴蝶"施展了他的轻功,吸附在文庙的屋顶上,在屋顶上开了一个洞,之后带着陶大文攀上屋顶逃之夭夭。

奇怪的是,陶大文越狱之后,并没有去大牛山找黄源,也没有去找相关的地下党组织,而是来到 S 县城靠西十来里地的一个山旮旯里,投靠了自己的一个远房亲戚,在一片乱坟岗待了整整三个月。在这三个月当中,陶大文白天躲藏在黑漆阴森的坟墓里咀嚼黑暗,只有在夜深人静时,才爬出坟墓活动一下,像一个孤魂野鬼一样,游离于世界的边缘。

在这三个月当中,发生了两件与陶大文关联紧密的事情:其一是大牛山指挥部遭遇国民党军队大规模的"围剿",黄源和汪丽文九死一生方才逃脱。其二是他的胞弟——年仅十七岁未谙世事单纯认真的小学代课教师陶小武,被作为共产党秘密特工给杀了头。陶小武从徽州师范学校刚刚毕业,临时回到家乡代课,正想着下一步去省城安庆,或者行署所在地的屯溪找工作,没想到成陶大文的替罪羊被处决。

陶小武被杀的地点,就是S县张家广场,也就是章家祠堂门口。按照大众食堂炸油条的张老头的说法,那一天雨后天晴,阳光奇好,风寒清冷,就像一个杀人的日子。

三

从小玉那里离开之后,他没有再去月潭旁边的那幢老屋。他固执地认为,对于小玉和小芙来说,他已是一个多余人。仿佛潮汐折回,只将小玉和小芙带走,而把他孤零零地丢在海滩上;或者像跳交际舞,幸福的舞者是小玉和小芙,而他已被撇在一边,成为一个失魂落魄的弃儿。在这种情况下,他只好与大头结为伙伴,也与无聊成了好朋友。

李玉茹去世之后,小芙和大头相依为命。每天早晨,小芙都早早地起来,为大头烧好早饭,叫大头起来上学。然后,小芙去菜市场买菜,烧好饭等大头回来。到了晚上,小芙这才留下大头在家,一个人出门,大约是去小玉那里。小芙还算是聪明能干的,比李玉茹还会整理,那间不大的屋子,在经过小芙的整理后,变得整洁而亮丽。小芙可以别出心裁地用很多东西来点缀自己的家,比如说从路边采摘的红彤彤的野果子、一束芦苇等等,让那间原先幽暗的小屋变得温馨而温暖。小芙还出人意料地在家中用一个橘黄色的布做窗帘,这使得她家有一种独特的色调和意味,让人惊艳无比。

县城太小,他和大头经常一起漫无目的地游走,稍一抬脚,就不知不觉地置身于城外的荒山野地里去了。城外蜿蜒的道路上很少有人,路边总长着红得发乌的草莓,每看到一次,大头都会哦哦叫着流着口水。他总是竭力劝阻:那些不是草莓,是蛇莓,是有毒的东西,不能吃的。大头总是半信半疑,用沉默寡言来表示他的不满。有一次,他们在一片竹林的边上,看到了真正的草莓,鲜艳夺目,晶莹透亮。他大喜过望,忙不迭地招呼着大头,大头像一只凶猛的猫一样扑了上去。那真是一场草莓的盛宴,他们大快朵颐。他从没有一次性吃过那么多的野草莓。野草莓甜而香,有一种甘露般的滋味,让人荡气回肠。

他和大头还一起去看了枪毙人——那一个春天的公判大会总是在县城的胜利台举办。说是"胜利台",其实是县城早年的老戏台改建的。上午十点左右,几辆卡车疯子一般开到胜利台上面,中间的一辆车上站着好几个劳改犯,低垂着头,瑟瑟发抖,每个人的脖子上都挂有一个硕大的牌子,上面是用墨汁写成的名字,被打了一个大大的"×"。胜利台的台前台后挤满了人,黑压压的,像是全县的百姓都赶过来了似的。十一点左右,一个穿着白色警服的中年人走上了胜利台,宣布将对阶级敌人进行镇压,全场响起了雷鸣般的口号声。他带着大头,急忙窜到胜利台的出口处。车队开过来之后,他拽着大头,拼命地跟在卡车后面跑。

因为是第一次看到如此场面,大头跟在他后面一边跑,一边兴奋得手舞足蹈。卡车喘着粗气,在人群当中,走得也慢。终于,卡车在县城边一条正在开拓的新马路边停住了,还好,他们离车队只落下一百米左右的距离。等他们气喘吁吁地跑到执行现场之时,专政人员已将吓瘫了的死刑犯拖到坡下的黄土凼里,准备执行了。人群像潮水一样涌上去,黑压压地阻挡在他们面前。他跟大头在人群的缝隙中拼命地挤进去,眼前是一排荷枪实弹的公安,直挺挺地站立在那里,离他们只有三米之处,两个死刑犯跪在那直哆嗦。

十二点整,行刑的时间到了,两个公安持着手枪走上前去,将枪口对准两个死刑犯。人群中死一样寂静,空气和时间,都如弓弦一样绷得紧紧的,行刑的公安手也哆嗦得厉害。他跟大头情不自禁地闭上了眼睛。两声清脆的枪响后,他睁开了眼睛,有两个人扑倒在地,脑袋上血肉模糊,一个天灵盖被炸飞到一米之外,一动不动;另一个侧身躺在黄泥中,大约是没有被射中要害,像一只未杀死的鸡一样不停抽搐着。旁观的人群一阵唏嘘,有人发出惊叫。执行人员慌了,几个公安一拥而上,冲着那个人的尸体慌乱不迭补了几枪,一直将那个犯人射得毫无动静。真是惊心动魄,他看得呆若木鸡。

等到他恍过神来之后,卡车与公安都走了,只剩下两具尸体留在了原地,大约是让家属来收尸吧。这时候突然从山坡上连滚带爬跑下一个人,滑坐到一个尸体边,从口袋里掏出个勺子,从血肉模糊的脑壳里挖着带血的脑浆吃起来——人群中发出一片惊叹,他看得尿都差点失禁了,觉得这场景恐怖极了。大头也遮掩住目光,吓得面色苍白。他忙不迭地拉着大头一溜烟地离开。后来,他听说这个吃人脑浆的人,是得了一种病,好像是癔症一类,有中医跟他说,得吃人脑浆才能好。于是这个人早早就来了,一直守候在这里。

这样的恐怖翳云,缭绕了有近一周。一周之内,他几乎没睡过一个好觉,常常是在半夜里从梦中惊醒。每到晚上,他都不敢出门,更不敢在城边上乱跑了。他也没看到大头的身影,想必也深居简出了。一周后,他在电影院门口看到了大头,大头看着他,表情仍很凝重。他想,应该是没有回过神来。这个时候,就看见电影院的王华东夫妇在广场上吵架,就像两只斗鸡一样,不肯相让,脏话夹杂着唾沫星子乱飞。旁边的人都冷冷地看着,也没有人劝架,想必是司空见惯了——这两个人,几乎每天都要吵,一吵还吵到大街上。

他和大头看了一会,只见两人吵着吵着,王华东一个箭步冲上前,给了他老婆一个耳光。女人被打后,一屁股坐在地上,一边哭一边大叫:"打人了,打死人了!"一把眼泪一把鼻涕地骂道,"王华东你什么鸟东西,我的屁股都比你的脸干净。"在一旁的王华东笑着对围观的人群说:"你把裤子脱掉,让大家看看,到底是你的屁股干净,还是我的脸干净。"一时连围观的人都无语了……现在想起来,那个时代的人,为什么会如此热爱争斗和吵架呢?仿佛随便一个风吹草动,都会引起一场你死我活的战争。男人不像男人,女人不像女人。他们全都不体面地活着,根本也没有羞愧感和耻辱感。

看了一会,他和大头漫无目的地来到河边,心不在焉地坐在沙滩上玩打水漂。他们看着扁扁的石子在河面上划出一个个圆圈,然后无力地沉入水底。到了后来,他们谁也没有气力来继续这个无聊的游戏了。他们平躺在沙滩上,沙滩上的沙子被太阳烤得热乎乎的。在他们头顶上,太阳放射着无所不能的光芒,有一种痒痒暖暖的感觉。那个时候,他们应该都处在一个布满疑问的年龄,渴望一切都有答案,即使没有,也希望有一条道路可以延伸,可以无限地接近它。

大头还是忘不了枪毙人的事,说:"你……你知道吗?他们说枪手不能看死人的眼睛……一般都是用枪顶着脑袋开枪,开枪的同时,用……用膝盖一顶,让他扑倒在地。"

他壮着脑子问:"为什么呢?"

大头说:"那是……那是说千万不能让临死的人记住自己,要是记住了,就……就会忘不了,变成鬼了,也会找你报复。"

他听着,情不自禁地打了一个寒噤。

大头突然无来由地问:"人死,真的会变成鬼吗?"

他摇摇头,一脸茫然。

大头说:"他们说人死之后,如果不想投胎,就会变成鬼。"

大头继续问:"如果……如果这一辈子让你自己重新选择,你想成为什么?"

他很认真地想了想,然后坚决地说:"这……我想,做个大将,像赵云一样的大将,白袍长枪,于万人阵中取上将首级,这多风光啊!"

大头呵呵地笑了,像个古怪的小精灵一样笑了。他一点也看不懂大头,也看不懂大头的笑。

他也问大头:"那你呢?"

大头说:"我……我想变成……一只鸟,有一双翅膀可以飞翔,那有多好啊!"

他惊异于大头的想象。一个人怎么会想变成鸟呢?不过大头看起来还真想这样。他说这话时,脸上露出神秘的笑意,很明显进入自己的想象之中了。

几天后,百无聊赖的他来到汪家传家。他跟汪家传说,自己想学下围棋。汪家传说:"一个棋手的关键是,在坐到棋盘旁之前,就做到胸有成竹。"他点点头,开始沉湎于围棋当中去了,沉湎于黑白子的变幻莫测,也沉湎于一种抽象的人生感悟中。

汪家传从棋盘上拈起一个棋子,然后问他:"这是什么颜色?"

"黑色。"他老老实实地回答。

汪家传又拈起一只棋子,问他:

"这是什么颜色?"

"白色啊!"他有点疑惑不解。

"好,这就是黑白子。黑,代表阴;白,代表阳。黑色与白色,不是颜色,只是代表一种本质,蕴含着一种力量。黑与白之间,其实是阴阳转化。黑与白的变化,是无穷的;世界的变化,也是无穷的……"

汪家传娓娓地告诉他,围棋乃天赐之物也,黑白两色的围棋子,象征日月,表示阴阳二气。棋子半圆形是模拟浑圆的天体苍穹,棋盘的四角比喻地象征四方。纵横各十九条线,交织成三百六十一个棋位,是农历一年的天数;当中有九个星点叫势眼,表示九大行星。围棋盘长一尺二寸,表示十二个月。白子表示白昼,黑子表示黑夜。黑子先走,表示一天是从半夜的子时开始。黑白相对,表示阴阳的应对之气。阴阳变化有多少种,世界的变化就有多少种。阴阳相对时不得混入他物,因此下围棋不许旁观者插嘴,谓之"观棋不语"。

汪家传授棋是极严格的。他有一副极其漂亮的棋子,汪家传说那是云南石,是一种如玉一样的石头,但汪家传从不让我们动它,他只是给我们观赏过一次。汪家传说那棋子是仙女一般的人是不能碰的,只有等自己棋下好了,功力增强了,才可以去动那棋子。那副云南石的棋子就用两只据说是紫檀木的盒子装着,外面用小麻袋装好,系住,然后吊在屋梁上。每天风一吹,它就在上面晃晃悠悠。对于年少的他来说,那悬挂于屋梁上的棋子,就是一个谜,一个难解之谜。

汪家传说:"下围棋首先要学会抢边角,因为角落易于防守。即使短兵相接的时候,也要注意顾全大局,只有制造假象迷惑对手,才能获得胜利。围棋中最难的是明修栈道,暗度陈仓,看到对手的弱点,将它放大,等待利用。"

汪家传说:"围棋能激发人超凡的潜力,一个能控制比赛节奏,表面却在打防守的对手,通常是最强大的。"

汪家传说:"不论何时,一个棋手无非处于以下三种状态——活棋、死棋、棋运未卜。"

汪家传说:"你要记住,人生如棋,棋如人生。在围棋中,有尔虞我诈、暗度陈仓,也有耐心执着、势不可当。"

汪家传说:"人生为虚,棋艺为实。人生是无常的、捉摸不定的,围棋却可以让人悉数研究。围棋中有道,棋理与人生之理是相通的。从空间角度,也即棋盘方向而言,边角为实,中腹为虚;从时间角度,也就是棋局的进程来说,收官为实,布局为虚;从行棋战略来说,取地为实,模样为虚。而就每手棋而言,正着为实,妙手为虚;定式是实,新手是虚。下棋作为一种行为,棋局为实,棋手为虚。"

汪家传阐述棋理之时,目光中有一片空蒙的金黄。他的声音,也仿佛脱离时间之外,有一种远古化石般无欲无求的质感,冷静得让他怦然心惊。汪家传继续说:围棋的边角是土地,中腹是天空。边角是实的,中腹是虚的。对中腹的研究,是对人类智慧的挑战,中腹的变化是层出不穷的,是充满魅力的。这是一条看不清的、虚的路,只有超脱一切束缚,包括对这世界的迷恋、对这世界的执着,才能走这条路。在围棋范畴内,虚难而实易,虚高而实下。其中最高的一种对应现象是棋和人,下到盘上的棋是实的,下棋的人是虚的;一个人的棋艺是实的,而人生是虚的;棋的境界是实的,而人的境界是虚的……

在很长时间里,他一直牢记汪家传关于围棋的精辟见解,忘不了那个金黄色的黄昏,汪家传端坐在沿湖的山坡上所述说的一段话。虽然他当时听得似懂非懂,不过直觉到虚空的神秘和伟大。他记得自己几乎是懵里懵懂地打断了汪家传唠唠叨叨的叙说,问:

"什么是虚?什么是实?"

汪家传的声音戛然而止。他拾起一块石头,进一步问:"我知道有些东西是实的,比如这石头,敲起来当当响,能触摸到,能感觉到。可是什么是虚呢?是不存在的东西吗?不存在的东西就是虚吗?"

汪家传怔了一下,他没有想到我会问这样一个问题。他想了一想,然后说:"实际上我们这个世界有三种概念,就像左中右一样,可以分为实、虚和无。"

"那什么是实,什么是虚,什么又是无呢?"他刨根问底。

"实就是实打实的东西,就是能看得见摸得着的东西,比如说这块石头,是能看得见摸得着的,也可以称为'有';无呢,就是没有的东西,就是不存在的;而虚则不一样,它若隐若现,若明若暗,或有或无,它才是最神秘的。它看似不存在,其实存在;看似存在,其实又不存在……认识它一定要有机缘,要有智慧。"

"理解它掌握它又怎么样呢?"他偏着脑袋执着地问。

"就能成为睁着眼睛的人,而不是一个瞎子。"汪家传突然笑了,笑得怪怪的,一副大有深意的样子。

话题进入了更深层次的领域,确切地说,是汪家传带着他第一次触及人的根本问题,就像带着他攀登陡峭的冰原雪山。汪家传说:"人来这个世界上,就是寻找。低级的人寻找钱财,高级的人寻找信仰,中间的人寻找知识。"

他听得似懂非懂,问:"我怎么觉得人与世界的关系,并不是像现在人们设想的那样呢?"

汪家传沉吟了一下,说:"是啊,又有谁能说清人与世界的关系呢?昨日并不存在,明日并不存在,只有当下是真实的。"

他又问:"你怎样看待彼岸呢?"

汪家传一笑,问道:"彼岸是相对此岸来说的。此岸都没有搞清,哪知道彼岸呢?"

他一下子呆住了,只觉得身体内部仿佛有偌大的冰川,在遭受到巨大的撞击后,轰轰烈烈地坍塌下来。

后来,他们停止了这些沉重的话题,沉浸在棋艺的快乐之中。现在想起来,那个金黄色的下午是汪家传给我上的人生的第一堂哲学课。它颇有点柏拉图谈话的意味,由围棋入手,到虚空为止。那个金黄色的下午,我脑子里有了"有""虚""无"的概念,我们的人生,是"有",我们的身边,潜伏着"虚",而我们的身边,是万丈沟壑似的"无"。

有了"虚"的概念后,他从此活得充实起来。知道虚是相对于实而言的,它们本身,就是同一个东西,就像万事万物的实体,与影子的关系一样。不懂得虚,就不会懂得实;不懂得实,也就不会理解虚。他想到了很多人的死亡——父亲的死,和平的死,以及万事万物的消失,是归结于"虚"呢,还是归结于"无"?

总而言之,那个金黄色的午后,汪家传阐述的这些概念,既让他感到清晰,又让他感受到了混沌。他后来明白,其实人认识世界,最好的状态,就是这种清晰加混沌的状态。

四

工作之后,在我与周老五频繁的接触中,我算是稍稍地有点看懂了他——这是一个集豪爽、勇敢、干练、聪明、狡猾、乖戾于一身的人;富有草根经验,刚正不阿、行侠仗义,又有着散漫的习性,随遇而安。在某些方面,这个人异常简单,像一个不谙事理目光短浅的农民;有时,他的思想又深邃得可怕,像一个历练生命的哲人。有一次,当我跟周老五靠在朝南的墙壁上饱享冬日的阳光时,周老五突然说:"你瞧这些地上的蚂蚁,它们在那里忙碌,撕咬,打架,却不知我们此时正看着它,把它们的生活看作是一场无聊的游戏。可是人类自己呢,生活啊、爱情啊、战争呀,你死我活的,不也是一场无所意义的游戏吗?"

我怔怔地瞅着他,仿佛不认识他一样。

周老五继续自说自话,他似乎是说给我听,又似乎不在说给我听:

"你是省报记者,你说这历史到底是怎么回事呢?历史是无法复原的,它的再现,是很难的。纸上的历史,跟过去的历史,一样吗?"

我没有听懂周老五的话。

周老五继续喃喃自语:"历史很奇怪,时间就更奇怪……年轻的时候,我们打游击住在山上,觉得时间真是很长啊,一年的光阴,好长好长。什么时候能将日本人赶走呢?什么时候能将国民党反动派打跑呢?可到了后来,革命胜利了,年纪大了,觉得时间越来越短,一年之中,春、夏、秋、冬,就像在跑道上跑一圈,一转就过来了。"

周老五继续说:"我觉得这人生吧,就像蚊香一样——最初的日子,会长一些,就像蚊香外面的圈;越到后来,就越短,点着点着,就没有了。"

我不得不承认周老五的比喻很形象。

周老五又说:"人年轻的时候,活得都比较认真,都有雄心壮志什么的,世界也看不到头,不知道以后会怎么样。到了后来,一切定型了,老婆也找了,孩子也生了,人生看到头了,就马马虎虎地过了。这一点又像写字,一开始是写正楷,正儿八经地练字;然后就是行书,越写越快;最后变成草书……人这一辈子就是这样,写着写着就不认真了,就潦草了,最后巴不得写完算了……我这一辈子,没什么害怕的,要说唯一害怕的,就是时间了,我每天一醒来,看见桌子上放的钟,就看到心里发紧,它们就那样不停地嘀嗒嘀嗒,就像一头野兽,把我们的生命全都吃掉了……"

我听得身体发紧。周老五的话,让我重新而又深刻地认识他,窥视他内心另一个活生生的世界。不要简单地把人分为形而下和形而上,实际上每一个人,或多或少地,都有有关这个世界的质疑,都有着形而上的思考。只不过更多人表现出的是麻木和迟钝,或者安之若素,或者随着人类的惯性,向命运和存在俯首称臣。只有那些极聪明极深邃的人,才能用思想的手术刀,在自己身体上刺出一个口子,放出汩汩的血来,以清理自身的滞重。

周老五喜欢谈他的朝鲜故事,虽然朝鲜的经历对他来说是一场噩梦,不过这算是他一生中唯一的"异域风情"了。每每谈起在朝鲜的战斗与生活,周老五滔滔不绝格外开心,他的独特感受让人啼笑皆非。他说:

"娘的,都说朝鲜女人漂亮,可是我压根就没有看到漂亮的。朝鲜姑娘不是太漂亮,可是皮肤很白,胆子很大!也没有其他原因,他们没有孔夫子,加上男人也少,物以稀为贵嘛!我们那时候进了朝鲜以后,吓了一大跳,夏天的时候,朝鲜女子一般是不穿上装的,就穿个裙子,两只奶露在外面。裙子花花绿绿的像鸡罩似的,里面也不穿短裤。起先咱们部队进村,看见有女人蹲在那里,看见战士来了,不怕也不走开,只是笑眯眯地蹲在那里,裙子铺在地上,像母鸡焐蛋一样。我们不知道怎么回事,示意她们赶快走,有部队来了。她们一起身,妈呀,你猜是什么,黑乎乎臭烘烘的一泡屎!"

周老五一边说一边哈哈大笑,笑得前仰后合。

周老五继续跟我说:"……那时我是营长,志愿军的营长,我们驻扎在一个叫新北里的小村子。那是四次战役的前夕了。有一天天气特别好,是冬天少有的大太阳天,气温也很暖和,小伙子们一高兴,就脱了棉衣比赛摔跤。我也参加了。摔跤的时候,我顺手就将手腕上的手表褪下放在一边,哪晓得一个当地小孩偷偷摸摸跑过来,抓起我的手表就跑。我一急,撒开步子追上去,好不容易追上了,我火都不知道从哪上来的,那时整个营就我有一块手表,是为了打仗对时间的,让他小子偷了不就完了!我把表夺过来之后,顺手就扇了他一个大嘴巴,结果手重了,把那小孩打残了,一只眼睛看不见了……老百姓不干了,带着小孩找到我们军长。军长那个气啊!这事闹大了,我成了破坏两国关系的坏人,军长本来是要枪毙我的,后来朝鲜方面开恩,说我打仗勇敢,这事也是初犯,军长这才顺水推舟,给了个处分,把我赶回老家。真怪老子运气不好,怎么一巴掌就把人给打瞎了呢?那也太不经打了!要是没有这桩事,老子早就是个高干了!"

在此之前,周老五曾经在朝鲜战争中获得二等勋章。在二次战役中,他曾经率一个连的兵力毙敌三十多名,俘虏五名美国佬。

趁着周老五兴致高,我也问道:"当初,你为什么想着参加革命呢?"

他连想也没想,就说:"为什么?觉得有意思呗!"

我问:"为什么会觉得有意思?"

他说:"你想啊,革命,就是可以做自己的主人,可以随心所欲,打破很多框框条条,可以按你想象的来,当然有意思啊!况且,那个时候我年轻,需要的是跟别人不一样的生活。"

周老五接着说:"妈的,我也真见鬼,革命胜利了,我本该留在县里工作,按照资历,也能搞一个副县长当当,最起码能当个科局长,过个安稳日子。可黄源告诉我:上级决定,这一支部队不能解散,决定整体加入四野,南下湖北湖南。上级还决定,黄源留在地方,由我带着游击队,加入四野部队。"

"我一听蒙了,黄源不去,王麻子死了,让我去,我哪知道哪对哪啊!这么多年来,黄源就是我的主心骨,没有了这个主心骨,我哪知道怎么办啊?不想去,说我不想打仗了,也不想离家太远。黄源不答应,说我傻啊,现在革命胜利,国民党兵败如山倒,正好乘胜追击打胜仗,他自己想去都没让去呢!现在王麻子死了,如果带兵的话,肯定是我最合适,我要是不带,这支部队就没头了!黄源又说,你们这帮山里人啊,真是没出息!都不想出家门,这哪行啊!就这样,没办法,我只好带这支部队上了路,先是一路打到海南,然后又去了朝鲜。"

……县里的人后来曾介绍说,从回老家的那一天起,周老五就像换了一个人似的。起先,他被安排在县公安局从事法医工作。这个安排当然是临时的,二十世纪五十年代中期,公安局根本就没有正规的医学院毕业生。安排周老五当法医,是因为周老五打过仗,见过很多死人,也不怕死人。人也聪明,可以帮助破案。周老五就带着他对于法医的热爱去工作了。起先,公安局大院里总能闻到肉香,县文庙大院里,每到深夜,总有一股飘飘荡荡的肉香,搞得时常处于饥饿中的人们经常睡不着觉,人们也不知道是怎么回事,也没刻意放在心上。很快,公安局大院里有人投诉,周老五经常将死人头带回家,放在大锅里煮。公安局领导将他找来问话,一了解,原来是周老五有时候为了查明被害者脑袋上的伤痕,采用水煮的方式,将脑袋上的皮肉全煮烂,然后观察脑颅受害的程度。周老五还振振有词地说,他的这一做法,是从古书上看到的。一个最典型的例子,是"三言二拍"中,奸夫和淫妇合谋,用钉子从头顶钉死了丈夫。最后是知县用水煮人头的方式,查清了案情。

周老五水煮人头的故事,很快就在县机关内流传开来,一段时间之后,有很多人,见到周老五就像见到鬼一样躲避得老远。县里一些矫揉造作的女人,看到周老五迎面走来,更是用手捏住鼻子,唯恐吸入周老五身上的气息。周老五的名气大了,婚姻也成了问题,有一些热心人替他介绍对象,别人一听到他在朝鲜战争中犯过错误,又经常在家煮人头,避之唯恐不及。这样的孤立,长此以往,使得周老五的人生出现了一种精神化的走向,他的哲人化倾向越来越严重,越发地喜欢关于山川河流关于世事人事的思考,并且自以为是地有着很多答案。因为这一点,周老五终于在"文革"初年遭到了打击,罪名是有资产阶级反动思想,也从公安局的岗位上被赶了出来,发配回位于大牛山脚下的王家村老家。

在王家村,当年机智灵活的周老五慢慢成长为一个乡土哲学家。这样的机缘,当然是由他丰富的人生经历及磨难促成的。当我后来跟周老五成了莫逆之交无话不谈后,我曾经半开玩笑地问周老五很多稀奇古怪的问题,想从他稀奇古怪的思维中找出点新意。不管我提出什么问题,他都尝试着一一给予回答:

我问:"在你看来,打雷闪电是怎么回事呢?"

周老五说:"这世界有阴也有阳,阳性和阴性磕磕绊绊的时候,就会出事,比如打雷下雨什么的。不过一打雷下雨,阴阳一调和,也就和好如初了。"

我问:"男人为什么少不了女人呢?"

周老五说:"废话,阴阳本一体,是不能分开的。男人属阳,女人属阴;男人逐阴,女人逐阳。老天爷的意思啊!"

我问:"人会投胎再生吗?"

周老五说:"人活一口气,气散了,人就死了。不过气散不是消亡,合久必分,分久必合,散了会重新聚拢,会重新投胎。但此胎不是彼胎,跟此前的人,一点关系都没有。"

周老五在跟我解释这一切疑问的时候,经常是苦涩而无奈地笑。他说自五十岁以后,才算是影影绰绰地明白了这个世界。他说他以前的时光几乎是"白活了"。现在经常挂在他嘴边的几句话是"这个问题很难解释""这个问题很难用语言来解释",或者干脆说:"这个问题我也解释不了,不仅我,谁也解释不了。有很多东西是没有答案的。"

我很乐意跟周老五聊天,听周老五回答各种稀奇古怪的问题,即使我听不大懂他的解释,我也由衷感到开心。我是从他的解释中,体味一种难得的童心,一种质朴的世界观与人生观。跟周老五的谈话,还让我发现到,有很多疑问是没有必要的,因为自从世界存在,疑问就同时存在。它是没有意义的,或者说,它的意义就在于让人清醒自知,像一面深不可测的镜子一样。

那一段采访皖南革命斗争故事的日子,因为有着周老五,以及与他之间稀奇古怪无心无肺的谈话,我竟平添很多自信和快乐,觉得自己一下子长大了不少,可以平起平坐地与这世界对话了。

第十二章

一

……我的外婆洪春花是一个"谜",一个人生之谜。打小起,我就一直感到外婆在很多时候讳莫如深。在很多时候,她都是怔怔地想着什么,恍惚着沉浸于某一个事情。外婆一直清瘦秀丽,有着高挑的身材和精致的五官,更能让人想象出她年轻时的漂亮和清秀。她似乎从不跟我多说什么,一有时间,就坐在天厅边上的堂前,呆呆地凝视着什么。在很多时候,我把这归结于我外公与母亲的先后去世,给她的精神打击。毕竟,一个女人在世的时光,没有什么比丈夫和子女去世更大的打击了。我曾经问外婆:"别人为什么叫我外公为王麻子?是因为外公是大麻子吗?"外婆一怔,说:"怎么可能,那是别人胡扯!你外公根本没有麻子,他的脸上只是稍

彼岸 | 269

有点雀斑,不是麻子。"外婆想了想,又说,"那是敌人散布的谣言,国民党在悬赏布告中,故意把你外公画成麻子,歪曲共产党的形象!"

我又问:"外公长得好看吗?"外婆想了想,说:"当然好看,高大,英俊,模样清秀,皮肤白,你长得不就像他吗?"

我又问:"外公有文化吗?"

外婆回答:"当然,你外公知书达理,写得一笔好字。"

我诧异地问:"那外公为什么一开始会当土匪?周老五说外公斗大的字也不识几个,只是打仗勇敢,像张飞和李逵一样鲁莽。"

外婆沉下脸来说:"周老五是瞎说,你外公怎么可能大字不识呢?他哪是张飞李逵呢?他是粗中有细,他是赵云!"

在外婆断断续续的讲述中,我突然有一个令人惊异的发现:外婆洪春花与外公王麻子认识之前,就认识黄源!在此之前,我一直以为,外婆最早跟王麻子在大牛山落草,是黄源劝说他们参加革命的。我曾经在跟外婆的很多次聊天中,询问她是如何认识我外公的,又是如何认识黄源的。外婆一直回避着这个话题,顾左右而言他,总是说历史太久了,有很多东西,已记不清楚了。有时候,她甚至呈现出一种很奇怪的表情,有些羞赧,也有些恍惚。

最近,我读到一篇中央级大报上的一篇革命斗争故事,让我豁然开朗。这一篇故事,是记者根据黄源的回忆进行整理的。黄源在回忆皖南革命的艰苦历程中,提到自己当年在吴大根家养好伤后,决意报仇,在单枪匹马的情况下,争取到了一个女子的支持,于夜半时分袭击了谭家桥乡公所,缴获了长短枪各一支。这一个年轻女子,黄源说得很清楚,就是洪春花。

在我手持中央大报的追问下,外婆终于吞吞吐吐承认自己早就认识黄源。外婆在叙述这个故事时,经常心情激动语无伦次,有时候甚至呆呆入神。这使得我不得不像一个泥瓦匠一样,在很多方面尝试着对她的叙述进行弥补和校正。在很多时候,我甚至不知道我的弥补是否真实和妥当。而在很多时候,我已经搞不清最后的文字是否真有其事了……

以上这一段文字,来自小玉所撰写的《清明》手稿。这一段文字极其珍贵,它说出了黄源和洪春花认识的过程,他们认识的时间,还发生在黄源袭击谭家桥乡公所之前。后来一些皖南革命斗争故事书,在叙述黄源的事迹时,都会讲述一个故事,就是黄源曾经单枪匹马袭击了谭家桥乡公所,缴获了敌人一杆长枪和一支短枪,为数百名死亡的红军报了一仇。只有一篇文章语焉不详地提到,黄源袭击谭家桥乡公所,并不是单独一个,还有一人作为内应,在半夜打开了乡公所的大门,让黄源在夜半时分悄悄潜入,摸进了乡政府特别行动队睡觉的地方,高举着一枚手榴弹,让敌人叩头求饶,从而缴到一长一短两杆枪。

这一篇文章是一个曹姓老先生写的,曹老先生曾是 S 县政协委员。黄源袭击谭家桥乡公所时,曹先生正在谭家桥小学教书,洪春花曾是他的学生,当时在乡公所干活。曹老先生对此事的叙述,估计是后来道听途说的。在这一篇文章中,曹老先生一厢情愿地把在乡公所帮工的洪春花当作潜伏的地下党员了。

值得欣慰的是,小玉在他的手稿《清明》当中,比较翔实地记载了这个故事,也叙述了黄源和洪春花认识的过程。由于小玉和两个主人公之间的关系,他的笔触不由自主地呈现感情色彩,也稍稍有着那个时代文风的矫情。不过可以肯定的是,这一个故事应该来自洪春花的讲述,事实部分是真实的。从小玉的文字来看,当年黄源单枪匹马袭击镇头乡公所之所以取得成功,跟洪春花的里应外合有很大关系。洪春花告诉黄源,村里有很多狗,如果一个陌生人夜晚进入村落,肯定会惊扰那些看家护院的狗,引起一片狗吠。洪春花告诉黄源,后山有一条小路,通向乡公所一个侧门,从后山下来,从侧门进去,可以避开村里大大小小的狗。至于黄源与洪春花认识的过程,从小玉带有文学意味的讲述中,我们完全可以看出,这是一个带有"革命浪漫主义"的传奇故事:

……太阳慢慢地升起来了,鸟儿在密密匝匝的树枝上啁啾。躺在大树下的黄源睁开双眼,从睡梦中回味过来。他的心里有点紧张,看一看四周躺着的队员们,他们还沉浸在梦乡里,有的还扯起了轻轻的鼾声。

黄源揉了揉眼睛,手一摸,衣服被露水打得透湿。初夏的上午,雾霭仍在山坳里迂回,空气中挟着凉意,阳光穿过纱巾似的白雾,把光晕镀在大地和人体上,人变成了金黄色的雕像。黄源不由自主地打了一个很响的喷嚏。他瞅了瞅正在酣睡的队员们,忽然觉得有必要去站岗,万一被人发现,不就糟了吗?

黄源提着一杆猎枪徜徉在山林之中,慢慢升高的太阳如熨斗熨帖大地,热烘烘的,有点烤人。过了一会,黄源浑身上下像有芒刺般不自在起来,湿衣服在阳光的照射下热气嗖嗖向外蹿出。黄源便觉得浑身上下有一种被热毛巾裹住的滋味,心里烦躁得很。黄源看了看四周,阒无声息,便不假思索地把衣裳裤子都脱了,晒在树干上,赤条条而精神抖擞地端着长枪来回走动,观察着周围的一切。

黄源在阳光下毫无保留地暴露他白皙而刚柔相兼的身体。我想象黄源美丽的肤色在阳光的映照下一定显得相当迷人。但黄源显然没有意识到这一点。暖暖的阳光如毛毛虫一样亲吻他赤裸的肌肤,黄源隐隐约约觉得身体内部有一种不安分的情绪在蠢蠢向外拱动,他的独蛋也因为亢奋而轻轻颤抖。黄源不由自主地垂下眼睫,让阳光毫无忌惮地沐浴自己。黄源甚至还想到童年时,他和邻居小黄毛丫头的一段逸事。

然而黄源毕竟曾经是红军战士,在他想入非非沉浸于甜美的遐想时,一种轻微的声音尖厉地钻入他的耳孔。黄源如猫一样竖起了耳朵,睁大眼睛搜寻。突然,他看见草丛里伏着一个女人,那姿态和动作就如同一只美丽的红毛狐狸一样。

那时洪春花正挎着篮子战战兢兢伏在草丛中,她那年正好十七岁,出落得异常美丽。她早早地起来拔竹笋,山林中鸟语花香,不知不觉一会就爬到了半山腰。很快,背篓中小笋已塞得满满,洪春花开始放慢节奏,准备歇一会,她看见附近的草丛中有带刺的野草莓,便俯身摘下一枚被阳光烫热的红色果实,轻轻地放入口中,然后呆呆地看到不远处山涧石头上的翠鸟,婉转地唱着歌谣。山野的一切那样富有诗情画意,洪春花看得呆了。正在这个时候,那只小鸟飒然飞起,像一道静谧的光线飞向远处。顺着翠鸟的方向,洪春花突然就看见了赤身裸体的黄源。她一下蒙住了,立即蹲伏下来,躲进半人深的草丛里,像只惊慌失措的竹鸡,只顾把头脸埋在草丛中,全然顾不得后面的情况了。

黄源一拉枪栓,冲着草丛里大喝一声:"什么人?快出来!"

洪春花一怔,然后拔腿就跑。她挎着竹篮,轻盈地撒开腿脚,跑步的姿势如受惊的小山麂,窈窕而瘦削的身体在逆光中奔跑非常动人。黄源的心差点从嗓眼里蹦出,心想,这下糟了,被发现了。他想,无论如何也要将这个女子追到,否则她下山一张扬,引来了敌人,后果将不堪设想。说时迟那时快,黄源立即提着枪,跃身追了上去。

这应该是一幅动人的画面。在五月灿烂的阳光地里,一个赤身裸体的游击队员拼命地追赶一个年轻漂亮的当地百姓,这应该是一个战争史上难能可贵的真实细节。历史就是由无数这样的细节组成的,在它们变成历史的过程中,又省略和遗漏了无数这样的细节。终于,黄源在五百米之外把洪春花追上了。黄源气喘吁吁,他白皙的皮肤让山里锋利的灌木和茅草划得一道又一道,血一线线向外渗出。洪春花惊恐万分,虚汗沿着前额瀑布一样下落,含苞的胸脯起伏跌宕,一张秀丽的小脸在阳光的照耀下苍白如纸。她的牙关直打哆嗦,只觉得腿发软,周身的血即将从胸膛里喷射出来一样。

然而她死死地闭着双眼,不敢回望赤身裸体的黄源。

黄源一把揪住她的后襟领子,黄源气喘吁吁的声音听起来有点语无伦次:

"你别走,别……跑,就在这待……着。"

洪春花的脸变得血红,然而她仍紧闭双眼。突然她肩膀一耸,低下头,嘴角一咧,哇的一声大哭起来。这哭声中夹杂着恐惧、慌乱、羞愧、无可奈何等等复杂的成分。

黄源顿时手足无措,慌乱得不知如何是好。他下意识地伸出手臂去挡胸脯上蹿出的汗珠,光光溜溜的,感觉不一样。黄源这才猛醒过来,自己是光着身子去追一个黄花闺女的,并且现在正赤身裸体跟她讲话!

黄源一下子尴尬无比,或者说简直是无地自容。外婆同样也是,又惊又怕,这样的奇事竟然在自己身上发生了。当然,现在外婆在讲述这一段故事时,已不全是尴尬和羞涩,更有兴奋的成分。这一点我可以从外婆讲述此事时的表情看出,讲这段事情的时候,外婆没有正视我的眼睛,而是反反复

彼岸 | 275

复地掏出手绢擦拭那进口的老花眼镜。

黄源当时立刻脸臊得如天上高悬的太阳一样。但这点洪春花没有察觉到,她当时低着个头蹲在地上哇哇大哭不止,哭泣得伤心极了。这也难怪,所有的一切来得太突然,而洪春花只是个单纯美丽不谙世事的乡下女孩。

黄源见旁边有个灌木丛,密密匝匝的,便灵机一动,赶忙走了过去,灌木丛胸口高,黄源从那边露出个头来。

"哎,哎,别哭了,跟你说话呢!"黄源叫道。

洪春花停止了哇哇的大哭,显然她听到了黄源的声音,但是她嘤嘤唔唔的哭泣声不断。

"哎,你睁开眼,我在这儿,挡着的呢!"黄源没好气地大声叫道。

洪春花听到黄源的喊声,哭泣声终于停止了,最后她终于以一种听天由命的倔强反叛表情睁开眼睛,看着灌木丛后面那张英俊的面孔。

在此之后的事情,外婆在叙述时变得大而化之了。不过我注意到了,当外婆有意省略这一段细节时,她的腮边竟然出现一丝绯红。这样的绯红本身,在我看来,可能涉及她与黄源之间的隐秘,或者说,是一种"革命浪漫主义",是生活与革命的完美结合。总而言之,黄源在这一场意外的事件中,成功地争取到了洪春花加入革命队伍之中。至于细节和过程,洪春花如何在这么短的时间内完成了从一个不谙世事的小姑娘成了黄源的内应,我外婆并没有详细描述。以我的推测,应该是黄源争取到了洪春花的支持,当天夜半时神不知鬼不觉从后山小路进来,通过早已打开的小门,潜入了乡公所。这时候夜深人静,所有的人都沉浸睡梦之中。类似电影及书籍上描写的一样,黄源偷偷地将乡公所一大一小两支枪偷走,然后举起两颗手榴弹,让敌人吓得魂不守舍,缴了敌人的枪,随后,又击毙了王福寿,报了谭家桥被伏击的仇。

正是我外婆洪春花,为黄源打开了乡公所的后门,之后,又跟黄源一道上了大牛山,争取了王麻子武装部队的投诚。

我外婆洪春花在这些革命行动中,表现出了她与生俱有的胆略和气魄,也显示了她的潜力和不同凡响。自此之后,我的外婆洪春花,这位在富人家帮佣的山村姑娘洪春花,在黄源的带领下,走上了革命道路,并最终在争取王麻子大牛山落草队伍参加革命中,成为一个非常重要的砝码。为了革命,外婆与王麻子成为伴侣,并且,在这个"绿林好汉"成为一个优秀的革命战士的过程中,外婆付出了很大的心血,甚至付出了她自己。以至于我每每看到革命现代京剧《杜鹃山》,我就想起了这个故事。从那个漂亮的女共产党柯湘的身上,我看到了外婆的影子。

对与黄源之间的关系,外婆似乎从来就是讳莫如深。虽然她是黄源在皖南最早发展的革命同志,不过她似乎从未对人说起这个故事,她还一再叮嘱我对这个故事保密,说这样的故事不能流传,因为跟书本电影以及样板戏上的革命生涯

彼岸 | 277

已完全不同了。看得出来,她经常困惑的一点是,当年的革命生涯,是怎么走过来的。更多的富有浩然正气以及浪漫和理想的革命斗争,已经让她对于自己的战斗生涯不自信了。与她持有相同心理活动的,还有无数经历过那段艰苦生涯的老干部们。他们有意无意地对发生在自己身上的事情开始淡忘,有意无意地进行改造,到了最后,连他们自己,也说不清究竟哪一个故事来自于自己,又是哪一个故事,属于曾经的真实了。

这一个属于黄源和我外婆的故事,是非常独特的,也是不宜公开的。可是对于黄源和外婆来说,是极其有意义的。这一个故事,就是她与黄源之间的暗号与密语,彼此心领神会,又忘记不得。这个故事是如此美好,又是如此不宜示人。以至于外婆在向我讲述这个故事时,一直有一种莫名的幸福,她的脸上始终带有幸福的表情,洋溢着一种神圣的光晕,甚至对这场发生在半个世纪前的爱情还怀有一种羞涩!这说明外婆对这场发生在遥远年代的爱情深怀宿命的甜蜜感觉,至今还有着自豪和自得。

小玉,的确是有才华的。他在那个时代留下来的文字,还有着清新感觉,能感到思考和真实。这一点相当不容易。

二

到处都是青草的气息。青草在四面八方的野地里疯长,如果仔细听，就能听到青草抽芽时噼噼啪啪的拔节声。尤其是在雨后，青草疯狂生长的声音，如雨后的青蛙叫声一样鼓噪。与此同时，他同样能感觉到自己在疯狂生长，听到自己身体内，间或发出的清脆的声响，如琴键突然敲击；有时候感觉到某个地方突然一阵炽热或者酸麻，就像是电击一般。因为生长过快，很多时候，他会感到全身无力，感到脑袋经常性地眩晕，眼睛有时候甚至会泛出绿光，这时候看所有的人，都像一只绿皮的青蚂蚱，一只硕大的张牙舞爪的青蚂蚱。

在汪家传的教导下，他的围棋进步很快。他似乎天生就有一种化繁为简的能力，能在复杂多变的棋子中，看出棋局的大势。这不能不归结于他与众不同的视角。后来他明白，其实智慧不是复杂，而是一种单纯。只有最单纯的人，才可能是最智慧的。一段时间后，汪家传只能让他三子了。他们经常沉浸于围棋的玄妙和快乐之中，眼前是潺潺的流水，以及无所不在的清风。

那一天下午，他又目睹了汪家传神奇的一面，感到惊异极了。这给他以新鲜的刺激，让他觉得这个世界，还有一些不为人知的捷径和秘密的。那一天，大头仍旧在汪家传屋子不远处的树林里到处找鸟的羽毛，他呢，跟汪家传在院落里下棋。突然，有一个村民抱着一个小孩直冲进来。小孩脸色通红，浑身滚烫，腰部竟发了一大圈黑色的疱疹，像一条乌梢蛇围在腰中似的。汪家传见状不慌不忙，放下了手中的棋，待那个村民哭诉完后，他走进了屋子，摸出一叠草纸放在桌子上。汪家传从笔筒里抽出支毛笔，蘸着墨水在草纸上一笔一画画着小鱼儿，一边问那个村民：

彼岸 | 279

"这孩子几岁了?"

"三岁。"

"属什么?"

"属老鼠的。"

汪家传右手画着小鱼,左手极其灵活地掐算着什么,口中念念有词。过了一会,他放下笔,走出屋外,看看天,天空中一片蔚蓝,阳光温和地照射着,没有风。汪家传在院子里待了一会,又回到屋中,继续画他的小鱼。大约十分钟后,他将纸上画好的小鱼儿点了点数,将纸一揉,放入一只碗中,划着火柴点着了。那些带有小鱼儿的草纸,在火光中先是变红,然后变黑,最后变为一撮黑色的灰。做这一切时,汪家传什么话都不说,面孔凝重而严肃。他在一边看着,感到胸中有一股神秘的铅云压抑着,几乎令人喘不过气来。

汪家传从缸里舀了点冷水倒入碗内,用竹筷搅拌了一下,递给那个村民:

"让小孩喝下去。"

村民目瞪口呆,愣愣地接过瓷碗,将碗口对准小孩的嘴,咕咚咕咚灌了下去。

半个小时以后,小孩的呼吸正常了,面色也慢慢变得红润了。那村民高兴极了,连声说:"好了好了,不发烧了!"

汪家传转过头来对那个村民说:

"晚上带着孩子回去后,让他好好地睡一觉,第二天腰上的蛇串就会自动蜕皮,什么事都没有了。"

那个村民不住地向汪家传作揖,一副感激涕零的样子。他在旁边看着汪家传,眼睛一眨不眨。等村民的身影消失在视野中之后,汪家传回过头来冲着他一笑,说:"没事了,我们继续下棋?"

"那些纸画的小鱼,吃下去,怎么能治好那孩子的病呢?"他好奇地问。

"傻瓜,那叫符。"汪家传笑着说,"符是有神力的。你没看见我往符上吹了一口气吗,符上就有神力了,然后吃下去就会好了。"

"为什么符上有神力呢?"他诧异不解,进一步问。

汪家传想了想,说:"据说,是借天地人之力吧……这个,也是跟别人学的,发现有效,就做了……我也不知道是怎么回事。"

晚上,他翻来覆去睡不着,他想了很多,下午那奇怪的场景使他增加了对汪家传的崇拜,也让他对这个世界增加了更多的怀疑。在这个神秘的世界上,的确存在一种无法言说的神秘。人的之所以渺小,是因为连最基本的真相都无法沟通,更不用说这个世界的真理了。

……大头也变得越来越奇怪了。也不知道从什么时候起,大头每天都拎着一个布袋,一个人独自蹒跚在草丛中、树林里,认真地寻觅着每一片鸟遗落下来的羽毛。每发现一片羽毛,他都兴奋得手舞足蹈。有一次,他在芦苇丛中拾到十几根大雁的翎毛,兴奋得几近疯狂,甚至在沙滩上打起滚来,像一只小狗撒欢一样。

那天他在树林边上的小路上遇见了大头。大头右手插在夹克的兜里,左手拎着那只小白布袋,里面鼓鼓囊囊地装着什么,正

东张西望地找寻着什么。见到他,大头很高兴,冲着他堆起了满脸的笑,又咿里呱啦地说着什么。他问:

"有什么好事?这么高兴?"

大头开心地笑着,小心翼翼地从衣兜里将右手拿出来,他的手里还攥着一只鸟,是一只画眉,精灵般的劲头顽强地摆动着,眼睛像宝石一样晶莹,它不停地摆动着身体,努力想从大头的手中挣脱,有一只翅膀差点从大头的手心中挣脱出来。大头忙不迭地用左手去帮忙,将鸟又重新揣回兜里了。

大头看着他,兴奋地对他说:"你,知道吗?……他们说,假如人,也有翅膀的话,也会飞……飞起来的。"

他不明白大头的意思,狐疑地看了看他。大头笑着打开了那只小布袋给他看,只见里面装有无数片鸟的羽毛,有灰色的,有绿色的,有红色的,有黑色的,有白色的,有花斑纹的,各种各样大小,各种各样的颜色。这些羽毛,属于不同的鸟儿吧,有麻雀,有燕子,有黄莺,有斑鸠,有画眉,有喜鹊,还有布谷、鹭鸶等等。大头说这些他都是在树林和草地上拾掇的,有时候,还爬到高高树上的鸟窝去寻觅。大头告诉他,自己想用这些鸟的羽毛制一件衣服,穿在身上,就能跟鸟儿一样,在天空中飞翔了。

他看着大头的兴奋劲,没有言语,只是心中隐隐地有种害怕的感觉。

几天之后,他又在群艺馆的院子里看到了大头,只见他一个人静静地蹲伏在院里那株老桂花树下,用一个小锄头在挖地。他走过去,问大头:"怎么啦?"大头默不作声,指指脚下。他这才看到,那一只大画眉硬硬地躺在那里,很明显已死了。他感到诧异,问大头怎么回事。大头一边哭丧着脸,一边结结巴巴地说。

他听了一会,算弄明白了:早晨大头拎着鸟笼去文庙附近遛鸟,刚刚将鸟笼挂在旁边的女贞树上,一只不起眼的灰画眉飞到鸟笼上面,放开嗓子唱起来,声音如同银铃一样好听。笼中的画眉急了,在里面上下直蹿,嗓子变得激越,拼命想超越灰画眉。灰画眉呢,似乎有意地跟笼中的画眉过不去,又飞到附近的树枝上,对着笼中的画眉使劲地唱,婉转清脆发挥得淋漓尽致。笼中的鸟儿急了,死活不服这口气,一个劲地叫啊。到了后来,嗓子也哑了,一头从横栏上撞下来,口中流血,竟活活地气死了。

"那只灰画眉呢?"他急急地问。

"得意地打了一个呼哨,箭一般地飞走了。"大头一边说,一边竟哭了起来。

他一边心生感叹,一边安慰大头。他与大头一起找了个小木匣,将那只好强的画眉放进去,又将木匣子放入已挖好的坑里。他安慰大头说:"没事,我们去找汪师父去,让他帮你多抓几个画眉。"

大头一听,立即破涕为笑,开心地手舞足蹈起来。我们来到了汪家传的家,把事情跟汪家传一说,汪家传笑了,说:"还有这事。好,明早你们在文庙边上的女贞树林边等我,我来帮你们把那只画眉抓住。"

第二天清晨,他和大头先来到了文庙附近。太阳还没有出来,有岚气从宝塔那一边流过来,把文庙也遮掩住了。女贞树林掩映在雾霭之中,有时候露出个枝丫,有时候露出个犄角,让人看不清全貌。过了一会,汪家传手里拎着一只大鸟笼来了。跟我们打了招呼后,汪家传将鸟笼挂在不远处的女贞树上,将鸟笼门打开,里面放着半碗玉米粒,门用一根细细的竹枝撑住,上面拴一根黑棉线。随后,汪家传带着他们悄悄藏身于硕大的香樟树后,手里牵着线头,凝神屏息地注视着不远处的动静。

大约半个小时后,一只灰色的画眉飞来了,先是在附近的女贞树上东张西望,驻足吟唱,然后,突然发现了什么,先是仔细地打量着鸟笼子,又飞到鸟笼子上方。不远处的大头激动得手足颤抖,差点就大喊大叫了。他忙伸出手,捂住大头的嘴。那只画眉果然不同凡响,先是飞离了鸟笼,站在女贞树的树梢上兀自吟唱,一段时间后,见四周没有动静,突然地就俯冲下来,箭一般地蹿进了鸟笼,低着头准备吃玉米。他跟大头差一点叫出声来,这时候只见汪家传轻轻将小指一动,鸟笼门立即落下,那只灰画眉被关在笼中了,惊恐得扇动着翅膀,扑簌簌乱飞。

他和大头一下子呀的一声喊出来,也蹦得老高,随后飞快地向鸟笼奔去。

三

过去的事情总是扑朔迷离的,这也许是历史的本质之一。自从我进入,专心地收集和整理黄山游击队的历史后,阅读了许多关于皖南斗争的回忆录,期望对这一段历史有一个清晰的脉络。

在我阅读的文章中,有一篇王育英口述、李明整理的革命斗争故事《虎穴取电台》给我印象尤深。在这个故事中,王育英提到了为黄山游击队支队长黄源去南京八路军办事处取电台的事。整篇故事曲折动人惊险神奇刀光剑影富有传奇色彩,人物形象栩栩如生。以下试摘录一段:

1946年9月12日,当时黄山游击队总指挥的黄源同志有一天把我叫到他的指挥所,对我说:

"王育英同志,这次交给你一项重要的任务。"

"什么任务?"我抑制不住心里的兴奋,激动地问。

"去南京,从敌人的心脏里,取出华东局领导交给我们的电台。你能完成这任务吗?"

"保证完成任务!"我挺起胸膛,斩钉截铁地说。

黄总指挥笑眯眯地看着我,看得出来,他很欣赏我的果敢和坚决。但只一会,黄总指挥收敛住笑,严肃地说:

"小王啊,你要知道,电台对我们真是太重要了,有了电台,我们就能及时听到党中央的声音,那样,我们皖南就跟中央联系得更紧密了……"

我倾听着黄源的讲话,心里云翻浪涌,我攥紧拳头,大声说:

"放心吧,首长,人在电台在,不取回电台,我提着脑袋来见你!"

……

以上是我援引的开篇,可见一斑。文章接着便是叙述王育英怎样摆脱特务的追踪,怎样将计就计,让敌人巡逻队和敌特务之间自相残杀;又怎样化装成一个国民党校官,戴着白手套和墨镜神气兮兮地跟一个漂亮的女地下党接上头,与敌人周旋于舞场、咖啡馆等地。男才女貌,比翼双飞……故事的结局当然是电台辗转周折,终于交到了黄源的手中。

二十世纪九十年代中叶,我又一次去了北京黄源的家。这一次,我将这一篇登在某权威大报上的回忆录带给黄源和汪丽文看,期望以此为由头,打开他们的话匣子。黄源读着这篇文章,面容变得越来越严峻,越来越凝重,很快,连报纸还没看完,就扔地上去了,嘴里生气地说:"什么呀,胡说八道!"汪丽文看到黄源发火,忙问:"什么样的文章啊,我来看看。"看了一段之后,同样将报纸扔在沙发上。我连忙问究竟,汪丽文愤愤地说:"有些人呀,削尖脑袋编故事。就说去南京取电台吧,是有这事,不过这事是我一手操办的,跟他王育英有什么关系?那时候因为大牛山根据地遭到敌人'围剿',电台损坏,跟组织上失去了联系,必须重置一部电台。我当时就提议,我们离苏北新四军根据地太远了,那么长路程去取电台不方便,干脆去南京直接找中共代表团驻地。我有一个女同学正好在中共代表团工作,可以让她直接向上面反映,给我们一部电台。去南京我也很方便,我姑姑家就在南京,很有钱,在当地也很有影响力。黄源跟我一合计,说,行,那你就去吧,等搞到电台,再派人去取,这样更安全一些。"

我问:"那后来呢?取电台时,没发生什么故事?有什么印象深的事情?"

汪丽文话匣子打开了,说:"我就去了南京——在山里生活了那么多年,都没有什么出门的衣服了。我还是让周老五帮我从附近村里的大户人家借来了衣服行头。我记得很清楚:一件浅蓝色的旗袍,一双细纱白袜子,一双黑皮鞋。一开始,穿了多年的粗布衣服、葛藤草鞋和山袜,突然换上这些东西,连走路也不会了,走起来一歪一摇的,站都站不稳。不得不在山棚里练了半天,才算是学会了走路。"

黄源在一旁笑着说:"是哦,我在旁边看着她走路,就像踩高跷似的!"

汪丽文得意地笑了,说:"可不是。当年我在南京晓庄学校念书的时候,天天穿高跟鞋也不觉得累,那时候真是又年轻又时尚,有很多男孩子追我。参加了黄山游击队后,就差点没变成猴子了——到了南京后,我就到了姑姑家,他们对我很热情,说这么多年了,一直没见到你,失去联系了,以为你出事了呢!我说,不是因为抗战嘛,邮政也不通,根本没办法联系。我就跟他们说,我现在《芜湖日报》当记者,这一次,是来南京采访国共和谈的。为什么说自己是《芜湖日报》记者呢,是因为在来的路上,恰巧碰到一个芜湖日报记者,家是绩溪人,我们谈得挺投机。我当时就跟他说,想借他的记者徽章一用,去中共代表团看一个同学,用后保证寄还给他。这个记者很爽快,就把徽章借给我了。"

汪丽文继续说:"到了南京后,我即以《芜湖日报》记者的身份来到梅园17号八路军办事处,传达室通报之后,听说是记者来访,就由分管宣传新闻的同志来接见。这个同志问我采访什么时,我这才告诉他,我不是来采访新闻的,是来接组织关系的。就这样,我将黄山游击队的情况跟党组织和华东局作了详细汇报。当组织上确认我们急需电台时,立即答应帮助我们。不过拿到电台的过程还真是有点复杂,八路军办事处亲自抓这项工作,帮我们搞到了电台,也搞好密电码,代表团的交通员把电台装进皮箱,放在一辆小车上,跟我约好在玄武湖大门口见面,把电台交给我。我收到电台后,当即把电台放在南京一个地下党的家里,然后,告别了姑姑回到了皖南。"

我问:"为什么你不直接把电台带回来,要重新派人去拿呢?"

汪丽文说:"老黄对这事考虑得很周全,电台的确太重,我一个人拿不动,也不敢找人搬。如果一个单身女子带这样一个大东西,目标显然太大。而且,到南京时,我也不知道是不是能搞到电台,也不敢带人去。所以只好重新派人去拿。"

我问:"后来,是谁去取电台的呢?"

汪丽文说:"周老五和洪春花呀!我回到大牛山后,立即跟老黄商量派人去取。老黄要自己去,我不同意。他是黄山游击队的主要负责人,大事小事都得做主,一个人走了不方便。商量来商量去,决定还是派周老五跟洪春花去取。为什么不派王麻子跟洪春花去呢,因为王麻子要带部队,走不掉,而且王麻子面相凶煞,脾气大,又没去过城市,怕太莽撞引起敌人注意。周老五这个人长得清秀些,办事也灵活,看起来跟洪春花比较般配。王麻子还不高兴,质问为什么不让他去。他也不同意周老五去,怕周老五对他老婆不轨。哈,这个王麻子啊,什么都好,就是守着一个漂亮老婆,不放心。是吧,老黄?"

汪丽文一边叙述,一边不忘在沙发上读报的黄源。黄源显然听到了汪丽文的问话,笑呵呵地点了点头。

汪丽文喝了口茶,继续说:"我们做了很多工作,周老五也一再保证不会动他老婆一个指头。这样,他们才去了南京,一个礼拜后,终于把电台取了回来。他们俩是扮作一对做生意的夫妻去的,到了南京后,找到了地下党的接头人,把电台放在皮箱里。周老五和洪春花轮流拎着,也就带回来了。"

我也就同样的事情跟小玉的外婆洪春花聊过。出人意料的是,洪春花的回答,跟汪丽文说的大同小异。洪春花起先是吞吞吐吐地不愿讲,后来我问得急了,她就说:"电台是皖南特委分配给游击队的,本来是让黄源跟汪丽文去取的,可汪丽文正好怀着皖生,脚肿得走不动路,大肚子出门也不方便。没奈何下,只好让周老五跟我扮作一对夫妻去了南京,把电台取了回来。"

我大吃一惊,装作没听说过汪丽文的说法,问:"你跟周老五一起去南京取电台,一路安全吗?没发生什么事吗?"

洪春花脸上掠过一丝不安,微小得像水上滑过一丝游风,她不动声色地说:"没有啊,一切很顺利。到了南京办完事后,周老五说南京的小笼包子好吃,就对我说,我们去夫子庙尝尝小笼包子吧。于是我们去了秦淮河边上的夫子庙吃小笼包子。那小笼包子真好吃,周老五一口气吃了八笼,我也一口气吃了五笼。把包子店的人吓坏了,他们从没见到这样能吃的一对公婆。哈哈。"

洪春花说这一段话的时候,脸上露出了难得一见的笑容。我只是在想,他们说的是同一件事吗?也许当年取电台,有好几次吧。

四

1975年3月,春天还没有真正到来,不过那种带有暖意的、无所不在的热烘烘的气息,却从一切地方呲呲地向外冒着了。阳光照射到的地方,积雪已开始消融,有嫩嫩鲜鲜的绿芽,开始从枯黄的草中透出;光秃秃的树木,开始结芽苞了,硬硬的,像包了一层茧似的。最明显感到春天气息的,是那些到处流浪的野狗,开始到处乱窜,随意地撒尿,尿液流到地上越淌越细,不再马上结冰,只是边上结了少许黄色的冰碴碴。

春天到来之后,安谧的群艺馆大院,突然呈现出紧张的气氛,有一天清晨,突然来了一批白衣蓝裤的公安,直冲入李玉茹的家里,撞坏了大门,把里面的门闩都撞断了。公安当即将正在熟睡的李玉茹铐上了手铐,带去了公安局。小芙吓得直哭,赤着脚被勒令站在屋外。接着,公安对李玉茹家进行了全面搜索,已开始腐烂的地板也被全部撬开,看里面可藏有电台。晚上,母亲带回的消息是,上午,文化局的洪局长来到了群艺馆,极其严肃地宣布了县委的决定:李玉茹涉嫌为国民党潜伏的特务,被相关部门带走调查。洪局长说,根据群众举报,李玉茹受叛徒陶大文命令,秘密潜伏于S县,多年来一直向国民党方面提供情报。这一次亏得人民群众火眼金睛,发现了敌人的阴谋,这才使狡猾的敌人原形毕露。

晚上,在饭桌上,母亲对"邮筒"说:"李玉茹怎么会是国民党特务呢?潜伏得那样深,还真看不出来。"

"邮筒"说:"这个李玉茹,你别说,还真长得一副女特务的模样。你不见电影《铁道卫士》上的那个,都是头发烫成大波浪,穿得花枝招展,走路一扭一扭的……我看那个李玉茹啊,还真有点像。"

母亲不同意,说:"人家那是上海人,上海女人不都那样,雪花膏抹得老厚的,举止嗲嗲的……倒不一定是特务。"

他在边上实在忍不住了,把饭碗往桌上一放,问母亲:"李玉茹被抓走了,是你告的密吧?"

母亲脸上突然涨得通红,连忙分辩:"哪是我啊,我干吗要告密啊?这种事情,我不干的。"

他问:"公安局怎么知道李玉茹跟陶大文在上海交往的事?她又不会主动跟人说,不是你说的,是哪个说的呢?"

母亲脸上一阵青一阵白,说:"反正不是我说的——你这小孩子,管大人的事干吗!这种有关政治的事情,是很危险的,你们不要管,好好读书就是。"

母亲又说:"不要再啰唆了,好好吃饭!"

他不再说话了,气呼呼地吃着饭。母亲和"邮筒"也不说话。过了一会,母亲突然像是想起什么,对"邮筒"说:"哦——我想起

彼岸 | 291

来了,我好像跟俞美芹说过李玉茹曾经跟陶大文谈过对象的事,不会是俞美芹告的密吧?"

他一下明白了,肯定是那个俞美芹,那个悭吝鬼。

自那一天起,李玉茹就被关进看守所了。他家对面的那间小屋子,也难见小芙和大头的身影。每次上学放学,总能看到那间屋子的门紧紧地闭着,上面有一个硕大的铜锁。晚上去厕所经过屋子门口,也难见那间屋子里亮起灯光。很多天了,他一直看不到小芙的身影,不知道是不是跟小玉在一起。如今在S县,只剩下小玉能照料她了。有一天放学后,他在大院里看到了大头,看见他,脸上漾起了灿烂的笑容,很真诚,也很开心。他问:"大头,怎么见不到你上学啊?"

大头结结巴巴地说:"我……不想上学了,上学……他们……老是欺负我。我……不想去了。"

他说:"那也不能不上学啊,不上学你干吗呢?"

大头也不说话,右手一把抓住他,左手指着不远处的桂花树给他看。他走近一看,桂花树的树枝上,挂着一只鸟笼,里面有一只画眉,鲜艳的羽毛,黄嘴巴,见他靠得近了,一双红红的眼睛警觉地瞪着,若有所思。大头把嘴凑近笼子,咿里哇啦地对鸟说了些什么,又伸开胳膊做出一个飞翔的动作。那只画眉眼睛立即变得柔和起来,发出了一声声悦耳的啼鸣。

大头兴奋地拍起了巴掌,笑着告诉他:"你知道吗?我会鸟语了,我刚才告诉它,你是好人,是好朋友,它立即听懂了。"

他好奇地说:"你怎么会鸟语的呢?"

大头兴奋地说:"我也不知道。我觉得我想……想跟它说话,就……就闭着眼睛在心里说,然后……然后……它就听懂了。"

大头又说:"你知道吗?我……我才不要上学呢,我上辈子是只鸟呢!——我……我下辈子还要变只鸟!"

几个月之后,有一天他放学,从城中桥经过,很远就看到桥边的街道上,有一辆绿色的卡车停在那里,旁边有很多人簇拥,也有人领着,在呼喊"打倒……"什么的口号,好像有在派出所帮忙的刘狗子的公鸭嗓子。这时候已是"文革"后期,此番情景已不太多见。他跑上前去,站在桥头的石墩上往那边看,只见高高的卡车上,有一男一女低着头站在那里,在他们旁边,有两个穿着白色上衣蓝色长裤佩着手枪的公安。他远远地看过去,接受批斗的女子的身形好像特别熟悉,他不由怦然心动,跳下石墩,走上去挤进人群一看,那个女子把头垂得很低,脖子上挂了一个木质牌子,上面糊了一层白纸,用粗大的毛笔蘸着墨水写着:国民党女特务李玉茹!没错,那个女子正是李玉茹!只见李玉茹头发散乱,面色铁青,人一下子像是老去了二十岁,身体较以前明显瘦弱很多。她一动不动地站着,头低着不看人。在李玉茹旁边站着的,是一个在街上常常见到的神经病,脖子上也挂了一个牌子,上面写着"国民党特务小五子"。小五子倒是神色自若,嘻嘻笑着,口水流得老长。在他们身边,那个派出所的临时工刘狗子左胳膊上戴一个红袖章,上面写着"执勤"二字,右手执一个半导体喇叭,兴奋异常,上蹿下跳,不时冲着人群挥舞着胳膊呼口号,喊到激动之处,便跑到李玉茹和那个男子面前,按住他们的头,直至让他们弯成了九十度。

李玉茹站立在那里,双腿瑟瑟颤抖,有好几次,膝盖一抖,差点跪了下来。围观的人像潮水一样涌了上来,他们先是七嘴八舌地议论着。接着,有人尝试着骂她,踢她,向她吐口水。那个在大街上烧开水的李歪嘴,一边骂她是国民党特务,一边试探着用那脏兮兮的手去揪她的头发。李歪嘴抓住李玉茹的头发时,李玉茹冷冷地看着他,也不躲避。李歪嘴一时不知如何是好,揪住李玉茹头发的手,僵硬地直在空中。在一旁的刘狗子看到了,很不高兴,显然,李玉茹的沉默激怒了他。刘狗子持着半导体喇叭喊道:"大家看哦,这个女叛徒还很顽固呢!"他走上前,对着人群大声说:"要不要把他们绑在一起,让这一对狗男女相亲相爱?"人群中李歪嘴们立即跟着叫好。刘狗子劲上来了,他淫笑着放下话筒,从卡车上找到一根粗绳,粗鲁地把李玉茹推到小五子身边,硬是把他们绑在一起。李玉茹拼命地挣扎,小五子则有点不知所措,他六神无主地看着人群,嘴里的口水像瀑布一样流出来。

刘狗子还觉得不过瘾,他又拿起话筒,说:"你们看这一对阶级敌人,他们里通外国,叛变革命,一心想让我们贫下中农吃二遍苦,受二茬罪。他们在一起干坏事,你们说,我们能答应吗?"人群中有一阵哄笑声,也有人跟着应道:"不答应!"刘狗子更来劲了,他站在卡车上叫道:"这个李玉茹,是叛徒的情妇;这个小五子,是潜伏的国民党特务。他们就像一对老鼠一样,潜伏在我们S县,白天见不得阳光,晚上出来活动……现在,我们让他们俩亲一个,你们说,好不好?"

人群中一片叫好声。刘狗子放下手中的半导体喇叭,左手按住李玉茹的后脑,右手按住小五子的后脑,把他们的脸和嘴紧紧地贴在一起。李玉茹拼命地反抗着,她死死地挣扎,拼命地把头往后仰着。刘狗子累得喘起了粗气。李歪嘴在一旁看着,也跃跃欲试,爬上卡车,伸出了瘦硬的手,狞笑着去帮刘狗子的忙。瘦弱的李玉茹哪里架得住刘狗子和李歪嘴的用力啊,她的脸部扭曲变形,嘴中发出模糊不清的声音,她分明是央求他们不要这样做……

他远远地看着李玉茹,就像目睹暴风骤雨卷起的一片枯叶,无助地飘零空中……这时候,天下起了雨,先是小雨,然后是瓢泼大雨,雨像粗大的弹子一样,打落在人的身上。人群忽发一声喊,都作鸟兽散了。只有他,站在雨中,远远地看着这一切。李玉茹好像也看到了他,她的目光凄婉悲凉,像严冬的河面一样冰冷;不知是眼泪还是雨水,满脸透湿。他看见她的身体一阵战栗,腿摇晃着站立不住了,然后,整个身体都软沓下来,晕倒在卡车上……

他忽然由愤懑产生一个愿望:真希望这雨越下越大,下不停歇,将这个小镇,乃至小镇外的所有世界,都淹没在深深的水中。

第十三章

一

我后来发现,在黄山一带武装斗争中,最具谜团意味的人物,是潜伏在国民党党部的陶大文。他的身世、出身很清楚:出生在S县,之后去上海读大学,抗日战争爆发后,陶大文回到了老家,在县党部谋取了一个小小的秘书职位。有关部门给陶大文的初步结论是:在上海读大学时,曾加入中国共产党,参加过上海的地下革命。抗日战争爆发后,陶大文一段时间脱离了党组织。在任职老家县党部后,又跟地下党组织取得了联系。不过一直无法确认的是,陶大文在S县时,具体执行谁的指示。也就是说,一直不知道陶大文的领导是谁。

对于陶大文,我后来曾看过一篇相关文章,是当年在上海有些名气的徽州人章书元写的,提到有一次胡适去上海,上海亚东书店请客,章书元曾见到了同为徽州人的陶大文。章书元的文章,只提及陶大文这个人名,至于其他,都没有说。对于这个同乡,章书元想必也不熟悉。与陶大文生平同样神秘的,还有陶大文的结局——自中华人民共和国成立之后,陶大文就神秘地消失了。有人说他去了美国,也有人说他去了台湾,更有人说他出了家。

陶大文被俘之后,如果逃脱,也是一个谜——陶大文在"花蝴蝶"的帮助下,从 S 县看守所逃出之后,先是在坟墓里待了三个月,此后,竟然跑到芜湖,在芜湖的《江城日报》上刊登了一份《声明》。

这是登在芜湖《江城日报》上的,我后来在相关档案馆中,看到这张报纸的原件:

声　明

本人系安徽省 S 县人。现宣布退出自己所属组织。特此声明。

陶大文

中华民国三十七年一月十日

在此之后,就再没有陶大文确切的踪迹了。这一份《声明》的刊登时间是中华民国三十七年一月十日,也就是 1948 年 1 月 10 日,当时中国共产党领导的解放战争已经进行了大转折时期,国民党军队已现溃败之势。按理说,极富革命斗争经验的陶大文应该有前瞻性。此时的陶大文已经脱离危险,不存在着生存和肉体的压力。声明没有多余的一字一句,相当简洁,也没有出现当时流行的"共匪"字眼。

之后的情况是,陶大文在登出《声明》的第二天,就从人们的视野里消失了。有人据此认定,陶大文并非地下党,而是共产党国民党外的其他组织,有可能是二十世纪二三十年代上海的无政府主义组织,或者是一些爱国帮派"斧头帮"等等。在二三十年代的上海,这些组织都很活跃,当时"斧头帮"的首领,正是同为安徽人的王亚樵。年轻气盛的陶大文加入,也并非不可能。人们还猜测说,陶大文后来之所以回乡,是因为王亚樵被杀,压力巨大,回乡暂时躲避和潜伏,也不失为一种好的选择。陶大文之后的结局,有一种说法是陶大文之后乘火车到了上海,投奔了美国花旗银行,当了一名高级职员,上海解放前夕,又随整个银行搬迁去了美国。这一说法,来自县药材店的石老板,石老板有一次跟人谈心,说上海解放前夕,有一次他去上海购货,曾在霞飞路的锦江饭店门前见到陶大文,还跟陶大文寒暄了几句。陶大文当时告诉他,自己在一家外国银行谋职,可能会随银行一起迁去国外。不过"文革"开始后,石老板死于武斗的乱枪之中,这一种说法已死无对证。另一种说法,则显得比较无稽,说陶大文解放后隐居山林出家当了和尚。这种说法无实证,猜测的成分较多,周老五就持这一种说法。还有人说陶大文解放前夕遭到了一些人的秘密杀害,执行者可能是国民党特务,也有可能是遭到了土匪的撕票。持这一种说法的是当地党史办的人员,他们在遍求陶大文踪迹不得的情况下,自然而然地,会有这样的想法。

自此之后,陶大文的详细情况无人知晓,这个人,就像水滴化为蒸汽一样,从这个世界上消失了。"文革"结束后,北京相关部门曾派人来过 S 县,调查陶大文的情况,这些人找到了当时的县革委会领导,也找到了小玉的外婆、周老五以及汪家传等。没有人能说得清陶大文后来的情况,调查组的人失望而归。由此,陶大文的身份变得更加神秘了。人们猜测的是,为什么北京会如此关注这个人。如果轮到北京去关注这个人的话,这个人该有怎样的背景啊!

有一点可以确定的是,陶大文在坟墓里鬼魅般生活的三个月,也是他思想发生巨大裂变的时期。在那段时间,陶大文无所事事,只能待在黑暗潮湿的坟墓里,与白骨相伴,经历着肉体和精神的双重煎熬。除了空虚、寂寞和睡觉,他只剩下思想,不停地思想,无时无刻地思想。没人知道他会想些什么,不过阴湿而恐怖的墓地,是与蚯蚓、蝙蝠、蝎子最近的地方,也是离死亡最近的地方。

有关陶大文的事情尚未了结——1985 年春天,失踪了三十多年的陶大文浮出水面,这一天,S 县财政局收到了来自美国洛杉矶的一笔 15 万美金的巨款。几天后,S 县县长收到了一封来自美国的信,写信人自我介绍说,他叫陶大文,解放前曾在国民党党部工作,是烈士陶小武的哥哥;说他已从美国汇了一笔 15 万美金给 S 县政府,想在自己的家乡,建一所以"陶小武"为名字的小学。新调来的县长在收到这一封信后,一时不明白陶大文兄弟的关系,急忙让相关人员介绍了有关情况。这一下,S县历史上最悬疑的事件终于水落石出——一切如当年石老板所看到的,陶大文在逃往上海之后,先是在花旗银行谋取了一个职位,上海解放前,又随银行搬迁去了美国。此后,陶大文一直在美国生活,直至退休。在信的最后,陶大文表示,这一番捐出自己的积蓄,是为了了结心中的一个情结,努力为家乡做点事,也告慰弟弟的在天之灵。

在得知了陶大文的情况后,县里有关人士郑重地向上级部门作了汇报。上级部门的答复是:陶大文的身份,现在很难核实了,不过属爱国人士毋庸置疑,在当前以经济建设为中心的大形势下,要团结一切可以团结的力量,身份之事,不再重要。既然陶大文传达了报效家乡的诚心,就应该以诚相待,把好事做好,只是此事不宜多宣传,最重要的,是要着力宣传陶小武烈士的光辉形象,更何况,陶小武的确是为了革命事业,被反动派杀害的,是真正的烈士。就这样,1986年底,修缮一新的"小武小学"落成,一幢堂皇漂亮的五层教学楼矗立在校园内。校牌是新换的,字虽不太好但却颇有气韵,那是由县委书记亲自题签的。原先在破旧危房上学的乡村孩子们,搬进了明亮亮的教室,他们的笑容更灿烂,他们的读书声更响亮。

由于上级部门的定调,有关陶大文捐助之事,在S县只是少数人知道。每到清明节,照例有许许多多天真活泼的儿童少年来此参观瞻仰,祭扫小武烈士墓。在宽阔漂亮的操场上,校长们仍旧在认真地作着报告,孩子们仍是在认真或不认真地听讲。前年的清明节,我独自一人去了那里,我在烈士墓前遇见了一群正在扫墓的孩子。一切都如从前,该虔诚的虔诚,该踏春的踏春,几乎与我们当年没有变化。不过我仍有一种恍若隔世的感觉。我感到奇怪。后来我想:这应该是我自身的变化吧——内心的不同,使得我在看待这个世界时,有着别样的感觉。

二

他看着汪家传在汤汤流动的琴溪河水边的草地上安安静静地打坐,夕阳照着他的身影,将他的侧影照成了一尊佛像。他远远地看着他,心中一凛。是的,就当时来说,他并不知道汪家传如此静穆的方式是确切在做什么,不过从打坐的姿势中,他感受到了一种凛凛的神秘,来源于人性和世界的深处。他知道这是一种充满着神秘的姿势,不融于这个时代,也不融于很多人,在很多时候,这样的姿态是一种非主流,是一种排斥,更是一种独立和寻找。它在告诉人们,它似乎有一种路,通着无人知晓的世界。

待汪家传收工之后,他招呼了一声:

"汪师父!"

汪家传应了一声,说:

"你来啦?"

他点点头。他感觉到自己就像一只失魂落魄的鸟儿一样,因为找不到归家的路,只好到处漂泊着。也不知怎么回事,他总是显得心事重重,他不知道是怎么回事,与小玉的隔膜,与大头的疏离,都让他失落无比。他有了对这个世界最初的疑问,无论是现在、过去和未来,都让他忧心忡忡。

他就坐在汪家传边上,什么也没说。汪家传也不管他,只顾自己站起来,收拾着坐垫,准备往屋里走。

他跟在汪家传的边上,好像有一肚子话说,又不知从哪说起。然后,他突然问:

"汪师父,你当年为什么没当干部呢?"

汪家传一怔,然后笑笑,说:"怎么想起来问这个呢?"

他说:"是啊,我也觉得奇怪,当年你们打游击出生入死的,胜利了,也该享福了,为什么你还要当医生呢?"

汪家传想了想:"一个人一辈子,只能做好一件事。我那时想……我还是当医生合适,所以,就要求当医生了。"

他没有继续追问了。过了一会,他又问:什么是打坐?为什么要打坐呢?

汪家传看着他一笑,说:"呵呵,这个还真难以解释清楚。打坐其实并不神秘,它只是让你专注地想一些念头,体会它带来的感受,并且看清它是怎么运作。其实人在这个世界上,不仅仅是眼睛在观察,还要学会用心去观察;不仅要学会用心观察,而且要学会用心在极度安静状态下去观察。打坐,就是让心静下来,然后用心去观察,这也就是'禅定'。在极度安静的状态下去观察,就能避免情绪的左右,分辨各种事物之间细微的差别。这一点就像是将自我意识的水放到大海里融合一样,你感觉不到内与外、进与出,你就能从个体中感受到整体。"

他听得莫名其妙,也有点似懂非懂。他想了想,继续问:"那为什么要打坐呢?"

"为什么?"汪家传一笑,说:"还是为了静心吧,坐在这里,尽量地消失自我,接受与世界的联系。打坐其实只是一种方法,把你跟这个空旷庞大的世界联系起来,然后试着将自己融化。这种感觉,就像把雪放在火炉上一样,雪很快就融化了。那时人处在完全的空境中,内在的自己幻化掉,像镜面上的呵气,慢慢消失,产生一个很强大的虚空……"

他有点听不懂了,也有点感到害怕。汪家传大约意识到自己所说的深奥,又笑着说:"其实,打坐的状态,就跟死亡前期的状态一样,你会感到安静极了,也敏锐极了,身边的一切都在消失,一开始是外在世界消失,所有的感受、意识会变得朦胧、笼统,有点像天气很热的一种气流。消失之后出现了一种光,不是阳光也不是月亮或电光,有人称之为死亡光明。气会消失,光也会消失,变成完全的黑暗。除了一个火一样的红点。"

他问:"人死了,就是这样?"

汪家传说:"差不多吧,都应是意识的消失,如果进入很深沉的禅定状态,所有的东西会变得特别缓慢。最细致、最细微的心是存在的。在这种禅定状态下,或许可以唤起一些记忆。这些经历可能是很久很久以前的,仿佛存在于某个空间。只是被发现了,就像放电影一样可以看到。"

他有点明白了。他想,自己也应该学一学打坐,什么时候能跟汪家传一样,能随心所欲地进入一种禅定状态该多好。那样,就可以了解很多,可以回到过去,也可以去了解将来。自己就不会有那么多的疑问了。

那时的他,哪里会知道道理背后的平实啊!

再后来,他们沉默着,看着身边汤汤流动的河水,一直不说话,就那样看了很久。他们看着眼前水晶般清澈的流水,心里有说不出的愉悦。河水里总有一些东西在熠熠地闪着光,也许是河流的一块玻璃,也许是一块有着岁月的瓷片,也可能是一条鱼,肥壮的鲤鱼或者是红尾巴的白丝鱼。它们在水中游着,感受着水的温暖或凉爽,感受到水的肌理,也感受着水的秘密。在水中,鱼应该是快乐的吧?它们不时地亮着肚皮,迎合着阳光的照射,用神秘的反光回应着这个世界。摇曳不定的光本身,就是由神秘的东西构成的,可以寄寓全部人、兽、天使和魔鬼的身影。谁说时间不会开花呢?它的神秘体现在很多东西上面,植物本身的花朵,人类的哲思和创造,包括流水的波光潋滟,以及自然界的一切一切,都可以说是时间神秘的馈赠。

……人总是喜欢水的,无论是好人还是坏人,因为这是生命的本能。后来他尝试着分析,为什么人类总是那么喜欢水呢?那是因为记忆的深处,有着波光潋滟的影子——这有可能是因为最初在子宫羊水里生活的缘故,也有可能是远处的记忆。最早的人类有可能是鱼,先是生活水里,然后爬上岸变成了猴子和猿……一个人如果能了解自己身体内的本能或者说记忆,能够以一种见怪不怪的方式来看待它,能够追溯到人性的深处去认识这个世界,就可以算是在路上的一种方式了。

三

二十世纪九十年代,我去北京采访黄源,他曾跟我谈起了他在皖南斗争生涯中出生的两个儿子,为了纪念那段血雨腥风的日子,他给两个儿子一个取名叫皖生,一个叫南生。皖生和南生现在一个从政,在中央某部任副司长;另一个则在某大公司从事经济工作。黄源还给我看了一张在皖南斗争中拍摄的现已发黄的旧照片。在那张全家福照片上,黄源英俊潇洒威武,汪丽文贤淑大方,最引人注目的是,他们怀中所抱的皖生和南生,这两个孩子漂亮而机灵,像虎崽子一样活泼可爱。

同样的照片我在周老五处也见到一张。周老五指着照片上的皖生和南生说,这两个伢子,要不是我,早就给他老子一枪一个撂给了阎罗王。我吃了一惊,忙问缘由,周老五便给我讲了大牛山恶战的情景:

"那一仗打得可真凶,枪子噼噼啪啪像过节的爆竹一样。杀死了孙铎之后,国民党那个气啊,也不晓得是哪个龟孙子告的密,国民党摸清了我们的指挥部在大牛山,调集了正规军的一个整团,加上地方上的六个连,以及相关警察部队等,一共好几千人,抬着数十挺轻机枪,十几挺重机枪,还有几门六○炮,将大牛山围得水泄不通。第二天一大早,他们先是放了一阵大炮,然后缩小圈子就向我们包抄过来了。黄山游击队,这时候虽然人马比以前有增长,当时几个分队的人马,都被派到外地去了,在大牛山,只有几十号人马的直属小队,都算是老弱病残。王麻子这时候也不在,直接下分队指导打仗去了。危急关头,黄源很冷静,他将全部人马集合起来,兵分几路,一队十多名战士守住正面的山头,阻击进犯的敌人,尽量不要暴露火力目标,待敌人靠近后,用手榴弹进行轰炸;另一路,共有六人,占领后面的山头,零星放一些枪,把敌人引走;自己带着指挥机关一群妇孺老弱,向东南森林密集的地方突围。

"天微微亮时,正前方派人报告,大牛山南侧有一条长带在弯弯曲曲向上蠕动,敌人趁着天未亮,就开始进攻了。另一边,黄源透过望远镜发现,西北方的敌人也开始出动,蚂蚁般黑压压地扑过来了。黄源命令汪丽文,赶快在狮子洞里挖了一个坑,将用油布包好的密电码埋了下去,掩上土,又盖上石头,上面再撒点落叶。不管怎样,密电码不能落到敌人手中,若破译了我们的电报,会带来很大的损失。很快,正面交锋开始了,伏击的游击队一排手榴弹掷过去,敌人一片哭爹叫娘。不过敌人多,机枪冲锋枪全开火,一排子弹打过来,也撂倒我们好几个。我们没办法,仗着地势高,地形好,拼命顶住。可一会就不行了,敌人太多,黑压压的一大片,武器又好,我们的人一个个倒下。汪丽文那时刚生孩子,才几天,就是南生。皖生那时也只有两岁。可汪丽文硬是不得了呀,手执双枪,伏在石头上,一枪一个,一会就撂倒几个。打到后来,她眼睛都红了。就这样一直坚持到黄昏。国民党一看不好,停止进攻,等着将迫击炮抬上山。黄源一看敌人没有动静,知道其中必有阴谋,要求我们快速突围。那时也只剩下我们几个人了,我、黄源、汪丽文以及另外两个警卫员。黄源问汪丽文:'你能走吗?'汪丽文脸色煞白,嘴唇发青,咬着牙点了点头。这时候,皖生和南生突然大哭起来,一哭不止。黄源急了,说,他们俩不能跟着,暴露了目标,游击队都得完蛋,说完就要举起手中的枪。说时迟那时快,汪丽文像母老虎一样扑上去,死死抱住黄源,大哭不止。我一下也明白过来了,也上前去抱住黄源。汪丽文一边哭着一边用嘴巴死死地咬住黄源。我看见黄源呆呆地站着,像一根朽木一样一动不动,眼中的泪水像雨一样披下来。

"那是我第一次看见黄源流泪,也是唯一的一次。我的眼泪也不由自主地流出来,鼻子像被人揍了一拳似的发酸,我终于憋不住放声大哭,我说你把皖生和南生留下吧,我背着他们,就是死也要跟他们死在一块。

"我把自己的上衣撕碎了,揉了一揉,一人一个塞进两个孩子的嘴里。我先把皖生五花大绑捆在身上。黄源见状,也把南生绑在身上。一切准备就绪,我们开始突围了。刚走几步,兔崽子们噼噼啪啪的枪声就打过来,跟在屁股后面的警卫员连哼都没哼就倒下了。我们也顾不上还击,拼命地往山顶上爬,爬到山顶,又赶忙往另一座山上跑。真是多亏了那些密密匝匝的森林,我们在密林之中穿行,外面的人很难发现,只好开枪乱打一气,很少能击中目标。好在这时候天已经黑下来了,敌人的枪法就更不准了。我们就这样一直跑了二十来里,后面的枪声都听不到了,我们全瘫倒在地。解开绳子一看,孩子们脸都白了,差点死掉,赶忙拔出碎布,过了一会,小鬼们这才活过来。"

"真是万幸呀!"我松了口气。

"可不,算是老天有眼。不过想想,打游击那些年,哪一次不是九死一生。开始的时候胆子还小,还想着死呀活呀残废呀什么的。后来,倒什么也不考虑了,活着一天赚一天,死了拉倒!"周老五说。

我问:"洪春花那时候在哪?她在场吗?"

"哦,洪春花啊,她当时没跟王麻子出去,也在大牛山。那个时候,除了黄源和汪丽文的孩子,谁的孩子都不准跟着部队。洪春花那时也有了孩子,放在 X 县一个老乡家里,过个半年一载才能去看望下。她那时候的任务就是看护电台,把电台用一个大大的棉布裹着,背在身上,腰里挂着两颗手榴弹,手里还端着一支步枪。她真勇敢,力气也真大,一般的人,背着那么重的电台,早就吃不消了。"

"后来知道是谁告的密吗?"我问。

"鬼,没办法查,不过陶大文是有可能的,肯定是他被国民党抓住之后告密的,他那时正在县党部,要不是他告密,国民党怎么会确定游击队的指挥部在大牛山?"

"有证据吗?"

"不是他,他干吗要退出组织?干吗要逃到国外去?做贼心虚。"周老五愤愤地说。

"那他干吗逃路呢,从文庙里逃走?"我刨根问底。

"那我哪知道?鬼知道他是逃走的,还是国民党放他走的?"周老五说。

我问："你们确定大牛山遭'围剿',是他告的密?有证据吗?"

"要什么鸟证据,找鬼去要?要是那时候我们碰到他,肯定是一枪打过去。那时候我们杀个人,比杀条狗还容易。"

"所以他上次回来,你不愿见他?"

周老五沉吟了一下,最终还是说了:"也不完全是因为这个,我看不惯那么多人前呼后拥地围着他,一个个都想让他来投资什么的。他也神气活现的好像很了不起似的。我不要看这场面!再说我也不愿意他见到我这个样子!"

沉默了半响,我又问了周老五一个问题:"你还记得去南京取电台的事吗?记得你是怎么从南京把电台取回的吗?"

周老五愣了一下,说:"去南京取电台,没有啊!"

我也一愣,说:"不都是说你跟洪春花一块去的吗?洪春花也这么说。"

周老五说:"哦,你说的是那件事啊,黄源一开始是叫我去的,还特地让我化了装,穿得西装革履。正巧黄源也要去宁国,我们仨一道,转道去 M 县乘汽车。可到了汽车站后,黄源突然改变主意,说这事重大,担心我没怎么见过世面,跟洪春花扮夫妻,看起来也不太般配。他想跟我换个角色,要亲自去南京,让我代他去宁国一趟,还特地嘱咐我不要声张,尤其是不能跟汪丽文说。我就去宁国二支队那里了。他们俩取完电台后,跟我仍在 M 县集中,黄源再让我跟洪春花一起把电台带到大牛山。后来洪春花说了她和黄源在南京夫子庙吃小笼包子的事,真是把我馋得口水直

彼岸 | 309

流。那么一个好地方为什么不让我去？真是的。打游击的日子真苦啊，真想吃点大鱼大肉解解馋啊！"

我一下明白了。

四

秋天说到就到了，小镇的上空，经常看见飞翔的大雁群，或排着"人"字队，或排着"一"字队，经过小城的上空时，不时发出阵阵悲鸣。它们在悲叹着什么呢？悲叹着背井离乡的命运？南方和北方，何处才是它们的家园呢？

霜寒之气，也慢慢地上来了，琴溪河岸上的柳树，也开始落叶，树干不再青绿，而是变成了深褐色。水边的芦苇，也变得枯黄，抽出的一枝枝种子，如同一支支蜡烛，点亮着水边的世界。在这个季节里，人们总是莫名地忧伤，会变得无所事事无所适从，很多人又把充满樟脑丸气味的衣服从箱子里翻出来了，在沿街的青石板上，以及半人高的院子里晒着霉，以至于小城到处都弥漫着樟脑丸的气息。每到傍晚，雾霭弥漫，露水浓浓，门前的台阶滑溜溜，迟缓的鼻涕虫爬了出来。金鱼草很快青春不再，别的季节看不到的带褶边的红紫相间的甘蓝花却开得如火如画。

转眼间，就是中秋节了。中秋节的傍晚，"邮筒"又来到了他家。母亲很高兴，烧了板栗烧鸡什么的。"邮筒"喝起了酒，说单位就要分新房了，如果没有意外的话，明年就可以搬到新建的邮电局宿舍去住了，那个房子很大，有一百多平方米，还有液化气什么的。母亲很高兴地问他:"你知道液化气吗?以后烧饭,再也不用柴火了,烧起来好麻烦,灰还大,麻烦死了。"

他回了一句,"那你们去烧液化气吧,我就待在这里。我喜欢吃柴烧的饭。"

这一下,母亲和"邮筒"都不说话了。过了一会,他们又说起了电视什么的,说现在新出来一个电子盒子,跟大收音机似的,里面放图像,就像电影一样,可好看呢。"邮筒"说这话的时候,他在心里想:又是什么乱七八糟的东西,我根本就不爱看,我爱看的,就是书,其他什么,我也不在乎。

他就这样草草地吃完了晚饭,把碗一推,无所事事的他又来到了大院里。白天阴沉整日,云层浓厚,他本来不指望能看到中秋的月亮,没想到一推开门,就看到天空中的月亮又大又圆,地上一片银辉。他从未看过如此大的月亮,仿佛连月亮上的很多东西都能看得见,影影绰绰的,上面好像还真是有个嫦娥,还有个玉兔,以及一间瓦屋什么的。清冷的月光之中,门口那一株夜来香开得无比茂盛,弥漫着夜雾般的香气。傍晚的光线有些朦胧,只见有两只蜂鸟似的东西扑扇着翅膀,在夜来香的花丛中起落。那真是两只蜂鸟!是的,是蜂鸟,他从未看过的蜂鸟。它们看见他来,一点也不惊讶,也不畏惧,继续在夜来香边上飞舞着。他抑制不住心跳,悄悄地走上前去观察它们:它们呈青翠的黄绿色,身体有两寸长,翅膀张开,嘴有一寸长左右……后来他看有关资料,说蜂鸟是美洲的一种鸟,在亚洲尚未发现。他感到更加惊奇了,那一天晚上,他的确看到了蜂鸟,它有色彩斑斓的透明翅膀,频率极快地扇动着,翅膀边缘,有人类感觉不到的风暴……这确实是两只蜂鸟,他不知道这是怎么回事,在那个神秘的夜晚,它们神秘地来到,又神秘地消失。它们的亮相,意味着什么呢?

一个影子,站在院落那边寂寞的老桂花树下,确切地,是一个人,不说话,像幽灵一般。他靠在门边看过去,原来是李玉茹。只见她围着那棵古老的桂花树,兀自唱着那首熟悉的《黛玉葬花》:

……花魂鸟魂总难留,鸟自无言花自羞;愿侬此日生双翼,随花飞到天尽头。天尽头,何处有香丘?未若锦囊收艳骨,一抔净土掩风流。质本洁来还洁去,不教污淖陷渠沟。侬今葬花人笑痴,他年葬侬知是谁?一朝春尽红颜老,花落人亡两不知。

只是这一次,她的嗓音不仅沙哑,而且调跑得很厉害,远远地听着,像是冬夜中清冷的寒风吹拂。一首歌唱完后,李玉茹大约是累了,靠着桂花树一动不动。过了好一会,突然她昂起头来,张开双臂,对着月亮大声说道:"啊,月亮,我爱你,你终于出现了! 啊,月亮,你终于出现了……"

那声音嘶哑而颤抖,仿佛不是从一个人的嗓子里冒出来,而是从地狱之门里爬出来的,有一种瘆人的感觉。他吓得毛骨悚然,不知道怎么回事。他悄悄走了过去,躲在屋檐的方柱子后面看着她。虽然天气已很有寒意了,李玉茹还是穿着那一袭浅色的、半截袖的连衣裙,下边着一双凉鞋,连袜子都没有穿。过了一会,她双手合十,对着月亮郑重其事地祈祷,口中念念有词。然后,她又走近那株古老的桂花树,用手中拿着的一个东西,似乎是粉笔之类的,在上面用力写着什么。写完之后,她便开始坐在老桂花树边的水井沿上,怔怔地发着呆,一动也不动,像是井边的一尊雕塑似的……他越看越害怕,不知道是怎么回事,他想过去打招呼,问她这半个月怎么样;想回屋告诉母亲,又担心被母亲叱责……他踌躇着,决定还是不惊动她,也许李玉茹再待一会就会回家了吧。他轻手轻脚地回到了家,把门掩上了。这时候家里已没有动静了,母亲的房门已闩死,"邮筒"的鞋摆在门口。他想了想,没有洗漱就去小房间睡下了,不过心中仍割舍不住一股情绪,莫名地有一种紧张感,以致很长时间没有睡着。夜半时分,他还是睡不着,又摸出枕头下的铜镜,借助窗外射进的月光,细细打量自己。他的影像在迷离的镜中完全不像自己,它是模糊的,模糊得就像一个影子。他不知道那该不该称之为灵魂。黑黢黢的镜子里,一些幻象慢慢变得模糊,一些幻象慢慢变得清晰,自己一点也不像自己了。

后来他感到害怕,慌乱不迭地收起镜子,钻进了被褥,闭上眼睛。一束月光透过窗棂,正好照在他的脸上。他感到更加害怕了。他知道这一切都逃不过月光的眼睛,包括内心的一切,连他自己内心在渴望什么都不知道。

月光是属于"虚"的那一部分吗?

第二天清晨,他醒了,懵懂中感觉到外面一片嘈杂声:先是"邮筒"的大喊:"不好啦,有人吊在大桂花树上了!"紧接着,是母

彼岸 | 313

亲的惊讶叫声。然后，大院里一片杂乱的脚步。他赶紧穿上衣服，趿上鞋，冲出家门。只见不远处的桂花树下围满了人，有人在尖尖地哭喊着，好像是小芙的声音。他挤进人群，眼前的一幅画面，让他惊得目瞪口呆：

李玉茹用一根绳子，把自己挂在那株大桂花树上，身体还晃晃悠悠地荡来荡去。上吊的绳索，是一根帆布带，是那种家家都有的，用来打被包拉练的绿色军用帆布带。李玉茹的头发耷拉下来，遮住了她的双眼；她的面容灰暗苍白，舌头伸出老长。在她的脚下，小芙瘫倒在地，大约是哭不动了，只剩下抽搐和呻吟，像一张废弃的糖纸一样，被随意地扔在地上。

"邮筒"跟派出所的歪头李公安说：清晨，他准备离开群艺馆大院时，影影绰绰地，就看到桂花树那里有个人影。一看，原来是一个人吊在树上。那时候正大雾弥漫，他以为是自己眼花，便走近一看，没想到是李玉茹吊在树上！真是吓死人了！"邮筒"说。这时候有人指着桂花树突然地大叫："你们看，那上面都画了什么？"众人一起将目光集中在桂花树上，只见上面有粉笔画了无数个问号，从桂花树的底端，一直写到树的枝丫处，几乎将粗大的树干给写满了，就像无数只白色的蚂蟥一样爬在树干上。

他怔怔地站在那儿，看着那些问号，毛骨悚然。这时候一个人突然"呀"了一声，然后对人们大叫：

"你看那边的脚印，也是一个标准的大问号哩！"

众人一起顺着他的手指看过去。果然，在树的另一侧靠厕所那一边，还有一个巨大的弯曲的弧线——先是向正前方走的，然后向右拐向厕所方向,画了一个弧线,再甃前行的方向,又回向了桂花树的方向,最后固定在那棵桂花树的根部。那上百个脚印组成的印记,分明也是一个巨大的问号!

他看见母亲惊慌失措地张大嘴巴,愣了一愣,然后哇的一声哭了出来。

李玉茹的尸体从桂花树上被解了下来,有人找来一床白被单,盖在了她的身上。他这才发现,她的身躯竟是那样瘦小,就像是从树上扳下的一截枯枝一样。一个人,在这个世界上,充其量连一个字符都算不上,就是一个标点;或者,只是汪洋中的一个雨滴。那个叫作李玉茹的人这是去了哪儿呢?这个单纯的、有着浪漫情怀,能用婉转动听的腔调,将故事再现得栩栩如生的上海女子,就这样消失在异地他乡。那些曾经让人难忘的音容笑貌,就是来自这个瘦小的身躯吗?如果这个躯体是李玉茹,那么,那个娓娓动听的声音是谁的呢,她又去了哪儿呢?

李玉茹带着那么多的问号离开了这个世界,她的疑问,同样引发了他对于这个世界产生的系列困惑。人生就是问号的聚集与堆集,它是一个圆,圆周外全是问号;随着圆的越画越大,问号也越来越多。每一颗星星都是一个问号,它们布满了天空,时刻给人们以启迪。人们背朝星空面向大地,很难感觉到冥冥之中的启示,只感觉时间的重压,以致无法找到自己的家园。

三天后,李玉茹入土,被葬在了西山后面的乱坟岗。小玉来到了群艺馆,默默地带着一帮厂里的同事操办着这事,他忙前忙后地指挥着,俊俏的脸上明显可见疲惫的灰暗色。按照 S 县的风俗,出葬的那天,一般是选择死者最小的一个孩子,手捧一个大公鸡坐在棺材上。大约是因为大公鸡属于至阳,可以替死者在阴间驱魔避邪。出殡那一天,小芙和大头披麻戴孝。大头更是早早地抱着一只大公鸡,坐在棺材头上。爆竹震天,四人起棺,小芙怀抱李玉茹的大幅画像,走在最前方。鞭炮炸起的迷雾当中,小芙白净的脸庞清雅如玉,身体沉静和肃穆,就像是戏台上出塞边疆的王昭君似的,或者如三峡边的望夫石。也不知道为什么,他突然想起这样的比喻。缥缈的雾霭,打湿了人裸露在外的皮肤,像小芙无声的泪滴。大头在鞭炮的迷雾中,不住地咳嗽。当李玉茹的棺材落土的那一刹那,他看见小芙终于支撑不住了,她的身子歪斜下来,倒在了小玉的怀里,像一尊在阳光下长时间暴晒的雪人一样,彻底地坍塌下来。

奇怪的是,在这样的仪式中,他似乎一点悲伤都没有,更多的是疑惑和木然,他冷冷地看着这一切,只有对世界突然之间翻云覆雨的木然和疑惑。的确是这样,在那时的他看来,任何一种死亡都是一种告别,它的意义只不过在于说明:我来过了,我走了,永远地走了。

李玉茹去世之后,群艺馆大院突然变得寂寞起来。在大院里,李玉茹家那扇原先经常敞开的门也经常关闭上了,很少能看到小芙的影子,也很少能看到大头的影子。有人说她跟大头经常住在月潭小玉外婆那里。院落里也很少能见到人,原先喜欢无事在院落里散步走动的人,似乎都躲在了家中。老桂花树下,都长起了茂盛的青苔了。不过那些画着问号的粉笔痕迹,却一直留在树干上。虽然几场秋雨使得它变得模糊,不过依稀的印记,却提醒着那一个令人难忘的事件。

深秋很快就来了,万物萧瑟落寞,只有菊花,呈现出最后的辉煌——群艺馆大院子里的菊花开了,那些菊花,是李玉茹带着小芙和大头种的。秋菊开得无比热烈的时候,种花人已看不到它盛开的模样了。我原先一直没注意过菊花,没注意到菊花如此漂亮,也没注意到小城原来有那么多的菊花,它们几乎是无所不在的,有蟹爪菊,有大理菊,还有各种各样叫不出名字来的菊花,它们的品种真多!它们长得真漂亮!除了这些名贵的菊花之外,在小镇,那些残垣断壁中,甚至那些墙壁的缝隙中,都生长着各式各样的野菊花,它们迎风摇曳,极富有某种意蕴。她们真是会说话的,每一朵花都似乎在讲述着一个悲情的故事,引冬天肃杀,引北风萧瑟。莫名地,我总觉得菊花白中泛黄的颜色,以及它的洁净和冷艳,还有另外一种使命——它不仅为岁末送终,还为在这个世界上曾经的事物送终,它本来就该是葬礼的花,为这个世界的各种各样的悲惨结局送行。

第十四章

一

幻象突如其来地呈现在我眼前。就像一盘录影,把小玉的行动转录下来在我眼前播放,让我带有震惊、惋惜、悲哀的心情目睹小玉死去的全过程——二十岁、英俊绝伦的小玉在莲花峰上极目远眺。那时候正是大雨初晴,碧空如洗,雨后的树木、花朵、草尖滴垂的露水闪烁着新鲜的光亮,空气湿润而芬芳。苍翠奇崛的松树、褐色而坚挺的怪石,包括高高飞翔的小鸟,此刻全匍匐在小玉的脚下,像是他的子民一样。立于山巅之上,小玉有一种站立于琼楼玉宇的感觉。在那一刻,他就是玉皇大帝,就是太上老君。小玉极目远眺,一切都清晰地呈现在眼前,他甚至可以看到脚底下青色和翠色夹杂的山谷之中,有一只褐色的梅花鹿在蹦蹦跳跳地穿行,苍劲的身体如同闪电一般,一对华丽惊艳的犄角若隐若现。而他身边的小芙呢——我后来特地问了县公安局熟人她的穿着,是一袭白裙,是那种白色的收腰的连衣裙,在肩膀的后部,有着海魂衫的条纹,胸前还有两根蓝色的飘带。在此之前,我看过小芙穿这裙子的模样。我不得不承认,那件裙子真好看,小芙穿着它,就像生出白色的翅膀一样。在黄山莲花峰顶,透明的风将小芙的裙摆以及海军蓝的披肩吹得缥缥缈缈,就像一只飞上山顶的玉蝴蝶。

小玉指着周边的山峦,对两个浙江个体户说:"你们这一下知道'仙'字的由来了吧?一个人,一座山。一个人站在山上,就会有仙一样的感觉。"然后,小玉开始介绍莲花峰,他说:"其实莲花峰的由来,是有一段神奇故事的——相传很久以前,观音大士奉天帝之命下凡巡视,当她手持净瓶、柳枝二宝,乘着象征吉祥如意的莲花宝座驾云来到黄山时,受到山神、水神、花神及仙猿、百鸟的热烈欢迎。观音见黄山如此钟灵毓秀,久久盘桓,不愿离去。一日,天帝派来'乌鸦使者',催观音回宫。观音不愿遵旨,天帝即派天兵天将前来捉拿,要治她'抗旨'之罪。观音不示弱,取出随身法宝,用柳枝蘸着净瓶里的法水,向对方挥洒。天兵天将素知法水厉害,一旦沾身,立即皮焦肉烂,都不敢近身。这时候黄山的山神、水神、花神、仙猿、百鸟等,也一起为观音助阵。一场恶战,打得天兵天将丢盔弃甲而逃。天帝无奈,只好将观音逐出天宫。观音也落得自在,就在黄山住下了。只是怕天帝再来骚扰,索性将自己乘坐的莲花宝座,点化成雄奇秀丽的山峰,这就是莲花峰的由来。"

小玉说这个传说的时候,声音不由自主有些漂浮,然而他故作镇定,装得轻松愉快。在他不远处,小芙脸色都变了,像一只受了伤的画眉一样惊恐。好在这时候已近黄昏,月亮破空而出,光线暗了下去,两个浙江佬没注意到小芙慌乱的表情。

后来,两个浙江人在黄山脚下的公安分局惊魂未定地描述着当时的情景:他们是在玉屏楼碰见这一对年轻人的。这真是一对璧人,在皖南一带,他们还没有看到过如此漂亮的青年男女。当时他们穿过一线天到达玉屏楼了,先在迎客松旁边徜徉,突起暴雨,只好跑到玉屏饭店躲雨。两人在一起合议,准备在玉屏楼住一晚,第二天上莲花峰。这时候,那个小伙子走了过来,说:"黄山就是这样,每天下午都会下一阵雨,不过只一会就停了。等雨停了,我们结伴去爬莲花峰吧?"他们有些踌躇,觉得有点奇怪,这一对恋人干吗主动来结伴呢?恋爱中的人一般都怕别人干扰的。不过他们的疑虑很快被小玉的话打消了——小玉微笑着说,"我是本地人,天气预报说明天有大雾,今天不上去,明天上去怕也看不成了。"

"你们知道吗?雨后天晴,在莲花峰上,可以看到'佛光'?"小玉对他们说。

"佛光?"他们面面相觑。显然,他们不知道佛光是什么。

"佛光都不知道?这是黄山很独特的现象。雨后天晴之后,黄山的云层里,会突然出现佛的样子,金光灿灿的,就像黄金做的一样。能看到佛光,一定会有好运气!"小玉说。

他们被说得心动了。正好这时候,小芙盈盈笑着的目光送过来,充满着神秘的期待,让他们怦然心动。他们说,长这么大,还没有看到过如此美丽的姑娘呢!这个姑娘太美了,就像是黄山上的仙女一样。与这样的美女同行,他们自然无比乐意。雨很快停歇了,四人结伴而行。一路上,小玉向他们介绍着黄山的一些典故,小玉说:"不攀莲花峰,来去一场空,当年徐霞客曾在游记中说:莲花峰'居黄山之中,独出诸峰之上','即天都亦俯首矣'。徐霞客这么说,是因为他觉得莲花峰比天都峰高,仅凭目测便能得出结论,的确是很了不起。为什么?登山都是'此山望着彼山高',徐霞客能判断出莲花峰高于天都峰,说明他的观察能力的确不错,是名副其实的地理学家。"

小玉尽量使得自己嗓音圆润平和、充满魅力,后来两个个体户说,他们还是从小玉的介绍中,感觉到某种不对劲。在此之前,小玉已注意到了他们,偷听了他们之间的谈话,了解到他们是浙江的个体户,第一次来黄山。最关键的,是他们随身带有一个鼓鼓囊囊的包,里面装有三四千块钱。在1976年,这是一笔不小的数字。对于这些个体户,小玉一直持不屑态度,曾讥讽他们是新产生的资产阶级,做的是投机倒把的生意。小玉说,有钱人就是资产阶级,我们的责任,就是要不断地消灭新生的资产阶级,干净彻底地消灭他们。

转眼间,四人已过了百步云梯,到达莲花峰下了。雨后的空气清新而湿润,无所不在的是黄山松针叶的清香。他们很轻松地上山了,爬得一点也不累,连小芙的脚步都显得很轻盈,她攀登在石阶之上,像一只白蝴蝶在飞舞。小玉看着遥相呼应的天都峰,像是想起了什么，对两个个体户说："前一段时间，我翻过一张1943年的《中央日报·屯溪版》，说那一年夏天，黄山的天都峰发生过一起谋杀案，杀人犯是一个青年画家，在当时很有名，原本是上海人，抗战后来到徽州。他带着女友夏子爬天都峰，不知什么原因，将女友从天都峰顶推了下去。唉——真是一个无比悲惨的故事。"

两个个体户诧异地问："还有这事？为什么呢？为什么年轻的画家会将女友推下去呢？"

小玉说："不知道。报纸上登，那个女友很漂亮，曾经是他的模特，后来好上了。不知怎的，采取了这样一种方式来谋杀。真是的。"

小芙在后面问："那个画家呢？最后怎么了？"

小玉回过头来说："当然是被枪毙了。在屯溪边上的隆阜被枪毙的。在当时的徽州，这事很引起了一番议论。《中央日报·屯溪版》上有长篇的纪实。"

小芙没有再说话了。她在想，小玉干吗说这个？这个时候说这个故事，好像有些怪怪的。这时候上山的石阶变得陡峭了，四个人的喘息声，彼此都能听见。个体户甲一边喘着粗气一边说："这个莲花峰真高啊——为什么叫莲花峰呢？"小玉说："那个故事当中有啊，说是观音的莲花宝座化成的。"

个体户甲不服气，说："那是传说啊，传说都是假的。"

"那——"小玉想了想，又说，"应该还是跟佛教有关系吧，佛教喜欢以莲花作比喻，意味人在世中，应出污泥而不染。这一座山峰,是黄山最高峰,形状像莲花,意味登黄山的最高境界,所以取名为莲花峰。"

这一回,个体户甲很满意了,夸奖道:"没想到你这小伙子年纪不大,还真有些学问呢!真是不可小看。你一定读了很多书吧?"

小玉笑了笑,算是承认了。这样,一路走一路聊,一个多小时后,终于快到山顶了。这时候,一件奇异的事突然发生了:有一圈彩色的光环在不远处突然升腾起来,悬浮在莲花峰的半山腰,顺着光线看过去,缥缈的雾幕上,分明呈现出一个内蓝外红的彩色佛像,五彩斑斓,绚丽夺目。

"哇,佛光!快看,那是佛光!——我说嘛,我们会看到佛光的!"小玉情不自禁地叫了起来,非常兴奋,说,"都说看到佛光有好运气的,这一回我们摊到好运了。"四人全停下来,驻足看着这世上少有的美景。在此情境之下,他们仿佛忘了身处的场景,全觉得身体飘飘欲仙,有由内到外的洁,仿佛与周围的蓝天白云融为一体似的。

两个浙江人尤其高兴,他们兴奋地喃喃自语,对着佛光不停地合十说:"我佛保佑我们发财!让我们赚钱,赚大钱!"

小玉在一旁略带嘲讽地说:"你们这些个体户啊,就知道赚钱赚钱。"

"没钱行吗?"矮个子的个体户不服气,回辩说,"我们跟你们不一样,你们有工作,有薪水,我们不赚钱,去喝西北风啊!我们当然要赚钱啦。"

高个子的浙江人打断了他们的辩论,问小玉:"哎——我就是想不通,为什么在云层里会出现佛光呢?"

小玉说:"那是光线的反射啊,四面八方的光线集中在一起,就形成了这个模样。"

"那为什么呈现的是佛的样子呢?不是其他的样子,却是佛的样子。你想想,这不很怪吗?那些光线,又没有见过佛的样子,为什么它们呈现出佛的样子呢?"

小玉突然缄默下来,不再说话了。

后来的情况证明,小玉的行为受到强烈的干扰,应该与莲花峰上突然出现的佛光有关。小芙后来交代,在余下来的十多分钟时间里,小玉一句话都没有说,举止有些慌乱,仿佛魂不守舍似的。两个个体户后来承认,当莲花峰上出现七彩佛光后,原先那个灵性十足的小伙子,突然变得慌乱不安、鬼鬼祟祟。两人不由产生了警惕,觉得小玉必有阴谋。当小玉从腰背后摸出并举起了手榴弹时,他们抢占好地形,摆出了格斗的架势。小玉情急之下,举起手榴弹砸了过来,他们警觉地偏过头去。一场恶斗就这样不可避免地发生了。

莲花峰位于黄山中部,玉屏峰西南,东对天都峰,为三十六大峰之一;海拔 1864 米,是黄山最高峰,也是华东地区第三高峰。到过莲花峰顶的都知道,在海拔 1864 米高的山顶上,有一个六平方米左右的空地,像莲花中的莲蓬,也似升天的平台。就是在这个平台之上,发生了那一场惊天动地的事件。1976 年的夏天,大雨初晴。莲花之台,没有让小玉升腾,却让小玉走向了毁灭。

这是冥冥中的宿命吗?

二

1991年,在北京,我第一次见到传说中的黄山游击队队长黄源,目睹了这位传奇人物的风采。这位极具传奇性的英雄,在经历了沧海桑田之后,早已褪掉了脸上严酷和坚韧,脸上全是平和和安静,像一个慈祥而智慧的小老头。我同时见到了黄源的妻子汪丽文。没有想到她比黄源还平凡:个子小小,皮肤粗黑,貌不惊人。如果不是黄源的介绍,我甚至会把她当作家中的保姆。总而言之,黄源夫妇的真实状况,跟传说中郎才女貌比翼双飞相差很远。当然,这极可能是岁月的缘故,尤其是经历了一次又一次触目惊心的政治运动之后,他们心理和生理上的变化可想而知。让我诧异的是,黄源说自他离开皖南后,就没有再回过那里。他说原以为时间有的是,想去就可以再去,没想一离开之后,就再无机会回去了。并且,随着时光流逝,原先强烈无比的愿望,已变得不十分急切了。日子就这样一天天过去,等到恍过神来后,人已老了,行动也不便了。黄源的话让我顿生感慨,我们一起为人生的短暂和不确定而叹息。

中心的话题,当然还是在皖南的革命斗争岁月。黄源和我谈起了很多人,谈到了王麻子、周老五等等,对于峥嵘岁月中友谊和故事,黄源总是有抑制不住的唏嘘慨叹。后来,我跟他们说起了王麻子和洪春花的外孙小玉的遭遇。对于小玉的事,黄源还是第一次听说,他有些震惊,也很难过。他向我详细地打听事件的前因后果,也询问了洪春花当时的感受和反应,还仔细询问了洪春花现在的状况。一直到了吃饭的时间,黄源才中止询问。

吃晚饭时,我们由小玉的死,谈到了王麻子的死。黄源第一次向我披露了王麻子死去的真正原因——我感到吃惊无比,那一个生龙活虎勇猛异常的人,竟然以那样的方式,在那样的时间死了,真是让人难以理解。王麻子死得蹊跷,死得突然,死得完完全全,没有留下一句话,就像水消失在水中,空气融化在空气中。对于他的死,后来的无数回忆文章都掩盖不住有很多疑问:他为什么要穿国民党的军装,又骑上马耀武扬威?为什么那个新战士的枪法突然变得那么准,而他在平时的训练中枪法简直糟糕透了。

1949年春天,随着渡江战役的胜利,解放军的主力部队已沿着芜湖、南陵、繁昌一带公路南下,国民党沿江守卫军队在经历了大面积的溃败后,正沿着皖赣一线南下溃逃。黄源统领的黄山游击队,奉上级命令,伏击向南撤退的国民党的一个师部及一个特务营。黄山游击队早在1948年后,就按照上级的要求,开始主动出击,一年多的工夫,已发展成数百号人的力量,兵强马壮,游击队变成了支队,下辖好几个连。

战斗无疑是惨烈的,当敌军进入游击队的埋伏地后,黄源一声令下,火力全开。敌人毕竟是正规军,战斗经验很丰富,很快用卡车和地形作掩护,形成了严密的火力网。王麻子的连队,担任主攻。敌人火力猛,轻重机枪有好几挺,游击队根本冲不上去。

王麻子急中生智,派战士们从附近的村里找来两张八仙桌,桌面上盖上两床棉被,下面一床浇上水,子弹打不透。然后,在上面一床浇上煤油,底上由人顶着,把这个当作土坦克,点着火向着敌人冲过去,从桌子下面,向敌人掷手榴弹。这一招还真管用,有好几个敌人的火力点,都是这样被攻克下来的。就这样,战斗从第一天下午五时一直打到第二天下午四点,整整二十多个小时,王麻子手下的人一个个倒下,国民党的兵也是一批批死亡。打到后来,王麻子的眼睛杀红了,上衣剥得精光,端起机枪,站在山岗上向敌人猛烈扫射,那姿态和形象,用周老五的话说,就像"雷公一样"。

战斗终于结束了。游击队俘虏了国民党的少将师长。王麻子赤裸着上身巡视着战场,当他见到威风凛凛、色厉内荏、佯作镇静的敌师长时,突然大发雷霆,挥着手枪厉声说:

"脱,把衣服裤子全脱下来!"

敌少将威风全失,怔了一下,极不情愿地把缀着一颗金豆的少将呢军服、马裤脱下,穿着内衣内裤在风中瑟瑟颤抖,没有丝毫刚才威武的影子。王麻子把军服一把抓过来,当着师长的面大大咧咧地套上,亮相着给部下看:"怎么样,老子威风吗?"围观的手下们露出了开心的笑。敌师长也看得呆了,他没有想到土头土脑的王麻子,在穿上了这一身美式制服后,显得如此英俊干练,真是人要衣裳马要鞍。王麻子也意识到自己的潇洒,爆出一串得意忘形的大笑:"哈——哈——哈。"笑声在山谷中回荡,振聋发聩。王麻子顺手牵过一匹马,翻身跃上马背,双腿一夹,马鞭一扬,如一道金线般射向远方。

这时候正是夕阳西下,万道金光遍洒大地。王麻子骑着马在夕阳中狂奔,就像古代传说中射日的勇士后羿,人们只能看到金黄色的落日里有一个影子,马的影子,人的影子,马的影子和人的影子辉映在硕大的落日里,伟岸矫健而富有诗意。

人们看得呆了,但破空而来的,是叭勾一声,清脆动人,那是"三八大盖"的射击声。那个优美的身影一下子定格,随后慢慢地从落日的辉映中跌落,轻盈,缓慢,如受了伤的小鸟一样滑翔而落,落地无声。

王麻子死了。

黄源这时候正好赶到。他恰巧看到王麻子像一只中了枪的鸟儿一样,慢慢地从马上摔下来。黄源先是怔了一下,一种不可名状的彻骨寒意爬上他的全身,仿佛死去的不是王麻子,而是他自己。原来死亡的味道是这样啊——那是一种苦味,还有一股淡淡的腥气,从嗓眼里慢慢地上升。他踉踉跄跄地跑上前,抱住王麻子的尸体号啕大哭。王麻子一动不动躺在黄源的怀里,胸口有血汩汩涌出,然后,黄源明显地感到抱着的身体在慢慢变冷。黄源的哭声惊天动地,他甚至晕了过去,醒过来又接着哭。在场的游击队员们简直惊呆了。在他们的印象里,黄源是有名的冷面小生,从没有见过他如此情绪外露。哭泣了一阵之后,黄源突然想起了什么,抬起头眼光喷火在附近的山包上寻找,他察觉到了子弹的来路,提着个枪走上了附近的小山坡。在山坡上,两个游击队员已吓得魂飞魄散,一个小伙子呆呆地站着,他的脚下,有一杆冒着烟的三八大盖。黄源察觉到了,走上前去,那个小伙子看着黄源,脸色苍白,抬起手,嘴里发出含混不清的声音:"我……我……我……不是……"黄源看也不看,狠狠地骂了句粗话,一抬手,叭的一枪,那个倒霉的家伙额头中间冒出鲜血,很快就一命呜呼了。

三

他大吃一惊。他看见大头了!对,是大头。只见大头站在高高的文峰塔上,不是在顶层,而是在接近塔尖的那一层上,不是在宝塔的内部,而是在宝塔伸出的外沿上面。只见大头用手攀住宝塔外面的砖雕,寻觅着落脚点,显然是想攀登到塔顶上去。他真无法想象瘦小羸弱的大头是怎么爬上宝塔的,虽然说在塔的内部有木质楼梯,可以一直攀登到文峰塔的最高层,不过那木梯已多年未修,许多地方腐朽不堪,一踏上去颤巍巍的,灰尘直掉,已很少有人敢攀登了。即使是这个楼梯,也只能攀登到宝塔的第六层,并不能到第七层去。如果要爬上塔顶的话,人先得钻出塔孔,然后再从侧面攀缘上去。看得出,钻出了塔孔的大头很兴奋,他似乎还没有停止的意思,不时抬着头看着宝塔的顶部,他是想寻觅着路径上去。在他上方不远处,是宝塔尖尖的塔顶,八角悬挂着风铃;塔顶上有遒劲青翠的松树以及山毛榉,只是看不到飞来飞去的鹭鸶了。

他在下面大叫:"大头!你在干吗?"

大头似乎听到了,身体顿了一下,把头低下来,往下看了看,似乎看到了他,向他招了招手。他吓坏了,又大叫一声:"大头,你怎么爬那上面去啦? 快点下来!"

他看见大头摇了摇头,然后不理他了,继续往上爬。大头试着把脚插入砖头的缝隙中,又伸出手来,想够着宝塔顶上延伸下来的树枝。

他在下面大喊:"大头,危险! 快下来!"

大头似乎听不见他的喊话了,继续沿着塔的边缘摸索,看得出他非常吃力,弯曲的胳膊有点颤抖。有一下,大头差点踩空了,身体摇晃了一下,拽着的松枝一阵抖动,他站在下面一阵眩晕。他这才注意到,大头瘦弱的身体还裹着一件风衣,上面白白的,沾满了羽毛。对,就是那件平时大头摸摸索索编织的风衣。这一段时间,大头总是用着胶水,将羽毛粘在那一件黑色的布料上,那上面,该粘有成千上万的鸟的羽毛吧? 有八哥、鹦鹉、喜鹊、乌鸦、山雀、麻雀、叫天子、斑鸠等的羽毛,经阳光一照,反射出五颜六色的光芒。终于,那个瘦小的身躯爬上塔的顶部了,只见大头抓住了从塔顶上伸下来的树的枝丫,一跃攀上了塔顶。他在下面长出一口气——从下面看去,大头的身体就像一只鹭鸶一样渺小,身上的羽毛,也跟鹭鸶一样泛着白光。

越来越多的人聚集在宝塔下面,他们一个个昂着脑袋僵硬着脖子,远眺着那宝塔尖上的小不点,指着那一片曾经白鹭翻飞的地方议论着:

"……这孩子,怎么跑到塔顶上去了? 哪家的孩子?"

"是群艺馆李玉茹家的,就是前不久上吊自尽的那个李玉茹。听说这孩子脑子不太好,他真是的,怎么爬上去的啊!"

"真是见鬼了,他妈妈刚死……这孩子,会不会被鬼魂附体了?"

派出所的人也来了,白公安拿着一个无线喇叭在下面喊着话,喇叭一会灵一会不灵,间或会发现尖厉的警报声,让身边的人不时捂住耳朵。白公安气得直叫:"这是什么破喇叭,还不如纸糊的管用!"话音未落,刘狗子将自己拿着的马粪纸喇叭给了白公安。白公安继续喊话,黑公安则冲进宝塔想上去,刚到二层,一脚将颤巍巍的楼板踩断,差点摔了下来。他咳嗽着从灰尘弥漫的宝塔洞里乱忙不迭地跑了下来,脸色发白地站在外面,一边拍着身上的尘土,一边不停地嚷道:"这哪能上去啊,会摔死的。这孩子,真不知是怎么上去的。"随后,黑公安也站在白公安的旁边,跟着白公安一起喊,他嘶哑的嗓子哪里赶得上白公安的,在白公安洪亮的嗓门旁边,他的声音就像有气无力的幽魂在呻吟。

过了一会,他看见小芙急匆匆地赶到了。她面如灰纸,气喘吁吁,到了塔底的时候,差一点一个趔趄双膝跪倒在地。小芙带着哭音在下面喊,让大头下来。塔顶上的大头根本就不应声,好像没有听到似的。他想,大头去了哪儿呢?很明显,还是在塔顶上,那个直径不过两米的尖尖的塔顶上,到底有些什么呢?除了那一株弯弯曲曲的松树或者山毛榉,还有一些茅草,草的种子,都是前两年的鹭鸶们带上去的。除了这些,那上面还应该有一两株浆果,那种红红小小的浆果,可以吃,带点甜甜酸酸的味道;还有,就是蒲公英了吧,圆圆的花球上飞出细细的茸毛,是最好生长,也最有诗意的一种植物了。鹭鸶现在已没有了,它们已飞离了县城,只有那种叫作旋木雀的棕色的小鸟,间或飞在上面叫几声。不知道有没有松鼠,松鼠能攀上那高高的塔顶吗……他就这样想着,想象着大头在上面的情况,总而言之,那一个地方,应是这个时代最有诗意的地方了吧?

派出所的白公安严肃地对小芙说:"那是你弟弟?"

小芙点点头,失魂落魄扯着嗓子叫道:"公安叔叔你快点想办法,把他弄下来啊!"

白公安无奈地摊开手,说:"我有什么办法,我又爬不上去——这孩子是你家的?造成这么大麻烦,竟然跑到塔顶上去了!是不是有问题啊,跑那上面干什么呢?怎么跑上去的呢?真是的!"

小芙说:"我弟弟平时一直很听话的——是啊,他怎么会爬上去的呢?他也爬不上去啊!不过这一段时间,他好像有点异常,天天到外面采集鸟毛,然后就往那个黑布上粘。我问过他一次,他说等布沾满了鸟毛,披在身上,就可以像鸟一样飞起来。"

小芙想了想,又说:"……大头总是说自己上辈子是只鸟,他喜欢做一只鸟,不喜欢做人。我也没往心里去,我这弟弟,跟一般的孩子不一样。"

白公安手一摊,说:"真是胡说八道!这不是要折磨我们吗?披上鸟毛就能飞,你让他飞飞看——"

午后,大头终于露面了,只见他站在塔尖之上纹丝不动,身上仍披着那件粘满着各种各样鸟儿羽毛的风衣,从风衣不断地摆动可以看出,塔顶上的风很大。也不知从哪飞来了很多只鹭鸶,在他的身前左右飞翔穿梭。人群中再一次轰动了,因为自从那棵硕大的银杏树被砍伐之后,就没有看到过鹭鸶的身影。真是奇怪。小芙声嘶力竭地在下面叫着,不过塔顶上的大头充耳不闻,他似乎再也没有向下看一眼。

他看见大头慢慢地移步到塔顶的边缘上,脸上似乎带有轻松平静的笑容,不过这都是他的想象。风鼓起了大头的披风,带出几片羽毛慢慢地在空中飘舞着。在塔下,小芙尖厉的叫声带着哭腔,夹杂在一群人的声音中,像轻风一样微不足道。人声嘈杂中,那一点可怜的声音,也被众人的喧哗给淹没了。

他看见大头从塔顶上像鸟儿一样飞下来,那样轻盈,那样柔美。那一袭披风,就像巨大的翅膀一样鼓起了风,缓缓地飘浮在空中。在他坠落的过程中,身前左右一直有白鹭簇拥,就像拥戴着一个国王一样。这是一场典礼,一场灵魂的升天典礼。那个聪明、单纯的青涩少年大头,终于在众人的惊叹声中,丢下了他的躯壳,像脱下一件紧身束衣,变成了一只真正的鸟,在空中飞翔。

四

小芙发疯似的跑下莲花峰。她吓蒙了。她惊慌失措地奔跑在陡峭的石阶上,像一只从闪电的袭击中逃离的兔子一样。她从没有看过那么多殷红的血,也没有看过脑袋里迸出的白惨惨的东西。她忘不了小玉的头被攥着往石头上撞,一下,两下,三下……红的白的,溅得到处都是,远远看去,竟然如生长在石缝里的映山红一般。这一场生死搏斗不可避免地发生了,大个子浙江人在意外地躲过小玉训练手榴弹的袭击后,一下子惊醒过来,在这一场生死搏斗面前,不敢怠慢。几个回合之后,浙江人充分领会了小玉的强大,小玉的身体异常灵活,爆发力之强简直使人难以置信。小玉把两个浙江人打得鼻青眼肿,仓皇逃窜。小玉有点得意忘形,他连连进逼,像一只鹰在捕捉着眼前的两只小鸡。他一边逼近浙江人,一边示意他们把钱包拿出来。小芙在一边惊恐万状地看着他们,心悬到嗓眼之中。紧接着,小玉发出一声惨叫——他一只脚踏空,被夹在石头的缝隙中,丝毫动弹不得。小玉急了,一边使劲试图把脚从石缝中拔出来,一边大声地叫着小芙。在旁边屏息注视着的小芙惊呆了,她惨叫一声冲上前去,死死地拽住小玉的脚拼命向上拔。小玉痛得汗如雨下,可是一点效果都没有,小玉的脚被夹进了石缝,怎么也拔不出来了。

  两个被打蒙了的浙江人一下子醒悟过来,他们挣扎着从地上爬起来,蹒跚着逼近小玉,像两只落水的野兽一般爬到了岸边。大个子冲上前去,一脚把小芙踹得远远的,小个子则冲上前去,紧紧按住小玉的肩膀。大个子转过身来,用两只手腕死死地攥住小玉的头发,把他的脑袋拼命地磕向旁边的石头……时间完全静止,风景也变得虚脱,黄山的奇松怪石都感到无比惊愕……终于,沉寂像一块巨大的油布一样覆盖过来,莲花峰上一切静穆如初,风停止了,云也停止了——小玉死了。他的,也即我的童年时的小玉死了。

　　……一颗露珠从叶子上轻轻坠落,掉在地上便无影无踪。露珠消失于地下,如同消失在天空中一样。失去的,都是身形,而不是魂魄。小玉是去了哪儿呢?云端那边,山峦之上。人在这个世界上,无论以什么样的方式摆渡,都是一种殊途同归。

　　我极想知道小玉举起手榴弹时,那一刹那的想法。一个爱读书、爱思考、爱英雄人物的文学青年,为什么竟然出乎意料地下此毒手呢?有一点我敢肯定,当时小玉的人性并未完全泯灭。一种来自心灵深处的力量牵扯着他,他的手榴弹偏离了方向,只擦着那个大个子的耳朵。人性的怯懦,其实是心灵深处的抗拒,是人本能的善,在抵御人的恶。不是所有人都能在那个节点上启开本能的善的,有的人深埋着它,它就像深埋在海洋之下的贝壳,很难有机会浮出水面。人如此渺小,是因为它不能完全主宰自己的行动。

　　冥冥之中,总是有阴差阳错的,应该有一种别意,造就了小玉的命运,也造就了这样的结局。

　　一个人的死亡,实际上,也是一个世界的死亡。小玉死了,小玉的世界同样也死了。对于他来说,死去的,还有我、小芙、大头,以及身边其他所有人。死亡本身就具有双重性,这种双重性不是抽象的,而是具体而真实的。在现在的我看来,一个人的"心"与他的"物",其实是一种东西,没有心,没有心的感受,哪有"物"呢?这个道理如此浅显,无数人却不明白它。小玉死了,对应他的世界同样也消亡了。生命在这种死亡中朝气蓬勃,充满生机。

……露珠般的情感,在太阳冉冉升起的时候,它就烟消云散。烟消云散并不等于死亡,它只是换了一种方式,或者成为空气,或者成为流传的文字和音乐,或者变成一束光,从永恒直到永远。

与小芙一起目睹这一场事件的,还有雨后初晴的黄山。那时候空气清新得仿佛水洗,天空碧蓝,从莲花峰顶往北眺,一直能看到数百里外的长江,如一条闪闪发光的玉龙一样悬浮在半空之中。

小芙后来在公安局的哭诉,让很多人感到茫然和喟叹。在看守所的她,已接到了大头死去的消息,一番暴风骤雨般的号啕恸哭之后,小芙一边哽咽着,一边失控般喋喋不休地述说着。小芙说她对不起弟弟大头,母亲去世后,她就疏于照料大头,整天跟小玉在一起,根本没想到大头会有这样的想法和举动。她说是自己害了小玉,全是因为她,小玉才决定铤而走险的。大头从宝塔上摔下成了植物人,被送到坐落在邻县的上海东方红医院,因为付不起医疗费,医院方准备停止救护了。得到通知后,她就哭着让小玉想办法,她对小玉说,一定要想尽办法,决不能让弟弟死去。她说弟弟那么聪明,简直是个天才,怎么能让他坐以待毙呢?她对小玉哭诉,这是前世的孽缘吗?母亲自杀,现在大头又变成这样,难道这是上天要惩罚他们一家吗?小玉说,你怎么能这样说?这只是事情集中在一起罢了,他偏不信邪,要救助大头。

小芙说她真不该向小玉哭诉的。她说他们原先也不准备杀人的,只是想去黄山筹钱,去那儿玩的有钱人多,能想办法搞到钱。他们实在是想不出什么好主意了。小玉的想法是去学校借一个手榴弹,到了山上,看到那些有钱的家伙,就把手榴弹一举,大喊一声:把钱交出来!然后有钱人就会乖乖把钱交出来了。小芙不相信,问:"他们会那么傻?"小玉的回答是:"当然,有钱人最傻了,也最怕死,你只要吓吓他们,他们就会乖乖地把钱交出来。"小玉还说:"我不是跟你说过吗,当年,黄源带着人马袭击谭家桥乡公所,不费一枪一弹,就把手榴弹一举,大叫一声:缴枪不杀!那些坏家伙就缴枪了,也把金钱财宝拿出来了!再说,有钱人也不是好东西,他们的钱也是靠剥削,靠投机倒把得来的……"说到这里,小芙泣不成声,泪如雨下。

小芙后来也死了。我知道这事,是在前年。南湖劳改农场的一位劳改干部告诉我的,他是我的老乡,听说过小玉与小芙的故事,也特别注意小芙。他说小芙看起来那么文静的一个人,长得又那么漂亮,怎么会做抢劫的事情呢?有些事情,真是躲不过去,不是想不想做的问题,而是有一股神秘的力量推动你去做。这就是命中一劫。在农场期间,小芙整日脸色青白,难见血色,清瘦得不成人形,就像不是这个世界的人似的。小芙很少说话,也不跟狱友们来往,绝大部分时间显得落落寡合。闲下来的时候,她就直直地看着某件东西入神,天空中的云彩、草丛中的一朵野菊花,或者监房墙壁上的斑纹什么的。她总是喃喃自语,有时候嘴角会浅浅地露出一些颤动,像是笑容,又不像是。狱友们都对她很照顾,从不乱打扰她,说她应是有自己独立的世界的,灵魂可以随意进出自己的身体……那一年的一个下午,人们推开房门,见她死在床上。她的表情异常平静,仿佛还露出一丝笑容,很浅很浅的,诡异得如同鸟翼掠起的风。

尾　声

　　二十世纪九十年代中期的一个春天,在省城一家报社工作的我突然接到老家来的一个电话,说汪家传肺癌晚期即将去世,临终之前,他提出要见见我,问我是否有时间回老家一趟。我忘不了这位在我成长期间给予我巨大帮助的师父,忙搭车回到了 S 县。当我在病房里看到汪家传时,我几乎认不出他来了,他无力地躺在那里,面容料峭,肤色发暗,如一个纸叠的人一般。只是看见我来,他的面容上现出一丝笑意。

　　我说:"汪师父,我来看你了。"

　　他又是一笑,眼神中有我熟悉的幽默,说:"你终于来了……差点,就等不到你了。"

　　我不知说什么才好。我的眼前一片空蒙,我知道那里面的虚空隐匿着许多东西。我突然想起了很多年前曾经跟汪家传一起谈的虚与空。这一下,它终于来了。

　　"我还有很多事想找你聊呢——"我说。

"没……没什么可聊的,过眼烟云,不……不聊也罢。"他挣扎着说。

"……那,那就等你好吧——"我说。

汪家传挤出一丝笑容,未置可否。过了一会,汪家传又挣扎着说:"既然你现在从事这个工作,有一件事情……我必须告诉你……"

"什么事?"我问。

汪家传说:"你不是一直想知道王麻子是怎么死的吗?……现在,我来告诉你真相。"

我点点头,说:"我在北京时,黄源已告诉我了。"

汪家传一愣,本能地说:"他是怎么说的?"

当我告诉他黄源的说法之后,汪家传眼角划过一丝苦涩,说:"黄源也不知道真相……其实,王麻子是被……被我开枪打死的。当然,是误伤。当时,我带着一个小战士正好从大牛山赶过来。我背着药箱,小战士背着枪。走到小山坡上,已听不到枪声了,估计战斗结束了。我们走得也累,实在走不动了,我就放下药箱,他放下枪,坐在那里休息。这时候突然一个人穿着国民党大官的衣服,骑着马向小山坡跑来,我吓了一跳,以为是逃跑的国民党军官,抄起那个战士的长枪就是一枪……枪刚响,我就觉得打错了,觉得那人好像是王麻子……可没想到一发命中!我吓死了,枪落在地上,我们呆若木鸡。这时候黄源赶到,没等我们解释,就一枪打死那个孩子……"

我震惊了。

汪家传继续说:"这事我瞒了一辈子,不仅瞒了组织,也瞒了洪春花……每次见到洪春花,我的心里就难过啊!……现在,我已是将死之人,觉得再也不能隐瞒下去了,我必须说出真话。"

汪家传如释重负,嘴角现出一丝凄苦的微笑,说:"也怪我,这么多年了,一直没敢说出真相。现在,我要走了,一定要说出来。"

汪家传凄苦一笑,感叹地说:"唉,这个世界,怎么有这么巧的事啊!"

……同样蹊跷的,还有那一年夏天在黄山的见闻。那一年夏天,我有一次出差去黄山的机会,因为心里一直有那个情结,我特地没有选择索道,而是经老路拾级而上,去了一趟半山寺,看是否能寻觅到当年跟小玉聊天的那个老和尚。在我看来,小玉和小芙,当年在半山寺那一次歇息时的聊天,有点奇奇怪怪的。那个寺院,真有一个神秘的老和尚吗?他为什么会对小玉说出那样一番话?这样的疑问,一直让我耿耿于怀。我一直想解开这个谜。如果碰到那个老和尚,他能回忆起1976年夏天的那一场邂逅吗?

半山寺仍保持着二十世纪七十年代的样子。庙宇内清雅寂静,古树参天。只是在它的边上,又建了一座宏伟堂皇的新寺院,寺里的和尚,比以前多了许多,有的在诵经,有的在扫地,有的则悠闲地晒太阳。寺院靠山路的门前,茶水摊还在,仍有几个和尚在那里张罗。我观察了一下,没有看到年老的僧人,只见一个四十来岁的僧人端坐在那里,在他的身前左右,有七八只猫蹲伏在那里,有狸猫、花猫和黄猫,还有叫不出名字的洋猫。真是奇怪,位居山腰之中的寺院,为什么会有那么多的猫呢?

我走了过去,要了一杯茶,五块钱,我喝着茶,犹豫地道出我的疑惑。我问:"七十年代中期时,这里有没有一个大和尚,曾是国民党唐式遵部的副官,后来出家了?"

僧人的回答颇出乎我的意料:"根本就没有这样一个僧人!"中年僧人明确答复道,打自小起,他就一直在半山寺,根本没听说过还有一个老和尚,更没有一个军人出身的方丈。

我指着对面山峰上的摩崖石刻"立马空东海,登高望太平"对他说:"唐式遵你知道吧?就是你们寺的发起者,当年,就是他派工兵排在这对面的山上刻的字。"

僧人一笑:"半山寺的人,哪不知道唐式遵呢?唐式遵抗日,也打共产党。他一直是共产党的死敌,解放初期在西南组织游击队对抗共产党,最后被击毙了。"

我接着问:"那些年,是不是有半路出家的老和尚曾经在十几年前短暂卖水呢?"

和尚看了看我,坚定地回答说:"不可能的,我在这待了二十多年,一直在摆茶摊。要是有那样一个老方丈,我怎么会不知道呢?"

我彻底地失望了,只好转移话题。看着和尚脚边众多绕来绕去的猫,我想起了最后一次探访小玉家的时候,小玉外婆也养了许多流浪猫,便无话找话说:"师父,你为什么要养那么多猫呢?"

"哪是养啊,它们无家可归,就跑到这里来了。起先,是一只、两只,慢慢地,越来越多,野猫也是性命啊,总得给它们吃的⋯⋯"和尚看着对面的山峰,幽幽地说,"我也搞不清楚,半山之中,哪来的这么多猫呢?"

我怔怔地看着那些猫——它们有豪猪一样直立的胡须,尖利的牙齿,两扇薄薄的、除了听觉之外还有别的用场的耳朵,藏匿在细细软毛中的鬼魅眼神,以及处在自由状态、仿佛不属于身体本身的尾巴……猫真是一种神秘而奇怪的动物,你看它的眼神就知道了,它仿佛什么都烂熟于睛,什么都不屑一顾。它们总是悄无声息地游走,诡秘而怪异,它们能游走到过去的日子里,能看到那些消失的灵魂吗?

我有点怔怔地问他:"听说这个世界上,有一些东西是能游走于阴阳两界的,猫就是一种,是这样吗?"

和尚没有回答,他只是笑笑。同样的问题,我也问过小玉外婆,她当时也是笑笑。我现在明白,她的笑其实不是空泛和应付,而是颇有同感,有着相同的心思和猜测。有些事理,只有意会,不可言传。一个经历了那么多变故,又经历了无数喧哗、骚动与谎言,且没有欲望进行表达的人,是有资格这样神机莫测的。

也许她心里想得,比谁都多。

附录

深度谛视个人与历史记忆的生命般若
——关于赵焰长篇小说《彼岸》

王春林

尽管早就对赵焰兄有所耳闻，但认真地接触他的小说文字，《彼岸》的确是第一次。阅读赵焰的文字，首先一个突出的感觉便是一种诗意盎然的逼人才气。且不要说他的小说本身，单只是他的一些创作谈，在这一方面就给我们留下了深刻的印象。"读小说吧，一切都在里面了。凡文字，都很难隐藏自己，呈现的都是真谛。风来竹面，雁过留声。凡风起时，故事便如花一般开放，也如绿植一样疯长；凡风落时，该迷顿的迷顿，该凋零的凋零。随缘的文字，隙缝中会有清香拂面，如黄山风起时的松针之香，也如夏日荷塘的莲花之香。味道即记忆，也是不朽。"如此这般清新自然但却充溢着诗意的文字，一般的作家断然难以写出。创作谈已经如此，其小说本身文字的迷人，当可想而知。"有一种情感轻轻撩拨我，像羽毛轻拂，又似音乐缠绕。这种感觉，似乎是从很多年前的那一天开始的：它如雾霭般自然升腾，轻舞飞扬，由轻微变得强烈,由陌生变得熟悉,然后始终缠绕萦回。"这样一种简直就是纯净如水一般的文字感觉,在一般的小说阅读过程中着实难见,所以,我真的想就这么一直抄下去。因为,阅读和抄写本身,就是一种难得的愉悦感受。然而,无论这语言有多么富有诗意和美妙,作为一部长篇小说的《彼岸》,却终归不能仅仅停留在语言的层面上。在必然要充分及物的语言之外,作家还必须以必要的形式建构承载更为深刻的思想内涵,勾勒塑造具有人性深度的人物形象。

毫无疑问,《彼岸》是一部与作家的个人记忆紧密相关的长篇小说。我们注意到,在这部采用了第一人称叙述方式的长篇小说中,作家曾经专门谈到过法国作家普鲁斯特《追忆似水年华》的写作缘起。那是在第九章的第三节开头部分:"气味就是记忆。原先我读普鲁斯特《追忆似水年华》中'小玛得兰蛋糕'一节,明白了味道和回忆的关系,明白味道对记忆的诱导。'小玛得兰'是一种充当茶点的小蛋糕,看上去是用扇贝壳那样的点心模子做成的,四周还有规整的一丝不苟的皱褶。一个冬天的下午,普鲁斯特掰了一小块蛋糕放进茶杯里泡软并且食用,奇迹产生了——'带着点心渣的那一小勺茶碰到我的上腭,顿时让我浑身一颤,我注意到我身上发生了非同小可的变化',然后,记忆之门打开,当年的情景如黑色的河流一样呈现在眼前。普鲁斯特所要做的,就是溯源而上,一直到达河流的发源地。"赵焰之所以要专门引述普鲁斯特《追忆似水年华》的写作缘起,是为了说明味道与记忆之间的内在关联,为了引出一直沉寂在"他"(也即"我")记忆中的那些稍有年月的纸质书的味道,并由此展开一段对图书馆窃书历史的追忆。但其实,如果从这部聚焦于个人与历史记忆的长篇小说的整体来说,其真正的缘起,应该是"楔子"部分"我"与年迈的"革命母亲"洪春花的重逢,这个时候,已经是二十世纪的九十年代。看到佝偻着身子走路的洪春花,"我"脑海里情不自禁浮现出的便是幼年时的好友小玉:"我迟疑了一会,问:小玉外婆,您认识我吗?我注意到,当我发小玉这个音节时,她的全身如电击似的一阵战栗。我知道那是残留在她身上的刺,我触碰到它了,刺深入地扎了她一下,那种尖利让她一凛,于麻木中再次感到痛楚。"与洪春花的重逢,不仅激活了本来就一直深印在"我"脑海中的关于小玉的记忆,而且"我"还从洪春花这里意外地获得了小玉在当年留下的一厚叠手稿:"我打开一看,是一沓手稿,很明显,是小玉写的。我的心一凛,开始小心翼翼地翻动它们。稿纸已泛黄,笔迹也已变得模糊,内容是我熟悉的黄山游击队的故事。从写作手法上来说,像是小说,也像是一篇有关皖南游击斗争的历史和地方故事的笔记。""文字的最上方,写着两个遒劲而清秀的大字:清明。这应该是这篇东西的标题,生硬而坚决。以此词语而命名,应该是对曾经的岁月的祭奠。"从根本上说,正是与小玉外婆洪春花很多年之后的重逢,以及从洪春花手中意外获得的小玉关于黄山游击队的手稿,如同那块"小玛得兰蛋糕"一样,彻底唤醒了沉睡在第一人称叙述者"我"(也即"他")脑海中的记忆,让我们的思绪伴随着叙述者回到了那些既往的"似水年华"之中:"这是一个简单的记忆,也是一个复杂的故事;是一段寻常的时光,却是一个非常的事件;是曾经的真相,也是永远的疑问;是昙花一现的情感,也是永恒的怀念……"就这样,一段尘封已久的个人与历史记忆,伴随着对于幼年好友小玉的怀念而被叙述者"我"徐徐打开了。

面对《彼岸》,我们首先应该注意到的,就是叙述形式上的一种特别设定。具言之,也就是叙述者"我"和人物"他"的合一与分身。一方面,作为第一人称叙述者,小说中的所有故事都是经由"我"的叙述视角讲述而出,即使是那些早已远逝的历史往事,也同样是由"我"转述给读者的。但在另一方面,我们却又可以发现,这个叙述者"我",一旦返身到一个人成长关键时期的少年时代,一旦返身到看起来已是相对遥远的20世纪70年代,马上就变身为自始至终都处于无名状态的"他":"我会不由自主地被它吸引,跟随记忆的召唤,置身于时光之下,就像一个观众,栖身于观众席,静静地回眸往昔的时光,仿佛电影胶片,再次在眼前播放。主角已不再是我,而是他,一个小男孩。我与他相互凝视,构成了彼此的对应:我可以穿越记忆的河流看到他,能看到他的背影,却看不到他面孔的真切;而他呢,也可以在想象中,在灵魂的深处意识到一个将来的我,如同意识到一点光亮,像目睹对岸的星星之火,或者感知未来冥冥的昭示。""这是另一种真实,与现实的时空观相同的真实。"这里,除了作家一种迥异于寻常的带有明显超越性的真实观,另外一个不容回避的问题就是,绝对拥有人物命名能力的赵焰,为什么拒绝给"我"/"他"这个人物命名呢?对此,我想从两个方面给出相应的解释。其一,如果说第一人称"我"更多地显示出一种主观性色彩的话,那么,第三人称"他"所具备的,就更多地是一种客观性色彩。赵焰之所以一定要在小说创作过程中完成这种人称的转换,正是为了能够尽可能摆脱"为自己讳"的心理羁绊,以达到更接近于事物存在真相的客观性叙事目标。其二,赵焰之所以拒绝给"他"以具体的命名,肯定是要凭此而赋予人物一种更具普遍性的抽象性特质。这一方面,鲁迅先生笔下那个早已不朽的人物形象阿Q,就是一个非常恰当的案例。如果说,当年同样拥有命名能力的鲁迅,为了达到普遍的国民精神性象征的艺术目标,可以借用一个带有突出抽象性的字母"Q"来为人物命名,那么,很多年之后的赵焰,也一样可以将一个具体的人物形象径直命名为"他"。究其根本,赵焰之所以要采用如此一种带有突出抽象性特质的叙述人称处理方式,正是为了使"他"具有更普遍的代表性,将"他们"这一代人的生存经验与心理体验更多地凝结体现在"他"这一具像化的人物形象身上。与此同时,我们无论如何都不能轻易忽略的另外一点,乃是作家由此而获得的那样一种叙事自由度。归根到底,作家赵焰在这部被命名为"彼岸"的长篇小说中,之所以能够如同高水平的自由体操运动员一样,以一种闪转腾挪的方式自如地出入于历史与现实、过去与现在、时间与空间、此岸与彼岸、形而下的生活实体与形而上的哲学玄思之间,正与如此一种叙事自由度的获得,存在着紧密的内在关联。

然而,与叙事人称的特别设定相比较,作为一部长篇小说,《彼岸》艺术层面上更加值得注意的一点,乃是一种复杂艺术结构的成功营造。约略计来,整部长篇小说由三条彼此交叉的结构线索组合而成。其中,最主要的一条,当然就是与第一人称叙述者"我"亦即人物形象"他"的个人成长紧密相关的发生在20世纪70年代的那段故事。具体来说,"他"人生故事的开始,是不经意间目睹了一个女人不无艰难的生产过程。那是在"他"五岁时候一个春雷震荡的上午,"他""醒世了":"醒世的涵义,是混沌初开,有了记忆,也有了自我。""人的醒世,如光照耀混沌天地,一切有了亮色,有了记忆。"那一次,"他"跟随着母亲在公社大院里。母亲突然间不见了,传入"他"耳中的,是一个女人声嘶力竭的哀号。就这样,一个女人的生产场面深深地刻印在了"他"的脑海里:"正对着他视线的地方,放着一张床,同样污秽的床单上,躺着一个女人,下身赤裸着,肚皮挺得老高。叫声就是那个女人发出的,她如生病的老猫一样扭动着身躯,不断地发出哀鸣,有血水不时从她两腿之间流出,地上小山般堆满了沾染了血水的草纸。他的内心害怕又好奇,看得心惊肉跳,血往头上直涌,双脚不由自主地颤抖,松软得差点跪下来。"如此一种不无丑陋惨烈的女性生产过程无意间的目睹,就这样不期然地成为"他""醒世"的起点。一个人的生命记忆,就此而开始建立。但需要特别强调的一点却是,正如同这个女人的生产过程一直伴随着污秽的血水一样,"他""醒世"之后建立起来的个人生命记忆,以及由此而进一步延伸开去的广义层面上的历史记忆,都伴随着堪称惨烈的"血水"。某种程度上,赵焰这部《彼岸》所呈现在广大读者面前的,就正是这样一种充满着惨烈"血水"的个人生命记忆与历史记忆。

具体来说,与"我"的个人生命记忆紧密相关的这一条结构线索中,作家主要讲述的,乃是"他"生命成长过程中非常重要的两大部分。首先一部分,是"他"、小玉以及小芙他们三位之间,那样一种真可谓"剪不断理还乱"的纯真少年情谊。或许与母亲打小就把"他"当作女孩子来抚养有关,那时候的"他",总是一副有着一头弯曲柔美头发的、生性柔弱的女性化模样。唯其如此,在日常生活中,"他"才总是要想尽一切办法,去努力证明自身男性气概的具备。"他"之所以会对同性的如同小玉这样一个大男孩产生一见倾心式的向往与追求,恐怕正是如此一种自卑心理充分发挥作用的结果。具体来说,"他"和小玉之间的情谊,起始于脚穿一双回力牌白球鞋的小玉,在操场边向"他"借了一颗弹子去玩打弹子游戏。那一次,虽然只是借了一颗弹子,但到后来,小玉还给"他"的,却是出乎"他"意料的满满一捧弹子。两位男孩子之间的少年情谊,就此而彻底注定。对于"他"和小玉之间超乎寻常的这种同性情谊,作家曾经以这样的笔触做出过富有诗意的生动描述:"后来他想,一切都是缘分,之所以遇上小玉,不是他拥有超出一般男孩的能力和品质,而是时间、地点、说不上的气息,在起着作用。当然,彼此的气质、音容、笑貌、举止,也起到了黏合作用。他们如此契合,彼此渴望,像两粒水珠一样急切地聚成一体。所有的理性判断,以及试图贴上的词语,都显得太轻飘太苍白。写出与分辨出来的,跟本来从来就是两码事。"然而,心地单纯的"他",根本就不可能料想到,自己与小玉之间的情谊,竟然会因为女孩小芙的出现而遭到强有力的挑战。女孩小芙与小玉的结识,其实缘于小玉一种勇敢的"英雄救美"行为。那一次,当身穿花裙子的小芙和她的弟弟大头,一起在街上意外遭到一伙调皮的坏孩子用弹弓和纸弹欺辱的时候,毅然地挺身而出对他们姐弟俩伸出援手的,就是这位拥有满腔侠骨柔肠的小玉:"小芙说,她看见自行车上的小玉,就像看见英俊的骑士骑在马上一样。她听见小玉冲着那些坏孩子大吼一声,那些坏孩子吓傻了,一个个作鸟兽散。然后,她就看见了小玉看了她一眼,眼中充满着怜爱,又递过来一条干干净净的手帕,让他们擦去眼泪。"问题在于,好端端的,那些坏孩子们为什么一定要对小芙姐弟俩"大打出手"呢?行文至此,叙述者"旁逸斜出"地结合那个特定的畸形野蛮时代给出了相应的思考:"后来他想:那些打弹弓的坏小子应该是一种妒忌吧?对于美,人们都会有一种妒忌的。那帮人显然是想以他们带有恶意的行动,来表示一种友爱;是示好的方式,只是以扭曲的方式表达罢了。而这个时代,本来就是扭曲着对待万事万物的。确实,在这个世界上发生的一切,都能佐证这样的观点。只要是得不到的,或者不懂的,就会憎恨它,甚至毁坏它。那些尚没有成人的坏小子们,只是将那个时代的邪恶释放出罢了。"也因此,隐藏在这些坏小子欺辱行为背后的,即是人性本身的邪恶,更是时代与社会的邪恶。能够"旁逸斜出"地把这一点揭示出来,所充分证明的,正是作家赵焰一种突出思想能力的具备。

就这样,什么事情都没有发生,仅仅只是因为小芙不经意间的出现,便顿然使得"他"、小玉以及小芙三人之间的关系,陷入了某种空前紧张的状态之中:"我不屑与她为友,而她也不屑向我表示好感。我们两个中的任何一个人,都可以跟小玉关系融洽,无缝无隙。可是每当三个人在一起时,总别别扭扭,就像轴承之中夹入一粒沙子。我和小芙相视为陌路人,不仅无话,目光也从不相对,总是有意无意地忽略,即使偷偷相瞥,也总是乜斜着眼睛,带着明显的不屑。"尽管在意识到问题存在之后,置身于其中的小玉,也曾经做过很多次的调和努力,但却终归没有能够取得理想的效果。说到"他"、小玉以及小芙这两男一女三人关系的设定,赵焰的一个别出心裁之处,就是超越了一般作家总是难免会陷入其中的三角恋艺术窠臼,把小玉设定为中心人物,让"他"和小芙围绕小玉感情的拥有而"争风吃醋",而发生了尖锐激烈的矛盾冲突。在那个书籍与知识特别匮乏的时代,为了能够更好地巩固与小玉之间的情谊,一旦得知曾经下乡做过两年知青、很是有一点思想的小玉热衷于阅读,"他"便不管不顾地利用子弟的身份,开始了在群艺馆图书室里的"窃书"行为:"源源不断地,他为小玉拿来很多种让小玉欣喜的书。《第三帝国的灭亡》《屠格涅夫散文选》……让他开心的是,每一次带书过去,都让小玉撇下小芙,把她冷落在一边。在他看来,书籍就是智慧,或者说,文字就是智慧,书还有着摒除妖孽的作用,书就是他夹在小玉和小芙之间的屏风,会拉着小玉的视线不再看她。至于小芙,虽然她很漂亮,但她就是妖,就是《聊斋志异》中的女鬼,不能让小玉更多地接近她。他天真的想法,以及乐此不疲的成就感,让他满怀激情地频繁出入书库,以致离危险越来越近。"正如同一只蝴蝶在巴西扇动翅膀,就很可能在美国得克萨斯引起一场龙卷风一样,"他"根本不可能想到,正是自己"窃书"行为被图书管理员俞美芹发现,最终酿成了小芙母亲李玉茹的人生悲剧。李玉茹的人生悲剧这里暂且置而不论,需要注意的一点,是作家通过"我"的"窃书"事件揭示的20世纪70年代初期知识与文明的极度匮乏问题:"每当公开或半公开谈及这一段趣事时,他总是说,那时他实在空虚得要命,无书可读,于是便赊着胆子去偷'毒草'。正是因为那一段带有冒险性质的行动,他读了很多书,知道了人间与世界的纷纭与复杂,也知道了世界的神秘。书真是好东西,书就是智慧,是人类文明的象征……"一方面,千方百计地讨好小玉,固然是"他"不管不顾地"窃书"的主要动机,但在另一方面,借此机会从书籍中获得了充分的精神滋养,却也可以被看作是意料之外的一种收获。

书籍的作用固然重要,但"他"根本没有料想到,有朝一日,自己煞费苦心从图书室"窃"得的书籍,竟然会在一架老式的照相机,在小芙面前落了个一败涂地的结局:"琴声如诉,只是开头。将他们进一步连接的,是那架120海鸥相机。就是挂在脖子上,可以低头从框子里看到影像的那种相机。一开始,他以为小玉迷上了摄影,后来才知道,其实小玉不是对摄影感兴趣,而是以相机为媒,可以更多地接触小芙,还有,就是相机提供了观察小芙的多种可能性。"面对着相机,一直对小玉"情有独钟"的"他",终于万般无奈地发现自己已经在不知不觉间被"排除"出局:"小玉、小芙、120海鸥相机,三个联手,把他划在局外。""在相机面前,书本无疑是失败者,书与文字,本来就是极度无聊的产物,它难得有生趣,只是以枯燥的思想见长,离生活很远。这是一个尴尬或者痛苦的过程,很多人并不习惯于这样的过程。有着灵魂的书,在某种意义上,真是敌不过美丽的倩影。"究其根本,拥有灵魂的书籍,最终不敌相机,更因为那个时代的相机与暗房紧密地联系在一起。唯其如此,也才有了赵焰这样一段关于暗房的精彩文字:"相比于小小的相机,暗房更像是空间的进一步深入和拓展,这空间既是物理性质的,也是情感性质的,更是人性本身的要求。于人的本性,男女之间的相处,更愿意在一种黑暗和窄小的状态。在黑暗中,他们会更大胆,更放得开,更容易完成质的变化——所有的背景都会退去,包括场景和声音,只有他们,在黑暗的挤压下,变得越来越近,无论是身体还是心灵。这场景不可多得,可以说天造地设。"在"如此富有诗意的黑暗中,什么不会发生呢?影像在黑暗中开成花朵。他们本身,也成为黑暗中的花朵。"就这样,既然小玉和小芙已然借助于相机的媒介而成为"黑暗中的花朵",那么,"他"被迫无奈远离小玉时刻的到来,自然也就成为不可避免的事实。那一次,在他们三个人又一次聚在一起的时候,"他"终于感觉到了自己存在的多余:"终于,小玉站起身来了,无可奈何地摇摇头,走到门边,拉开门,目光冷冷地看着他,这明显是示意他离开了。"面对着小玉冷冰冰的目光,"他坐在那里,如坐针毡,感到失望极了,伤心极了。起先,他仍然坚持坐在那里,一动不动。"但到后来,随着时间一点一滴地悄然逝去,"他"终于还是坚持不住了:"他低着头,闭着眼走出了房间。他一点也不想看小玉,更不想看小芙,这个房间的一切,他都不想再看了。刚走出,他就觉得木门在后面掩上了,又听见了插插销的声音。"紧接着出现的,也就是不甘心的"他"在门缝里的偷窥行为:"肉体与肉体如此之白,白得仿佛发出灰色的光,像两只放大的蚕一样纠缠在一起。"作为一位对小玉"情有独钟"的男性青年,被迫无奈地退出小玉的情感领地,其内心的失落与忧伤,自然可想而知。在遭受了如此一种突如其来的情感打击之后,"终于,那个小男孩哇地一声哭了,像夏日午后闷热天气导致的暴风雨,以及暴风雨之前的闪电。这哭声并不是伤心或仇恨,而是窥视了人类自身的弱点,开发了相应的惊异和恐惧。"一段美好的"幻象与情感,就这样被永远埋葬起来,埋葬在二十世纪的七十年代初。"这里的一个关键问题是,我们到底应该怎么样给"他"和小玉之间的这种情感定位。一方面,因为发生在同性之间,所以首先就排除了爱情的可能。另一方面,虽然发生在同性之间,但从赵焰的具体描写来看,两位男性之间却也丝毫都没有同性恋的倾向。由此可见,"他"和小玉所发生的,其实只能是一种与"他"柔弱的自卑心理紧密相关的、同性少年之间的纯真情谊而已。甚至,包括小芙在内,他们三位之间情谊都是非常纯真的,只不过因其纯真,这种情谊却也显得特别脆弱。对此,叙述者有着真切的洞察:"小玉、小芙以及他,无论他们生活的背景、他们的出身、他们的性别,其实都是一类人,他们有着相同的质地、相同的欲望,以及相同的玻璃心。他们只是尴尬地撞上了那个时代,阴差阳错中,酿就了他们的茫然无措,以及悲惨结局。"此处所谓悲惨结局,毫无疑问就是指小玉到最后竟然令人难以置信地因杀人的罪名而被处以极刑。因其与另外一条结构线索紧密相关,这里暂且按下不表。但不管怎么说,伴随着"他"和小玉的情谊因小芙介入而发生的断裂,一种少年之间美好的情感就此被彻底埋葬。在这个意义上,赵焰的这部《彼岸》就可以被看作是一曲建立在个人生命记忆基础上的青春挽歌。

其次一部分,是深深地刻印在"我"/"他"个人生命记忆中的历史印痕。这里,一个无可置疑的前提就是,任何一部关于1949年后中国当代历史的书写,只要不与这一时间段内那些重要的历史事件发生关联,其意义和价值都是可疑的。这一点,集中凝结体现在"他"父亲的社会政治身份与不幸命运上。在"他"的记忆中,病体恹恹的父亲不仅总是躺在床上,而且父母还总是出于冲突的状态之中:"不过接下来的场景,经常不可控——病体恹恹的父亲,哪里争得过伶牙俐齿的母亲呢,气喘吁吁地先动了手,母亲大怒,冲上前去,将床连同父亲一起掀翻。父亲匍匐在地上,一边喘气一边咳嗽,像一片在风雨中飘摇的纸人……"那么,父亲和母亲为什么总是处于冲突的矛盾状态呢?借助于"他"少年时的调皮行为,叙述者对此做出了巧妙的揭示。那时候,因为"他"整天泡在城中桥下面的河水中,不仅总是会遭到母亲的呵斥,而且还会被母亲用竹鞭狠狠地打:"有时候母亲打得乏了,看他不哭,自己倒哭起来,边哭边数落:'我真是遭报应啊!一个右派还不够,又生了这样一个孽种!'父亲在一旁听着,只能叹着气,眼光中有一种凄楚的眼神。"谜底到这里彻底被揭开,却原来,"他"的父亲,竟然是那个年代里为人所不齿的一位右派知识分子。然而,因年幼尚且懵懂无知的"他",根本不懂得什么叫右派,不知道如此一种社会政治身份将会给父亲,也给自己带来多大的耻辱。这样,也才有了如此令人心痛的一个场景:"有一天中午,母亲发着大火,把他从城中桥下面拽回家,冲着床上的父亲大发一通火后去学校了。父亲想安慰他,可是没说半句,就剧烈地咳嗽着,咳得死去活来。他湿漉漉地站在那里,看着床上的父亲,觉得恐惧和伤感。这个面色苍白的男人,就是创造他生命的人吗?要是没有他,自己便不存在。可是——要是自己不存在的话,还会有这个世界吗?""他"在这里所展开的,首先是一种存在意义层面上的不自觉的哲学思考。尽管从血缘伦理的角度来说,没有父亲,就绝对不会有自己的存在,但关键的问题更在于,从主体与客体的角度来说,"我"的存在又是至为关键的。很大程度上,作为客体的世界的存在,必须依赖于作为主体的"我"的存在。倘若缺失了"我"这一主体,那么,世界这一客体的存在,就是无法想象的。那么,到底是父亲重要呢,还是身为主体的自我重要呢?对此,尽管"他"不可能给出相应的答案,但"他"的如此一种思考本身,却是有意义的。尤其是,当如此一种命题,与身为右派知识分子的父亲联系在一起的时候,在那个血统论弥漫一时的特别年代,其意义和价值就更是非同寻常了。

然而,年幼无知的"他"根本就不可能料想到,到后来,竟然是自己一种懵懂的莽撞行为,把绝望的父亲彻底彻底送上了人生的不归路。那一次,"学校里鸦雀无声,应该是放学了。他悄悄地向教室望去,只见母亲赤身裸体地躺在破旧的地板上,身上压着一个同样赤身裸体的人。他们纠缠得异常紧密,不时发出怪异的叫喊。他看得胆战心惊,心跳莫名其妙加速,热血在快速流动。那一个男人,是城郊大队的会计。他害怕极了,本能地选择跑开,咚咚的脚步声一定惊醒了他们。他从那个小洞钻出,一口气跑回家,气喘吁吁地对父亲说:'不好了,不好了,妈妈跟那个会计打起来了!'父亲有些惊愕。他慌慌张张地说:'他们把衣服脱得光光的……滚在一起打架呢!'"明明是两个成年男女在一起偷情,但在懵懵懂懂的"他"看来,却变成了两个人在打架。在把自己无意间偷窥到的情形转述给一直病态恹恹地躺在床上的父亲之后,"父亲拭去眼泪,自言自语地说:'我是该走了,真是该走了,该走了……'"就这样,从肉体到精神本来早已经遍体鳞伤的右派知识分子父亲,在不期然地遭受了母亲偷情行为的打击之后,彻底丧失了生存的意志,以自杀的方式结束了自己的生命。面对着父亲的遗体,母亲放声号啕大哭,"他吓坏了,也放声大哭。可是他的心里,一点也感觉不到悲伤,只是觉得落寞和害怕。"偏偏就是在此时此刻,一场大雨携带着雷电不期而至:"这一场风雨让母亲惊慌失措,也使他对于死亡有了某种象征性的领悟。"其实,早在"他"意外偷窥母亲出轨行为的那天晚上,"他"就一直没有睡着:"他又开始胡思乱想,包括上次在医院所见到的惨烈的一幕,包括和平的死,母亲与会计赤裸地绞在一起……这些都像电影胶片似的一幕一幕在脑海里放映。那个时候,他尚不知道自己的思考已触及了世界上的根本。世界的本质,就是他想的生、老、病、死,再加上性和时间。这些,一直让人们思考,却一直无法被破译。"我们注意到,在叙述过程中,作家曾经特别强调,父亲的死,对于"他"的影响巨大。实际上,并不只是父亲的死,径直说来,即使是父亲的存在本身,也对"他"产生着足够巨大的影响。"他"性格之所以会如同女性一样过度敏感、柔弱、自卑,一方面固然是天性使然,但在另一方面,联系右派知识分子父亲被打入政治另册的现实处境,就不难发现,如此一位身份特殊的父亲,其实也产生着不容忽视的负面影响。虽然只是寥寥数笔,但父亲那样一个备受屈辱的右派知识分子形象,却已经给读者留下了难忘的印象。尽管作家并没有详细铺叙父亲为什么被打成右派,以及在被打成右派后遭受了怎样的身心折磨,但会心的读者却自可以凭借想象填充这些耐人寻味的书写空白。作家赵焰值得肯定之处在于,仅只是通过母亲与会计偷情这一个细节,在写出父亲饱经折磨的内心世界的同时,也写出了这样一位父亲在那个特定年代必然会带给"他"的精神屈辱。

与"我"/"他"紧密相关的20世纪70年代的故事这一条结构线索之外,《彼岸》的另一条结构线索,就伸向了遥远的过去,讲述着抗战时期曾经活跃一时的黄山游击队的故事。关于这一条结构线索,我们首先需要注意叙述者曾经专门引述过的小学作文《祭扫陶小武烈士墓》的片断文字:"陶小武同志被敌人抓住了,敌人给他戴上了数十公斤重的手铐脚镣。在审问时,伪县长恶狠狠地问他:'你的领导人是谁?'陶小武响亮地回答道:'不知道!'伪县长又问:'你的同伙有哪些?都在哪里活动?'陶小武烈士斩钉截铁地说:'不知道!'敌人气急败坏,凶残地把陶小武绑在老虎凳上,把他打得皮开肉绽,甚至用竹签狠狠地钉入陶小武同志的十指。十指连心呀,陶小武同志一连昏厥过去几次。昏过去敌人就用冷水将他浇醒。伪县长凶残地瞪着金鱼眼说:'招不招?不招,让你求生不行求死也不得!'陶小武烈士忍住剧痛,傲然一笑,说:'你们休想从我嘴里得到什么,为了人民的解放,我这一百斤,豁出去了!'"请原谅我在这里摘引了如此长的一段文字,因为不如此就难以见出究竟何为主流的正统史观。实际上,明眼人早就可以看出,这一段小学作文是一种特色非常鲜明的戏仿性文字。具体来说,其戏仿的对象,一个是小学课文《刘胡兰》,另一个是革命历史小说《红岩》。大约正因为如此,所以,叙述者才会紧接着写出这样的一段文字:"在很大程度上,这样的文字,是我们一代人的记忆。二十世纪五六十年代出生的人,早年的时候,都写过这样的作文吧?这样的语言和文字,就是我们成长时穿过的的确良军装、手持的红缨枪,以及口袋里的红宝书。当然,这些都是外在的。就内在而言,那些东西,也成了我们血液中的血清蛋白。"将以上两段文字结合在一起,我们就不难发现,作家赵焰意欲强调表现的,正是在那个特定的社会政治时代对一代人所进行思想意识形态规训。如此规训的一种直接结果,就是所谓正统史观的生成。那一段戏仿性文字所承载体现的,正是这种正统史观。作家赵焰的难能可贵之处,在于特别敏锐地意识到了文字与思想之间的内在紧密关联。"人们都是这样,先由对文字的盲从,扩散到对很多东西的盲从;可又由于对文字的热爱,开始了拨乱反正。文字让我们清醒,让我们觉悟,让我们得以真实地认识这个世界,与世界建立一种比较和谐的关系,能够开发出某种深入属性,较深刻地明白这个世界的一些道理。通过文字可以拨云见日,清晰地触摸到这个世界的真谛所在。"赵焰在这里所敏锐揭示的,其实正是文字的"遮蔽"与"去蔽"这双重功能。一方面,正如同所谓的指鹿为马一样,文字的确具有"遮蔽"性的洗脑与欺骗功能。当谎言被刻意重复一千遍的时候,也就往往会变成所谓的"真理"。赵焰所谓"对文字的盲从"进一步引发出的"对很多东西的盲从",所强调的正是这一点。对于"他"、小玉以及小芙这一代人来说,由于从一开始懂事就接受革命教育熏染的缘故,他们头脑中所建立起来的,很显然就是类似于那篇小学作文中的正统史观。但在另一方面,正所谓"以毒攻毒",要想真正地去除文字的这种"遮蔽"功能,所依赖的,也只能是文字本身。当然,这种文字,只能是明显区别于前一种具有意识形态功能文字的另一种"去蔽"式文字。赵焰所谓"文字让我们清醒,让我们觉悟,让我们得以真实地认识这个世界",所谓的"文字可以拨云见日,能清晰地触摸到这个世界的真谛所在",所一力强调凸显的,正是具有澄明性质文字的一种"去蔽"功能。如果说接受过时代意识形态规训的小学作文,是一种"遮蔽"性文字,那么,赵焰《彼岸》中的主体性部分,便是一种能够让我们"清醒""觉悟",能够洞穿生存表象迷雾直抵世界"真谛"的"去蔽"性文字。质言之,赵焰之所以要创作《彼岸》这样一部长篇小说,正是为了能够充分使用这种"去蔽"性文字,把个人记忆中的生命与历史真相,尽可能予以切实的还原与再现。

具体到抗战时期的黄山游击队这一条结构线索,作家赵焰意欲实现的,正是把那一段曾经被意识形态严重遮蔽的历史做一种"去蔽"的祛魅化处理,尽可能地抵达并还原一种历史真相。比如,关于周老五参加革命的动机,根本不是出于什么高尚的革命理想,而只是缘于个人的尴尬生存处境。一个是他嫌弃财主父亲给自己找下的媳妇太丑,再一个是这么一个丑媳妇,竟然还跟自己的财主父亲不干不净的。究其根本,正是出于如此一种强烈的弑父冲动,周老五方才不管不顾地追随着黄源参加了革命。大约也正因为有着真切的自身体验,所以,在后来的谈论过程中,周老五才会将水泊梁山做各种比附:"周老五说:'你读过《水浒》吧?这一本书,不仅是最好的小说,也是中国数千年社会的写照。'""他继续说:'中国五千年的历史,就是改朝换代的历史,每一朝每一代,都是一次水泊梁山,都是一次一百〇八将的复活。'""他又说:'不仅是每朝每代,每一个单位,每一个团体,都是一个水泊梁山。'"周老五之所以会生发出这样的一种联想,与他曾经的黄山游击队队员身份紧密相关。唯其如此,他才会做进一步的发挥:"'你看啊,咱们的黄山游击队,黄源就是宋江;王麻子呢,是李逵、鲁智深,我呢,搞情报的,搞交通的,算是'神行太保'戴宗。然后……'他说出一大堆名字,一个个对应着梁山泊的人物。"更关键的一点,是他对宋江的深度评价:"宋江跟晁盖是有区别的,晁盖是老实人,仁义、讲义气,一诺千金;宋江虽然仁义和讲义气,不过也很狡猾,他可不是妇人之仁,他能把梁山那一帮土匪强盗收拾得服服帖帖。光靠忠义,没有智慧是不行的。"在周老五看来,这一方面的一个突出例证,就是宋江执意把扈三娘嫁给了特别窝囊的矮脚虎王英。正因为自己内心里特别喜欢扈三娘,所以,宋江才做出了如此一种决断。尽管周老五没有做进一步的明确分析,但言已至此,其内中隐含的意味实际上早已呼之欲出。倘若联系当年的黄山游击队,那么,周老五此处的隐约其词,很明显就在暗示黄源与洪春花之间的暧昧关系。尽管从表面上看,在黄山游击队里,黄源和汪丽文是夫妻,王麻子和洪春花也是夫妻,但实际上,黄源和洪春花之间却有着非同寻常的隐秘情感关系:"周老五没好气地说:'你是真不懂还是假不懂啊,洪春花的女儿,也就是小玉的妈,长得活脱脱一个黄源的翻版,那不是一般的像,那是真像!'""周老五看我不作声了,赶忙嘀咕一句:'你千万别乱写啊,有些事情,真是不能乱写的,会查找责任的。要出了事,我可担不起。'"毫无疑问,周老五这里所暗示的黄源和洪春花的情感关系,非常类似于他所分析的宋江和扈三娘之间的关系。事实上,周老五之所以要翻来覆去地把黄山游击队比附为水泊梁山,正因为这支当年的抗日地方武装从本质说乃是一个江湖社会。

说到《彼岸》对历史真相的还原,还有两个方面必须予以提及。一个是陶小武烈士的牺牲真相。与此前小学作文中陶小武的壮烈牺牲形成鲜明反差的是,陶小武的牺牲,其实是李代桃僵、阴差阳错的一种结果。对此,作家巧妙地借助于张老头之口,进行了真切的叙述。却原来,陶小武并不是共产党,真正的共产党员是他的哥哥陶大文:"国民党抓他的时候,泄露了风声,陶大文就跑了。陶小武没跑掉,也没想跑,他哪里知道哥哥是共产党啊!

那些国民党反动派看交不了差,就把陶大文犯的事,全赖在陶小武身上了!陶小武还是个孩子啊,一开始不承认,他们就给他上刑,坐老虎凳什么的。陶小武为了保护哥哥,也为了不遭受更多的折磨,干脆就签字画押承认了。"张老头的这一番言辞,对尚且年幼的叙述者"我"来说,简直就是一种当头棒喝,令"我"悚然而惊:"听完了张老头的叙述后,我目瞪口呆,那时我还是第一次听说陶大文的年纪,我没有想到那一个言之凿凿的故事,竟有着如此出人意料的真相。我感到由衷的沮丧,一个闪烁着光晕的故事,就像一个肥皂泡一样破裂了。从那时起,我开始怀疑我所读到的历史,继而怀疑所有的一切,直至人生的真实性。"其实,这何止是叙述者"我"一人的怀疑,从根本上说,如此一种怀疑姿态,并不独属于叙述者本人,更属于包括笔者在内的所有人。再一个,是王麻子和周老五他们当年刺杀国民党国防部少将高参孙铎这一历史事件的真相。依照《皖南火焰》这部革命历史回忆录中原先的记述,在半途中毅然截击并刺杀了孙铎的,乃是黄山游击队里的王麻子和周老五这两位英雄。但在"那个时候,我们都不知道,这一篇王麻子刺杀孙铎的故事,漏掉了一个重要人物陶大文,也没交代王麻子死去的真相。"一直到很多年之后的20世纪90年代,相关的历史研究者方才发现,那一次刺杀事件的具体执行人,除了王麻子和周老五之外,还遗落了一个重要的人物,这就是那位后来下落不明了的"地下党"陶大文。多年来一直以讹传讹的历史事实真相是,这位名叫陶大文的"地下党",不仅全程介入了刺杀事件,而且罪大恶极的孙铎,到最后实际上是命丧陶大文之手的。当王麻子和周老五争着强调是自己把孙铎打死的时候,陶大文说:"你们看他的后脑勺,他打你们草帽和裤裆的时候,我扣了一下扳机。"于是,"两人不再争了,扳开孙铎的脑袋一看,只见后脑勺部位,有一个小小的弹孔,洞眼口正汩汩地冒着血水"。

实际上,陶大文这一人物形象在《彼岸》中的重要性,还不仅仅体现在是他最终刺杀了顽敌孙铎,而是因为这一人物形象,与小说中的第三条,也即以小芙的母亲李玉茹为核心人物的这一条结构线索,存在着格外紧密的内在关联。李玉茹原本是上海一个教会大学圣约翰大学的学生。或许与教会大学有关,临到毕业的时候,学生全部被要求离开上海去工作。李玉茹就这样来到了S县工作。先是乡村中学教师,后来调入群艺馆:"在接连拒绝了几个'老游击队员'的求婚后,李玉茹曾因'思想意识'问题被县里主要领导点名,在群艺馆的内部会议中遭到几次批评。1957年,李玉茹理所当然地被打成'右派',发配到长江北岸的劳改农场。"到了劳改农场后,李玉茹结识了另一位诗人右派杜子明。因为"被放逐的男女们,极容易在夕阳西下的芦苇丛中让内心变得柔软,又极容易在寒冷的冬日渴望着别人的温度",所以,他们两位很快就相好并结合了。但此后却又因为杜子明特别花心的缘故,不断地分分合合。到了"文革"后期,在与李玉茹的交谈过程中,"他"的母亲方才了解到,李玉茹当年之所以狠下决心,选择到S县来工作,其实与陶大文这一人物紧密相关。却原来,李玉茹在解放前夕曾经在上海交了一个各方面都才华横溢的年龄比自己大了好多岁的男朋友。虽然这位既名季炳余又名陶大文的男友在解放后神秘失踪,但他却给李玉茹留下了极深的印象。这样,等到李玉茹毕业选择去处的时候,她自然而然也就近乎本能地选择了陶大文的故乡S县。

但李玉茹根本就不可能料想到,到最后,自己竟然会因为这样的一种人生选择而付出生命的代价。这个时候,时间已经到了1975年的3月:"春天到来之后,安谧的群艺馆大院,突然呈现出紧张的气氛,有一天清晨,突然来了一批白衣蓝裤的公安,直冲入李玉茹的家里,撞坏了大门,把里面的门闩都撞断了。公安当即将正在熟睡的李玉茹铐上了手铐,带去了公安局。"至于李玉茹被逮捕的具体罪名,公安部门给出的说法是:"李玉茹受叛徒陶大文命令,秘密潜伏于S县,多年来一直向国民党方面提供情报。"那么,告密出卖李玉茹的到底是谁呢?经过一番追问后,"他"才搞清楚,却原来,自己也脱不了干系。首先是"他"的母亲,无意间把李玉茹和陶大文的交往故事讲给了群艺馆图书室的管理员俞美芹。然后是"他"因为在图书室"窃书"被俞美芹发现,结果俞美芹遭到了"他"母亲一番伶牙俐齿的抢白。满肚子不高兴的俞美芹,到最后一怒而举报,这样也才不仅酿成了李玉茹的一场牢狱之灾,而且也还最终把她逼上了绝路。李玉茹被逼上绝路且不说,关键是她一上吊,就使得小芙和大头姐弟俩一下子便失去了生活的来源。也因此,李玉茹自杀引起的一个连锁反应,就是小芙男友小玉为了女友铤而走险。如此一位革命者的后代,那么一位特别热衷于各种阅读的思考者,到最后,竟然在黄山顶上不惜半路抢劫,最终在打斗中不慎身亡。我们注意到,在写到小玉意外身亡的时候,小说中曾经有过这样一段充满命运感的沉痛文字:"一切都是阴差阳错。最终睡进这一副棺材的,不是'革命母亲'洪春花,而是她的孙子,作为一个抢劫犯的小玉。如果从一开始就将这一切联系起来的话,那么,这似乎是命中注定,更带有宿命的意义。它就像是命运的有意安排,是命运的诅咒,也是命运别出心裁的回馈,带有某种神秘的旨意。"认真地想一想,何止是小玉和洪春花,小说中先后出现的"我"/"他"、小芙、大头、父亲、李玉茹、黄源、周老五等一众人物形象,到最后无不都落在了命运的罗网之中,无不令人叹息。更进一步说,掩藏于这种命运感背后的,其实是作家赵焰难能可贵的一种悲悯情怀。

我们注意到,在自己的创作谈中,赵焰曾经专门谈到过佛家的专用语"般若":"般若,经常躲藏于文字中。有般若的文字,有一种异乎寻常的会意。你不知道,却会懂得。""文字的般若性,一直是我追求的。般若性,往往表现为平和、口语化、哲思化。没有口语化,没有哲思化,没有平和的气息,很难有般若性。""般若,背后仍是空寂。作品有般若性,是以有限连接无限;没有般若性,文字只是文字,背后没有虚空,也没有蓝天白云、清风明月。"那么,到底何为"般若"呢?查阅百度汉语,得出的说法是:"智慧。佛教用语。通过直觉的洞察所获得的先验的智慧或最高的知识。"虽然没有从赵焰那里得到过印证,但我想,他很大程度上应该是在这种意义上使用"般若"这一语词的。就此而言,"般若"一词,其实带有不容忽视的生命超度意味。从这个意义层面上来说,赵焰这部由三条结构线索组构而成的颇具复杂性的长篇小说,就完全可以被看作是作家一种深度谛视个人与历史记忆中的生命苦难的"般若"性文字。

2019 年 3 月 8 日晚 21 时 50 分许
完稿于山西大学书斋,是日为三八女神节

后　　记

　　这一个故事,在很大程度上,是我自己的故事,也是专属于我的故事。这故事发芽于我的童年时期,随同我一道生长,如骨刺一样潜伏于我的身体。一个人,无论是自己携带,还是目睹和拥有一个好故事,都可以说是上天的眷念,也是上天的垂青。在这个世界上,不是每个人都能撞见一个好故事的,它不比人们撞到彩票,撞到美满的婚姻更容易。一个作家在一生中,可以编撰出很多故事,不过最适合他撰写,或者说真正属于他的却很少。一个很好的故事是有神意的,是上天馈赠的好礼物。

　　值得庆幸的是,我撞见了这个故事,它使得我这一生中,因为有如此的彼岸故事而感到充实安详。它不断地提醒着我,给我警醒和启迪,给我能量,让我热爱和铭怀。一个人死了,另一个人却从死亡之中开始新生——也许从那一天起,彼岸的光一直照耀着我,指示我前行,让我的内心存有光亮。直到现在,我依旧感觉到心壁上的温暖。我庆幸它的一直存在,并以它为荣。而我身边的那么多人,已没有当初那颗纯美的初心了。

以文字为表现,最大的烦恼就是:文字是技术性的,平凡而普通,有时候甚至乏味。文字不像音乐一样掷地有声,有着美妙的声音和节奏;也不似绘画,有着绚丽变形的色彩和画面。文字的局限,使得我在叙述故事时,经常处于一种庸常的表达当中,很难释放出色彩,更谈不上有音乐般的声响。它甚至不如那些平凡的种子,从土地中能够抽出青绿的嫩芽来。这的确是一件没有办法的事情。在所有的艺术形式当中,也许播种文字的方式最为普通,也最为乏味。以这样平淡无奇的方式,来叙述我心目中最感不庸常的故事,不仅是我的尴尬,也是文字的尴尬。

不过我仍坚持将这个故事讲述完整,就像用一粒粒砂子垒成砂器。虽然重现远不如事件初发时精彩,不过总算完成了我的夙愿,终于在浩瀚的时空中,多了一粒晶莹的尘埃。能安静地叙述一个好故事也是幸运的,文字虽然乏力,却有着别的形式不具备的优势,那就是以一种极端静穆的方式,潜入到读者的内心中去。我不只是想讲述故事,而是想把故事变成小说——以我的感觉,小说应是一种带有精神探索的综合形式,它是有寓意的,甚至有着神性。它不只是故事本身,在它的内核中,埋藏一条道路,通向内心深处的家园。

希腊电影导演安哲罗普洛斯说:"家是什么?它是一个人同时感受到自我和宇宙的地方。它并不一定是个真实的地点,这里或者那里。对于'希腊'也是一样,我不相信希腊只是一个地理位置。对于我来说,希腊要大很多,比它真实的边界更深更远,它是我一直在追寻的家。"

对于自己的文字,我一直没有太多的奢望。能让它成为一柱光,照亮彼岸,让你惊鸿一瞥,就足够了。一个人,如果能重拾记忆,想起彼岸的"希腊",无疑是幸福的。

是为后记。